BRO

Vladimir Sorokin

BRO

Roman

Aus dem Russischen von Andreas Tretner

BERLIN VERLAG

DIE KINDHEIT

Geboren wurde ich 1908 auf dem Gut meines Vaters Dmitri Iwanowitsch Snegirjow. Dieser zählte seinerzeit zu den größten Zuckerfabrikanten Russlands und besaß zwei Landgüter: eines in Waskelowo nahe Sankt Petersburg, wo ich zur Welt kam, das andere im ukrainischen Bassanzy, Gouvernement Charkow, wo ich meine Kindheit verbrachte. Außerdem gehörte der Familie noch ein kleines, aber gemütliches Holzhaus in Moskau, Uliza Ostoshenka, und eine große Wohnung in der Millionnaja in Petersburg.

Das Gutshaus in Bassanzy hatte mein Vater eigenhändig errichtet – noch in den »Troglodytenzeiten« seines Zuckergeschäfts, als er eben erst zweitausend Desjatinen fruchtbaren ukrainischen Boden zum Rübenanbau erworben hatte. Er war der erste russische Zuckerfabrikant, der selbst anbaute, statt die Rüben den Bauern abzukaufen, wie es Sitte war. Die Fabrik stellten Großvater und er gleich daneben hin. Ein Gutshaus hätte es eigentlich gar nicht gebraucht, da die Familie zu jener Zeit schon in der Hauptstadt Sankt Petersburg wohnte. Doch der Großvater, von Natur aus misstrauisch, bestand darauf. »In unsicheren Zeiten wie diesen gehört der Chef in die Nähe der Rüben und der Fabrik.«

Vater mochte Bassanzy nicht besonders.

»Ein Paradies der Fliegen«, pflegte er zu sagen.

»Die kommen ja nur deines Zuckers wegen!«, entgegnete die Mutter lachend.

Fliegen gab es dort wirklich jede Menge. Den ganzen Sommer über war es heiß. Dafür waren die Winter prächtig: mild und schneereich.

Das Gut in Waskelowo erwarb Vater erst später, als er schon ein sehr reicher Mann war. Ein ehrwürdiges Haus mit strenger Fassade, Säulenportal und zwei Seitenflügeln. Dort kam ich auf die Welt. Es war eine Frühgeburt, zwei Wochen vor dem Termin. Der Grund dafür sei das merkwürdige Wetter gewesen, das an jenem 30. Juni herrschte, sagte meine Mutter. Trotz Windstille und wolkenlosem Himmel habe man plötzlich von ferne ein Gewitter grollen gehört. Ein ungewöhnliches Rumoren, das Mama nicht nur gehört, sondern mit der Frucht ihres Leibes, nämlich mir, *gespürt* haben will.

»Der Donner hat dich sozusagen hervorgetrieben«, erzählte sie. »Es ging ganz einfach. Du warst gesund und wogst so viel wie ein normal geborenes Kind.«

Die ganze darauf folgende Nacht zum 1. Juli blieb der Nordhimmel ungewöhnlich hell erleuchtet, es gab eigentlich gar keine Nacht: Das Abendlicht ging ins Morgenlicht über. Was sehr sonderbar war, denn die weißen Nächte pflegen Ende Juni vorüber zu sein.

»Der Himmel leuchtete dir zu Ehren!«, scherzte Mama.

Sie gebar mich auf dem harten und allzeit kühlen Ledersofa in Vaters Arbeitszimmer, wo sie von den Geburtswehen überrascht wurde – »mitten hinein in einen blöden Disput über ein altes Blumenbeet und den neuen Gärtner«. An der dem Sofa gegenüberliegenden Wand standen in Eichenholzregalen die Zuckerhüte: jeder ein Pud schwer, gegossen aus dem Zucker einer bestimmten Ernte, mit aufgedruckter Jahreszahl. Die massiven weißen Kegel aus purem Zucker werden das Erste gewesen sein, was ich von dieser Welt zu Gesicht bekam; jedenfalls prägten sie sich meinem kindlichen Gedächtnis zur selben Zeit ein wie die Gesichter von Mutter und Vater.

Man taufte mich auf den Namen Alexander, zu Ehren Seiner Heiligkeit, des legendären russischen Heerführers Alexander Newski, und im Gedenken an Alexander Sawwitsch, meinen Urgroßvater, der die Kaufmannsgeschäfte der Snegirjows begründet hatte. Gerufen wurde ich allerdings auf die verschiedenste Weise: Vater sagte Alexander zu mir, Mutter Schura und die Tante Saschenka; die Schwestern nannten mich Schurjonok; mein ältester Bruder Wassili rief mich Alex, Wanja, der nächstjüngere – Sanja; für Madame Panaget, die Gouvernante, war ich Sashá, Fuhrmann Frol sprach mich mit Lexander Dmitritsch an und Pferdeknecht Gawril mit »kleiner Herr«.

Wir waren sieben Kinder in der Familie: vier Söhne und drei Töchter; eine davon – Nastja – kam mit einem Buckel zur Welt. Ein weiterer Junge starb mit fünf Jahren an Poliomyelitis.

Ich war ein Nachzügler, mein Bruder Wassili schon siebzehn, als ich geboren wurde.

Mein Vater war ein großer, mürrischer Mann mit kahlem Kopf und langen, kräftigen Armen. Ein widersprüchlicher Charakter: energisch, wenn es darauf ankam, grob und herrisch, ansonsten ein skeptischer Grübler, Pedant noch dazu. Manchmal erschien er mir wie eine Maschine, die von Zeit zu Zeit kaputtging, sich jedoch selbst zu reparieren wusste und dann wieder lief wie am Schnürchen. Er vergötterte den Fortschritt, hatte die Verwalter seiner vier Betriebe zum Studium nach England geschickt. Selbst hegte er eine Abneigung gegen andere Länder, meinte immer, dort müsse man nach deren Pfeife tanzen. Er war für Fremdsprachen ausgesprochen unbegabt, sein Französisch bestand aus drei Dutzend angelernten Sätzen. Wie Mutter erzählte, verlor er auf Reisen leicht die Fassung, fühlte sich nicht wohl in seiner Haut. Er entstammte einem alten Kaufmannsgeschlecht, Kornhändler aus Saratow, die mit der Zeit zu Fabrikanten geworden waren. Der großen Snegirjow'schen Sippe gehörten vier Zuckerfabriken, eine Großkonditorei und eine Schifffahrtsgesellschaft. Als junger Mann hatte Vater an der Polytechnischen Fakultät der Saratower Universität studiert, das Studium jedoch im dritten Jahr aus unerfindlichen Gründen hingeworfen. Und war kurz darauf ins Familienunternehmen eingestiegen. Ungefähr alle acht Wochen hatte er einen trübseligen Alkoholabsturz, glücklicherweise nie länger als drei Tage; dabei kam es vor, dass er das Mobiliar demolierte und die Mutter unflätig beschimpfte, doch nie erhob er die Hand gegen sie. Anschließend entschuldigte er sich jedes Mal bei ihr, fuhr erst ins Dampfbad und dann in die Kirche, um zu beichten. Sehr fromm war er allerdings nicht.

Um die Kinder kümmerte er sich nicht im Geringsten. So waren wir der Fürsorge der Mutter, der Ammen und Gouvernanten sowie der Verwandten überlassen, die auf den beiden Gütern in großer Zahl lebten.

Meine Mutter war das Musterbild der russischen Frau, die sich für das Wohl ihrer Kinder und der Familie aufopfert. Sie war bemerkenswert schön (je zur Hälfte Ossetin und Russin – als Letztere von Kosaken am Terek abstammend), begabt mit einem heißen Herzen und einer weiten Seele und schenkte ihre uneigennützige Liebe zuvörderst dem Vater, der sie auf dem Jahrmarkt von Nishni Nowgorod gesehen und sich sofort unsterblich in sie verliebt hatte, und dann uns Kindern. Überdies war Mutter von einer Gastfreundschaft, die an Unverstand grenzte: Jedem zufällig hereinschauenden Besuch wurde das Weiterfahren entschieden unmöglich gemacht.

Zwar war ich das Nesthäkchen der Familie, aber nicht unbedingt ihr Liebling. Der Vater favorisierte den aufgeweckten, doch folgsamen Ilja, in dem er seinen Nachfolger sah, während die Mutter mehr als alle den schönen, zarten Wanja anhimmelte, der seinerseits Bücher, die von Königen handelten, und Quarkkeulchen, mit Sauerkirschen gefüllt, über alles liebte. Wassili, dem die Kraft in den Armen und der Schalk im Nacken saß, galt beim Vater als Tunichtgut (»nichts als Flausen im Kopf«) und ich als Faulpelz. Meine drei Schwestern lagen charakterlich sehr beieinander: lebensfroh und energiegeladen, dabei recht egozentrisch und empfindlich – leicht zum Lachen ebenso wie zum Weinen zu bewegen, schwer wieder davon abzubringen. Alle drei musizierten sie mit großer Hingabe; am weitesten brachte es die bucklige Nastja, die sich ernsthaft anschickte, das Klavierspielen zum Beruf werden zu lassen. Im Verhältnis zum Vater unterschieden sich die Mädchen am meisten: Arischa, die Älteste, vergötterte ihn, Wassilissa, die Mittlere, empfand vor allem Furcht und Nastja, die Jüngste, nichts als Hass.

Die Familie lebte auf vier Orte verstreut: Wassili in Moskau, wo er sich eine Ewigkeit abmühte, Advokat zu werden, Arischa und Wassilissa in Petersburg, Wanja und Ilja in Waskelowo, Nastja und ich in Bassanzy.

Bis zu meinem neunten Lebensjahr lebte ich auf dem Gut und wurde dort auch unterrichtet: Außer der französischen Gouvernante, die mich in Fremdsprachen und Musik unterwies, hatte ich einen Hauslehrer namens Didenko: ein junger Mann von unvorteilhaftem Äußerem und provinziellen Manieren, der mir mit leiser, einschmeichelnder Stimme all das weitergab, was er selber wusste. Die großen Eroberungen der Geschichte sowie die Himmelskörper waren seine beiden Lieblingsthemen. Wenn er von den Feldzügen Hannibals sprach und von Sonnenfinsternissen, war er ein anderer als sonst, seine trüben Augen glänzten. Daher wusste ich beim Eintritt ins Gymnasium Attila von Alexander dem Großen und den Jupiter vom Saturn fein zu unterscheiden; in russischer Sprache und Rechnen sah es schlechter aus.

Meine Kindheit bis zu diesem Moment war eine rundum glückliche Zeit. Die ukrainische Natur in ihrer Wärme und Freigebigkeit war wie eine Wiege für mich: Ich ging mit den Söhnen des Gutsverwalters fischen und Vögel fangen, fuhr im englischen Motorboot des Vaters über den Dnepr, botanisierte mit meiner Französin, ulkte und musizierte mit Nastja, saß während der Rüben- und Getreideernte beim Fuhrmann auf dem Bock, ging mit Mutter und den Tanten zur Kirche, ließ mir vom Pferdeknecht das Reiten beibringen und richtete des Abends mit Didenko das Fernrohr auf die Sterne.

Alljährlich im August versammelte sich die ganze Familie in Waskelowo.

Die südliche Landschaft der Ukraine wich der des russischen Nordens, anstelle von Kastanien und Pappeln war unser weißes Säulenhaus dort mit strengen, düsteren Fichten umstellt. Zwischen ihren jahrhundertealten Stämmen blinkte der See, vom Haus führten viele steinerne Stufen geradewegs zu ihm hinunter. Gern saß ich auf dem bemoosten Granit der untersten und warf, die Beine überm Wasser baumeln lassend, Steine in den See, sah dem sich bildenden Wellenkreis zu, wie er sich zügig vergrößerte, hinwegglitt über die glasklare Oberfläche, zum steinigen Ufer heran.

Der See war stets kühl und glatt. Dafür lärmte und zwitscherte unsere vielköpfige Familie wie ein Vogelschwarm im Frühling. Nur der griesgrämige, wortkarge Vater erschien als einsamer schwarzer Rabe in diesem Schwarm. Ich selbst fühlte mich pudelwohl im Kreis meiner Verwandten, der, so wie die Kreise im Wasser, zusehends größer wurde, denn die Verwandtschaft auf beiden Landgütern hatte beständig neuen Zuwachs und Zulauf. Vaters Reichtum ebenso wie Mutters offene Hand und Barmherzigkeit, die Behaglichkeit des Anwesens und der hier herrschende Wohlstand zogen die Menschen in Scharen an. Allerlei Gnadenbrotempfänger, pilgernde Mönche und versoffene Schauspieler, Kaufmannswitwen und an der Spielsucht gescheiterte Majore schwärmten wie Bienen durch die Gästezimmer in Haupt- und Seitenflügeln. Wenn an normalen Tagen zum Mittagessen gerufen wurde, war für durchschnittlich zwanzig Personen eingedeckt. An Feier- oder Geburtstagen mussten im Speisezimmer des nördlichen Gutshauses drei Tische zusammengerückt werden, und in Bassanzy verlegte man die Tafel gleich in den Garten, unter die Apfelbäume.

Der Vater schritt dagegen nicht ein. Wahrscheinlich sagte dieser Lebensstil ihm zu. Allerdings ließen sich während der ausschweifenden Familienfeste auch keine Zeichen sonderlicher Begeisterung aus seinem Gesicht ablesen. Lachen und weinen konnte er ohnehin nur, wenn er sehr betrunken war. Und nie habe ich das Wort »Glück« aus dem Mund des Vaters gehört. Ob er deswegen unglücklich war? Ich weiß es nicht.

Mama jedenfalls war glücklich, ganz ohne Zweifel. Ihre heitere, beschwingte, philanthropische Natur schwebte und flatterte über allem. Auch wenn sie gern einmal sagte, Glück sei für sie, wenn sie so viel um die Ohren habe, dass keine Zeit zum Nachdenken bleibe.

In diesem menschlichen Bienenkorb also wuchs ich heran – ein gesundes, glückliches Kind.

Genau wie Mama verschwendete ich nicht viel Zeit für müßige Gedanken, wenn ich an heißen Julitagen vom Kutschbock des staubbedeckten Zweispänners sprang und durch die Suite angenehm kühler Zimmer fegte, den Klängen der »Barkarole« entgegen, mit einem Sträußchen Walderdbeeren in der Hand, das ich, auf weitab gelegenen Wiesen gepflückt und mit einem Grashalm zusammengebunden, der Klavier spielenden Nastja überreichte, um ihr gleichzeitig eine Schnecke oder ein Heimchen auf den Buckel zu setzen, was einen Aufschrei nach sich zog, einen Schwapp Milch aus ihrem Glas in mein Gesicht, ein paar flache Hiebe mit Tschaikowskis »Jahreszeiten«, schließlich die Versöhnung und den gemeinsamen Verzehr der süßen Beeren auf dem sonnenwarmen Fensterbrett.

Nur eine Merkwürdigkeit gab es, die mich als Kind ängstigte und fesselte zugleich.

Es war ein Traum, den ich immer wieder träumte. Ich sah mich am Fuß eines gewaltigen Berges, so unabsehbar gewaltig, dass mir die Knie *weich* wurden. Der Berg war wirklich *schrecklich* groß. So groß, dass ich zu weichen und zu *bröseln* begann. Sein Gipfel reichte in den blauen Himmel. Bis dort hinauf war es *unglaublich* hoch. So hoch, dass ich nachgab und zerging wie ein Brötchen in der warmen Milch. Mit dem Berg musste ich mich abfinden. Er stand da. Wartete darauf, dass ich seinen Gipfel ins Auge fasste. Das war alles, was er von mir wollte. Ich aber brachte es *einfach* nicht fertig, den Blick zu heben. Wie auch? So geduckt, so am Bröseln und

Zergehen. Der Berg aber wollte *unbedingt*, dass ich schaute. Und ich verstand, dass ich restlos zerbröseln würde, wenn ich *nicht* schaute. Zu Brotsuppe werden, *unwiderruflich*. Ich nahm meinen Kopf in die Hände und stemmte ihn nach oben. Er hob sich, ganz, ganz langsam. Und ich schaute, schaute auf den Berg. Doch den Gipfel, den sah ich nicht. Denn er war hoch, so hoch. Und er floh, floh mich *auffallend*. Ich keuchte, biss die Zähne zusammen, fing doch an zu heulen. Und hob weiter, Stück für Stück, meinen schweren Kopf. Bis mir auf einmal das Rückgrat zerbrach, ich zerfiel in nasse Brocken, klatschte rücklings zu Boden. Und sah den Gipfel. Er lag im LICHT. Ein Leuchten, so strahlend, dass ich darin *verschwand*. Und das war so *schrecklich* schön, dass ich erwachte.

Morgens war dieser Traum mir in allen Einzelheiten gewärtig, und ich erzählte ihn meinen Angehörigen beim Frühstück. Die aber waren nicht sehr beeindruckt davon.

»Weniger spinnen, mehr an die frische Luft gehen!«, riet mir Vater auf die brachiale Art, die für ihn typisch war. Mutter segnete mich für die Nacht, besprengte mich mit geweihtem Wasser und legte mir ein Ikonenbildchen Panteleimons, des Heiligen Arztes, unters Kopfkissen. Meine Schwestern fanden an dem Traum nichts Außergewöhnliches. Die Brüder hatten gar nicht erst zugehört.

Tagsüber konnte der rätselhafte Berg dann für mich in den verschiedensten Formen wieder auftauchen: als Schneewehe vor dem Haus, Tortenstück auf dem Teller der Schwester, Wacholderbusch, den der Gärtner zur Pyramide zurechtgestutzt hatte, Nastjas Metronom, ein Zuckerhaufen in Vaters Fabrik oder mein Kopfkissenzipfel.

Die wirklichen Berge interessierten mich hingegen wenig. Der prächtige Atlas mit der Aufschrift *Les plus grands fleuves et montagnes du Monde*, den Didenko mir zeigte, weckte keine Wiedersehensfreude in mir, denn zwischen Chomolungma, Jungfrau und Ararat fand sich der von mir geschaute Berg nicht. Es waren *irgendwelche* Berge. Geträumt hatte ich von *dem* Berg.

Allmählich dann bekam das Paradies meiner Kindheit Risse; das russische Leben begann einzusickern. Zuallererst in Form eines Wortes: Krieg. Ich war sechs, als ich es auf der Terrasse unseres ukrainischen Gutshauses zum ersten Mal hörte. Wir saßen am Mittagstisch, Vater ließ länger auf sich warten, wir hatten auf Mutters Geheiß schon zu essen begonnen, als Vaters Kutsche endlich doch ratternd vorgefahren kam. Zögerlicher als sonst trat er ein: ernst, auf düstere Weise festlich, in seinem Nankinganzug mit Weste, weißem Hut und einer Zeitung in der Hand.

»Es ist Krieg!«, sagte er und warf die Zeitung auf den Tisch. Dann zog er das Taschentuch aus der Tasche, rieb sich damit den langen, kräftigen Hals. »Erst das Habsburger Gesindel, nun die Preußen. Sie möchten sich Serbien einverleiben«, verkündete er.

Die am Tisch sitzenden Männer waren aufgesprungen, umringten den Vater, redeten durcheinander. Nastja und Arischa blickten verwirrt zu Mutter hinüber. Die schien erschrocken zu sein, während ich, an einem zu großen Bissen Pirogge mit Ei würgend, auf die Zeitung starrte. Sie lag vor mir, zwischen der Karaffe mit der Himbeerlimonade und dem Teller mit dem gepökelten Schweinefleisch. Das große schwarze Wort KRIEG war in der Mitte gefaltet. Darunter stand in etwas kleineren Buchstaben das Wort SERBIEN. Es ließ mich an Serpentinen denken, ein Wort, das ich erst neulich in Didenkos Bergbildband kennen gelernt hatte. Und Preußen – so hießen bei uns die roten

Schaben* in der Speisekammer. Bei der Vorstellung, wie so ein gefräßiger roter Schwarm über einen Berghang herfiel und die Serpentinen wegputzte, überlief mich ein Schauder. Ich verschluckte mich und hustete, der unzerkaute Bissen flog mir aus dem Mund auf die Zeitung.

Doch keiner achtete auf mich. Die Männer standen, in gedämpfter Lautstärke schwadronierend, beisammen, Vater in ihrer Mitte, wie immer viel zu steif, das knochige Kinn gereckt, erzählte ihnen etwas von einem Ultimatum Österreich-Ungarns. Die Frauen sagten immer noch nichts.

Ich sah das ausgespuckte Stück Pirogge auf dem schwarzen Wort KRIEG liegen. Und seltsam: Dieser Anblick blieb für mich ein Sinnbild für den Krieg, das mich zeit meines Lebens begleitet hat.

Bald war der Krieg zur Gewohnheit geworden.

Beim Frühstück wurden die neuesten Nachrichten von der Front verlesen. Die Namen der Generäle waren uns schon beinahe so vertraut wie Verwandte. Am besten gefiel mir General Kuropatkin, den ich mir wie den Zwerg Tschernomor in »Ruslan und Ljudmila« vorstellte. Außerdem gefiel mir das Wort »Konterattacke«. Wir waren nach Waskelowo umgezogen; von da fuhren wir des Öfteren zum Bahnhof, um unsere Truppen zu verabschieden, Mama und die Schwestern nähten Weißwäsche für die Verwundeten, schnitten Binden, fertigten Wattetupfer, besuchten die Lazarette und wurden einmal sogar gemeinsam mit der Zarin und den Verwundeten fotografiert. Wassili meldete sich, ungeachtet des väterlichen Einspruchs und der Tränen der Mutter, freiwillig zur Front.

* die roten Schaben: Gemeint ist die Deutsche Schabe (Blattela Germanica).

Kurz nach Kriegsausbruch lernte ich zwei weitere Gesellschafter der Menschheit kennen, verlässlich dabei auf all ihren Wegen: die Gewalt und die Liebe.
Im Frühjahr nahm Vater mich und Nastja nach Bassanzy mit. Am Palmsonntag fuhren wir mit den Tanten und einigem sonstigem Anhang in drei Kutschen zur Kirche, die am Rande des Nachbardorfes Kotschanowo stand und sehr hübsch aussah: weiß und hellblau getüncht, Vater hatte für die Renovierung gesorgt. Ich ging gern zur Kirche, fand es dort immer nett und friedlich. Mir gefiel, wie alle sich bekreuzigten und verneigten, wie sie sangen. Es hatte etwas Geheimnisvolles. Während der Messe suchte ich den Erwachsenen fleißig alles nachzutun. Wenn der Pope das Weihwasser versprengte und mein Gesicht ein paar Tropfen abbekam, juchzte ich nicht, sondern blieb still wie alle Übrigen auch. Erst gegen Ende kam Langeweile auf, ich verstand nicht, warum dies alles so lange dauern musste.
Schließlich war die Messe vorbei, und wir verließen inmitten der Menge das Gotteshaus. Da entstand hinter uns ein Gedränge, mehrere Stimmen zankten miteinander. »Die Chochly* müssen überall die Ersten sein!«, tönte es auf Russisch und die Erwiderung auf Ukrainisch: »Die Zugezogenen drängeln wieder mal!«
Das Wetter war frühlingshaft warm, die Sonne schien, Reste von Schnee knirschten unter den Füßen. Vater und die Tanten verteilten milde Gaben, während Nastja und ich, schon im Wagen sitzend, das Treiben auf dem Kirchplatz beobachteten. Es herrschte ein großes Gewimmel. Manche waren betrunken. Ein Teil waren ukrainische Bauern, ein Teil Arbeiter aus Vaters Fabrik, die eine Werst vom Dorf entfernt lag,

* Chochly (Chochol): abfällige Bezeichnung der Russen für Ukrainer

doch die Siedlung für die Beschäftigten, die mein Großvater hatte bauen lassen, befand sich gleich hinter der benachbarten Sandgrube. Die Bauern baldowerten und knackten Kürbiskerne dabei, die Arbeiter rauchten und rissen Witze. Plötzlich ein Aufschrei, eine Ohrfeige klatschte, eine Mütze rollte über den Platz, es kam Bewegung in die Menge, Männer rannten in Richtung Sandgrube, die Frauen kreischend hinterher. Im Nu war der Platz wie leergefegt, nur die Bettler und die Krüppel waren noch da, dazu die beiden Wachtmeister mit ihren langen Säbeln und unsere Familie.

»Wo wollen die denn alle hin?«, fragte ich Nastja, die immerhin vier Jahre älter war als ich.

»Mikola!«, rief Nastja, noch an der Hostie kauend, und ließ die flache Hand auf den wattierten Rücken des Kutschers klatschen. »Was haben die vor?«

Der Mann auf dem Bock, ein wettergegerbter Ukrainer mit Hängeschnauzbart, wandte sich um und sagte grinsend: »Da haut sich die Teufelsbrut wiederma die Schädel ein, gnä's Fräulein.«

»Wer wem?«, fuhr Nastja erschrocken auf.

»Einer dem andern.«

»Und warum?«

»Woher soll ich das wissen …«

Wir erhoben uns von den Sitzen und spähten hinunter in die Grube. Dort standen die Männer einander in zwei Reihen gegenüber: Fabrikarbeiter, größtenteils Zuzügler aus dem Russischen, auf der einen Seite, ansässige ukrainische Dorfburschen auf der anderen. Alte, Frauen und Kinder schauten vom Rand der Grube aus zu. Wieder flog eine Mütze, und die Prügelei fing an, untermalt vom Kreischen der Frauen und den Anfeuerungsrufen der Männer. Zum ersten Mal im Leben sah ich, wie Menschen absichtlich aufeinander einschlugen. Bei uns in der Familie wurde nicht geschlagen – von den wenigen Klapsen der Mutter und Katzenköpfen des Vaters abgesehen; das Höchste war, dass einer zur Strafe in der Ecke stehen musste. Es kam vor, dass Vater Mutter anbrüllte, bis die Adern blau hervortraten, dass er einem Diener gegenüber mit dem Fuß aufstampfte, den Verwaltern mit der Faust drohte – doch nie hat er jemanden geschlagen.

Fasziniert starrte ich auf die Prügelei, ohne recht zu begreifen, was vor sich ging. Die da unten schienen mit Wichtigem beschäftigt. Sie taten sich schwer. Doch sie strengten sich an. So sehr, dass sie nah am Heulen waren. Sie ächzten, fluchten, brüllten. Zahlten *es* – ich wusste nicht, was – einander mit Fäusten heim. Das fand ich entsetzlich und großartig zugleich. Ein Zittern überkam mich. Nastja bemerkte es und umfasste meine Schulter. »Keine Angst, Schurjonok. Das ist grobes Volk. Papa sagt, sie können nichts als saufen und prügeln.«

Ich fasste Nastjas Hand. Sie schien das Treiben auf eine Art zu begreifen, die mir *nicht einsichtig* war. Auf einmal schien sie nicht mehr meine Schwester zu sein, war mir fern und erwachsen. Und ich war allein. Die Prügelei ging weiter. Jemand fiel in den Schnee, jemand wurde bei den Haaren gezogen, jemand wankte beiseite und spuckte Blut. Nastjas Hand war heiß und fremd.

Schließlich pfiffen die Wachtmeister in ihre Trillerpfeifen, die Alten und die Frauen oben am Grubenrand riefen etwas hinunter.

Die Prügelei hörte auf. Die Beteiligten ließen ab voneinander und gingen ihrer Wege – die Ukrainer nach Kotschanowo, die Arbeiter in die Siedlung. Meine barmherzige Mutter konnte nicht an sich halten. »Ihr Schamlosen!«, rief sie ihnen nach. »Die Rechtgläubigen führen Krieg gegen die Deutschen, und ihr schlagt euch am Feiertag die Köpfe ein!« Dem Vater zuckte ein Lächeln um den schmallippigen Mund. »Lass sie ihr Mütchen kühlen. Das macht sie ruhiger.«

Er fürchtete Streiks, wie sie die russischen Fabriken zuletzt im Jahr 1905 lahm gelegt hatten. Doch durfte er bis jetzt zufrieden sein: Seine Arbeiter waren von der Mobilmachung nicht betroffen, da Zucker zu den strategisch wichtigen Produkten gezählt wurde. Der Krieg versprach ihm einen großen Profit.

Mama setzte sich zu uns, der Kutscher zerrte an den Zügeln, schnalzte mit der Zunge, und die Kutsche fuhr an. Ich ließ Nastjas Hand los. Zwei junge Burschen aus der Fabrik liefen längsseits, die Schöße ihrer offen stehenden groben Bauernmäntel flogen. Der eine hatte ein blau geschlagenes Auge, das jedoch freudig blitzte. Der andere befühlte seine zerschundene Nase. Mama wandte sich missbilligend ab.

»Den Chochly haben wir's gezeigt, Chef!«, rief der Bursche mit dem blauen Auge, zog mit den spitzen Fingern der Rechten etwas aus der geballten Linken und hielt es zwinkernd und lachend vor mich hin. »Ein Chocholzahn! Kam meiner Faust in die Quere!«

Währenddessen neigte sein Kamerad sich ruckartig nach vorn und schnäuzte heftig aus. Blut spritzte rot leuchtend in den Schnee. Die Burschen waren *glücklich*. Beide hatten etwas Unsichtbares geschenkt bekommen. Bei einer Prügelei. Und zogen nun damit heim.

Ich aber verstand nicht, was das für ein Geschenk war. Nastja und die anderen Erwachsenen schienen es zu wissen. Verschwiegen es aber. Wie überhaupt *so manches*.

Die Rätsel der Welt musste ich selber lösen.

Ende Juli zogen wir zurück nach Waskelowo. Eines Mittags, nach zweistündigem Unterricht bei Madame Panaget, trank ich ein Glas warme Milch mit Heidelbeeren und lief in den Garten, um bis zum Essen noch ein wenig herumzustromern. Vor hundertfünfzig Jahren angelegt, hatte dieser Garten nur Reste seiner einstigen Pracht bewahrt, da der vorige Besitzer ihn vollkommen vernachlässigt hatte. Es bereitete mir Spaß, Papierschiffchen auf dem Teich auszusetzen, auf den sich zum Boden neigenden Ästen einer Weide herumzuklettern oder aus der Deckung von Wacholderbüschen Fichtenzapfen auf einen alten marmornen Faun zu werfen. An diesem Tag aber hatte ich zu gar nichts Lust. Nastja war im Haus und spielte Klavier, Mama und die Kinderfrau kochten Marmelade, Vater hatte Ilja und Iwan nach Wyborg mitgenommen, um irgendeine Maschine zu kaufen, Arischa und Wassilissa dösten zwischen Büchern auf dem Sofa. Ich stromerte durch den Garten und hatte den entlegensten Winkel erreicht, als ich plötzlich unser Zimmermädchen Marfuscha erblickte. Sie hatte sich eben durch zwei auseinander gebogene Stangen im Zaun gezwängt und tauchte im angrenzenden Wald unter. Dabei bewegte sie sich so geschwind, wie man es überhaupt nicht von ihr kannte: einer molligen, etwas trägen, immer freundlichen Person mit glupschenden Rehaugen. Mir kam das geheimnisvoll vor, also kroch ich gleichfalls durch den Zaun und nahm die Verfolgung auf. Ihr sittsames blaues Kleid mit weißer Schürze hob sich vom Hintergrund des urwüchsigen Waldes gut sichtbar ab. Ohne sich umzusehen, hastete das Mädchen einen Trampelpfad entlang. Ich lief ihm nach, eine dicke Schicht Nadeln federte unter meinen Füßen. Ringsum dichter alter Fichtenwald. Düster war es und still, nur vereinzelte Vögel im Wechselgesang. Nach einer halben Werst hörte der Wald auf, und ein kleiner Sumpf fing an. Am Waldrand standen drei Hüttchen aus Fichtenzweigen. Alljährlich im Frühling saßen hier Vater und seine Freunde auf Birkhühner an, die in dem Sumpf ihre Balz zu veranstalten pflegten. Aus einer von ihnen ertönte nun ein Pfiff. Marfuscha blieb stehen. Ich versteckte mich hinter einem dicken Fichtenstamm. Gerade noch rechtzeitig, denn Marfuscha blickte sich um, bevor sie in die Hütte kroch.

»Ich dachte schon, du kommst nicht«, war eine männliche Stimme zu vernehmen. Ich erkannte Klim, unseren jungen Diener.

»Bald wird zu Mittag gegessen, die gnä' Frau kocht Marmelade, herrje, wenn sie's bloß nicht merkt ...«, haspelte Marfuscha.

»Keine Angst, die merkt es schon nicht«, brummte Klim, dann wurde es still.

Auf leisen Sohlen näherte ich mich der Hütte, in der Absicht, die beiden durch lautes Gebrüll aus nächster Nähe zu erschrecken. Ich stand schon unmittelbar daneben, hatte den Mund schon geöffnet – und erstarrte, da ich Klim und Marfuscha durch die trockenen Zweige sah. Auf dem Boden der Hütte war ein Sackleinen ausgebreitet. Darauf knieten die zwei, hielten sich umarmt, und ihre Münder hingen saugend aneinander. Dergleichen hatte ich Menschen noch niemals tun sehen. Mit einer Hand knetete Klim Marfuschas Brust, und sie stöhnte. Das nahm und nahm kein Ende. Marfuschas Arme baumelten kraftlos. Ihre Wangen brannten rot. Endlich fuhren die Münder auseinander, und Klim, ein schmächtiger junger Mann mit Lockenkopf, begann Marfuschas Kleid aufzuknöpfen. Dies war nun gänzlich *unbegreiflich*. Wusste ich doch, dass nur ein Arzt dazu berechtigt war, Frauen zu entkleiden.

»Warte, ich nehm erst die Schürze ab«, wisperte sie und tat es, hängte das weiße Stück sorgsam an einen Ast.

Bald hatte Klim eine junge, kräftige Brust mit kleinen Brustwarzen freigelegt, die er gierig abzuküssen begann. »Herzchen … mein Herzchen«, brummte er dabei.

Ist er denn noch ein Kind, oder was?, dachte ich.

Marfuscha bebte und atmete heftig. »Klim … mein Schatz … liebst du mich denn auch wirklich?«

Er murmelte etwas und war dabei, das raschelnde blaue Kleid bis ganz unten aufzuknöpfen.

»Nicht so!«, protestierte sie, schob seine Hände weg und hob den Rocksaum in die Höhe.

Ein weißer Unterrock kam zum Vorschein, den Marfuscha nun gleichfalls raffte. Und ich sah die hellen, rundlichen Oberschenkel und dazwischen ein schwarzes kleines Dreieck vor ihrem Schoß. Im nächsten Augenblick hatte Marfuscha sich schon auf den Rücken gelegt.

»Herrje, welche Sünde … Klim, mein Liebster …«

Klim ließ die Hosen herunter, wälzte sich über Marfuscha und ruckelte hektisch auf ihr herum.

»Oi, das gehört sich doch nicht … Klim, hörst du …«

»Sei still«, brummte Klim und hörte nicht auf zu fuhrwerken.

Dann wurden seine Bewegungen zackiger, und er fing an zu knurren wie ein wildes Tier. Marfuscha ihrerseits stöhnte und juchzte, zwischendurch barmte sie: »Au weia, diese Sünde, herrje, herrje …«

Beider Körper zitternd, die Wangen hochrot. Ich war mir darüber im Klaren, dass hier etwas sehr Peinliches, Heimliches geschah, wofür man bestraft werden konnte. Es schien obendrein anzustrengen, wohl gar wehzutun. Doch ich sah auch, dass es den beiden *großen* Spaß machte.

Bald darauf hörte ich Klim aus vollem Leibe ächzen, so wie ich es von Männern kannte, die mit der schweren Axt ein dickes Scheit Wurzelholz spalten. Dann hörte es auf. Reglos lag er auf Marfuscha wie ein Schlafender in den Federn. Das Mädchen schnaufte immer noch leise, streichelte seinen Lockenkopf. Schließlich regte sich Klim und rappelte sich auf, wischte sich mit dem Jackenärmel über die Lippen.

»Herrje ... und wenn nun ein Kindlein draus wird?«, fragte Marfuscha, den Kopf hebend.

Klim blickte sie an, als sähe er sie zum ersten Mal.

»Kommst du heute Abend wieder?«, fragte er mit belegter Stimme.

»Herrje, weiß ich, ob ich loskomm!« sagte sie, während sie sich zuknöpfte.

»Komm, wenn es dunkel wird!«, sagte Klim und schniefte.

»Ach, Klim, mein Schwälbchen, was soll nun draus werden?«, jammerte sie und schmiegte sich auf einmal heftig an ihn.

»Was schon, nichts weiter«, murmelte er.

Darauf sie: »Ja, dann lauf ich mal, nicht wahr ...«

»Lauf schon, ich komm gleich.« Klim nagte finster an einem Zweiglein.

»Sieh mal nach, ist der Saum hinten etwa feucht?«

»Nein, nein.«

Ich wich ein paar vorsichtige Schritte zurück, drehte um und rannte zum Haus.

Was ich in der Hütte gesehen hatte, erschütterte mich genauso stark wie die Prügelei in der Sandgrube. Beides, so empfand ich in der Tiefe meines kindlichen Wesens, musste für die Menschen eine große Bedeutung haben – sonst wären sie nicht so heftig und leidenschaftlich bei der Sache gewesen.

Wie Kinder in die Welt kamen, wurde mir wenig später von meinem Bruder Wanja erläutert. Hierdurch erfuhr die Szene in der Laubhütte ihre wahre Dimension: Ich begriff, dass die Geburt von Kindern mit jenem *Schnaufen zu zweien* zu tun hatte, das man so peinlich vor aller Welt verheimlichte. Wanja erklärte, Kinder würden nur nachts gemacht. Also begann ich des Nachts die Ohren zu spitzen. Und einmal, im Vorüberschleichen am elterlichen Schlafzimmer, konnte ich das gleiche Stöhnen und Schnaufen tatsächlich vernehmen. Ich schlich zurück ins Bett, wo ich noch lange wach lag und darüber nachdachte, warum dieses Kinder-in-die-Welt-Setzen eine so wunderliche Betätigung erforderte. Und vor allem: Warum man es heimlich tun musste.

Am nächsten Morgen beim Frühstück, während wir von Marfuscha, Klim und Papas altem Diener Timofej bedient wurden und am Tisch wie üblich die Neuigkeiten von der Front erörtert wurden, stellte ich die Frage in den Raum: »Kriegt Marfuscha eigentlich ein Kind?«

Das Gespräch am Tisch verstummte jäh. Alle sahen Marfuscha an. Sie hielt gerade die Porzellanschüssel, aus der der weißhaarige, knollennasige Timofej mit seiner besorgten Leichenbittermiene den Hirsebrei austeilte. Klim stand in der Ecke des Esszimmers vor dem Samowar und füllte die Gläser mit Tee. Marfuscha errötete noch tiefer als in der Hütte. Die Schüssel in ihren Händen zitterte bedenklich, während Klim verstohlen zu mir herüberspähte und erbleichte.

Mutter rettete die Situation. Vermutlich hatte sie von der Beziehung zwischen dem Diener und dem Zimmermädchen längst etwas mitbekommen.

»Nicht nur eins, mein lieber Schura. Marfuscha bekommt einmal fünf Kinder«, sagte sie trocken. »Drei Jungen und zwei Mädchen.«

»Ganz recht«, fügte der Vater mürrisch an, während er mehr Marmelade als sonst über seinen Brei löffelte. »Und anschließend noch mal fünf. Damit jemand ist, der in den Krieg ziehen kann.«

Beifälliges Gelächter ertönte. Auch Marfuscha versuchte ein Lächeln. Es gelang ihr mehr schlecht als recht.

Mit jedem Monat drang der Krieg ungestümer in unser Leben vor. Wassili kehrte von der Front heim. Genauer gesagt: Man brachte ihn in Vaters Automobil vom Bahnhof gefahren. Das Auto hupte dreimal, wir liefen hinaus, unseren Kriegshelden zu begrüßen, der ein paar kurze, doch bewegende Briefe von der Front geschrieben hatte. Wassili stieg aus und kam, auf Timofej und den Chauffeur gestützt, sehr langsam die Treppe herauf. Er trug noch Uniform – Mantel und Mütze. Sein Gesicht war auffällig gelb. Besorgt trug Timofej ihm den Stock nach, an dem der Bruder zu gehen hatte. In Wassilis Gesicht malte sich ein reuiges Lächeln. Wir stürmten auf ihn zu. Mama schluchzte. Auch der Vater war herausgetreten, blickte Wassili angespannt entgegen, zwinkerte. Sein kräftiges Kinn zuckte.

Bei Lowicz im Polnischen war Wassili in einen Gasangriff der Deutschen geraten. Er hatte eine Chlorvergiftung, doch es war das Schlangenwort Yperit*, das sich in meinem Kopf festsetzte.

Später, als Wassili bei Tee und Kuchen am flackernden Kamin saß, hörten wir ihn erzählen, wie er vor der Chlorwolke geflohen war, wie er acht Deutsche mit dem Maschinengewehr niedergeschossen, wie eine Granate zwei seiner Frontkameraden auf einmal, den Fähnrich Nikolajew und den Freiwilligen Gwischiani, zerfetzt hatte, wie Wachsolda-

* Yperit: Senfgas

ten mit Hilfe eines Zigeunerbraut genannten Haarseils lautlos unschädlich gemacht wurden, wie gegen Läuse vorzugehen war und wie gegen Panzer, über was für *kapitale* Granatwerfer die Deutschen verfügten und wie viele tote Russen er nach der Brussilow-Offensive in einem großen Weizenfeld hatte liegen sehen.

»In Reih und Glied lagen die, wie hingelegt. Sie waren auf MG-Nester gestoßen. Niedergemäht wie mit der Sense.«

Wir lauschten mit angehaltenem Atem. Das Teeglas in Wassilis gelber Hand zitterte. Ständig musste er sich räuspern, die Augen tränten ihm und waren jetzt immer rot, so als hätte er gerade geheult. Beim Gehen keuchte er und musste Pausen einlegen, in denen er sich auf seinen Stock stützte.

Vater schickte ihn in den Kaukasus nach Pjatigorsk zur Kur.

Ein Jahr darauf beging mein ältester Bruder in Moskau Selbstmord. Schoss sich mit dem Nagant eine Kugel in den Kopf und gleich noch eine mit einem Damenrevolver ins Herz. Der Bruder habe sich aus Liebe zu einer verheirateten Frau erschossen, in die er schon vor dem Krieg aussichtslos verliebt gewesen sei, so behauptete Wanja.

Vaters Reichtum nahm rapide zu, und seine Abhängigkeit von diesem Krieg wurde immer größer. Die Geschäfte liefen hervorragend. Eine Menge neuer Bekannter tauchten auf, vorwiegend Militärs. Er trank mehr und häufiger, war nur noch selten zu Hause, ständig auf Achse, wie er zu sagen pflegte. Um ihn her eine Anzahl energisch auftretender junger Männer mit strichförmigen Schnurrbärten, die er seine Kommissionäre nannte. Es ging schon lange nicht mehr nur um Zucker, er *machte* in vielerlei. Wenn er ins Telefon brüllte, klangen mir die Ohren von unheimlichen Sätzen wie: »Der amerikanische Gummi wird uns noch die Luft abdrücken«, »der Zwiebacktransport steht im Zollschuppen und schimmelt«, »sechs Wagon Seifenflocken hängen im Knoten fest«, »die Gauner vom Semgor* an der Südwestfront lassen mich am langen Arm verhungern« und dergleichen mehr.

Meine Großmutter, die ihre alten Tage still und bodenständig im Moskauer Haus an der Ostoshenka verbrachte, stellte einmal zu Ostern fest: »Durch diesen Krieg hat unser Dima vollends den Kopf verloren: jagt hinter sieben Hasen auf einmal her.«

Und tatsächlich kam mir Vater damals vor, als verfolgte er so aussichtslos wie besessen etwas, das ihm an Wendigkeit überlegen war und darum immer wieder entwischte. Während er selbst durch diese Hatz nicht an Lebendigkeit gewann, sondern verknöcherte, sein ohnehin beherrschtes Gesicht verfinsterte sich zusehends. Wahrscheinlich schlief er überhaupt nicht mehr. Die Augen glänzten ihm fiebrig und flackerten, selbst wenn er mit uns am Tisch saß und Tee trank.

Es verging ein weiteres Jahr.

Inzwischen kam der Krieg schon durch alle Ritzen gekrochen. Er war überall. In den Städten marschierten die Soldatenkolonnen, auf den Bahnhöfen wurden Kanonen und Pferde in Züge verladen. Mama und wir Kinder fuhren nicht mehr nach Bassanzy – dort war es jetzt zu »unruhig«. Die komplette Familie richtete sich in Petersburg ein. Die Verwandten wurden auf den Gütern hinterlassen. Die Hauptstadt in Kriegszeiten lehrte mich drei neue Wörter: Arbeitslosigkeit, Streik, Boykott. Ihre Verkörperung sah ich in den dunklen Menschentrauben auf Petersburgs Straßen, die fins-

* Semgor: Komitee zur Versorgung der russischen Armeen (1915 bis 1918)

ter hin und her schwappten und an denen wir, sei es mit der Kutsche oder im Automobil, möglichst rasch vorbeizukommen versuchten.

Petersburg wurde umbenannt in Petrograd.

Die Zeitungen druckten Schmähverse auf die Deutschen, dazu die passenden Karikaturen. Wanja und Ilja brachten sie mit Vorliebe zu Gehör. Deutsche gab es in meinen Augen damals nur zweierlei: Die einen waren kugelrund mit feisten, grinsenden Visagen, gehörntem Helm auf dem Kopf und Säbel in der Hand; die anderen dürr wie Bohnenstangen, mit Reitgerte, Schirmmütze, Monokel und dem Ausdruck säuerlicher Geringschätzung im schmalen Gesicht.

Meine große Schwester Arischa brachte aus dem Gymnasium ein patriotisches Lied nach Hause. In der Singstunde hatte die Klasse es gemeinsam komponiert, der Text stammte von irgendeinem Lehrer aus der Provinz:

Steh auf, steh auf, du Riesenland
Heraus zur größten Schlacht!
Den deutschen Horden Widerstand,
Tod der Teutonenmacht!*

Nastja und Arischa zu vier Händen sorgten für die Begleitung, und ich sang, auf einem Stuhl stehend, mit Inbrunst.

Nach dem Umzug in die große Stadt fiel mir auf, wie viel mehr Tempo das Leben hier im Vergleich zu Bassanzy oder Waskelowo hatte: Die Leute liefen schneller und redeten schneller, die Fuhrleute hetzten ihre Gäule und brüllten, Automobile hupten und knatterten, Schüler eilten im Lauf-

* Steh auf, steh auf, du Riesenland: Urtext für das berühmte »Lied vom heiligen Krieg« (1942). Staatsdichter Lebedew-Kumatsch »entlehnte« hierfür einen patriotischen Text des Rjabinsker Gymnasiallehrers Bade von 1916.

schritt ins Gymnasium, Zeitungsverkäufer riefen »unsere Verluste« aus; wenn Vater nach Hause kam, warf er den Pelzmantel von sich, schlang hastig das Essen und schloss sich mit seinem Gehilfen im Arbeitszimmer ein, worauf er mit den Kommissionären eilends wieder von dannen fuhr, manchmal eine ganze Woche wegblieb. Auch Mama bewegte sich mit größerer Eile, wenn sie irgendwohin zum Einkaufen fuhr. Häufiger und überraschender denn je waren wir bei anderen Leuten zu Besuch. Ich gewann viele neue Freunde: Jungen ebenso wie Mädchen.

Verstärkt wurde ich nun auf das Gymnasium vorbereitet: Mit Didenko übte ich Russisch und Rechnen, mit Madame Panaget Deutsch und Französisch. Und die Stunden vergingen, anders als früher, wie im Fluge.

Selbst unsere beiden Möpse Kaiser und Schustrik liefen schneller, bellten lauter und kackten öfter auf den Teppich.

Weihnachten 1916 feierten wir in einem großen Haus, das Papas neuen Freunden gehörte. Zu jener Zeit hatte Vater von einem Tag auf den anderen zu reisen aufgehört und war stattdessen einem anderen Dämonen verfallen, der, einem großen Besen gleich, all den »gebrochenen Zucker, transportfertig« und die »Seifenflocken, wagonweise« aus dem Haus gefegt hatte. Es war das Wort »Duma«, das wie der dicke Pazjuk in Gogols Weihnachtsmärchen zur Tür hereinspaziert war und sich für länger bei uns einnistete. Mit ihm kamen Papas neue Freunde – sie kamen oft und blieben bis spät. Sie glichen einander meist ebenso sehr, wie sie sich von Papas hagerer Gestalt unterschieden: klein und flink, stämmig, mit breiten, ausrasierten Nacken, gestutzten Kinn- oder gezwirbelten Schnurrbärten, viel rauchend und unentwegt diskutierend. Hatten sie sich endlich heiser gepafft und gestritten, diktierten sie sich selbst etwas in die Feder, um

hinterher noch mit Papa Wein zu trinken und dann ins »Ernest« oder ins »neue Donon« essen zu fahren. Unser Vater war nun ausschließlich mit Politik beschäftigt, ging auf die Versammlungen der mächtigen, mir vollkommen fremden Duma und redete in den Gesprächen mit Mama öfters von einem Geschwür, das demnächst aufbrechen würde, man dürfe nur nicht den Moment verpassen.
Nach Ausbruch des Krieges war der Bankier Rjabow zu Papas engstem Vertrautem in Petrograd geworden. Auch er saß in der Duma.
Die Rjabows hatten eine elfjährige Tochter mit Namen Nike, in die ich mich – zum ersten Mal im Leben – verliebte. Auf jener Weihnachtsmatinee hatten wir Kinder das Krippenspiel aufzuführen: Rjurik, Rjabows Ältester, war Herodes, Nastja der Verkündigungsengel, Wanja, Ilja und Arischa die drei Weisen aus dem Morgenland, Wassilissa die Jungfrau Maria, und irgendein älterer, sitzen gebliebener Schüler spielte den Josef. Verschiedene Kinder, die wir nicht kannten, waren Englein, Teufelchen und die zu tötenden Babys. Nike und ich hatten mehrere Rollen zu spielen: erst Herodes' Büttel, die nach den Kindern suchten, und dann Ochs und Esel, die dem Christkind in der Krippe mit ihrem Atem Wärme spendeten. Das Jesulein gab übrigens Rjabows jüngster Sohn Wanjuscha. Als er im zweiten Akt glücklich geboren war und Nike und ich mit übergestülpten Kuh- und Eselsmäulern aus Pappmaché eifrig unseren heißen Atem in die Krippe pusteten, fing Klein Wanjuscha zu heulen an. Wir blickten einander durch unsere Augenlöcher an und prusteten verstohlen. Nikes fröhlich blitzendes schwarzes Auge in der Umrahmung der breiten Eselswimpern, dazu ihr leises Lachen und irgendein süßliches Parfüm bewirkten in mir einen überraschenden Anfall von Zärtlichkeit. Ich

ergriff ihre heiße Hand und ließ sie bis zum Ende der Vorstellung nicht mehr los.
Beim Mittagessen gelang es mir, irgendeine Anwärterin auszustechen und den Platz neben ihr zu ergattern. Mein Gefühl für Nike wuchs mit jedem Gang, der auf den Tisch kam. Ich plauderte mit ihr, schwatzte törichtes Zeug. Bei den Plinsen mit Kaviar zwickte ich sie in hysterischem Übermut in den Arm, beim Tee mit Biskuitgebäck nahm ich ihren Finger und tunkte ihn in mein Schälchen Aprikosenmarmelade.
Nike lachte.
Mit diesem Lachen fühlte ich mich verstanden. Anscheinend gefiel ich ihr auch. Nach dem Mittagessen wurde ein Kindermummenschanz veranstaltet, mit Tänzen um den Tannenbaum. Und als die Herren sich nach oben zum Rauchen und Kartenspielen verzogen, die Damen zum Austausch von Neuigkeiten auf die Veranda des Wintergartens, wurden den Kindern zum Zeitvertreib Pfänderspiele vorgeschlagen. Zwei liebe englische Gouvernanten sollten uns dabei helfen.
»Was soll das Pfand in meiner Hand?«, rief die eine von ihnen, rothaarig, mit schrecklich viel Sommersprossen im Gesicht, wobei sie sich Mühe beim Aussprechen der russischen Wörter gab, während sie aus einer sternenbeklebten Schachtel die Zettelchen mit unseren Namen zog.
»Nike anbellen!«, rief ich, die anderen übertönend.
Also wurde sie angebellt, mit Wasser bespritzt, um den Tannenbaum herumgetragen …
Nikes schwarze Augen lachten mich an. Liebend gerne hätte ich mit ihr etwas getan, was alles Übrige ringsum zum Verschwinden gebracht hätte. Ich wusste nicht, was – nur, dass es mit der Szene in der Laubhütte, deren Zeuge ich gewesen, absolut nichts zu tun hatte. Als die Ältere von uns bei-

den wusste Nike besser als ich, wonach mir der Sinn stand. Denn plötzlich musste sie unbedingt ihre Maske wechseln. Hexe wollte sie sein und kein Wolf mehr.

»Komm mit, Sascha, du musst mir helfen!«, sagte sie und lief die Treppe hinauf in ihr Zimmer.

Dort würdigte sie mich keines Blickes, doch ihr Gesicht glühte vor Erregung, als sie sich vor den lila Sternensack mit den Masken kniete und wie wild darin zu wühlen begann.

»Wo ist sie denn bloß … Oh … Mon Dieu! Da ist sie ja!«

Ich sank neben ihr auf die Knie, umfasste ungestüm ihr Genick, zog sie zu mir heran und küsste sie auf die Wange.

»Sascha, du bist ja witzig!«, sagte sie, auf die Hexenmaske mit der langen Nase hinunterblickend.

Ich küsste sie noch einmal. Mein Herz klopfte wild. Da drehte sie sich zu mir herum, schloss die Augen und legte ihr Gesicht fest an meines. So hielten wir still. Und zum ersten Mal erlebte ich, dass auch die Zeit stillstehen kann.

Da ertönte eine affektierte Stimme. »Wer versteckt sich denn hier?«, dazu das Rauschen von Kleidern.

Und die vermaledeite Zeit kam wieder in Gang. Mit ihr kam die Herrin des Hauses ins Zimmer, eine weitere Dame mit grünem Fächer in ihrer Begleitung. Ich schaffte es nicht, die Umarmung zu lösen.

»Ein Liebesnest!«, juchzte die Dame begeistert und richtete ihr Lorgnon auf uns. »Nina Pawlowna, sieh dir das an! Ist es nicht reizend?«

Doch Nikes hässliche, zugeknöpfte Mutter war sichtlich anderer Meinung. Sie sah uns aufmerksam an, wie wir aneinander geschmiegt, mit erhitzten Gesichtern vor ihr hockten.

»Setzt eure Masken auf. Und ab nach unten!«, kommandierte sie.

Wir verwandelten uns zurück in Tiger und Hexe Baba Jaga und stürmten hinunter.

Frau Rjabowa hielt vor meinen Eltern dicht. Doch sie tat alles dafür, dass Nike und ich uns nicht mehr sahen. Meine inständigen Bitten, Nike bitte, bitte besuchen zu dürfen, führten zu nichts: Einmal fühlte Nike sich »unwohl«, das nächste Mal war sie »bei Verwandten zu Gast« oder hatte »fleißig Rechnen zu lernen« – in den Weihnachtsferien!

Sechs Wochen des unerfüllten Begehrens, der Sehnsucht nach meiner schwarzäugigen Liebe machten mich krank. Zuletzt lag ich drei Tage mit hohem Fieber im Bett und phantasierte, fiel in grässliche grellfarbige Albträume, tauchte hin und wieder aus ihnen hervor, rettete mich in die kühlen Hände meiner Mutter, die mir ein feuchtes, mit Wasser und Essig getränktes Tuch auf die Stirn legten oder ein Glas Fruchtsaft darboten. Meinen Berg bekam ich in diesen Träumen kein einziges Mal zu sehen. Ich träumte von einem Menschenmeer, einem uferlosen Ozean aus Stimmen, Gesichtern, Kleidern und Fräcken, der mit mächtigem Wellenschlag auf mich zurollte. Ich versank darin, strampelte, suchte oben zu bleiben, doch die Wellen schlugen immer wieder über mir zusammen. Dabei wusste ich genau, dass Nike irgendwo in der Nähe strampelte. Doch je verzweifelter ich in den Strudeln aus rauschender Seide nach ihr suchte, umso heftiger wirbelte es mich herum, warf mich in endlose Zimmerfluchten, verräucherte Empfangszimmer, stickige Schlafzimmer. Mein Kopf wollte schier bersten von all den Stimmen. Und als ich mich endlich doch zu ihr vorgekämpft hatte, meiner Liebsten in ihrem hübschen weißen Kleid mit der Hexenmaske vorm Gesicht, als ich vor sie hinsprang, die Maske an der langen Höckernase packte und herunterriss – da war ein Eselskopf darunter, und der war echt. Malmte etwas, sah mich mit stumpfen Eselsaugen an. Ich erwachte mit einem Schrei.

Erst am vierten Tag kam ich wieder zu mir.

Weder Mama noch das Kindermädchen waren da. Ich hob den Kopf: Die Vorhänge waren ganz zugezogen, durch die Ritzen drang das Tageslicht. Ich stand auf. Mir schwindelte. Schwankend, im Nachthemd bis zu den Fersen, ging ich zur Tür, zog sie auf und musste blinzeln: Die große Wohnung war von Sonnenlicht durchflutet, das aus dem Gästezimmer zu kommen schien. Dorthin lief ich, die nackten Sohlen klatschten auf dem kühlen Parkett. Im Gästezimmer, mit den Rücken zu mir, stand die ganze Familie versammelt. Das Fenster weit offen, gleißende Frühlingssonne. Alle schauten hinaus. Ich lief zu Mama. Sie ergriff mich, gab mir einen Kuss, umhalste mich mit seltsamer Überschwänglichkeit, nahm mich auf den Arm. Draußen vor dem Fenster lag die vertraute Millionnaja. Sonst wenig belebt, jetzt aber voller Menschen. Die Menge wogte, lärmte, bewegte sich schleppend vorwärts. Rote Stofffetzen hie und da.

»Was ist das, Mama?«, fragte ich.

»Das ist die Revolution, mein Sohn.«

Später wurde darüber in der Familie noch öfters gelacht: Sascha hat die russische Revolution verschlafen.

DIE REVOLUTION

Von ihr war seit längerem die Rede gewesen. Für mich ereignete sie sich nicht erst an jenem sonnigen Februartag, sondern schon eines Abends im Winter. Ich hatte mit Madame Panaget in einem Ausmalbuch gemalt, ein bisschen auf dem Klavierflügel herumgeklimpert und Milch getrunken, dazu ein paar meiner Lieblingskekse, Marke »CIY&Co.«, verspeist. Blieb nur noch, Mama das Gutenachtgebet aufzusagen und schlafen zu gehen. Aber da kam Vater nach Hause und trat, noch im Pelzmantel, vor Mama hin.

»Das war's. Die Duma existiert nicht mehr«, sagte er finster.

Mama stand schweigend auf.

»Miljukow und Rodsjanko haben erreicht, was sie wollten«, fuhr Vater fort, während er dem Zimmermädchen seinen Mantel in die Arme warf und sich erschöpft in den Sessel fallen ließ. »Sie haben der Duma das Grab geschaufelt, diese Schurken. Und sie hineingestoßen.«

Er schlug mit der Faust auf die Sessellehne.

Mir lief es kalt den Rücken hinunter: Die Duma, dieser unsichtbare Riese Pazjuk, der zwei Jahre mit uns gewohnt hatte, sollte auf einmal tot und verbuddelt sein.

»Und was wird nun, Dmitri?«, fragte Mama.

»Revolution!«, verkündete Vater kopfschüttelnd; es klang düster, doch mit einer Art grimmigem Stolz.

Und ich mit meinen acht Jahren malte mir diese rätselhafte, bedrohliche Revolution als Schneekönigin aus, die auf dem Gipfel eines von den roten Schaben kahl gefressenen Serpentinenberges thronte.

War das Leben in Petrograd schon vor der Revolution hektischer gewesen als anderswo, so drehte es nun völlig durch. Mit einem Mal waren noch viel mehr Leute da, die Straßen beinahe immer verstopft. Nicht nur mit dem Auto war kein Durchkommen, auch die Kutscher hatten ihre Mühe. Und wieder gab es neue Worte zu lernen: Sowdep*, revolutionäre Massen, Provisorische Regierung, Schlangestehen. Dieser vorher nicht gekannte Sowdep hatte sich nach Vaters Aussage im Taurischen Palast eingenistet, und seine erste Amtshandlung war, sämtliche Weinvorräte auszusaufen und die Silberlöffel aus dem Restaurant zu stehlen. Die revolutionären Massen strömten des Öfteren unter unserem Fenster vorbei, die Provisorische Regierung war ein ständiger Gesprächsgegenstand selbst bei den Köchinnen in unserer Küche, und die Brotschlangen wurden lang und länger. Ich konnte mir nicht vorstellen, warum die Leute nach Brot anstanden. Die Erklärung der Erwachsenen, es sei nicht genug Brot für alle da, stellte mich nicht zufrieden: Getreide gab es doch in rauen Mengen, die Kornfelder der Ukraine waren endlos groß! Ich war mir sicher, dass Brot genauso unbegrenzt vorhanden war wie Wasser und Himmel. Bei uns zu Mittag blieb jedenfalls immer welches übrig.

Über die Bettler auf den Straßen – »Eine milde Gabe für einen Kanten Brot!« – wunderte ich mich genauso sehr.

Der Sommer 1917, den wir in Waskelowo verbrachten, war

* Sowdep: Abgeordnetenrat der Arbeiter, Bauern und Rotarmisten; in der Folge abfällig für das Sowjetsystem im Ganzen gebraucht

wunderschön und wollte lange nicht enden. In keinem zuvor hatte ich mich so behaglich und ungebunden gefühlt. Es war, als würde ich Abschied nehmen vom sorglosen Wohlleben meiner Kindheit, das sich aus diesem Anlass noch einmal in seiner ganzen Pracht und Fülle zeigte: die schwarzen Riesenfichten, der stille See, die Beeren im Wald, der Mittagsschlaf auf der Veranda, das arglose Lachen der Schwestern, die perlenden Läufer auf dem Klavier, die Regenbögen.

Als der Sommer vorüber war, kam ich ans Gymnasium. Um genau zu sein: Ein Chauffeur mit dem komischen Namen Kudlatsch fuhr mich dorthin, Tag für Tag im blauen Automobil. Ins Gymnasium am Krjukow-Kanal gingen vorzugsweise Kinder reicher Leute. Man ließ sich aber nicht bis vors Tor fahren; dies galt als unschicklich. Die Wagen hielten in einiger Entfernung, das restliche Stück lief man zu Fuß. So war es üblich.

Den Unterricht fand ich interessant. Die Lehrer hier hatten mit dem graumausigen Didenko und der stillen Madame Panaget so gar nichts gemein. Sie sprachen wohlgesetzt und zusammenhängend. Am besten gefielen mir der immer fröhliche Mathematiklehrer Terenti Valentinowitsch, der kleine, aber unerhört agile Turnlehrer Monsieur Jacob, genannt: Petit Napoléon, und die etwas laute, immer stark nach Rosenöl duftende Französischlehrerin Jekaterina Samuilowna Babizkaja. Der Direktor des Gymnasiums, Kasimir Jefimowitsch Krebs, ein Hüne mit ungeheuer großem Kopf, Rauschebart, drei Fingern an der linken Hand und einer dumpf rollenden Bassstimme, den die Schüler Nebukadnezar nannten, weckte in mir ein gemischtes Gefühl aus Furcht und Begeisterung.

Doch es war noch kein Vierteljahr meiner Gymnasialzeit vergangen, als eine neue Revolution sich ankündigte. Vater nannte sie das bolschewistische Chaos und prophezeite: »Die Brut hält sich nicht lange.«

Womit er sehr im Irrtum war.

An der Revolution No. 2 war alles anders: Diesmal waren es ausschließlich Soldaten und Matrosen, die durch die Straßen gerannt, galoppiert oder auf Pritschenwagen gefahren kamen. Jeder mit einem Gewehr. Die Einwohner wichen respektvoll zurück, sahen zu, dass sie in der Nähe ihrer Häuser blieben. Nachts waren Schüsse zu hören.

Die Zeit schien sich zu spannen wie ein Flitzbogen. Und schnellte auf einmal los, dass einem Hören und Sehen verging: Menschen, Ereignisse, Jahreszeiten, alles geriet durcheinander.

Trotz des »bolschewistischen Chaos« ging der Unterricht am Gymnasium noch bis zum Frühjahr 1918 normal vonstatten. Zu seinem Abbruch führte ein sehr einfacher Umstand: Der größte Teil der Schüler war mit den vermögenden Eltern inzwischen aus Petersburg, wenn nicht überhaupt aus Russland geflohen.

Unsere Familie war erst im Juli reif zum Davonlaufen. Bis dahin hatte es einschneidende Veränderungen gegeben: Ilja, der schon am Gymnasium ein Faible für den Marxismus entwickelt hatte, war bei den Bolschewiken gelandet. Mit dem Vater hatte er sich überworfen. Mama ließ er über Dritte ein paar Briefe zukommen; darin stand, er kämpfe jetzt für ein freies Russland. Dann hörte man von ihm gar nichts mehr. Wassilissa war zielstrebig die Ehe mit einem schweigsamen, hakennasigen Oberleutnant eingegangen, der wegen einer Kriegsverletzung (Schuss ins linke Knie) aus der Armee ausgeschieden war; ebenso schnell war sie mit ihm von dannen gezogen – auf die Halbinsel Krim, zur Schwiegermutter.

Vater, der mittlerweile alles verloren hatte, was er in Russland besaß, dachte nun zum ersten Mal daran, mit uns nach Warschau umzuziehen. Er habe dort »eine kleine Sache« – ob er damit ein Haus meinte oder ein Geschäft, weiß ich bis heute nicht. Dann sollte es auf einmal noch weiter gehen, bis nach Zürich, da habe er »etwas liegen«. Der Bankier Rjabow und seine Familie waren gleichfalls nach der Schweiz gezogen, wo sie noch vor Ausbruch der Revolutionen ein Haus erworben hatten. Im Sommer 1918 führte der Weg nach Westeuropa über Kiew. Ein gewisser Dymbinski, der einen kleinen Schnurrbart unter der Nase hatte, sollte zuerst Mama und die Schwestern nach Warschau bringen, dann Wanja und mich mit dem Vater, der noch ein paar Wochen in Petersburg ausharren wollte, um »ein paar Sachen zu regeln«. Diese vierzehn Tage sollten unserer Familie zum Verhängnis werden. Denn kaum waren Mama, Nastja und Arischa weg, als Wanja an Bauchtyphus erkrankte. Er lag einen Monat flach, bevor er sich glücklicherweise berappelte; stark abgemagert und mit extrem gelber Haut. Dann wurde Vater von der Tscheka abgeholt. Drei Monate gab es keine Nachricht von ihm. Mamas Schwester, die fromme Tante Flora, nahm Wanja und mich in ihrer Wohnung am Moika-Kanal auf und hielt jeden Tag Fürbitte für den verhafteten Vater. Und das Wunder geschah: Er kam frei. Gebeugt und mit ergrautem Haar. Behauptete aber, er sei in den drei Monaten kein einziges Mal ins Gesicht geschlagen worden.

So war es bereits Winter, als wir in Kiew eintrafen. Wir ließen uns in Lipki nieder, einem reichen, gepflegten Viertel, wo Papas Bruder eine große Wohnung hatte. Onkel Juri war Vaters absoluter Antipode: schnell zu begeistern, unbesonnen und laut; fest gewillt, sein geliebtes Kiew nicht zu verlassen, nahm er uns bei sich auf, als wäre an Krieg und Revolution überhaupt nicht zu denken gewesen. Der Tisch brach schier unter der Last des fetten ukrainischen Essens, der tadellos gekleidete Diener schenkte Champagner ein, während der Onkel, etwas schmaler und grauhaariger als früher auch er, in einem fort redete und auf das Wohl eines mir unbekannten Hetmans anzustoßen wünschte. Nach den Brotschlangen zu Hause mochte man ob der Fülle auf diesem Tisch seinen Augen nicht trauen. Am kuriosesten aber war, dass Mama und die Schwestern, nachdem sie die längste Zeit bei Onkel Juri gewohnt hatten, Anfang November nach Warschau aufgebrochen waren. Ob sie dort wohlbehalten angekommen waren, wusste niemand. Fest stand nur, dass dort auch die Revolution ausgebrochen war und Piłsudski die Unabhängigkeit erklärt hatte. Der Vater war erbost: Brüllte den Onkel an, titulierte ihn einen »Waschlappen«, stampfte mit dem Fuß auf. Onkel Juri suchte ihn zu beschwichtigen, so gut es ging. Er wolle sich beide Hände abhacken lassen, beteuerte er, wenn Mama und die Schwestern nicht am Leben und in Sicherheit seien. Onkel Juri war der erklärte Liebling von uns Kindern. Eine eigene Familie hatte er nicht, war ein unverbesserlicher Junggeselle. Uns himmelte er geradezu an. Und wir liebten ihn wie einen zu groß gewachsenen Altersgenossen und Spielkameraden. Wanja und Ilja hatten ihm schon vor langer Zeit einen komplizierten Spitznamen verpasst. Er entfuhr dem Onkel ganz von selbst jedes Mal, wenn er bei uns in Petersburg zu Besuch war. Denn als Freund gepflegter Restaurationen und Kaffeehäuser suchte er Vater stets noch am ersten Abend zu überreden, mit ihm »irgendwohin« auszugehen. Vater hinwiederum, der wusste, wie solche Ausflüge unweigerlich endeten, pflegte lässig zu entgegnen, es gebe ja nichts, wohin zu gehen sich überhaupt noch lohne. Worauf der Onkel, sein schönes, stolzes Haupt zurückwerfend, vorwurfsvoll die Arme (die ebenso lang waren wie Papas) ausbreitend, an den Fingern aufzuzählen begann: »Dima, ich bitte dich! Ihr habt das Ernest, das Cuba, das alte und das neue Donon – ist das nichts?!«

Es waren die Namen der vier vornehmsten Restaurants in der Stadt. Und die beiden Männer gingen los und kehrten heim am frühen Morgen. Seither hatte Onkel Jura bei uns seinen Namen weg. Wenn seine Kutsche durch das Gutstor von Waskelowo rollte, tanzten Nastja und ich einen Freudentanz durch alle Zimmer.

»Ernest-Cuba-das-alte und-das-neue-Donon ist da!«

Der Onkel sorgte für uns und versicherte, in ein paar Tagen würden wir gemeinsam nach Warschau aufbrechen. Dymbinski war ständig in der Stadt unterwegs, versuchte, ein paar »verdammt wichtige« Papiere in die Hand zu bekommen, wie er sagte. Das zog sich über Wochen hin: Lange Zeit hoffte der Onkel auf Unterstützung von Seiten einiger Deutscher, mit denen er befreundet war. Plötzlich aber hatten die Deutschen Kiew verlassen, ohne den Onkel zu benachrichtigen. Und Petljura mit seiner »wilden Horde« rückte beängstigend schnell gegen Kiew vor. Von ihm hörte man nur Grausiges. Es hieß, beim Einzug in die Stadt würde er »Offiziere, Juden und Moskali* aufknüpfen«. Er war Ukrainer. Und ließ angeblich nur Ukrainer ungeschoren. Ich stellte ihn mir vor wie den bösen Zauberer aus Gogols »Schrecklicher Rache«, dem gruseligsten Märchen auf der ganzen Welt. Kaum waren die Deutschen weg, verschwand

* Moskali: abfällige ukrainische Bezeichnung für Moskauer und überhaupt Russen

auch Dymbinski. Und der sonst so fröhliche und selbstsichere Onkel geriet in Panik. Er packte Vater bei den Schultern und schüttelte ihn: Er solle aus Lipki abhauen, und zwar schleunigst. Denn Onkel Juri war sich sicher, die Petljura-Bande würde ihre Raubzüge genau hier beginnen, im reichsten Viertel der Stadt. Ach was, er könne sich mit der Waffe in der Hand verteidigen!, brüllte der Vater zur Antwort. Kurz darauf aber winkte er ab und fing an zu packen. Im Morgengrauen verließen wir Lipki mit zwei Kaleschen. In der ersten saßen wir, in der zweiten Ernest-Cuba-das-alte-und-das-neue-Donan mit seinem alten Diener Saweli und einem Haufen Gepäck. Es waren wenige Grade unter null. Und es lag, ungewöhnlich für den Dezember, kaum Schnee. Ich hatte in der vom Packen und Streiten geräuschvollen Nacht wenig geschlafen und war todmüde. Döste im Wagen vor mich hin, gegen den Vater gelehnt, die Hände um die »CIY«-Keksdose gekrallt, worin all meine Schätze lagen: ein Satz Buntstifte, ein Schweizer Taschenmesser, eine bleierne Spielpistole mit einer Schachtel Zündhütchen und manches mehr. Zweimal stoppten wir, und ich schrak hoch: Das erste Mal stieg eine kleine, füllige, sehr aufgeregte Dame mit zwei Reisetaschen beim Onkel ein, das zweite Mal, an einer furchtbar holprigen Straße, zwängte sich Dymbinski zu uns in die Kutsche: die Hand verbunden, in grauem Sommermantel und zottiger Lammfellmütze, mit einer Aktentasche. Diese reichte er dem Vater und begann umständlich, mit rauer, murmelnder Stimme etwas zu erklären: Von einem Sanatorium in Puschtsche-Wodiza war die Rede und irgendwelchen Kasernen. Seine Augen waren gerötet, der Geruch der Zottelmütze wirkte auf mich wie ein Schlafpulver. Ich nickte wieder ein. Geweckt wurde ich von einem nahen Donnern. Die beiden Fuhrwerke standen in einer Straße aus einstöckigen Häusern, dazwischen mit Schnee überpuderte Gärten. Eine dicke Frau im Nachthemd mit rotem, halb aufgelöstem Zopf schaute aus einem Fenster, klappte eilig die Läden vor. Das Donnern wiederholte sich, es rückte näher.

»Sechs-Zoll-Granaten, mindestens«, sagte Dymbinski und klopfte dem Fuhrmann in den Rücken. »Fahr da rein!«, befahl er.

In seiner Hand steckte plötzlich eine große schwarze Mauserpistole. Fluchend bog der Kutscher in eine Seitengasse. Dort, ein Stück voraus, drei rennende Gestalten in langen Mänteln. Irgendwo hinter den Häusern knallten Schüsse. Kurz darauf hämmerte ein Maschinengewehr. Die Dame im Wagen hinter uns schrie auf und bekreuzigte sich ein ums andere Mal in winzigen, mäusehaften Bewegungen. Dymbinski fluchte auf Polnisch. Der Vater schrie dem Kutscher etwas zu. Der Schlaf zerrte schon wieder an mir, ich gähnte herzhaft und laut. Und da ein Donnerschlag aus nächster Nähe. Dass die Fensterscheiben in den Häusern klirrten. Dass das Pferd prustete und an den Zügeln riss. Dass meine Blechbüchse mit den Schätzen mir aus den Händen rutschte und über die vereiste Straße kollerte.

Beide Fuhrwerke standen wieder. Vater, der Onkel und Dymbinski, alle brüllten auf die Kutscher ein. Die, ohne zu wissen, wohin, zogen die Zügel straff. Die Pferde schnaubten, setzten sich in Bewegung. Ich aber sah meiner Büchse hinterher. Sie rollte, rollte, hörte nicht auf zu rollen, ein zitronengelbes Rad, die holprige Pflasterstraße hinunter. Rollte, dass mir die Tränen kamen, rollte, dass mir die Augen brannten. Die bleierne Kinderpistole rumpelte wie in einer Blechtrommel. Und plötzlich, wie auf ein fremdes Kommando, vollkommen unerwartet für mich selbst, hüpfte ich aus dem schwankenden Gefährt und lief der Büchse hinterdrein.

»Zurück! Alexander! Wirst du wohl …«
Vaters Stimme ging unter in einem gräulichen Donnerschlag. Ging unter für immer, mitsamt den übrigen Stimmen in den Kutschen. Dieser Schlag knallte mir in den Rücken, als wäre ich ein auf der Stange hängender Teppich, und er, ein Riese, schlüge allen Staub mit einem Hieb aus mir heraus. Ich stürzte zu Boden.

Dann schlug ich die Augen auf. Ich sah Eis und auf ihm breit geschmierten Pferdedung. Das Eis war direkt vor meiner Nase. Ich wollte mich erheben, es ging nicht. Mir war nicht klar, was mich daran hinderte. Hören konnte ich auch nichts. Ich stemmte die Arme gegen das Eis. Unter größten Mühen gelang es mir, den Kopf zu heben. Vor mir die Gasse – öd und leer. Mitten auf dem vereisten Pflaster lag meine gelbe Büchse. Ich aber wusste sofort: Das Wichtigere befand sich hinter mir. Also drehte ich den steifen Hals. Das ging nur sehr schwer. Doch es ging.

Und ich sah: Rauch. Die umgestürzten Wagen. Liegende Menschen, ein sich wälzendes Pferd mit herausquellendem Gedärm. Viel schwarze Erde auf dem Eis. Und da war noch etwas Schwarzes, ganz in meiner Nähe. Ich sah hin. Es war ein Fuß in einem schwarzen Schuh. Mit grau-schwarz geringelter Wollsocke. Letzte amerikanische Mode. Es war die Socke von Ernest-Cuba-das-alte-und-das-neue-Donan. Aus der Socke ragend ein rosa Fuß. Aus dem Fuß ragend noch irgendetwas.

Über meine Lippen floss es warm. Ich tippte mit dem Finger dagegen. Besah ihn: Der Finger war rot von Blut. Mir fiel ein, dass ich aufstehen musste und zu Papa gehen. Er hatte mich doch gerufen. Mühsam zog ich die Beine an, erhob mich auf die Knie. Da fing die Welt um mich her sich zu drehen an, als säße ich im Karussell. Alles drehte sich – der

Rauch, das Haus, die Alte im Fenster, der Boden, der Fuß, das Pferd mit dem offenen Bauch, der Rauch, das Haus, die Alte im Fenster – drehte sich und kreiselte. Rechtsherum, immer rechtsherum.

Ich fiel zurück auf das Eis.

DER WEG

Am 12. Dezember 1918 in Kiew war meine Kindheit zu Ende gegangen. Ausgetrieben durch eine 155-mm-Sprenggranate, die meinen Vater, Bruder Wanja und Onkel Juri das Leben kostete. Auch einer der Kutscher wurde getötet. Saweli, der Diener, und der andere Kutscher überlebten schwer verletzt. Dymbinski verschwand spurlos. Des Onkels Geliebte Lidia Belkina, Witwe eines Stabshauptmanns der kaiserlichen Armee, erlitt eine schwere Gehirnerschütterung, ebenso ich. Jenes rothaarige dicke Weib, das kurz vor der Detonation die Fensterläden geschlossen hatte, las uns auf, schleppte uns in ihr Haus. Drei Monate lang war ich taub und unfähig zu gehen: Schon beim Aufstehen schwindelte mir, ich musste mich sofort wieder setzen und die Augen schließen. Auf dem Boden zu sitzen und ihn anzustarren war noch am erträglichsten. Drei Sorten Fußböden studierte ich in dieser Zeit gründlich: einen aus Lehm gestampften, ausgelegt mit selbst gewebten kleinen bunten Teppichläufern, einen Parkettfußboden mit großem dickem Perserteppich und einen Wagonboden, voll gespuckt, mit Kippen übersät und schaukelnd.

Von Frau Belkina erfuhr ich, dass meine Angehörigen auf dem Kiewer Baikow-Friedhof begraben worden waren. Sie war es auch, die mich schließlich in den Zug nach Moskau setzte, ihre Cousine fuhr mit. Wir kamen aber nie an. Der Zug wurde von bewaffneten Reitern gestoppt und fuhr dann in eine ganz andere Richtung. So fand ich mich zunächst in Poltawa wieder, dann in Charkow. Dann in Kursk. Dann in Rylsk. Es folgten: Krasnoje, Morschansk, Golubino, Serpuchow, Pechterewo, Podolsk.

In Moskau landete ich erst am 2. August 1922. Bis dahin wuchs ich ein ganzes Stück. Nicht nur, dass die Detonation mir die Kindheit ausgetrieben hatte – alle Vergangenheit war wie abgeschnitten. Und jede Anhänglichkeit an sie. In den vier Jahren meiner Odyssee weinte ich keine Träne um meinen ums Leben gekommenen Vater. An die Mutter dachte ich zwar oft, kam aber nicht auf die Idee, sie zu suchen. Sie war unerreichbar geworden – nicht nur in der äußeren, sondern auch in meiner inneren Welt. Einzig meine Lieblingsschwester, die bucklige Nastja, hangelte sich aus der gekappten Vergangenheit zu mir herüber, erschien mir des Nachts in langen, quälenden Träumen, die vom Vertrauten und Verlorenen handelten. Ich erwachte tränennass.

All die vier Jahre war ich beständig unterwegs. Ein einziger endloser Weg spulte sich ab unter meinen Füßen, zog mich weiter, riss mich aus dem Nest, in das ich gerade eingezogen war, verhieß, forderte heraus, schreckte und beschwichtigte. Ich wusste nie, wohin ich fuhr und wozu. Ich fuhr einfach mit. Nie war ich allein. Dass ich einmal hätte Hunger leiden oder mit einem Lager unter freiem Himmel oder im Heuschober vorlieb nehmen müssen, kam nicht vor. Nie wurde ich bestohlen. Kriegte weder eine Faust zu spüren noch ein Messer. Ich war in beständiger Obhut. Wurde von Hand zu Hand gereicht wie ein kostbares Ding, das seinem Herrn verloren gegangen war, aber nun erst recht keinen

Schaden erleiden durfte. Das Ganze hatte etwas von einem Mirakel. Alte Bekannte und weitläufige Verwandte von Mama, Trinkbrüder und Geschäftspartner von Vater, Dienstkameraden des toten Bruders Wassili, ehemalige Lehrer meiner Schwestern und oft genug wildfremde Leute waren auf ganz wunderbare Weise zum rechten Zeitpunkt am rechten Ort, um »Snegirjows Jüngstem« beizustehen. Die einen halfen mir aus einem überfüllten Zug, die anderen standen zufällig auf diesem Bahnsteig, die nächsten sprachen mich auf der Straße an, wieder andere sorgten für ein Dach über meinem Kopf. Glückliche Zufälle wurden zur Normalität. Ich hatte aufgehört, mich darüber zu wundern. Ich fuhr einfach weiter. Ohne zu wissen, wohin und weshalb. Irgendwo ankommend, in einer Stadt oder einem Dorf, wusste ich gleich, dass ich nicht bleiben würde. Obwohl die Detonation mir jegliches Gefühl für ein Zuhause ausgetrieben hatte. Ich besaß kein Zuhause mehr. Ich musste nirgendwohin. Waskelowo und Bassanzy waren nur mehr im Gedächtnis vorhanden. Das wusste ich instinktiv.

Hatte ich ein, zwei Monate am neuen Ort verbracht, bei neuen Leuten, spürte ich, dass es an der Zeit war, mich wieder auf den Weg zu machen.

»Ich muss weiter«, sagte ich.

Seltsamerweise zeigten diese Worte bei meinen Gastgebern Wirkung. Sie fragten nicht, wohin ich wollte, waren höchstens für einen Moment bestürzt, ehe sie sich tummelten, etwas unternahmen, einen Brief schrieben, Absprachen trafen, und spätestens nach ein paar Tagen rollte ich schon wieder im Zug oder im Fuhrwerk über Land, einem neuen Ziel entgegen, wo ich erwartet wurde.

Der Weg geleitete mich.

Vier Jahre brauchte ich, um bis nach Moskau zu gelangen.

In dieser Zeit war viel geschehen. Die Bolschewiki hatten endgültig die Oberhand gewonnen. Der Krieg war aus. Russland gehörte nun den Roten.

PETROGRAD

Endlich in Moskau, begab ich mich auf kürzestem Weg zur Ostoshenka, ins hübsche Holzhaus meiner Großmutter. Aber die war nicht mehr da. Im Haus wohnten neun Arbeiterfamilien. Eine Frau, die auf dem Hof Wäsche wusch, sagte: »Die Alte ist gestorben, nachdem sie ihr die vielen Leute reingesetzt haben.« Das sei vor einem Jahr gewesen.

Sonst kannte ich in Moskau niemanden.

In Petrograd musste noch Tante Flora sein. Ich gelangte auf einem Güterzug dorthin und fand ihre Wohnung an der Moika. Tante Flora lebte. Doch sie war sehr gealtert. Mich erkannte sie nicht gleich. Und bekam einen großen Schreck, als ich eintrat. Sie meinte meinen toten Bruder Wassili vor sich zu sehen. Dann weinte sie und versuchte, mich auf den Scheitel zu küssen, so wie sie es früher getan hatte. Aber ich war gewachsen, weshalb es ihr nicht recht gelang. Ich erzählte ihr alles. Sie schlug ein Kreuz und weinte. Versuchte es noch einmal, mich auf den Scheitel zu küssen. Ich neigte den Kopf.

Die Tante berichtete mir, dass zwei unserer Verwandten erschossen worden waren, ein anderer war nach Paris gegangen, ihre leibliche Schwester seit dem Bürgerkrieg spurlos verschollen. Das Gut in Waskelowo war jetzt eine Internatsschule für obdachlose Kinder. Vom Gutshaus in Bassanzy ging das Gerücht, es sei abgefackelt worden. Davon hatte ich schon in Charkow gehört. Unsere Wohnung in der Millionnaja hatte das Wohnungsamt beschlagnahmt.

Auch die Tante hatte eine Einquartierung erhalten: Vier Familien wohnten nun in ihrer Vierzimmerwohnung, sie selbst, als Bourgeoiswitwe, musste in die Speisekammer ziehen. In dem düsteren Zimmerchen standen ein eisernes Bett, eine Mahagoni-Kommode, die Singer-Nähmaschine und ein paar Ikonen. Die gute alte Tante zog einen zusammengeklappten Teppich unter dem Bett hervor, der früher im Wohnzimmer gelegen hatte, packte eines ihrer bestickten großen Kissen darauf und sagte: »Eng, aber gemütlich! Mach's dir bequem.«

Auf diesem gefalteten Teppich also, gleich hinter der Tür, richtete ich mich ein.

Tante Flora hasste die Bolschewiki aus tiefstem Herzen, sah in ihnen die Büttel des Antichrists. Im Leben der früh verwitweten, kinderlosen Tante spielte die Kirche eine große Rolle; den Großteil ihrer Zeit verbrachte sie dort. Sich scheren lassen und ins Kloster gehen, wie es viele ihrer frommen Freundinnen nach dem Sieg der Bolschewiki getan hatten, mochte sie allerdings nicht. Für ihren Lebensunterhalt nähte sie, verhökerte außerdem hin und wieder etwas von dem wenigen, was ihr vom früheren Luxus noch geblieben war. Das meiste aus dem Familienschatz war bei einer Hausdurchsuchung konfisziert worden.

Nun nähte die Tante mir als Erstes Hemd und Hosen. Bei der Arbeit gab sie mir gute Ratschläge für meine Zukunft: Ich sollte unbedingt das Gymnasium abschließen, an die Universität gehen und studieren.

»Pauken muss man, solange der Kopf jung ist!«, pflegte sie zu sagen, während ihre kleinen, doch kräftigen Füße fleißig in das Pedal der Nähmaschine traten.

Als ich mein altes Gymnasium am Krjukow-Kanal wiedersah, musste ich feststellen, dass es in Alexander-Herzen-Schule umbenannt war. Von den alten Lehrern war einzig Violetta Nikolajewna Knorre, die Deutschlehrerin, übrig geblieben. Und in meine Klasse gingen nur noch zwei, die ich von früher kannte: der dicke, tumbe Stürmer und der kleine Janowski, ein witziges, aufgewecktes Kerlchen. Der neue Direktor hieß Boris Iwanowitsch Djakow, ein russischer Intellektueller wie aus dem Bilderbuch, dessen große Liebe die Revolution war. Nach dem Aufnahmegespräch mit ihm wurde ich in die fünfte Klasse eingetragen. Am achten September begann das neue Schuljahr: Der Direktor, der auch das Fach Geschichte gab, erzählte von den zwei Begegnungen, die er mit Lenin gehabt hatte, und sein Kneifer blitzte triumphierend.

Drei Jahre blieb ich an dieser Schule. Anfangs machte mir das Lernen Spaß, und es gelang mir schnell, das Versäumte aufzuholen. Die Schule war progressiv, es gab weder Klassenarbeiten noch Hausaufgaben. Die Lehrer, die Djakow engagiert hatte, brannten für ihr Fach, lebten nur für die Schule, fuhren mit uns auf Exkursion, spielten mit uns Schlagball und Handball, organisierten Streitgespräche, und im Winter, wenn die Heizung im Schulhaus kalt blieb, teilten sie mit uns ihre Kleidung. Die meisten von ihnen waren auf Seiten der Bolschewiki. Nur der mürrische, vergrübelte Zeichenlehrer war ein überzeugter Anarchist: Lenin und Trotzki täten nichts anderes, als die alte Staatsmaschinerie zur Persönlichkeitsunterdrückung zu restaurieren, meinte er. An der Herzen-Schule traf ich meine Berufswahl. Besser gesagt: Der Beruf erwählte mich. Schon kurz nach der verhängnisvollen Explosion, als ich taub und mit Gehirnerschütterung im Bett lag, hatte ich nämlich ein Talent an mir entdeckt. Ein Zeitvertreib war gewesen, die Gegenstände meiner Umgebung zu zählen. Erst zählte ich sie einfach nur. Dann fing ich an, ihre Ecken zu zählen. Und wunderte mich, wie leicht mir das fiel. Nachdem die Bambusetagere des seligen Ernest-Cuba-das-alte-und-das-neue-Donon ausgezählt war, genauer gesagt: der Teil, der hinter der Gardine hervorschaute, wusste ich die äußere Form im Geiste spielend zu ergänzen, um die vollständige Eckenzahl herauszubekommen: 46. Als Nächstes nahm ich mir den Schreibtisch des Onkels vor: 28 Ecken. Dann den im Türspalt zum Wohnzimmer sichtbaren Kronleuchter mit den achtkantig geschliffenen Kristallzapfen: 226. So zählte ich mich nach und nach durch sämtliche Ecken in des Onkels Wohnung. Es waren 822. Mit dieser Zahl gab ich mich zufrieden. Und als ich wieder gesund war, dachte ich an die sonderbare Beschäftigung überhaupt nicht mehr.

Sie fiel mir erst wieder ein, als der Geometrieunterricht anfing. In Geometrie war ich ziemlich gut. Oder »einfach exzellent«, um es mit den Worten meines Lehrers Georgi Wladimirowitsch zu sagen. Ich löste mühelos die gestellten Aufgaben, entwarf Quer- und Längsschnitte mit links, sah und begriff sogleich, was andere sich nur mit Mühe vorzustellen vermochten. Außerdem konnte ich blitzschnell zählen. Nach dem Unglück war die Mathematik für mich unversehens zu einer durchschaubaren Materie geworden. Wobei ich nicht sagen kann, dass ich für Geometrie und Arithmetik besonders viel übrig gehabt hätte. Auch andere Fächer – Geschichte, Zoologie und Literatur – ließen mich kalt. Zeichnen und Singen hielt ich für sinnlose Beschäftigungen. In Russisch tat ich mich schwer. Französisch hatte ich schon als Kind gelernt. Einzig die Astronomie war es, die eine *dunkle* Faszination auf mich ausübte. Nicht einmal die Astronomie im Ganzen, nur die im Raum hängenden Himmelskörper. Versuchte ich mir das Weltall vorzustellen, hatte ich das Gefühl, *mich zu verlieren*. Und das Herz begann mir bis zum Hals zu schlagen. Aber leider bekamen wir Astronomie nicht gelehrt. Mathematik mitsamt der Geometrie war das Fach, das mir am leichtesten fiel. So geriet es mir ins Visier.

»Snegirjow, Sie müssen in die exakten Wissenschaften! Schlagen Sie sich alles Übrige aus dem Kopf!«, befand Georgi Wladimirowitsch kategorisch und ließ sein Ziegenbärtchen wippen.

Ich rüstete mich für die Aufnahmeprüfungen zur Universität. Der Direktor ermöglichte es, dass ich vier Klassen extern absolvieren konnte, so machte ich mit siebzehn das Abitur. An der Mathematisch-Physikalischen Fakultät anzukommen war dann kein Problem. Doch schon im ersten Studienjahr, in den Vorlesungen über höhere Mathematik sitzend, wurde mir klar, dass die Welt der Zahlen mit ihren Theoremen und Gleichungen mich absolut nicht interessierte. Genauso wenig die Physik. Die darstellende Geometrie hatte ich schon in der zehnten Klasse so weit durchschaut, dass sie mich, ebenso wie Algebra, nicht mehr reizen konnte. In den Seminaren verhehlte ich meine Langeweile nicht, war mit den Gedanken woanders – ohne dass etwas dabei herauskam. Eine *innere Starre* befiel mich, in die ich mich hineinsinken ließ wie in ein warmes Bad. Jener Granateinschlag hatte mich nicht nur meiner Vergangenheit beraubt. Er hatte mich überhaupt zum *Stillstand* gebracht. Vorher war ich ein lebhafter, ungenierter Knabe gewesen, der gerne lachte und den es nicht auf dem Stuhl hielt. Es hatte kein größeres Vergnügen für mich gegeben als zu quasseln, mit allen und jedem – wenn ich nicht gerade durch die Gegend flitzte.

Eine Minute still zu sitzen fiel mir damals unendlich schwer. Und bei alledem dachte ich gar nicht nach. Seit dem Schicksalsschlag war alles anders: Ich war schweigsam geworden, verschlossen, bewegte mich wenig, grübelte viel und mied die Geselligkeit. In der Schule hatte ich zuletzt so gut wie keine Freunde gehabt. Die Mädchen, die in den Bänken hinter mir saßen, nachdem die Koedukation eingeführt war, kümmerten mich auch nicht. Neben mir saß Rita Resnikowa, schwarze Augen, schwarzes Haar, die über meine Verschlossenheit und Einsilbigkeit spottete.

»Du bist wie Grießbrei so fad, Snegirjow!«, sprach sie.

Ein säuerliches Grinsen war meine Antwort. In den Pausen herumzualbern hatte ich keine Lust. Lieber schlenderte ich allein über den Schulhof, um die lärmenden, Witze reißenden Klassenkameraden einen Bogen schlagend.

Auch an der Universität wurde ich nicht geselliger. Das Studentenleben berührte mich wenig. In den Hörsälen ging es turbulent zu, nicht selten gerieten die Vorlesungen zu aufgeregten Debatten. Eine erbitterte Auseinandersetzung zwischen den »roten« und den angestammten »bourgeoisen« Professoren war im Gange. Das Komsomolkomitee spielte dabei keine geringe Rolle. Es kam vor, dass die kommunistischen Jugendfunktionäre eine Vorlesung sprengten, indem sie den Professor der »verdeckten Konterrevolution« oder des »frömmlerischen Dunkelmännertums« bezichtigten. Prominente Vertreter der Bolschewiki wurden zu offenen Diskussionen geladen. Lunatscharski stritt mit dem Metropoliten Wwedenski über die Existenz Gottes, Sinowjew hielt eine Vorlesung über die Rolle des Komsomol beim Aufbau der neuen Gesellschaft, die Krupskaja disputierte zur Frauenfrage.

All das lag mir fern. War der Unterricht zu Ende, bummelte

ich durch die Stadt. Nach Hause zog es mich nicht sonderlich: Dort ratterte Tantchens Nähmaschine, und die Nachbarinnen in der Gemeinschaftsküche keiften einander an. Beim Spaziergang durch die Straßen griff ich immer wieder an die Mauern. Es gefiel mir, die Hände an den kühlen Granit zu legen. Von den Steinen ging eine Ruhe aus, die die Menschen nicht hatten. Ich berührte die Sockel der Häuser, strich über die glatten Säulen der Isaak-Kathedrale, griff den Granitlöwen in die Mähne, tippte den Atlanten an die polierten Zehen, den Nymphen an die Marmorbrüste, den Engeln an die Marmorflügel. Die Skulpturen übertrugen ihre Unerschütterlichkeit auf mich.

Kam ich dann nach Hause, aß ich mein kärgliches Mittagsbrot, das die Tante mir hingestellt hatte, und vertiefte mich in die Bücher, die ich mir aus der Universitätsbibliothek geholt hatte. Zumeist waren es Bücher über Astronomie und die Geschichte des Universums. Die Planeten, die ganze grenzenlose Welt der Sterne, von der die Erde umgeben war – das interessierte mich brennend. Manchmal brachte ich auch Bücher über Mineralogie mit, die ich aber nicht las, mir ging es nur um die farbigen Bilder der Gesteine. Damit konnte ich, auf meinem Teppich liegend, Stunden zubringen. Mathematische und physikalische Fachbücher las ich überhaupt nicht; was ich in den Vorlesungen darüber hörte, genügte mir. Auch Belletristik interessierte mich herzlich wenig – die Menschenwelt, ihr Eifer, ihre Leidenschaften, all dies kam mir anmaßend, bedeutungslos und vergänglich vor. Darauf konnte man sich nicht *stützen* wie auf einen Stein. Die Welt einer Natascha Rostowa und eines Andrej Bolkonski unterschied sich im Grunde nicht von der meiner Nachbarn, die allabendlich in der Küche um Primuskocher oder Mülleimer stritten. Da war die Welt der Planeten und

Steine doch vielfältiger und interessanter. Sie hatte Bestand. Aus dem Astronomie-Atlas hatte ich die Seite mit dem Bild vom Saturn herausgetrennt und an die Wand unserer Kammer gehängt. Wenn die Tante über ihrer Nähmaschine saß, war ihr Kopf mit dem Saturn auf einer Höhe. Hätte man deswegen den einen, der unentwegt vor sich hin brabbelte: über Bolschewiken, Obnowlenzy* und die Preise für Drap und Crêpe de Chine, mit dem anderen vergleichen sollen?

An der Universität gab es Astronomie nur für höhere Semester, drittes Studienjahr. Ich begann meine Physik- und Matheveranstaltungen zu schwänzen, um die Vorlesungen von Professor Karlow hören zu können, einem berühmten Astronomen, Fachmann für die Spektralanalyse der Planeten. Wenn ich ihn mit seiner etwas dumpfen Stimme über die Sternenparallaxe dozieren hörte, über Marsmonde, Sonnenflecken, Kometenumlaufbahnen und Meteoritenströme, schloss ich die Augen und vergaß alles um mich her. Ich ließ mich in den Sternenraum fallen und *schwebte*. Dieses Gefühl war stärker als alles, was ich sonst empfand. Es war *unsäglich* angenehm. Manchmal hörte ich Karlow schon gar nicht mehr zu. Vergaß, schwebend inmitten von Sternen und Planeten, alle Astronomie. So ging das monatelang. Andere Vorlesungen besuchte ich immer seltener. Bestand die Prüfungen mit Mühe und Not, um ins zweite Studienjahr zu kommen. In den Sommerferien gingen die meisten meiner Mitstudenten arbeiten. Auch ich beschloss, der Tante finanziell ein bisschen unter die Arme zu greifen. Zunächst kam ich in der Traktorenfabrik »Krasny Putilowez« als Hilfsarbeiter unter, empfand jedoch schon am zweiten Tag eine

* Obnowlenzy (»Erneuerer«): radikale Kirchenreformer Anfang der 20er Jahre, vom kommunistischen Regime anfänglich unterstützt

starke Abneigung gegen die vielen Werkbänke und Vorrichtungen, mehr noch gegen die Leute, die diese Maschinenungetüme bedienten: Sie hatten etwas so bedrohlich Ergebenes. Die ganze Fabrik empfand ich als degeneriert, *nicht zu ertragen*. Ich kehrte ihr den Rücken und verdingte mich als Tellerwäscher im Restaurant des Spielcasinos am Wladimirski Prospekt. Das Lokal wurde von einem typischen NÖP-Mann geführt, er hätte einem Majakowski-Plakat entsprungen sein können: Fettsack mit Zigarre. Beim Geschirrspülen wanderten meine Gedanken zu den Planeten und Sternen. Ich hatte sie beständig vor mir: folgte ihren Umlaufbahnen, erfreute mich am *Gleichmaß* ihrer Rotation.

Von September an saß ich wieder in Professor Karlows Vorlesungen. Der Kurs in Astronomie dauerte nur ein Jahr, Karlow las ihn jeden September von vorn, fürs neue dritte Studienjahr. Und einmal mehr folgte ich der Einführungsvorlesung mit Behagen. Schloss die Augen. Es genügte, mir den größten Stern am Himmel, den Betelgeuze, vorzustellen, schon *schwebte* ich wieder. Der Hörsaal No. 8 war mein zweites Zuhause geworden. Andere Vorlesungen besuchte ich überhaupt nicht mehr.

Einmal, mitten im *Schweben*, berührte mich plötzlich jemand an der Schulter.

»Alles in Ordnung mit dir?«, fragte eine weibliche Stimme.

Ich schlug die Augen auf. Der Hörsaal hatte sich schon geleert. Neben mir saß ein Mädchen: kurz geschnittenes schwarzes Haar, die leicht geschlitzten Augen blickten spöttisch.

»Du musst wohl nachts arbeiten? Dass du immer so müde bist?«

»Nein, nein«, sagte ich, mich unwillig aus meiner Starre lösend.

»Ich sehe dich jedes Mal in der Vorlesung dösen!«, lachte sie.
»Ich döse nicht«, erwiderte ich und sah ihr in die Augen.
Sie wurde ernst.
»Welche Fachrichtung bist du?«
»Ich bin im zweiten Studienjahr.«
»Und was hast du dann bei uns zu suchen?«
»Ich liebe den Kosmos über alles«, bekannte ich rundheraus.
Ich erntete einen neugierigen Blick. Wir machten uns bekannt. Sie hieß Mascha Dormidontowa. Sie beobachte mich schon seit Wochen, sagte sie. Ein Student, der vollkommen entrückt, mit geschlossenen Augen in den Vorlesungen sitzt – das interessiere sie nun doch. Wir verließen das Gebäude der Mathematisch-Physikalischen Fakultät und liefen die Uferpromenade entlang. Mascha stellte Fragen. Meine Antworten waren ausweichend. Sie entpuppte sich als ein munteres Wesen, reaktionsschnell, mit regem Verstand. Ihr Vater war Marineoffizier. Sie studierte Physik, doch ihr besonderes Interesse galt der Meteoritenkunde, was damals eine Modewissenschaft war. Während ich an ihrer Seite durch die Stadt spazierte und dem impulsiven Redeschwall folgte, glaubte ich zuerst, es wären nur die Meteoriten, denen ihre Leidenschaft galt. Ihre schrägen Augen blitzten, während sie enthusiastisch über Meteoritenschauer, Zodiakallicht, Eisenmeteoriten mit Widmanstättenschen Figuren und Steinmeteoriten – Chondrite und Achondrite – referierte. Recht bald stellte sich jedoch heraus, dass ein Mann dahinter stand, ein »kluger, mutiger, resoluter Mann«, der gerade in Sibirien dem größten aller Meteoriten auf der Spur war. Er hieß Leonid Kulik und war Leiter einer Forschungsabteilung am Bergbau-Institut. Die Art, wie sie von ihm sprach, ließ

ihre Gefühle für ihn offenbar werden. Ich fragte, was das für ein Meteorit sei, nach dem Kulik suchte. Ein riesiger Bolide, der vor zehn Jahren niedergegangen sei und in ganz Sibirien für Aufregung gesorgt habe, erläuterte sie. So miteinander plaudernd, gelangten wir bis vor das Haus in der Ligowka, in dem sie wohnte, unweit vom Moskauer Bahnhof. Mascha verabschiedete sich freundlich. »Bis morgen!«, sagte sie.

Und ich machte mich auf den Heimweg, Richtung Moika.

Die Begegnung mit Mascha änderte nichts an meinem Leben. Wie zuvor ging ich in Karlows Vorlesungen, um mich fallen zu lassen und zu *schweben*. Mascha fand das spannend. Sie setzte sich immer neben mich. Anfangs versuchte sie, mich durch flüsternd vorgebrachte witzige Fragen aus der Reserve zu locken. Doch da sie nie eine Antwort erhielt, hörte sie auf damit. Erst wenn Karlow geendet hatte, stieß sie mich an und sagte: »Finita!«

Und ich schlug die Augen auf.

Karlows Vorlesung lag immer am Ende des Tages. Wenn Mascha nicht noch wegen irgendeiner Komsomolversammlung bleiben musste oder mit Kulik im Bergbau-Institut verabredet war, begleitete ich sie nach Hause. Wir liefen zu Fuß oder nahmen die Straßenbahn. Stets brachte ich sie bis vor die Haustür; sie tat so, als gehörte sich das so. Ein sexuelles Interesse an ihr erwartete sie von mir nicht mehr, hielt mich diesbezüglich wohl für ein bisschen »daneben«. Stattdessen hatte sie mich zum Mann ihres Vertrauens erkoren, schüttete mir unterwegs ihr Herz aus, erzählte auch intime Dinge, das schien ihr Spaß zu machen. Nur über Kulik äußerte sie sich sehr diskret, mit sichtlichem Herzklopfen. Kulik hatte sich auf eine dreimonatige Expedition begeben, um jenen mysteriösen Meteoriten zu finden. Mascha hatte »wie wahnsinnig« gebettelt, mitfahren zu dürfen, doch es herrschte die strikte Regel, Frauen außen vor zu lassen. Der Meteorit wurde übrigens nicht gefunden. Doch Ort und Zeitpunkt des Einschlags konnten sicher bestimmt werden. Als Mascha mir den Zeitungsausschnitt mit Kuliks Artikel »Der Tunguska-Meteorit« zeigte, sprang mir dieses Datum sogleich ins Auge: der 30. Juni 1908. Und auf einmal fiel mir jener seltsame Donnerschlag ein, den Mama während meiner Geburt gehört haben wollte. Ich schloss die Augen. Musste plötzlich lachen.

»Was hast du?«, fragte Mascha.

»Ich bin am selben Tag geboren. Am 30. Juni 1908.«

Dieser Zufall verblüffte sie sehr. Sie wollte Kulik unbedingt davon erzählen. Während ich den Tunguska-Meteoriten gleich wieder vergaß (er war ja bereits unten!) und mich in die vertrauten Weiten des Universums versenkte.

Bei den Prüfungen im Winter fiel ich in zwei Fächern durch. Wunderbarerweise wurde ich nicht exmatrikuliert, nur verpflichtet, mich in Physik und Logik während des Sommersemesters nachprüfen zu lassen. Dabei nahm ich alles, was rings um mich her passierte, an der Universität und auch sonst im Land, nur wie durch einen Schleier wahr. Die Studenten diskutierten Trotzkis Verbannung nach Alma-Ata, den Machtkampf an der Parteispitze, die Sabotage der Getreideproduktion seitens der Bauernschaft – ich ging vorüber oder saß mit abwesendem Blick in meiner Bank. Fühlte mich gut, fühlte mich sicher. Mein Fundament waren die Sterne. Sie verließen mich nie. An die Zukunft verschwendete ich keinen Gedanken. Hatte keine Ziele. Wozu auch, wenn ich doch schon *angekommen* war? Ich presste die Stirn gegen einen Marmorlöwen und kreiste im Orbit des Ganymed, zwischen Jo und Kallisto.

Doch kurze Zeit später wurde ich in die Wirklichkeit zurückgeholt.

Eines Tages im Mai, als ich von der Universität nach Hause kam, traf ich dort Männer von der Staatssicherheit an. Sie waren dabei, unsere Kammer zu durchsuchen. Die Tante war nicht da. Wie sich herausstellte, waren in der Kirche, in welcher sie nach dem Rechten sah, kostbare Kultgegenstände konfisziert worden. Dabei hatte die Tante einem Tschekisten das schwere Taufkreuz entrissen und auf den Kopf gehauen. Sie war verhaftet worden. Mich brachten sie ins GPU*-Quartier in der Gorochowaja zum Verhör, ließen mich aber dann wieder laufen. Ich versuchte herauszubekommen, was mit der Tante geschehen war, erfuhr aber nicht mehr, als dass sie im Gefängnis Kresty einsaß und ihrem Prozess entgegensah. Es verging ein Monat, dann wurde die Tante zu fünf Jahren Lagerhaft abgeurteilt und auf die Solowki-Inseln verbracht. Ich habe sie nie wiedergesehen.

Ein paar Wochen nach der Verhandlung wurde ich exmatrikuliert. Gründe dafür fanden sich zur Genüge: die nichtproletarische Herkunft, die antisowjetische Tante, die mangelnden Leistungen. Außerdem war ich nicht im kommunistischen Jugendverband. Der Komsomolsekretär unserer Fakultät hatte mich schon vor einiger Zeit als »fremdes Element« gegeißelt.

Ich nahm die Exmatrikulation gelassen entgegen. In die Vorlesungen von Professor Karlow kam ich auch ohne Studentenausweis hinein. Und aus der Universitätsbibliothek hatte ich die zwei Bücher über Astronomie schon mitgehen lassen. Umso empörter war Mascha. Zweimal lief sie zum Dekan und ins Komsomolbüro, um für mich ein Wort ein-

* GPU: Staatssicherheitsbehörde und politische Polizei der Sowjetunion in der Nachfolge der Tscheka; Vorläufer des KGB

zulegen, ohne Erfolg. Wir trafen uns weiterhin zu den Vorlesungen und spazierten anschließend durch die Stadt. Allerdings musste ich bald feststellen, dass ich nichts mehr zu beißen hatte: Die Vorräte der Tante an Perlgraupen und Leinöl waren aufgebraucht. Also verkaufte ich ihre Nähmaschine. Deckte mich ein mit Graupen, Zwieback, Speck, Sonnenblumenöl, Mohrrüben und Knoblauch, aß mich satt und versteckte den übrigen Proviant in der Kommode. Am nächsten Tag ging ich wie üblich zur Universität. Umsonst, wie sich herausstellte, ich hatte es vollkommen übersehen: Die Vorlesung über Astronomie war abgeschlossen, die Prüfungszeit hatte begonnen. Enttäuscht machte ich mich auf den Nachhauseweg. Dort wartete eine weitere Überraschung: Der Hausverwalter saß in unserem Zimmer. Wenn ich nicht aufhörte, antisowjetische Propaganda zu betreiben, würden die Mitbewohner meinen Rausschmiss in die Wege leiten, verkündete er mir. Ich hörte ihn schweigend an. Beim Gehen knallte er die Tür. Ich verstand, dass er meine Hilflosigkeit auszunutzen und das Zimmer zu ergattern beschlossen hatte. Ich nahm meine beiden Bände Astronomie und verließ das Haus. Es war ein warmer, sonniger Junitag. Ziellos schlenderte ich durch die Straßen. Und fühlte, dass diese Stadt mich *abstieß*. Es gab keinen Platz mehr für mich in ihr. Nichts, was mich mit ihr verband. Ich kam zum Newski-Boulevard, bog ein, bummelte in Richtung Isaak-Kathedrale. Ich wollte noch einmal die Hände an ihre Säulen legen. Das Gesicht an den kühlen, glatten Stein pressen. Ein paar Schritte weiter stieß ich mit Mascha zusammen. Und zwar so heftig, dass mir die Bücher aus den Händen auf das Pflaster fielen. Ihre Aktentasche klappte auf, Papiere rutschten heraus.

»Oh mein Gott!«, murmelte Mascha zurücktaumelnd und

hielt sich mit der flachen Hand die Stirn, gegen die mein Kinn geprallt war.

Verdutzt sahen wir uns an. Als sie die Fassung wiedergewonnen hatte, lachte sie los. Ich half ihr, die Papiere einzusammeln, hob meine Bücher auf.

»Das hältst du nicht aus!«, sagte sie lachend und kopfschüttelnd. »Weißt du, es ist noch keine halbe Stunde her, dass ich von dir gesprochen habe!«

»Zu wem?«, fragte ich.

»Zu Kulik. Hättest du nicht Lust, mit auf Expedition zu gehen? Sie haben gerade zwei Ausfälle, wegen der Ruhr. Übermorgen geht es los.«

Ich rieb mir das Kinn und sah sie schweigend an. Plötzlich, binnen einer Sekunde, so wie damals nach der Explosion, nach dem Kreisel im Kopf, nach Kiew und den vielen abgezählten Ecken, hatte ich wieder das Gefühl, *unterwegs* zu sein. Es war an der Zeit aufzubrechen. Zum nächsten Ort.

»Ich hätte Lust«, sagte ich.

DIE EXPEDITION

Am nächsten Morgen, Punkt neun, betraten Mascha und ich das Gebäude des Bergbau-Instituts. Wir liefen kurz einen düsteren Flur entlang, dann standen wir vor einer Tür mit neuem Kupferschildchen: *Abteilung Meteoriten*. Das Schild sah ungewöhnlich aus. Mascha klopfte an. Von drinnen keine Reaktion. Sie legte das Ohr an die Tür.

»Ach je, vielleicht ist er schon zur Versammlung?«

»Noch nicht. Aber demnächst unbedingt!«, ertönte hinter uns eine hohe, leicht arrogant klingende Stimme.

Wir fuhren herum. Vor uns stand ein hagerer Mann mit Brille und einem rotblonden Nietzsche-Schnauzbart, betont lässig gekleidet.

»Herr Kulik!«, stammelte Mascha. Man merkte sofort, wie sehr sie in ihn verliebt war.

»Ist das Ihr Protegé?«, fragte Kulik und sah mich mit klugen, aufmerksamen, leicht spöttischen Augen an. »Der am 30. Juni 1908 Geborene?«

»Jawohl, das ist er … Snegirjow. Sie haben ihn von der Uni relegiert, dabei hat er …«, stotterte Mascha, doch Kulik fiel ihr ins Wort.

»Interessiert mich nicht. Schon mal auf Expedition gewesen?«, wandte er sich an mich.

»Nein.«

»Aha.« Kuliks Blick durchbohrte mich. »Können Sie graben?«
»Graben, klar … Warum nicht …«, stammelte ich.
»Schwere Lasten bewegen?«
»Im Prinzip … ja.«
»Im Prinzip! Na, sagen wir so«, sprach Kulik, während er eine verschlissene goldene Uhr aus der Tasche zog, einen Blick darauf warf, sie wieder einsteckte, »im Prinzip lasse ich Sie auf halbem Weg wieder umkehren, wenn's sein muss. Und jetzt kommen Sie mit.«
Er drehte sich entschlossen um und stakste auf dürren Beinen davon, lief – rannte beinahe – mit weit ausholenden Schritten den Flur entlang. Mascha und ich beeilten uns, hinterherzukommen. Kulik bog einmal ab und noch einmal, lief eine Treppe hinunter und verschwand in einer offen stehenden Hörsaaltür. Wir stürzten hinterdrein.
»Tür zu!«, rief er uns, schon vom Katheder her, entgegen.
Mit geübter Bewegung schloss Mascha die Tür. Ich setzte mich an das Ende einer Reihe, sah mich verstohlen um: In dem geräumigen Saal hatten sechzehn Personen Platz genommen.
Kulik zog ein zerknülltes Taschentuch hervor, putzte seine Brille. Setzte sie wieder auf, krallte die langen, sehnigen Finger um das Pult und begann:
»Ich begrüße euch, Freunde und Genossen. Unser heutiges Treffen dient der Vorstellung der Neuzugänge, die der Meteoritologie zu dienen sich entschlossen haben; des Weiteren ist der Vektor zu korrigieren, über den wir uns der Einschlagstelle des Tunguska-Meteoriten nähern werden. Da von der Besatzung der Vorjahresexpedition nur ganze drei übrig geblieben sind, die anderen musste ich leider zum Teufel jagen, beginnen wir mit einer Vorstellungsrunde.«

Er schlug ein dickes, speckiges Notizbuch auf und rief die Anwesenden der Reihe nach auf, nannte Namen und Beruf. Mich überging er. Dann klappte er sein Buch wieder zu und sagte: »Ich darf nun ein paar knappe einführende Informationen zum so genannten Tunguska-Meteoriten geben, an dem wir uns schon so viele Zähne ausgebissen und Sohlen abgelaufen haben. Am 30. Juni 1908 ging im östlichen Sibirien ein gigantischer Bolide nieder. Den Einschlag haben nicht wenige Sibirier gehört und gesehen, er war mit viel Getöse verbunden und hinterließ eindrucksvolle Spuren: Die gewaltige Schallwelle, die über ganz Sibirien hinwegging, hat Wald auf einer Fläche von Hunderten Quadratkilometern entwurzelt, der Lichtblitz wie auch das Erdbeben wurden vom unbestechlichen Seismographen im Keller des Irkutsker Observatoriums registriert. Und nicht bloß Tausende ungebildeter, abergläubischer eingeborener Sibirier haben den Meteoriten gesehen, nein, auch ganz zivilisierte Leute, zum Beispiel aus dem fahrenden Zug bei Kansk, ich habe mich ausführlich mit ihnen unterhalten. Fasst man die Augenzeugenberichte zusammen, so darf man getrost konstatieren, dass wir es mit einem der größten Meteoriten zu tun haben, die je auf der Erde eingeschlagen sind. Leider hatte die Meteoritenkunde vor zwanzig Jahren noch nicht ihre Existenzberechtigung als eigenständige Wissenschaft errungen. Und es waren weniger Wissenschaftler, die sich mit Meteoriten abgaben, als offensichtliche Scharlatane, die um die Geschichte des Tunguska-Meteoriten viel Lüge und Verwirrung stifteten. Zur Schande der nationalen Wissenschaft muss gesagt werden, dass keiner auch nur den Versuch unternahm, eine Expedition zu organisieren, um den im buchstäblichen Sinne heißen Spuren des Meteoriten nachzugehen: Es gab ein Dutzend Zeitungsartikel, ein paar pseudowissenschaftliche Veröffentlichungen, damit hatte es sich. Erst unter der Sowjetmacht, im schwierigen Jahr 1921, gelang es meiner Wenigkeit dank persönlicher Kontakte zum Volkskommissar Lunatscharski, eine erste Expedition ins Leben zu rufen. Genosse Lunatscharski bewilligte uns über das Volkskommissariat für Bildung die nötige Summe Geld, ließ das Volkskommissariat für Verkehrswesen einen Wagon bereitstellen, sorgte außerdem für die nötige Ausrüstung. Der unter uns weilende Nikolai Trifonow, vorletzter Mohikaner jener legendären Expedition, wird während der Reise noch genügend Zeit haben, euch über den ersten Feldzug zur Aufklärung des Tunguska-Phänomens eingehend zu berichten. Jene Expedition No. 1 fand den Meteoriten zwar nicht, konnte die Einschlagzone jedoch exakt bestimmen: im Becken der Steinigen Tunguska beziehungsweise Katanga, wie der Fluss bei den Ewenken heißt. Nach Systematisierung aller Augenzeugenberichte konnte ich in meinem Aufsatz für die Zeitschrift »Weltkunde« die Aussage treffen, dass im Jahr 1908 in Ostsibirien ein Meteorit von kolossalen Ausmaßen niedergegangen sein muss. Bedauerlicherweise hat eine Reihe objektiver und subjektiver Gründe, von denen die Neue Ökonomische Politik einer ist, dazu geführt, dass eine zweite Expedition erst im vergangenen Jahr von Leningrad aus starten konnte. Diesmal dank der Unterstützung von Professor Wernadski und Genossen Bucharin persönlich. Expedition No. 2 gelangte bis in die nächste Nähe des Einschlagortes. Nur leider hat die nächste Nähe für die Wissenschaft kaum einen Wert, meine verehrten Genossen Meteoritologen. Der Kardinalfehler dieser Expedition war der gewählte Zeitpunkt. Um durch die Taigasümpfe zu kommen, hatten wir uns im Februar auf den Weg zur Katanga gemacht, denn nur im überfrorenen Zustand sind die Sümpfe passierbar. Dies war in der Tat günstig, erwies sich jedoch zugleich als Problem. Den Abschnitt von Wanawara den Rentierpfad entlang zu den Waldbruchgebieten konnten unsere Pferde nicht bewältigen, der Schnee war zu tief für sie. So kamen wir mit den Ewenken überein, unseren Weg auf Rentieren fortzusetzen – allerdings nur zu zweit, Trifonow und ich –, die Nörgler und Panikmacher hatten wir zuvor nach Taischet zurückschicken müssen. Denn leider ist nicht jeder Gelehrte den Prüfungen gewachsen, die die Wissenschaften ihm auferlegen! Nach einem dreitägigen Marsch auf schwierigstem Weg durch die verschneite Taiga erreichten wir mit unserem unermüdlichen Führer, dem Ewenken Wassili Ochtschen, den Rand des Waldbruchs. Als Nikolai und ich eine Anhöhe erklommen und das riesige, bis zum Horizont reichende Feld umgestürzter Bäume sahen, da wurde uns richtig bange, aber ein Grund zum Frohlocken war es doch: Eine so phänomenale Verwüstung lässt sich nur auf einen gewaltigen Boliden zurückführen. Ein unglaublicher Anblick! Hundertjährige Kiefern und Lärchen, abgeknickt wie Bleistifte! Ein Gruß aus dem Kosmos von gigantischer Kraft! Kein Wunder, dass die Ewenken sich weigerten, weiterzugehen – die Schamanen hatten ihnen untersagt, den verfluchten Ort zu betreten. Manche von ihnen hatten bei dem Ereignis ihre Rentiere verloren, manchen waren die Zelte abgebrannt. Ochtschen meinte, den grässlichen Knall und das Feuer vom Himmel würde er sein Lebtag nicht vergessen. Tja! Den Wald hat es nicht nur niedergedrückt, er wurde von der Explosionshitze sogar in Brand gesetzt … An dieser Stelle hat die Expedition No. 2 also kehrtgemacht. Von der Expedition No. 3, die sich nun in diesem Hörsaal zusammengefunden hat, kann ich nur hoffen, dass sie das traurige Schicksal der zweiten nicht ereilen möge! Nörglern und Panikmachern gegenüber werde ich auch künftig gnadenlos sein. Wobei ich davon ausgehe, dass dergleichen unter euch nicht zu finden sein wird. Also! Wir sind zahlenmäßig noch gewachsen in jüngster Zeit. Spezialisten verschiedenster Art gehören zur Mannschaft: Astronomen, Geophysiker, Meteoritologen, Bohringenieure, sogar ein Kameramann ist dabei. Den mitreisenden Studenten kann ich versichern, dass ihre Abenteuerlust und Entdeckerfreude in vollem Maße befriedigt werden wird. Wir werden eine solide Ausrüstung mitführen: viel meteoritologisches, hydrologisches, geologisches und fotografisches Gerät, Bohrtechnik, eine Entwässerungspumpe, allerlei Messtechnik. Und nun zur Reiseroute …«

Kulik verließ das Pult, entfaltete eine auf dem Tisch liegende Karte und hängte sie an die Tafel, nahm den Zeigestock zur Hand.

»Der Start erfolgt morgen vom Moskauer Bahnhof. Wir fahren mit der Eisenbahn bis Taischet, wo uns dreißig Pferdegespanne erwarten, die uns mitsamt der Ausrüstung über einen Fuhrweg ins vierhundert Kilometer entfernte Dorf Keshma an der Angara bringen. Dort verlassen wir die Gespanne, bekommen frische Pferde gestellt und reiten weitere zweihundert Kilometer einen Taigapfad bis nach Wanawara an der Steinigen Tunguska. In dieser Siedlung befindet sich eine Niederlassung der staatlichen Handelsorganisation Gostorg, die die Ewenken im Tausch gegen Pelze mit Lebensmitteln, Schießpulver und Schrot versorgt. Ein letzter Vorposten der Zivilisation sozusagen. Die Einschlagstelle des Meteoriten befindet sich achtzig Kilometer nördlich von Wanawara. Dorthin gelangen wir über einen Rentierpfad. Nachdem wir die Waldbruchzone erreicht und die Einschlagstelle exakt ausfindig gemacht haben, bauen wir dort ein Blockhaus –

der Meteorit war so freundlich, das nötige Holz für uns zu fällen. Dann feiern wir Einzug und können mit unseren Forschungen beginnen. Noch Fragen?«

Der Astronom Ichilewitsch, ein beleibter Mann, hob die Hand.

»Wie lange könnte die Expedition ungefähr dauern?«

»Bitte keine metaphysischen Fragen, Genosse!«, parierte Kulik. »Bis wir ihn gefunden haben natürlich!«

»Bis uns die Lebensmittelvorräte ausgegangen sind«, ergänzte Trifonow – kein sehr schöner Mann – mit einem Lächeln.

»Bis der Frost zuschlägt!«, fügte Gridjucha, der kleine, zapplige Bohringenieur, hinzu.

Ein Student mit kaum sichtbarem Bärtchen erhob sich halb aus dem Sessel, bevor er fragte: »Genosse Kulik, ist es wahr, dass auf der Expedition nicht geraucht werden darf?«

»Das ist absolut wahr, junger Mann! Ich kann diesen Qualm nicht ausstehen. Und das Rauchen halte ich ohnehin für ein Laster der alten Welt. Wir sind dabei, eine neue zu errichten. Sie haben die Wahl: das Rauchen oder den Tunguska-Meteoriten!«

Alles lachte. Der Student kratzte sich das Kinn.

»Dann … wähle ich den Meteoriten«, sagte er.

»Eine hervorragende Wahl, mein Junge!«, rief Kulik.

Es wurde noch herzlicher gelacht.

»Ach, Mensch!«, seufzte Mascha neben mir und schüttelte den Kopf. »So ein Mist, dass er keine Frauen mitnimmt. Das ist ein großer Fehler! Ich könnte das Expeditionstagebuch führen …«

»Noch eins, Kollegen!«, fuhr Kulik, wieder ernst werdend, fort. »Die eingeborene Bevölkerung, mit der wir zusammenarbeiten werden – Ewenken, verschiedene Angarastämme –, sind weniger an Geld interessiert als an Lebensmitteln, vor allem aber an Munition und an Alkohol. Munition haben wir reichlich, aber Alkohol bekommen wir nur wenig zugeteilt. Wenn jeder von euch eine Flasche Primasprit oder dergleichen einpacken würde, könnte das unser Fortkommen in der Taiga deutlich beschleunigen. Noch Fragen? Nein? Dann frisch ans Werk, Genossen! Trifonow wird euch über weitere Einzelheiten informieren.«

Trifonow stand auf. »Ich darf zum Packen der Ausrüstung bitten!«

Die Anwesenden erhoben sich. Stimmengewirr. Kulik hatte die Brille abgenommen und putzte sie blinzelnd.

»Ach! Was ich noch vergessen habe …«

Sofort waren alle wieder still. Kulik setzte die Brille auf und sah zu mir herüber.

»Einer unserer Mitreisenden wurde genau in dem Moment geboren, als der Tunguska-Meteorit einschlug.«

Ich begriff, dass dies der einzige Grund war, weshalb Kulik mich mitnahm. Alle drehten sich neugierig nach mir um.

»Wo genau sind Sie geboren?«, fragte Trifonow.

»Dreißig Werst nördlich von Petersburg«, antwortete ich.

»Wer rechnet denn noch in Werst! Kilometer, junger Mann, Kilometer!«, korrigierte mich Kulik. »Hat Ihre Frau Mama den Einschlag während der Geburt wahrgenommen?«

»Jawohl. Und sie war nicht die Einzige«, erwiderte ich.

»Es war in ganz Russland zu spüren!«, konstatierte der Geologe Jankowski, der die ganze Zeit finster dreinblickte.

»Was hat man Ihnen noch über den Tag Ihrer Geburt erzählt? Irgendwelche besonderen Beobachtungen?«, fragte Kulik mit gespanntem Blick.

»Besondere Beobachtungen …« Ich überlegte, dann fiel mir etwas ein. »Aber ja. Natürlich. Meine Eltern haben erzählt, es sei an dem Tag überhaupt nicht dunkel geworden. Ein kräftiges Leuchten sei am Himmel gewesen.«

»Stimmt genau!«, sagte Kulik, den Zeigefinger hebend. »Dieses Phänomen wurde an der gesamten Ostseeküste beobachtet, in Nordwesteuropa ebenso wie in Russland. Von Kopenhagen bis Jenissejsk! Eine Lichtanomalie in der Atmosphäre!«

»Darüber schrieben Thorwald Kool und Hermann Seidel«, nickte Ichilewitsch. »Ungewöhnlich grelles Abendlicht, massive Leuchtwolkenbildung …«

»Massive Leuchtwolkenbildung, jawohl«, wiederholte Kulik versonnen. Dann hieb er auf einmal die Faust auf den Tisch. »Diesmal werden wir den Meteoriten finden!«

»Natürlich! Was denn sonst! Deshalb fahren wir ja hin!«, riefen alle durcheinander.

»Ach, Sascha! Ist das großartig!«, stieß Mascha hervor und wandte mir ihr erhitztes Gesicht zu. »Du musst den Meteoriten unbedingt finden, hörst du?«

»Werd mir Mühe geben«, brummte ich nicht sonderlich enthusiastisch.

Ich wollte einfach nur weg, das war es. Irgendwohin. Unterwegs sein wie *damals*.

Am nächsten Tag bestiegen wir den Zug Leningrad–Moskau–Irkutsk, in dem ein ganzer Wagen für uns reserviert war, und die Reise begann. Die vier Tage bis Taischet vergingen über Gesprächen und Diskussionen, bei denen ich passiver Zuhörer blieb. Debattiert wurde in Wagen No. 12 über aktuelle Themen: Kommunismus, freie Liebe, Industrialisierung, Weltrevolution, Atomstruktur – und natürlich über den Tunguska-Meteoriten. Währenddessen dinierten wir praktisch ununterbrochen – die Verpflegung war für die damalige Zeit vorzüglich, Zucker zum Tee, so viel man wollte, was ich nach der Schmalkost der letzten Zeit als besonders angenehm empfand. Zwischendurch, wenn der Magen mit Pferdewurst, Ostseehering, gekochten Eiern, belegten Broten und kräftigem Tee gefüllt war, kletterte ich auf die obere Pritsche und schaute dösend aus dem Fenster, wo die endlosen Wälder zwischen Wologda und Wjatka vorüberzogen. Es folgten die mäßig hohen Berge des Ural und dann die unvergleichliche Landschaft Sibiriens: schier grenzenlose Weiten, von Tscheljabinsk bis Nowosibirsk reichend – ein prähistorischer Meeresgrund, wie Kulik uns aufklärte. Kiefern und Lärchen hatten ihn in Besitz genommen. Versunken in diesen Anblick, schlief ich immer wieder ein.

Die Beziehungen unter den Expeditionsteilnehmern ließen sich gut an, alle waren freundlich und rücksichtsvoll gegeneinander. Der rätselhafte Meteorit, von dem man, Kulik sei Dank, in letzter Zeit des Öfteren in sowjetischen Zeitungen hatte lesen können, zog die Phantasie auf sich, beflügelte sie. Gern ließ ich, auf meiner Pritsche unter der Kabinendecke liegend, die Gedanken zu ihm schweifen. Nur mochte ich ihn mir nicht anders vorstellen, als dass er frei im All seine Bahnen zog; das fand ich viel *schöner*. Die Debatten über chemische Zusammensetzung, Größe und Fallgeschwindigkeit wollten derweil kein Ende nehmen. Mit einer Leidenschaft, die an Fanatismus grenzte, steckte Kulik die Übrigen an. Dafür sah man es ihm nach, dass er mitunter den Diktator hervorkehrte, seine Mitmenschen auch in profanen Angelegenheiten mit Maßgaben terrorisieren konnte und in Diskussionen bis zum Letzten auf seinem Standpunkt beharrte. Er sprach grundsätzlich alle mit Genosse an, Vor- und Vatersnamen ignorierte er. Seit die Sowjetmacht in Russland etabliert war, vertrat er seinen »wissenschaftlichen Marxismus« rigoroser denn je. Er vergötterte Stalin und dessen

»eiserne Konsequenz« und glaubte an einen bevorstehenden »großen Sprung« der sowjetischen Wirtschaft, der aller Welt »die objektiv-dialektische Rechtmäßigkeit unseres Weges« vor Augen führen würde.

Als wir in Taischet anlangten, war es früher Morgen.

Eine Kolonne solide gebauter sibirischer Fuhrwerke stand bereit, die Sonne schien schon heiß, Mückenwolken umschwärmten uns. In solchen Mengen hatte ich die Blutsauger nie zuvor fliegen sehen. Kulik ließ mit Mullschleiern versehene Panamahüte austeilen, die nach seinem Entwurf gefertigt worden waren; im Umgang mit den Mückenpopulationen dieser Gegend war er ja schon erfahren. Mit den identischen grauen Hüten glichen wir einer Abordnung chinesischer Reisbauern. Nach dem Beladen der Fuhrwerke nahmen wir die erste beschwerliche Teilstrecke in Angriff: Was unsere Kutscher als Chaussee bezeichneten, war nichts weiter, als ein breiter, ungleichmäßig befestigter, von Spurrinnen und Schlammpfützen gezeichneter Weg. Zu unserem Glück fiel der Juni 1928 in Ostsibirien recht trocken aus, so ließen sich die Pfützen gut durchfahren. Hingegen waren die Brücken über die vielen kleinen Wasserläufe in einem zumeist beklagenswerten Zustand, bedurften dringend der Reparatur. Manche waren von den Frühjahrsschmelzen fast vollständig zerstört. Wir mussten sie umfahren und die Flüsse an geeigneter Stelle passieren. Einmal, als wir unseren Tross zum wer weiß wievielten Male über eine bedenklich schwankende Brückenkonstruktion trieben, zitierte Kulik einen französischen Reisenden: »Unterwegs begegneten uns künstliche Bauten, welche zu umfahren waren und bei den Russen *le most** hießen.«

* *most* (russ.): Brücke

Der Weg führte durch hügelige, von Mischwald bestandene Taiga. Nur oben auf den Kuppen, die die Sibirier *sopki* nannten, wuchsen dichte, unvermischte Kiefernwälder. Sie waren erhebend in ihrer Unberührtheit; ich meinte die Mähnen schlafender Ungeheuer in ihnen zu sehen. Die schlanken, hochstämmigen Bäume standen unerhört dicht, wenn der Wind sie zu wiegen begann, schienen sie lebendig zu werden, und mit ihnen der ganze Berg, man glaubte, das schlafende Monster müsste sich im nächsten Moment aufrappeln, strecken und ein Gebrüll erheben, von dem die Taigaweiten nur so widerhallten.

Richtige Tiere hingegen gab es in all der Unberührtheit nur sehr wenige zu entdecken: Jemand wollte einen Marder gesehen haben und einen Elch.

Wir kamen nur sehr langsam voran, brauchten beinahe eine ganze Woche. Übernachtet wurde in winzigen Dörfern längs des Weges, die nicht viel anders aussahen als Einzelhöfe im nördlichen Russland. Fünf, sechs Blockhütten, gefügt aus den Stämmen hundertjähriger Kiefern, von stattlichen Lattenzäunen gegen die wilden Tiere umgeben. Ringsherum die endlose Taiga. Die Bewohner waren uns gewogen: Von Natur aus offenherzig, dem rauen sibirischen Dasein gewachsen, lebten sie vor allem von Jagd und Fischfang sowie dem, was gelegentliche Durchreisende daließen, für die also stets ein extra Hüttchen mit Ofen und Pritschen zur Verfügung stand. Wir zahlten mit Pulver und Schnaps. Sowjetisches Geld kannte man hier noch kaum, Stalins Kollektivierungsprogramm war an diese abgelegenen Orte bislang nicht vorgedrungen. Die Gastgeber bewirteten uns mit frisch gefangenem Fisch, geschmorten Pilzen, gedörrtem Wildfleisch und der obligatorischen dicken Suppe aus Bär- und Knoblauch, Altaizwiebeln, getrockneten Mohrrüben und gepökeltem Elch- oder Hirschfleisch. Wer in der Gästehütte keinen Platz fand, bettete sich in der Scheune, im Badehaus oder auf den Trockenböden, während unsere noch weniger anspruchsvollen Fuhrleute ihre Wagen im Kreis aufstellten, in dessen Innerem sie die Pferde anpflockten; jenseits davon entfachten sie ein Lagerfeuer und krochen zuletzt in die Wagen unter ihre Schafpelze, die sie benutzten, auch wenn es warm war.

Am sechsten Tag langte unser Tross in Keshma an.

Das große, aus gut einhundert Häusern bestehende Dorf lag am malerischen Steilufer der Angara, die hier ein breiter, reißender Fluss war. Unterhalb des Ufers ein schmaler Schwemmsandstreifen, dahinter strömte es gewaltig. Das Wasser wie in allen sibirischen Flüssen kalt und unglaublich klar. Das gegenüberliegende Ufer war bewaldet und, so weit man den Flusslauf einsehen konnte, ebenso steil.

Im Dorf siedelten vorwiegend Russen; ein paar russifizierte Ewenken waren auch darunter. Man trieb Jagd und Fischfang. Die erbeuteten Pelze überließ man dem Staat für sehr wenig Geld; Fisch, Elch und Rentier waren rund ums Jahr eine sichere Nahrungsgrundlage; Hausvieh wurde nicht gehalten.

In Keshma nahmen wir erstmals unseren Kredit bei Gostorg in Anspruch: Acht Säcke Dörrfisch (Hecht, Lachs und Maräne), drei Fässer gesalzenen Weißlachs, ein Fässchen Speck und ein paar Säcke Fischmehl gingen in unseren Besitz über. Nach dem Baden und Schwitzen im sibirischen Dampfbad durften wir die Gastfreundschaft des ersten Mannes im Dorf genießen, Dorfsowjetvorsitzender und Gostorg-Filialchef in einer Person, der Kulik wie einen alten Freund behandelte; er zeigte ihm einen Ausschnitt aus der Taischeter Zeitung mit einem Bericht über die Vorjahrsexpedition. Dass wir aus

Leningrad kamen, »wo Wladimir Iljitsch mit den Burshuis Schlitten gefahren« war, schien den Vorsitzenden besonders zu freuen. Er war bei den roten Partisanen im Ural gewesen; nach dem Sieg der Bolschewiki hatte man ihn ins ferne Keshma abkommandiert, um »die Linie der Partei durchzusetzen«. Also war er hier mit einem Trupp Kavallerie eingeritten und hatte drei Tage gebraucht, »die Machtfrage endgültig und widerspruchslos zu klären« – indem er zwölf Mann eigenhändig erschoss.

»Jetzt weiß ich, dass es hätten mehr sein müssen«, bekannte er treuherzig bei einem Becher mit eiskaltem Angarawasser versetzten Primasprit.

In Keshma hatte er zwei Frauen, eine vorherige und eine jetzige, die im besten Einvernehmen lebten und für uns ein wahres Festmahl auf die Beine stellten: Die lange, grob gezimmerte Tafel im Blockhaus des Vorsitzenden bog sich unter den Köstlichkeiten. Hier durfte ich zum ersten Mal im Leben Pelmeni mit Bärenspeck und Schangi – kleinen Weizenfladen, in der Pfanne ausgebacken und mit Sahne übergossen – kosten. Über den Meteoriten wusste der Vorsitzende nicht viel zu sagen: Es habe einen Knall gegeben, und dann sei der Wald platt gewesen. Kategorisch in seinen Ratschlägen, empfahl er, mit den Ewenken bloß nicht lange zu fackeln, ihnen im Zweifelsfall »den Gewehrkolben zwischen die Schlitzaugen zu pflanzen«. Den Misserfolg der Vorjahrsexpedition schob er zur Gänze auf die Sabotage der eingeborenen Bevölkerung und Kuliks »Scheißmitgefühl«. Er hielt die Ewenken, die er Tungusen nannte, für eingefleischte Feinde der Sowjetmacht.

»Erst dachte ich: Einer, der in der tiefsten Taiga in Laubhütten vegetiert, wenig zu beißen und wenig Klamotten hat und unter freiem Himmel scheißt, der muss für die Sowjetmacht sein. Aber von wegen! Die reinste Kulakenbrut. Denen kommt's nur drauf an, wer die meisten Rentiere hat. Hier muss erst noch einer kommen und die Revolution anzetteln! Ein extra Lenin für die Tungusen!«

Kulik erhob Einwände: Das Hauptproblem aller rückständigen Völker in der UdSSR sei doch die Unbildung, die das Zarenregime zu ihrer Ausbeutung ausgenutzt habe; die Partei kümmere sich bereits darum, habe Lesestuben eingerichtet und Schulen, außerdem würden die Ewenken wie alle Bauern und Viehzüchter demnächst kollektiviert. Doch der Vorsitzende blieb bei seiner Ansicht. »Mischa, wenn es nach mir ginge, ich hätte für die eine spezielle Methode der Kollektivierung: zack, rein mit ihnen in einen Wagon und ab in die Stadt zur Zwangsarbeit. Der Spaten ist immer noch das beste Erziehungsmittel! Und die Rentierherden könnten wir abschlachten und den hungernden Menschen in den Wolgagebieten schicken.«

»In den Wolgagebieten hungert schon seit zwei Jahren keiner mehr«, verkündete Kulik stolz.

»Ach so?« Der Vorsitzende, rot vom Schnaps, griente. »Dann fressen wir sie eben selber!«

Am nächsten Morgen schulterten wir unsere Rucksäcke, in die wir nur den nötigen Mundvorrat gepackt hatten, bestiegen die vom Dorf gestellten Pferde und zogen weiter, nunmehr einen viel schmaleren Rentierpfad entlang. Von Kemsha bis zur Steinigen Tunguska waren es noch 200 Kilometer nordwärts. Der Tross mit dem Hauptgepäck sollte nachfolgen.

Der Pfad verlief sanft bergauf und bergab. Aufwärts ging es im Schritt, abwärts suchten wir unsere betulichen breitbrüstigen Gäule nach Kräften anzutreiben. Schwerfällig trabten sie den weiten Hang hinunter. Dann ging es wieder bergan, und eine Ewigkeit immer so weiter.

Der Wald war inzwischen ein anderer geworden: Unvermittelt hatten die Kiefern Lärchen Platz gemacht, Mischwald zog sich die Hänge hinab, der Boden war zunehmend von Moos und Flechten bedeckt. Wir stießen nun öfter auf Tiere, was wir mit aufgeregten Rufen kundtaten. Größere Vögel erhoben sich mit klatschendem Flügelschlag aus dem Dickicht. Ein paar Mal sah ich Marder und Hermeline, von uns aufgescheucht, die Lärchen hinaufflitzen und im Geäst verschwinden. Wir hatten zwei passionierte Jäger dabei: Petrenko, Bohrfachmann, und Molik, Geologe. Gleich bei der ersten Rast waren sie auf Pirsch gegangen und nach kurzer Zeit mit einem erlegten Auerhahn zurückgekehrt. Der große, schöne Vogel wurde gerupft, ausgenommen, in Stücke geschnitten und dem Hirsebrei beigegeben. Das Fleisch erwies sich jedoch als zäh und schmeckte nach Kiefernnadeln. Schon bei der ersten Expedition hatte Kulik vergeblich darauf gehofft, den Speiseplan durch gejagtes Wild aufzubessern: Während der ganzen Zeit schoss man nichts als einen Fuchs, dessen Fleisch ungenießbar war, und ein paar Enten. Unsere erste Nacht in der Taiga war misslich. Wir hatten jeder ein paar Kiefernwedel abgehauen und daraus ein Lager rings um die Feuerstelle gebaut; auf dem versuchten wir, unter unseren Mänteln liegend, Schlaf zu finden. Doch trotz des warmen Sommerwetters am Tage ging vom steinigen, moosigen Boden eine beständige Kälte aus, die uns unter die Kleider kroch. Von oben her piesackten die Mücken, die auch des Nachts nicht müde wurden. Unter den verschiedenen Populationen gab es eine besonders kleine und gemeine Art, Kriebelmücke genannt. Mit widerwärtig feinem Sirren schaffte sie es, bis in die Ärmel vorzudringen, ließ auch Augen und Nasenlöcher nicht aus. Gegen sie war man machtlos. Auf Kuliks Rat hin rieben wir Hals und Gelenke mit Petroleum ein. Bald roch die ganze Expedition wie ein großer Lampenladen. Die nachfolgenden drei Nächte verliefen ähnlich strapaziös. Statt zu schlafen, waren alle beständig am Fluchen, suchten sich gegen die Kühle der Nacht und die Mückenplage zu schützen, saßen tagsüber unausgeschlafen in den Sätteln und ließen sich durchrütteln. Doch Kulik war unerbittlich. Punkt sechs weckte er uns mit seiner Schiedsrichterpfeife, die er in der Brusttasche bei sich trug, um die eiserne Expeditionsdisziplin durchzusetzen. Mit ihr bemaß er jeden Marschabschnitt wie auch jede Rast. Kuliks grundlegendes Motto war: Für ein hohes Ziel lässt sich jede Widrigkeit ertragen. Willenskraft und Zielstrebigkeit waren Eigenschaften, die ihm über alles gingen. Ansonsten galt seine größte Wertschätzung den Büchern. Einmal mit uns am Lagerfeuer sitzend, erzählte er, wie ihm einst in der Verbannung Schopenhauers »Die Welt als Wille und Vorstellung« geholfen hatte, sich das Rauchen abzugewöhnen.

»Ich las es einen Tag und eine Nacht. Am Morgen trat ich aus der Hütte, ging zum Eisloch und schüttete meinen ganzen Jahresvorrat an Tabak hinein. Sollen die Fische ihn rauchen, sagte ich mir. Ich bin ein Mensch und habe einen Willen!«

Wie so viele aus der Sozialdemokratie hervorgegangene Bolschewiki lebte er für die Zukunft, im festen Glauben an das neue Sowjetrussland.

»Die Wissenschaft muss der Revolution zur Seite stehen!«, erklärte er immer wieder.

Lenins GOELRO-Plan zur Elektrifizierung des Landes hielt er für genial und prophetisch, Stalins Industrialisierungs- und Kollektivierungsprogramm schlicht für das Gebot der Stunde. Doch seine größte Leidenschaft war und blieb der

Tunguska-Meteorit. Kam die Rede auf ihn, waren Stalin und GOELRO vergessen.

»Stellt euch das doch mal vor, Genossen: Hier irgendwo ganz in der Nähe liegt das Bruchstück eines anderen, Millionen Kilometer entfernten Planeten!« Kulik machte eine Kunstpause, rückte seine Brille zurecht, in der sich das flackernde Feuer spiegelte; dann legte er den Kopf in den Nacken und fuhr, zu den blassen sibirischen Sternen aufblickend, fort: »Darin steckt Materie aus vollkommen anderen Welten!«

Bei diesem Satz überlief mich eine Gänsehaut: Die vertraute Welt der Planeten erstand neu vor meinem inneren Auge. Dahindämmernd auf meinen Kiefernreisern, den Kopf vor den Kriebelmücken tief unter die Jacke gezogen, stellte ich mir dieses geheimnisvolle Stück fremde Welt vor, wie es, in allen Regenbogenfarben schillernd, quer durch den luftlosen schwarzen Raum auf die Erde zuflog. Es begann in meinem Kopf zu rotieren. Im Einschlafen zählte ich seine Ecken …

Am Abend des vierten Tages, von Mückenstichen aufgequollen, zerschlagen von der holpernden Reiterei über die Hügel, langten wir endlich in Wanawara an.

Ein Dutzend neuer Holzhäuser klebte an der Uferkante der Steinigen Tunguska: Erst vor ein paar Jahren war die Niederlassung wiederaufgebaut worden. Am solidesten der Gebäude hing eine verblichene rote Fahne, GOSTORG stand in großen weißen Lettern angeschrieben. Die umgebende Landschaft war atemberaubend schön: Die Siedlung auf dem hohen, steilen Uferfels, eingerahmt vom dichten Taigawald; das Südufer auf der anderen Seite hingegen recht flach, so dass man weit über die dahinterliegende, bis zum Horizont reichende blaugrün gewellte Waldfläche blicken konnte, die vom Licht der untergehenden Sonne überflutet war. Am blassblau-rosa Abendhimmel, wo schon der Mond stand, schwebte ein Adlerpärchen. Ihre kurzen Rufe waren das Einzige, was man hörte – sonst herrschte absolute Stille.

Gleich darauf aber, unser gewahr werdend, fingen Hunde an zu bellen, Menschen kamen aus den Häusern gelaufen. Kulik und Trifonow wurden begrüßt wie nahe Verwandte. Unsere Ankunft war für die gottverlassene Siedlung ein Ereignis. Als Erstes wurde die Banja unten am Fluss geheizt, mit Brennholz nicht gespart, bald wallte drinnen der Dampf. Wir saßen und schwitzten so lange, bis uns schwarz vor Augen zu werden drohte, erst dann sprangen wir hinaus auf den hölzernen Steg und in die kalte Tunguska. Es war mittlerweile dunkel geworden. Die weißen Nächte des Nordens waren vorbei, ein tintiges Blau, sternenübersät, hing über unseren Köpfen. Auf dem Rücken liegend, ließ ich mich von der starken Strömung treiben und besah mir den sibirischen Sternenhimmel. Er war hoch, die Sterne erschienen sehr, sehr fern.

Wir bekamen Fischsuppe und Schangi zum Abendbrot und durften ins Bett. Am anderen Morgen besichtigte ich die Niederlassung. In ihr lebten achtundzwanzig Russen, sechzehn Ewenken, drei Chinesen und zwei Tschetschenen. Letztere waren noch zur Zarenzeit aufgrund eines Falls von Blutrache hierher verbannt worden; sie betrieben eine Schmiede. Wie überall in Sibirien kaufte GOSTORG auch hier die Pelze der ewenkischen und anderer Jäger der Umgegend zu Spottpreisen auf und bot seinerseits Waren an, die mit Fuhrwerken herangekarrt wurden. Im Winter brachte man die Felle mit Rentierschlitten nach Keshma.

Nach Tagen traf endlich auch unser Tross ein. Die Reise war nicht ohne Zwischenfälle abgegangen: Ein Pferd hatte sich ein Bein gebrochen und musste erschossen werden; zwei Fuhrleute waren mit drei Flinten und einem Rucksack Munition getürmt. Kulik – froh darüber, dass die Gerätschaften und der Proviant heil angekommen waren – regte sich nicht sonderlich auf. Ansonsten machte er seit Ankunft in Wanawara einen nervösen Eindruck, Bagatellen konnten ihn in Rage versetzen. Mich brüllte er an, als ich einmal das Barometer fallen ließ, den beiden Bohringenieuren drohte er mit Ausschluss von der Expedition, da sie seiner Meinung nach achtlos mit dem Gepäck umgegangen waren. Die Debatten mit Jakow Ichilewitsch, dem dreißigjährigen Astronomen (die beiden fachsimpelten unentwegt über Meteoriten) endeten fast immer in lautem Zank, wobei es stets Kulik war, der als Erster aus der Haut fuhr, dem anderen Borniertheit und metaphysisches Denken vorwarf. Ichilewitsch, der von Haus aus Mathematiker war und wusste, wie man die Fallkurve von Meteoriten berechnet, hatte eine Generalformel ertüftelt, der zufolge ein Meteorit von mehr als 248,17 Tonnen Gewicht nicht auf der Erde aufschlagen kann, ohne in viele winzige Teile zu zerspringen. Darum war er der festen Überzeugung, dass vom Tunguska-Meteoriten so gut wie nichts übrig sein konnte; an der Expedition nahm er nur teil, um seine Theorie bestätigt zu finden. Kulik wiederum, darauf versessen, die vom Himmel gefallene »Materie fremder Welten« in Form eines gigantischen Klumpens oder immerhin tonnenschwerer Fragmente vorzufinden, hatte Ichilewitsch, »diesen Umstandkasten«, deswegen aufgenommen, damit er ihm, »dem Abgesandten der schimmligen Elfenbeinturmwissenschaft«, eines schönen Tages ins Gesicht lachen konnte. Abends todmüde beim Lagerfeuer liegend, musste ich im Halbschlaf des Öfteren Ichilewitschs tonlose, unerträglich langatmig da-

herschwadronierende Stimme mit anhören und dazwischen Kuliks hohes, schneidendes Organ.
In Wanawara aber fanden die endlosen Dispute ihr abruptes Ende. Kaum hatte der Astronom, der mit seiner kompakten Gestalt und dem Kneifer auf der Nase einer Eule ähnelte, seinen Lieblingskernsatz von der »Pulverisierung der Hypermeteoritenmasse beim Aufschlag« in den Mund genommen, als Kulik ihm schroff über den Mund fuhr.
»Herr Kollege, wenn Sie nur mitgekommen sind, um zu stänkern, dann schicke ich Sie retour.«
Das war starker Tobak. Ichilewitsch schnappte ein und sprach mit Kulik kein Wort mehr. Der Streit ließ die allgemeine Unruhe anwachsen. Bis zur Waldbruchzone waren es nur noch achtzig Kilometer. Die Jugend drängte vorwärts, Kulik hingegen, aus Erfahrung klüger geworden, wollte diesmal alles im Voraus abgesehen und einberechnet haben. Der Weg führte über einen schmalen Rentierpfad. Kein Tross im üblichen Sinne kam dort durch. Alle Last musste den Pferden aufgebürdet werden. Es war geplant, in zwei Gruppen zu gehen: Die erste würde mit leichtem Gepäck vorausreiten und nach zwanzig Kilometern ein Camp aufschlagen, Mahlzeit und Nachtlager vorbereiten, während die zweite die schwer beladenen Pferde zu Fuß begleiten und erst gegen Abend eintreffen würde. Am nächsten Tag würde man den Marsch mit vertauschten Rollen fortsetzen: Wer tags zuvor gelaufen war, durfte reiten und das nächste Lager errichten. Auf diese Weise hoffte Kulik den »Ochtschenpfad« in vier Tagen zurückzulegen. Ein Drittel des Proviants sollte in der Niederlassung verbleiben und später durch einheimische Kuriere nachgebracht werden.
Wassili Ochtschen selbst, Kuliks Führer vom Vorjahr, tauchte schon am Tag nach unserer Ankunft in Wanawara auf – und

das, obwohl sein Heimatdorf, aus dem der fünfzigjährige Ewenke mit seinem Neffen herübergekommen war, zwei Tagesmärsche entfernt lag. »Ochtschen hat gespürt, dass Bayo da ist!«, erklärte er. Und Bayo Kulik war erfreut, ihn zu sehen, auch wenn Ochtschens Furcht vor dem »bösen Ort« ein Grund für die Umkehr der Expedition No. 2 gewesen war. Ochtschen galt als einsilbig, doch unser Schnaps löste ihm die Zunge. Ausgefragt wurde er natürlich vor allem über den »Feuerball«.

»Mich sind da mit Rentieren an Chamba wesen. Bruder von mich warn mit Frau an Chuschma gangen, Fisch fangen. Auf einmal Er hat angriffen. Donner-donner, Bäume schmissen, Erde rüttelt, Rentiere totmacht. Bruder Arm brochen, Frau weg. Wir flüchtet her an Katanga. Dort jetzt keiner mehr – nicht Mensch, nicht Rentier«, nuschelte er, an seiner kleinen Knochenpfeife saugend.

Ochtschen war sich sicher, dass da nichts vom Himmel gefallen war: Nein, Choli, das böse Mammuttier, das in der Unterwelt Chergui hauste und zu dem früher die Schamanen hinabgestiegen waren, um aus seinem Atem neue Kraft zu schöpfen, war zornig auf die Menschen und hatte darum die Erde erbeben lassen. Und die Himmelsvögel Agdy mit ihren Feuer speienden Schnäbeln hatten ihm geholfen dabei, ebenso deren Bruder Utschir, die Windhose. Gemeinsam hatten sie den Wald umgeknickt und angezündet. Und all dies nur, weil die Schamanen in letzter Zeit so oft Feuerwasser tranken und so selten an Choli dachten. Schon vollkommen betrunken, gab Ochtschen die Geschichte zum Besten, wie er als Junge einmal Cholis Stimme vernommen hatte.

»Winter sehr hart, Zeder knackt, Rentier ging nicht. Grad wie Elch« – die Große Bärin – »auf Hinterbeine stieg« – um

Mitternacht –, »ist an Chuschma Erde aufgangen, Dampf raus, Choli von unten brüllt: Oh! oh! oh! oh! Mich umfallen, liegen blieben. Mich große Angst vor Choli, so große Angst.«
Selbst wollte Ochtschen die Expedition nicht führen, doch er empfahl seinen achtzehnjährigen Neffen Fjodor.
»Kennt Taiga gut.«
Fjodor sagte nichts dazu, nickte nur und lächelte. Ochtschen überließ ihm ein Berdan-Gewehr und zwei Messer.
Am nächsten Morgen machte sich die erste Gruppe mit Kulik und Fjodor an der Spitze auf den Weg. Ich war in der zweiten. Wir brachen um die Mittagszeit auf, Trifonow war unser Führer. Die Lastpferde liefen Schritt, wir führten sie am Zaum. Im Winter wurde der Pfad von Rentieren begangen, die dabei das Unterholz so gründlich zerstampften, dass er den Sommer über nicht wieder zuwuchs. Stellenweise allerdings doch; dort hieben uns zwei Männer aus Wanawara, die mit Äxten vorausgingen, fleißig Bahn. Die Taiga war hier dichter als in der Angaragegend. Das Moos unter unseren Füßen war weiß, grau und grün. Mir fiel zum ersten Mal auf, dass die Taiga weder Wiesen noch Lichtungen kennt: Jede entstehende Lücke wächst augenblicklich zu und verstrüppt. Nur Seen und Sümpfe bleiben offen. Ein schnelleres Fortkommen ist für den Menschen nur auf den Wegen möglich, die das Wild vor ihm gegangen ist … Plötzlich, wir hatten noch nicht die Hälfte der Strecke bis zum vorgesehenen Nachtlager hinter uns, ging ein heftiger Platzregen nieder. Wir mussten die Segeltuchjacken überziehen und uns breitbeinig, in großen Schritten vorwärts bewegen. Weit nach Mitternacht kamen wir im Camp an. Die erste Gruppe hatte der Regen gleichfalls erwischt, dabei war eine Patronentasche verloren gegangen. Kulik, pitsch-

nass und wütend, brüllte nur herum. Nach Hirsebrei mit Speck und heißem Tee krochen wir zum Schlafen in die nassen Zelte. Punkt sechs wurden wir von Kulik geweckt.

Jedenfalls schafften wir es so tatsächlich in vier Tagen, bis zum Rand des Bruchwaldes vorzustoßen.

Mit mir aber war unterwegs etwas vor sich gegangen. In der dritten Nacht hatte ich unvermittelt meinen alten Kindertraum geträumt; das war in den letzten zehn Jahren nicht mehr vorgekommen. Ich stand wieder vor meinem Riesenberg und kämpfte darum, den Blick zu heben, ihn über die nicht enden wollenden Hänge zum Gipfel emporgleiten zu lassen. Und wieder zerbröselte ich dabei wie ein Brötchen in der warmen Milch. Wieder dieser Schauer vor dem *Großen und Unfassbaren*. Wieder musste ich den Kopf mit den Händen heben. Das Licht aber, das mich früher vom Gipfel her überflutet hatte, floss diesmal nur schwach und zögerlich – es war, als wäre mein Berg am Erlöschen, so wie ein Vulkan erlischt. Ich ging nicht unter in dem Strahlen, wie es mir als Kind widerfahren war, löste mich nicht auf darin, ging nicht *zugrunde* vor dieser maßlosen Macht und Gewalt. Der ganze Traum war erfüllt von einer traurigen Ergebenheit. Da ging etwas verloren, entschwand *für alle Zeit*. Das erschütterte mich zutiefst: Mein Berg starb! Schluchzend stand ich, meinen Kopf haltend, vor ihm. *Erblickte* den Gipfel – und nichts geschah! Ich konnte das Licht erlöschen sehen. Aber das durfte ich nicht zulassen. Der Berg brauchte Hilfe, man musste ihn retten. Ich musste mich am Riemen reißen und etwas tun, jawohl. Mit mir, an mir. So wie man als Kind im Traum nur ganz doll mit den Armen rudern muss – und plötzlich fliegt man. Ich riss mich also zusammen. Doch das Licht des Berges schwand. Ich ruderte, hampelte, röhrte – und *spürte* doch schon, dass Muskeln, Knochen, Hirn und

Stimme keine Verbindung zum Berg hatten. Sie konnten nichts bewirken. Doch da war etwas anderes in mir, was diesen Draht hatte. Was war es? Das Licht ging aus! Es schmolz, es schwand! Und ich verstand: Dies war FÜR IMMER! Schluchzend vor Ohnmacht, tanzte ich wie Rumpelstilzchen, kreischte, stampfte mit den Füßen – es half alles nichts. Ich verkrallte mich in meinen Körper, wollte ihn aufbrechen, zerpflücken, nur damit das zutage trat, was mit dem Berg in Verbindung stand. In meinem Körper herumwühlen wie Schatzgräber in der Erde. Meine Finger rissen an den Muskeln, durchbohrten die Haut. Das tat weh. Und wie! Doch ich ließ nicht ab von meinem Tun. Der Berg starb! Du darfst nicht sterben!, schluchzte ich, während ich meinen Körper in Stücke riss. Und da geschah es. Auf einmal streifte einer meiner Finger, zwischen die Rippen geratend, das Herz. Und bewirkte, dass dort drinnen etwas *ruckte*, verrutschte. So als wäre etwas Schlafendes zusammengezuckt. Ohne jedoch zu erwachen. Da wohnte also etwas in meinem Herzen, das *nicht* Herz war. Ob es *das* war, was mit dem Berg zusammenhing? Man musste *es* wecken! Bloß wie? Ich ging dazu über, mit den Fäusten gegen meine Brust zu trommeln. Auf mein Herz einzubrüllen. Ohne Erfolg. Das Licht wurde weniger! Ich bohrte die Finger in die Brust, hakte sie hinter die Rippen, zog. Die Rippen knackten. Schreiend vor Schmerz, zerbrach ich mir den Brustkorb. Nun konnte ich mit der Hand tief in die Brust hineinfahren und mein Herz betasten. Es war warm und prall, pochte gleichmütig unter meinen Fingern. Ich drückte zu. Der Schmerz im Herzen war *unerträglich*. Doch das, was in ihm schlummerte, wurde nicht wach davon! *Es* führte sein eigenes Leben! Ich presste mein Herz, so kräftig ich konnte. Schrie auf und erwachte.

»Schlecht geträumt?«, fragte schlaftrunken der Kameramann Tschistjakow, mit dem ich das Zelt teilte – ein Stoiker.
»Ja, anscheinend«, brummelte ich.
»Da hilft Jod vor dem Schlafengehen, Junge …«
Ich schwitzte, bekam kaum Luft. Ich konnte meine Hände im Dunkeln nicht sehen, spürte aber, dass sie zitterten. Der Mund war wie ausgetrocknet. Ich betastete meine Brust: Sie war heil. Ich kämpfte mich aus dem Schlafsack, kroch aus dem Zelt. Der Morgen graute. Ich kauerte mich neben dem Zelteingang ins feuchte Moos. Die Kühle beruhigte mich ein wenig. Meine zitternden Finger krallten sich tief ins Moos hinein. Von meinem Gesicht rann der Schweiß. Allmählich kam ich zu mir. Trank reichlich Wasser, befühlte mir die Brust. Sie schmerzte, als hätte ich tatsächlich versucht, den Brustkorb zu knacken.
Als wir aufbrachen, waren Unruhe und Erregung noch nicht gewichen. Im Gegenteil, sie wuchsen mit jedem Schritt, den das Pferd neben mir tat. Das letzte Stück Weg absolvierten wir alle gemeinsam. Kulik trieb zur Eile, Fjodor, der Führer, sang in seiner Sprache etwas vor sich hin, Tschistjakow machte Aufnahmen, Ichilewitsch erzählte den Studenten vom Halleyschen Kometen. Die Taiga wurde lichter, kleinere Sumpfzonen tauchten auf, von Erdhügelchen durchsetzt, diese wiederum bewachsen von Heidelbeeren, die wir in den Pausen pflückten. Der Weg wurde breiter, das Gehen bereitete weniger Mühe. In Erwartung dessen, was da auf uns zukam, waren alle aufgekratzt und redeten mehr als sonst. Nur ich lief schweigend, meinen plumpen scheckigen Gaul am Zaumzeug führend. Die Erregung wuchs und wuchs, das Herz klopfte heftig. Mein Zustand ließ mich an das Glas Schnaps mit Kokain denken, das ich als Dreizehnjähriger einmal von einem Hamsterer mit Namen Samson auf dem

Bahnhof Krasnoje verabreicht bekommen hatte. Daraufhin hatte ich die ganze Nacht nicht geschlafen, sondern den tumben Gesellen, die ihren Spaß an mir hatten, mit glühenden Wangen endlose Vorträge gehalten. Diesmal aber verspürte ich wenig Lust, mit jemandem zu reden. Ich lief und lief über das federnde Moos, Bäume im Zickzack umgehend, und lauschte den Schlägen meines Herzens.

Am Abend war die Waldbruchzone erreicht.

Ich hatte nicht so schnell damit gerechnet. Unsere Karawane zog sich in die Länge: Der ungeduldige Kulik war mit Fjodor weit vorausgeeilt, die Jugend auf ihren Fersen. Ich zockelte mit meinem Pferd als Letzter hinterher, den Blick missmutig gesenkt, mit den Gedanken bei meinem seltsamen Traum, da wurde ich plötzlich von der Sonne geblendet. Was sehr verwunderlich war: Die Taiga mit ihren jahrhundertealten Bäumen hält für gewöhnlich alles Sonnenlicht ab, es bleibt im dichten Nadelgezweig stecken. Das heißt, im ersten Moment wunderte ich mich gar nicht, wähnte mich am frühen Morgen: Der Schlafentzug der letzten Nächte machte sich bemerkbar. Doch schon im nächsten Augenblick, da mir einfiel, dass wir Richtung Nordwesten liefen, stutzte ich und hob den Kopf.

Der Hochwald war weg! Das heißt, er war da, lag aber am Boden. An seiner Stelle wuchs spärlich junges Unterholz. Es war, als wäre ein Vorhang vor uns aufgegangen, man konnte plötzlich in die Ferne sehen: die runden Hügel, zwischen denen die Sonne am Untergehen war, bis zum Horizont allesamt kahl, nur wie von einem blassgrünen Flaum überzogen. Sichtbar war auch, in großer Entfernung, die Spitze unseres Expeditionszuges: Kulik als winziges Männlein, wie er das Gewehr von der Schulter nahm und in die Luft schoss, dazu das Triumphgebrüll der anderen. Vor mir auf dem Pfad der erste liegende Baum: eine mächtige Lärche, an die dreißig Meter lang, mit ausgerissenem Wurzelstock. Ich näherte mich ihm, ging in die Hocke. Der Stamm stellenweise angefault, die Rinde fast durchgängig abgefallen, Äste abgeknickt. Annähernd parallel dazu ruhte eine Angarakiefer, ebenso groß und dick. Der in der Mitte angebrochene Stamm war von Moos und Pilzen bewachsen. Dahinter fing der Bruchwald richtig an. Alle Bäume lagen mit der Krone zu mir, mit den Wurzeln in Richtung der untergehenden Sonne. Hie und da ragten Stümpfe abgeknickter Hünen aus der Erde, deren Wurzeln widerstanden hatten, so dass die Wipfel allein der furchtbaren Druckwelle zum Opfer gefallen waren. Wucht und Ausmaß des tödlichen Schlages konnte man sich kaum vorstellen. Ich legte die Hand an den verwitterten Stamm einer Lärche, auf dem es von Holzameisen wimmelte. Mein Herz summte, ein Schleier zog vor meine Augen. Und plötzlich fühlte ich mich *gut*. Rundum und absolut. Ein Zustand, den man nur als Kind gekannt hat: Wenn alles um einen her eigentlich viel zu groß und viel zu laut ist für so einen kleinen Menschen, doch da ist eine Hand, die wärmt und schützt, in der liegst du wie in einer Muschel. Meine Augen füllten sich mit Tränen. Zugleich, ohne dass ich etwas dagegen tun konnte, pinkelte ich mir in die Hosen: Warm und sanft floss der Urin die Beine hinab. Und ich heulte los. Das Pferd äugte zu mir herüber, reckte gleichmütig das Maul und riss an einem Büschel Johanniskraut, das dicht am morschen Kiefernstamm aus der Erde wuchs. Ich heulte und pisste, wusste nicht mehr, wer ich war und wo ich war. Als der Urinstrahl versiegt war, schluchzte ich ein letztes Mal und stand auf. Mir zitterten die Knie. Ich wischte mir die Tränen aus dem Gesicht und blickte auf meine schwarzen Baumwollhosen, aus denen der Urin sickerte. Ich zog die

Hosen aus, wrang sie, zog sie wieder an. Mein Kopf war leer, das Herz schlug wie wild. Das Pferd käute friedlich. Ich ergriff die Zügel, führte es zwischen den beiden umgestürzten Bäumen hindurch. Die hässlich in die Luft ragenden Wurzelballen berührten einander beinahe. Wir hatten Mühe, das Nadelöhr mit der schweren Ladung zu passieren; das Pferd schnaubte.

Kurz bevor wir die anderen erreicht hatten, machte ich Halt. Vor Freude und Staunen über die phantastische Szenerie bekamen die Männer sich kaum ein. Kulik war so in Fahrt, dass er am liebsten gleich weitergezogen wäre. Doch die Sonne stand schon zu tief. Wir schlugen das Lager auf, im Nu hatten wir aus dem trockenen Astwerk der liegenden Bäume ein großes Feuer entfacht. Aus Anlass der glücklichen Ankunft hatte Kulik das Schnapstrinken genehmigt. Die Männer kamen schnell in Stimmung, es wurde gelärmt, gesungen. Der beschwipste Kulik sang ein altes Gefangenenlied, das er in der Verbannung gelernt hatte. Ich hielt mich abseits und schwieg, hatte kein Bedürfnis nach Unterhaltung. Ins Feuer verguckt, saß ich da. Ich bekam Essen angeboten, die Flasche mit dem Schnaps, schüttelte nur den Kopf: kein Appetit. Mir war auch so *wohl* genug. Eine angenehme Schlaffheit hatte sich meines Körpers bemächtigt. Man achtete nicht auf mich. Mein Herz pochte, ich horchte darauf. Bald kroch ich ins Zelt und sank in einen tiefen, traumlosen Schlaf.

Als ich erwachte, fühlte ich mich frisch, doch die Unruhe war geblieben. Ich sah die Sonne aufgehen und ahnte auf einmal, dass es mich nicht zufällig an diesen sonderbaren Ort verschlagen hatte. Da war etwas, das mich an diese tote Landschaft band. Und das mir recht eigentlich noch bevorstand.

Das Feuer wurde wieder entfacht, Tee gekocht. Aber auch jetzt, beim eiligen Frühstück vor dem Aufbruch, verspürte ich keine Lust zu reden. Auch keinen Appetit. Ich nahm einen Zwieback, tunkte ihn in den Tee, sog ein bisschen daran herum.

»Worauf tippst du, Snegirjow: Ist er aus Eisen oder aus Stein?«, fragte mich der Student Anikin.

Ich zuckte die Schultern.

»Ich tippe auf Stein«, verkündete der stoppelbärtige Anikin mit glänzenden Augen.

Ich konnte wieder nur die Schultern zucken.

Dann brachen wir auf.

Kulik konnte die Route anhand der Richtung festlegen, in der die Bäume lagen: Wir mussten uns von den Kronen auf die Wurzeln zubewegen, um zum Ursprungsort der Druckwelle zu gelangen. Nach fünf Kilometern Marsch durch die tote Taiga fiel mir auf, dass die Mückenwolken, die uns bis dahin beständig verfolgt hatten, verschwunden waren. Es sangen auch keine Vögel mehr. Zwischen den gefällten Giganten spross zaghaftes Grün. Ringsum herrschte Totenstille. Auch unsere Stimmen und Schritte sowie das Schnauben der Pferde schienen gedämpft. Die Stille überragte uns bei weitem. Nach und nach verstummten die Männer ganz, liefen schweigend, betroffen, wie verzaubert. Gelegentlich sah man Rippen und Schädel von Rentieren liegen, hie und da schimmerte ein Elchgeweih im Moos. Und nach wie vor kein Laut, kein Rascheln von noch so kleinem Getier. Nur der tote Wald zog vorbei.

Allmählich flachten die Hügel ab, die Sumpfflächen wurden größer und mussten umgangen werden. Als wir am Abend unseren neuen Schlafplatz herrichteten, war die Fröhlichkeit vom Vortag wie weggeblasen. Die Männer am Feuer sahen müde aus, beim Essen wurde kaum gesprochen. Sogar Kulik war irgendwie still geworden. Mit seinem schmalen, spitznasigen Gesicht, dem dichten, struppigen Schnauzbart und der großen runden Brille erinnerte er an ein verschrecktes kleines Tier.

Was mich anging, so fühlte ich, kaum dass ich am Feuer saß, die prickelnde Erregung wieder nahen. Aber Angst und Unruhe waren nicht mehr dabei. Eher Gelassenheit. Und obwohl ich am Tag mit meinem Pferd fünfzehn Kilometer gegangen war, Sümpfe umgangen, mich durch das Bruchholz gekämpft, genügend bemooste Stämme überwunden hatte, spürte ich keine Müdigkeit.

In dieser Nacht teilte ich das Zelt mit Anikin, der noch lange wach lag und mich mit seiner Beredsamkeit peinigte. Ich brummte irgendeine Antwort, lag da und starrte in die Finsternis. Nach Schlafen war mir nicht zumute.

»Irgendwie bisschen zum Fürchten das Ganze hier, Snegirjow, findest du nicht? Wie im luftleeren Raum«, murmelte Anikin, den der Schlaf endlich zu übermannen schien. »Kein Wunder, dass die Ewenken hier nicht herwollen. Obwohl das natürlich alles Vorurteile sind – u-u-u-ah … Aber trotzdem … diese kosmische Gewalt! Wenn man die der Menschheit untertan … u-u-u-ah …«

Er gähnte noch einmal und war eingeschlafen.

Ich aber lag da und gab mich meinen Empfindungen hin. Etwas war in mir erwacht und bohrte – ein wohliges Gefühl. Ich hatte keine Ahnung, was es war, nur dass es mit dem Ort zu tun haben musste, an dem ich mich befand, das spürte ich genau. Mein Herz schlug jetzt irgendwie *anders*. Und auch die Art, wie es *nicht* schlug in den Zwischenzeiten, war neu. Es schwebte Vorfreude darin auf etwas Kommendes, Großartiges, das neu und vertraut *zugleich* war. Das wuchs wie eine *schwere* Welle. Rückte unerbittlich näher … Ich berührte mich selbst, wobei ich möglichst vorsichtig atmete. In dieser Nacht tat ich kein Auge zu. Im Nu war sie um. Ich stand vor den anderen auf, brachte das Feuer, das während der Nacht erloschen war, wieder zum Brennen, ging mit unserem großen Teekessel Wasser holen, hängte ihn über das Feuer und setzte mich daneben. Sah zu, wie die Flammen nach den trockenen Ästen züngelten, gedachte meines früheren Lebens. Es kam mir unwirklich vor, wie nur eingebildet. Stand vor mir als starres Bild hinter Glas, gleich einem Herbarium im Naturkundemuseum. Der Anblick weckte keine Gefühle in mir. Die wohl behütete Kindheit, die schicksalhaft über uns hereingebrochene Revolution, der Verlust der Eltern und Geschwister, die Odyssee, Schule und Studium, die Einsamkeit, Verlassenheit – all dies war *ein für alle Mal* hinter Glas gerückt. Zur *Vergangenheit* geronnen. Von mir abgetrennt. Wirklich und gegenwärtig war nur die *neue Freude* in meinem Herzen. Sie war stärker als alles.

Das Wasser im Kessel begann zu sieden, aus der Schnepfe stieg Dampf. Es sah irgendwie komisch aus, monströs. Ich musste laut lachen.

»Was erheitert Sie denn so, Genosse Snegirjow?«, ertönte hinter mir Kuliks Stimme.

Ich drehte mich nicht einmal um. Kulik gehörte gleichfalls der Vergangenheit an, so wie die ganze Expedition. Innerhalb einer Nacht hatte ich jegliches Interesse an ihm verloren. Er war geschrumpft, ein hilfloser, hässlicher Zwerg. Nicht weniger hässlich als der Teekessel. Einen trockenen Ast ins Feuer werfend, lächelte ich in mich hinein.

»Los, wecken Sie die anderen!«, sagte Kulik und streckte mir seine Trillerpfeife hin.

Wortlos stand ich auf, nahm die Pfeife und blies hinein.

Ohrenbetäubend und lange. Kulik beobachtete mich gespannt.
»Ist alles in Ordnung mit Ihnen?«, fragte er, als ich aufgehört hatte.
Ich gab keine Antwort. Meine Unlust zu sprechen war *gewaltig*. Jedes Wort hätte mich in die Vergangenheit zurückbefördert. Zu sagen »Jawohl, alles in Ordnung!« hätte bedeutet, wieder *hinter die Scheibe* zu müssen. Beim Frühstück fuhr ich zu schweigen fort. Ich bekam Zwieback und ein Stück gedörrte Maräne zugeteilt. Ein trauriges Mahl. Ich rührte es nicht an, ließ es auf dem Wachstuch liegen. Schüttete mir stattdessen aus einem Birkenbastkörbchen ein paar Blaubeeren in die hohle Hand, trank Tee dazu. Kulik hielt eine kurze Versammlung ab; wir seien der Lösung des Rätsels ganz nahe, sagte er. Dann brachen wir auf.
Ich ging wieder als Letzter. Die Landschaft blieb unverändert. Wir bewegten uns durch toten Wald. Je tiefer wir drangen, desto überschwänglicher und selbstgewisser fühlte ich mich. Unermüdlich lenkte ich mein Pferd, half ihm über die liegenden Stämme hinweg und durch totes Gestrüpp, zerrte es aus dem Morast. Das sumpfige Terrain wirkte sich aus: Gegen Mittag waren Mensch und Pferd schlammüberkrustet, alle außer mir müde und gereizt. Überhaupt machte sich eine miese Stimmung breit: Die tote Zone weckte Empfindlichkeiten. Streit flammte auf. Jankowski bezichtigte Urnow, einen der Helfer aus Wanawara, des Zuckerdiebstahls. Dieser bekreuzigte sich und schwor bei Gott, er habe nichts genommen. Ichilewitsch, der die letzten Tage geschwiegen hatte, steigerte sich urplötzlich in einen geradezu hysterischen Vortrag über die Theorie der Sternenexplosionen, den er mit dem schrillen Ausruf krönte: »Die Wissenschaft duldet es nicht, wenn Dummköpfe ihre Possen mit

ihr treiben!« Kuliks Antwort war ein hämisches Lachen. Zwei Studenten stritten bis zur Heiserkeit darüber, wer welches Pferd womit beladen zu führen habe. Man nannte sie bald die Brüder Gracchus*, Petrenko und Molik, die beiden Jäger, trieben viermal am Tag einen Entenschwarm aus den Sümpfen, erlegten aber nur einen einzigen Vogel. An Tschistjakows Kamera ging etwas kaputt, böse fluchend versuchte er den Defekt zu beheben. Trifonow machte ihm Vorwürfe.

Nach einiger Zeit fiel meine Unlust zu reden allgemein auf und auch, dass ich praktisch gar nichts mehr aß. Hinter meinem Rücken wurden Bemerkungen gemacht und Grimassen geschnitten. Kulik und Trifonow versuchten mich zum Sprechen zu bewegen, erkundigten sich nach meinem Befinden. Ich zuckte die Schultern und lachte. Beim nächsten Mittagbrot unterm freien Himmel, als die anderen sich gierig über den Hirsebrei mit Speck und Dörrfisch hermachten, aß ich nur wieder Beeren und trank Tee. Die Speisen wurden für gewöhnlich auf einem großen Stück Wachstuch ausgebreitet, um das herum alle Platz nahmen. Zwieback, Dörrfisch, Speck, Zwiebeln und Würfelzucker lagen da. Auf ein Brettchen in der Mitte kam der Kessel mit dem Brei, gewürzt mit Speck und getrockneten Möhren. Alle gingen mit ihren Löffeln direkt in den Kessel. Teller mitzuführen hatte Kulik abgelehnt: Sie klapperten nur, und das Abwaschen wäre vertane Zeit. Nach dem Brei wurde starker Tee in Blechbechern ausgeschenkt. Er war ungesüßt, jeder biss von seinem Zucker dazu ab; so hatte Kulik es angewiesen. Ich saß mit im

* Brüder Gracchus: Gaius und Tiberius, Reformpolitiker im Römischen Reich (2. Jh. v. u. Z.); hier in Anspielung auf ihre Rolle auf wortreiche Volkstribunen

Kreis, trank meinen Tee und beobachtete die Männer beim Essen. Ihre Ernährungsgewohnheiten kamen mir pervers vor. Zum ersten Mal in meinem kurzen Leben konnte ich sehen, *was* die Leute da in Wirklichkeit zu sich nahmen. Es war entweder tot oder durch Kochen, Backen, Häckseln, Mahlen, Dörren verdorben. Dieser schrumpelige Dörrfisch und der trockene Zwieback riefen den gleichen Widerwillen in mir hervor. Von alledem, was da auf dem Wachstuch lag, waren die Zwiebeln und die Waldbeeren das Einzige, wovor mich nicht ekelte. Sie waren essbar. Manchmal griff ich mir eine Zwiebelknolle, verspeiste sie zum Tee – und erntete schräge Blicke. Anikin, mein Zeltmitbewohner, wurde mir gegenüber einsilbig, mochte seine Betrachtungen über Meteoriten und den Kosmos nicht länger mit mir teilen. Und eines Abends, ich lag im Zelt wach, schnappte ich ein Gespräch zwischen Kulik und Trifonow auf.

»Dieser Snegirjow scheint übergeschnappt zu sein. Wir müssen etwas tun.«

»Was denn? Ihn von der Allgemeinheit isolieren? Wie wollen Sie das hier anstellen?«

»Tja … Geht nicht zu machen. Aber haben Sie ein Auge auf ihn. Er ist immerhin unser Talisman.«

»Sind Sie neuerdings abergläubisch?«

»Für den Zeitraum der Expedition schon. Finden Sie das anstößig?«

»Nein, nein, überhaupt nicht. Ich bin doch Dialektiker.«

»Und ich durchaus kein Metaphysiker, mein Lieber!«

Ich hörte die beiden in der Dunkelheit lachen.

Auch diese Nacht verbrachte ich im Halbschlaf. Ich fühlte mich großartig. Platzte schier vor Munterkeit und Energie. Mein Leben speiste sich ausschließlich aus der Gegenwart: Die Vergangenheit war vergessen. Ich wollte nichts anderes, als dass die *Freude*, die in meinem Körper wohnte, nie mehr aufhörte. Dafür war ich zu allem bereit.

Die Morgenversammlung verlief in angespannter Atmosphäre. Ein heimliches Murren hatte eingesetzt: Man fragte sich, wie es möglich war, dreißig Kilometer weit in die Bruchzone einzudringen, ohne auf Spuren eines Meteoriteneinschlags zu stoßen. Ichilewitsch und Potrjossow versuchten die übrige Mannschaft für ihre Theorie zu gewinnen, derzufolge der Meteorit in der Luft explodiert sei. Kulik kam ihnen grob, bezeichnete sie als »kleinmütige Renegaten«. Die Geologen schlugen vor, nur noch ein kleines Stück weiterzuziehen und an die Errichtung des Blockhauses zu gehen; die Bohringenieure, anscheinend die müdeste aller Fraktionen, hätten am liebsten gleich hier mit dem Bauen angefangen, während die Studenten, im Banne des seltsamen Ortes, doch vom beschwerlichen Weg zermürbt, für alles zu haben waren. Kulik und Trifonow bestanden darauf, den Marsch fortzusetzen. Ich hörte die Streitereien und war froh, nicht dazuzugehören. Eine glückliche *Begabung* zu haben, die meinen Körper zum Singen brachte. Ob wir blieben oder weiterzogen, war mir vollkommen egal.

Am Ende hielt Kulik es nicht mehr aus und blies einfach in seine Pfeife: Aufbruch! Mit ihm zu streiten hatte keinen Zweck – er war der Chef der Expedition. Die Pferde bekamen die Lasten aufgezurrt, und los ging es. Den Pferden schien es übrigens nicht schlecht zu gehen: In den Sumpfzonen gab es ausreichend saftiges Gras, sie nutzten die Nächte und Pausenzeiten zum Weiden.

Nach etwa sechs Kilometern änderte sich der Charakter des Bruchwaldes jäh: Hier waren die meisten Bäume abgeknickt, mitsamt den Wurzeln ausgerissene sah man so gut wie nicht mehr. Der Wald schien in Gestalt hoher, schartiger

Stümpfe wiederauferstanden. Mit jedem Kilometer wurden sie höher. Und nach noch einmal der gleichen Wegstrecke war der alte Hochwald wieder da, die Bäume waren wieder vollständig, allerdings schwarz: versengt, verdorrt, abgestorben. Dieser tote Hochwald sah noch monströser aus als der Bruchwald zuvor. Frisches junges Grün war beinahe überhaupt nicht vorhanden.

Der Expeditionszug stoppte, Kulik gab Anweisung, das Lager zu errichten. Während wir die Zelte aufbauten und Essen kochten, stiegen er, Trifonow und Tschistjakow auf ihre Pferde und ritten davon. Am Abend kehrten sie zurück. Kulik rief alle zusammen, er habe eine wichtige Mitteilung zu machen: Ein Stück weiter liege ein größerer sumpfiger See, umgeben von abgebranntem Wald. Allem Anschein nach sei der Meteorit in einiger Höhe über diesem See explodiert: Bei einem »kalten« Einschlag hätte sich der Wald dort nicht aufrecht halten können, so aber, bei einer streng vertikal einwirkenden Druckwelle, sei er zwar von der Hitze der Explosion verkohlt worden, aber stehen geblieben. Kuliks Vorschlag war, am nächsten Morgen zum Rand des Sees zu ziehen und dort das feste Lager aufzuschlagen, das Blockhaus zu errichten und auf die Suche nach Meteoritensplittern zu gehen. Am Schluss seiner Rede beglückwünschte er die Expedition zur Ankunft an der Einschlagstelle. Alle außer mir jubelten und applaudierten. Bei den Bohringenieuren kam die Idee auf, aus gegebenem Anlass ein Gläschen zu heben, doch Kulik zügelte sie.

»Keinen Tropfen! Wenn wir die Splitter haben, können wir feiern.«

Am meisten von allen freute sich Ichilewitsch: Seine Hypothese von der Explosion eines Hypermeteoriten hatte sich bewahrheitet. Doch Kulik schien auch nicht deprimiert zu sein. Er rechnete fest damit, um den See verstreut größere Splitter zu finden. Der Streit ging daraufhin wieder los; nunmehr drehte er sich um Splitter. Das zog sich hin. Ich nutzte die Zeit zu einem Spaziergang rund um das Lager. Überall hoher toter Wald. Der Mond beleuchtete die nackten, angekohlten Stämme. Mir ging es *blendend*: Mit diesem besonderen Ort verbunden zu sein, erfüllte mich mit tiefer Freude. Jede meiner Bewegungen, jede Körperdrehung, jeder Atemzug, jeder Kontakt meiner Finger mit Gras oder Rinde brachten mein Herz zum Hüpfen. Es bebte, es sang. Es trieb mir das Blut durch die Adern, so dass es in den Schläfen klopfte, ein Regenbogenflimmern vor den Augen erzeugte, in den Ohrmuscheln rauschte. Von Baumstamm zu Baumstamm schlendernd, spürte ich, dass irgendwo hier, ganz in der Nähe, jenes *große Vertraute* war und meiner harrte. Davon sang mir das Herz. Dessentwegen war ich hier. Es wartete auf mich. Nur auf mich. MICH ALLEIN!

Auch diese Nacht schlief ich nicht.

Am nächsten Morgen brachen wir früher als sonst auf. Noch acht Kilometer bis zum See, hatte Kulik gesagt. Das spornte die Mannschaft an. Alle waren guter Dinge, unterhielten sich lebhaft, verscheuchten die Todesstille. Die so tot übrigens nicht war, der verkohlte Wald barg eine gewisse Gefahr: In den zwanzig Jahren seit dem Ereignis waren die Stämme angefault, ein stärkerer Windstoß konnte sie umreißen, was immer einmal geschah. Wenn ein Baum umfiel, hallte es weit. Dann verstummten alle, lauschten dem Sturz des Giganten nach, bevor man einander bedeutungsvoll ansah und seinen Weg fortsetzte. Es herrschte wunderbares Sommerwetter, die Sonne schien warm.

Gegen drei Uhr nachmittags langten wir am Rand des Sees an. Er streckte sich kilometerweit; durch leichte Schwaden von Sumpfnebel waren in größerer Ferne die dahinter liegenden Bergkuppen zu erkennen. Rings um den See verkohlter Wald. Tschistjakow, der austreten gegangen war, entdeckte eine aus dem Felsboden sprudelnde Quelle, deren Wasser sich schlängelnd in den See ergoss. Es war erstaunlich klar und wohlschmeckend. Nach dem Brackwasser der letzten Tage, das nur abgekocht zu genießen gewesen war, tranken sich alle gründlich am frischen Quell satt. Es wurde sogleich auf den Namen Tschistjakow getauft. Kulik trat unter eine der verbrannten Kiefern mit kupierter Krone, zog seine keltische Axt Marke Eigenbau aus dem Gürtel und hieb sie in den Stamm. »Hier wird unser Lager gegründet!«, rief er.

Die Mitreisenden riefen hurra, rissen sich die »chinesischen« Hüte vom Kopf und warfen sie in die Luft. Ein Festbankett wurde ausgerufen. Alle Sorten von Speisen, die die Expedition dabeihatte, kamen auf das Wachstuch. Auf dem Feuer köchelte der Grützbrei, zubereitet mit Speck, Zwiebel und gesalzenem Weißlachs. Flachmänner mit Schnaps machten die Runde. Ich saß dabei, aß meine Beeren und trank Wasser. Ich wurde schon nicht mehr für voll genommen. Alle betranken sich zielstrebig. Trinksprüche wurden ausgebracht: Man würdigte Kulik für seinen Weitblick und die richtig gewählte Marschroute, trank auf Fjodor, den wackeren Führer, auf den unermüdlichen Trifonow, den fanatischen Ichilewitsch, den standhaften Tschistjakow, auf Molik und Petrenko, die Tapferen, Jankowski und Potrjossow, die Verwegenen. Die Studenten stießen auf die Bohringenieure an, die Bohringenieure auf die Geologen, die Geologen auf die Astronomen. Ochtschens Neffe war als Erster blau: Er sang tungusische Lieder, schnalzte mit der Zunge und kicherte blöd. Bohringenieur Gridjucha sang auf

Ukrainisch mit, was für großes Gelächter sorgte. Am Ende mussten zwei Studenten sich übergeben. Die Einzigen, die nicht tranken, waren Ichilewitsch, der keinen Alkohol vertrug, der immer ein wenig steife Geologe Woronin und ich. Erst weit nach Mitternacht fand das Treiben sein Ende.

Als das ganze Lager schnarchte, ging ich noch einmal die Runde. Sterne und Mond waren hinter Wolken verschwunden. Aber dieser nördliche Himmel blieb des Nachts trotzdem hell. Ich ging umher zwischen den Baumleichen, berührte ihre Stämme, setzte mich auf den Moosboden, stand wieder auf, schlenderte zum See, zur Quelle, griff ins Wasser. Das *große Vertraute*, es schien ganz nah. Erwartete mich. Es hatte den Schlaf aus meinem Körper verjagt, damit pure Vorfreude blieb. Die mein Herz beben machte.

Ich begrüßte den Sonnenaufgang unter toten Bäumen.

Am Morgen verkündete Kulik das Tagesprogramm: Trifonow, Fjodor, Tschistjakow und er würden auf erste Splittersuche gehen und zugleich eine Geländekarte erstellen, die Übrigen unter Anleitung des Baufachmanns Martynow mit dem Barackenbau beginnen.

Nach dem Frühstück gingen wir ans Werk. Martynow, ein stämmiger pockennarbiger Mann und bis dahin ein großer Schweiger, sah seine Zeit gekommen: Schon bald war er vom Brüllen puterrot. Den ganzen Tag bis zum Abendessen kommandierte er uns kräftig herum. Unter seiner Kuratel wirkten die gestandenen Gelehrten und welterfahrenen Geologen wie unbedarfte Gesellen. Zuerst hoben wir die Löcher für die Pfosten aus, dann wurde eine Anzahl angekohlter Stämme gefällt, auf Länge geschnitten und zur Baustelle gerollt. Wir mussten Lärchen nehmen, da die Kiefern allesamt schon zu morsch waren. Die Lärchen hatten sich in den zwanzig Jahren prächtig gehalten, sie klirrten beim Aufprall wie Eisenbarren. Nur die Kronen waren verrottet und zerbröselt. Das Lärchenholz ließ sich allerdings schwer sägen: In dem trockenen Zustand schien es unsere Schrotsägen an Härte zu übertreffen. Die dicken unteren Partien kamen in die Löcher und wurden dort verkeilt, es folgte die erste Lage schwarzer Balken, und die Hütte begann zu wachsen. Das Holz wurde nicht behauen, keine Axt wäre gegen das trockene Hartholz angekommen. Kulik hatte Martynow ermahnt, einfach zu bauen, es musste nicht Jahrhunderte halten. Doch der in seiner Gründlichkeit vergaß die Anweisung gleich wieder: Eins a Qualität wollte er haben und fuhr deswegen fort, uns anzubrüllen. Am Ende bekam er von Bohringenieur Mischin gesagt, wenn er nicht aufhöre, »den dicken Mann zu markieren«, könne er seine Hütte allein fertig bauen. Martynow bremste sich ein wenig, aber nicht für lange. Bis zum Abendessen waren fünf Lagen Bohlen gesetzt. Die Hütte versprach geräumig zu werden.

Nach Sonnenuntergang kehrten die Kundschafter freudestrahlend heim: Vier Kilometer südwestlich hatten sie drei große Trichter entdeckt.

Am nächsten Tag begaben sich drei Bohringenieure sowie Anikin und ich als Erdarbeiter mit Kulik vor Ort. Die Trichter waren annähernd identisch: etwa zwanzig Meter im Durchmesser, drei Meter tief. Am Grund stand Sickerwasser vom angetauten Dauerfrostboden. Wir begannen im etwas größeren der Trichter das Wasser mit Eimern auszuschöpfen. Dann setzten die Ingenieure auf dem schlammigen Grund die Bohrwinde an. In kaum einem Meter Tiefe stieß der Bohrer auf etwas Hartes. Kulik frohlockte schon. Alles griff zu Schaufeln und Eimern: Die eine Hälfte grub, die andere beförderte den Schlick über den Rand des Trichters. Kulik grub mit. Ich schaufelte, bis zu den Knien im

Modder stehend; ohne nachzudenken, tat ich, wie mir geheißen. Mir war egal, was ich tat; keine Arbeit hätte mich abbringen können von meinem inneren *Jubilieren*. Mein Herz sang all die Zeit, die ich, bespritzt bis obenhin, den torfigen Schlamm nach draußen schöpfte. Nach drei Stunden im schwarzen Schlick trat ein großer, unförmiger Block zutage. Kulik klopfte ihn mit dem Spaten ab. Es klang dumpf, weder nach Stein noch nach Eisen. Kulik stieß heftiger zu, und der Spaten fuhr in morsches Holz: Da lag der Stumpf einer gigantischen Lärche begraben. Eine Bohrung im benachbarten Trichter führte zum gleichen Ergebnis. Kulik war enttäuscht, mochte sich aber nichts anmerken lassen.

»Aller Anfang ist schwer«, sagte er, während er sich mit einem Taschentuch den Schmutz aus dem Gesicht rieb.

Auf der Abendversammlung wurde ein Gelehrtenkonzil über die Funde abgehalten. Die Geologen waren der Ansicht, die Trichter ebenso wie die darin versunkenen Stümpfe hingen mit dem angetauten Dauerfrostboden zusammen. Kulik zeigte keine Lust, mit ihnen zu streiten. Was ihn interessierte, war der Meteorit.

Eine weitere Nacht verging, die ich halb wach, halb schlummernd im Zelt verbrachte. Die *Verzückung des Herzens* ließ einen tieferen Schlaf nicht zu. Diese *Wonne* sollte nie, nie ein Ende haben – das war meine einzige Sorge. Die Mitglieder der Expedition vermieden es, über mich zu reden; man übersah mich geflissentlich, teilte mich aber zu allen Arbeiten ein. Einmal hörte ich Kulik sagen: »Bloß gut, dass dieser Snegirjow ein stiller Fall von Wahnsinn ist …«

Am nächsten Morgen gingen Kulik, Fjodor und Molik wieder auf Erkundungstour, wir anderen bauten weiter am Haus.

Bis zum Abend waren alle zehn Balkenlagen gesetzt. Die

kohlschwarzen Rundhölzer ergaben ein düsteres Bild. Zwischen ihnen klafften breite Ritzen. Dafür war das Haus schön geräumig. Geplant war, ein schräges Pultdach aus dünnen Stämmen aufzusetzen und mit einem Stück Wachstuch aus den Beständen abzudichten, das zuletzt mit einer Schicht Grasnarbe und Moos bedeckt und mit Steinen beschwert werden sollte.

Als ich am Abend in der Runde saß und ins Feuer blickte, während die anderen aßen, überkam mich ein nie da gewesenes Gefühl. Es war, als hätte ich keinen Körper mehr. Nur das Herz war, frei im Raum schwebend, noch vorhanden. Ich fühlte es. Es ließ mich an einen Embryo denken. Ein stet pulsierendes Stück Leben, schlafend noch, ungeboren. Und was das Verblüffendste war: Die Herzen derer, die neben mir am Feuer saßen, spürte ich ebenso. Sie waren nicht anders als meines. Pulsierten genauso. Und schliefen genauso. Unsere Herzen waren noch *ungeboren*! Diese Erkenntnis traf mich wie ein Blitz.

Darauf fiel ich in Trance. Nicht nur, dass ich kein Wort sprach, ich reagierte auch nicht mehr auf Fragen und Bitten. Saß da, die Knie mit den Armen umschlungen, und sah mit blicklosen Augen ins Feuer. Blicklos ist nicht das richtige Wort, ich sah ja etwas: die *ungeborenen* Herzen. Man verfrachtete mich ins Zelt, flößte mir Opium ein. Und ich sank in einen tiefen Schlaf.

Nach drei Tagen erwachte ich von Schreien und Schüssen. Ich fühlte mich entspannt. Doch die *Freude* war weg. Ich kroch aus dem Zelt und sah die ganze Mannschaft um das fertige Blockhaus versammelt. Jubel ertönte, es wurde in die Luft geschossen. Ich ging hin. Man rannte mir entgegen, umarmte mich. Wie sich herausstellte, gab es gleich drei Gründe zu jubeln: Erstens war das Haus fertig, zweitens hatten sie ein weiteren großen Trichter in unmittelbarer Nähe gefunden und drittens war am Morgen der Tross aus Wanawara mit den Lebensmitteln eingetroffen. All dies ließ ich mir erklären, verstand es nur mit Mühe. Leere und Gleichmut waren in mir eingekehrt.

Kulik kam auf mich zu und fragte: »Na, Snegirjow, wieder auf dem Damm?« Dabei blickte er mir gespannt in die Augen. Ich gab ihm einen – *meinen* – Blick zurück.

»Dann passen Sie mal auf, junger Mann«, sprach Kulik. »Vom heutigen Tag an wird ordentlich gegessen, und zwar unter meiner Aufsicht. Hungerkünstler können wir hier nicht gebrauchen. Verstanden?«

Ich sah ihn schweigend an. Kulik deutete das als Einverständnis. Zu Mittag gegessen hatten sie schon, darum wurde der Beginn meiner Zwangsernährung für den Abend anberaumt. Als der Tross entladen war und ein Weilchen gerastet hatte, trat er mit der Hälfte unserer Pferde, zwei Kranken (der Geologe Woronin hatte starken Durchfall und Fieber bekommen, dem Studenten Berelowitsch war beim Hausbau etwas ins Auge gesprungen) und einem Bündel Briefe den Rückweg nach Wanawara an. Ich wurde nicht mit zurückgeschickt – wohl weil man meinte, dass ich mich trotz meiner stillen Umnachtung nützlich machen konnte. Falls Kulik mich nicht tatsächlich als Talisman ansah, von dem er nicht lassen durfte.

Wenig später rief er seine Leute zusammen und hielt eine glühende Rede. Alles laufe nach Plan, sagte er, man komme gut voran; der neu gefundene fünfzig Meter breite Trichter sei offensichtlich von einem Meteoriten geschlagen, die Bohrer seien nirgends auf Holz gestoßen, man könne nun auf die Suche nach Gewichtigerem gehen; außerdem seien die Geologen beim Auswaschen einer Erdprobe am Tschistjakow-Quell auf kleine Metallkügelchen gestoßen, zwei Millimeter und kleiner im Durchmesser; diese Kügelchen lägen praktisch überall und seien ein Indiz für den metallischen Charakter des Tunguska-Meteoriten; das Haus sei fertig und werde zum Einzug vorbereitet; alle Lebensmittelvorräte seien dort unterzubringen; drei Mann sollten im Lager verbleiben und die Einrichtung des Hauses vorantreiben, die Übrigen zum drei Kilometer entfernt liegenden Trichter ziehen und bis zum Abend Grabungen durchführen.

Martynow, Anikin und ich blieben im Lager zurück. Das Haus war in Depot und Wohnkammer unterteilt; Ersteres zur Unterbringung von Lebensmitteln und Gerät, Letztere zum Schlafen. Zuerst trugen wir alle unsere Utensilien herbei und stapelten sie im Depot, dann gingen wir daran, aus jungen Bäumen Schlafpritschen zu bauen und die Ritzen zwischen den Balken mit Moos zu verstopfen. Zwei kleine Fenster waren in die Wände geschnitten. Das warme, trockene Wetter hielt an. Martynow und Anikin gingen zum See hinunter, um an dessen Rand junges Holz einzuschlagen. Während ich Silbermoos in die Ritzen zwischen den angekohlten, holzwurmzerfressenen Balken stopfte, blickte ich automatisch durch den Spalt, den immer kleiner werdenden zwei Gestalten nach. Das Beil in Martynows Hand funkelte in der Sonne auf. Dieser Lichtblitz machte mich wach. Mein Herz zuckte, das Hirn begann wieder zu arbeiten. Und endlich erfasste ich mit meinem ganzen Wesen, WOZU diese Leute hier waren. Sie waren hier, um das *große Vertraute* in Beschlag zu nehmen! Mir zu entwinden! Vor Grausen befiel mich das große Zittern; der Ballen Moos und das Hämmerchen entglitten meiner Hand. Wozu hatten sie sich auf den langen Weg hierher gemacht? All die Entbehrungen ertragen? Wozu war dieses Haus gebaut worden?

Nur um das aufzutreiben, was *meine* Freude war! Sie mir zu rauben für ALLE ZEIT!
Mir trat der kalte Schweiß auf die Oberlippe; ich fuhr mit der Zunge darüber. Es musste etwas geschehen. Ich ließ den Blick durch das neue Haus schweifen. Gebaut von Menschenhand zu dem Zweck, den Diebstahl des *großen Vertrauten* voranzutreiben und zu decken. Ohne Dach über dem Kopf waren sie der Taiga ausgeliefert. Ich stürzte nach draußen. Unweit des Hauses sah ich das Fass mit dem Petroleum stehen. Kulik hatte verboten, es im Haus aufzubewahren. Jetzt rollte und zerrte ich es hinein. Schlug den Pfropfen heraus, kantete es über den Eimer. Das Petroleum floss hinein. Ich ergriff den Eimer und schwappte den Inhalt über den Berg aus Säcken, Kartons und sonstigen Gegenständen im Depotraum. Dann füllte ich den Eimer neu und begoss die Wände. Den dritten und den vierten Eimer schwappte ich von außen gegen die Bohlen. Holte die Streichhölzer von drinnen, trat wieder vor die Tür. Riss eines an, warf es gegen die schwarze Wand. Schon brannte das Haus.
Ich drehte mich um und lief in die Taiga hinein. Mit Bedacht entgegen der Richtung, in der die Männer verschwunden waren. Während ich zwischen den schwarzen Bäumen einherging, fing mein Herz wieder zu beben an, heftiger und anhaltender denn je. Es schlug mir so heftig gegen die Rippen, als wollte es dieses Gitter sprengen und herausgehüpft kommen. Ich wusste, dass ich mich zu beeilen hatte, und fiel in Laufschritt. Die Zeit stand still, der schwarze Wald tanzte vor meinen Augen, Schweiß rann mir über das Gesicht. Ich rannte, rannte und rannte. Eine Ewigkeit. Die Sonne neigte sich zum Horizont, die tote Taiga versank im Dämmerlicht. Über den kohlschwarzen Kronen blinkten Sterne. Meine Füße verhedderten sich. Der Atem brach stoß-

weise zwischen den trockenen Lippen hervor. Plötzlich tauchte vor mir ein umgefallener Baum auf – der einzige zwischen all den aufrechten Leichen. Eine dicke alte Lärche, in der Mitte geknickt, in ganzer Länge flach liegend. Der riesige Wurzelballen, halb in der Erde steckend, halb in die Luft ragend, bildete eine Art Baldachin. Mit dem letzten keuchenden Atemzug sackte ich zu Boden, kroch unter das Wurzeldach und verlor das Bewusstsein.

LJOD. DAS EIS

Ich schlug die Augen auf.

Es war dunkel und roch streng nach Erde. Ich rührte mich, streckte den Arm in der Finsternis aus. Meine Hand griff in Erdreich und Wurzeln. Die Erde war kalt und bröckelte. Gleich wusste ich wieder, wer ich war und wo ich mich befand. Ich verließ meine Höhle, kroch unter dem Wurzeldach der alten Lärche hervor, die mir als Zuflucht gedient hatte – und stand still vor Staunen: Alles ringsumher war von hellem Mondlicht wie übergossen. Ich legte den Kopf in den Nacken: Da hing ein großer, voller Mond im schwarzblauen Himmel. Um ihn herum ein Sternenmeer. Der Mond schien so grell, dass ich die Augen abwenden musste. Ich ließ den Blick schweifen: eine phantastische Landschaft. Alles, so weit man sehen konnte, war von diesem unglaublichen Licht überflutet. Das wellige Gelände erschien mir wie die gefrorenen Wellen eines unglaublichen Ozeans. Anschwellend, überströmend, zusammenstoßend, verloren sie sich in der Ferne, vor dem im Osten aufgehellten Horizont. Der tote Wald stand da in absoluter Stille: kein Ruf, kein Rascheln, nichts. Und inmitten von alledem stand ich. Ganz allein.

Doch ich hatte keine Angst. Im Gegenteil, der feste Schlaf unter der Wurzel des alten Baumes hatte mir Kraft und Ruhe

gegeben. Das Fieber, das mich bis dahin geschüttelt hatte, war gewichen, so als wäre es aus meinem Körper in die Erde abgewandert. Ich streckte die Arme dem Mond entgegen, räkelte mich behaglich.
Und seufzte tief.
Ich war frei!
Kein Mensch um mich her. Keiner, der mich belächelte, herumkommandierte, umwarb oder bedrängte, der idiotische Ratschläge gab oder Vorträge hielt über Marxismus und Astronomie. Jener verhasste Wortschwall, der mich einen Monat lang wie ein Mückenschwarm verfolgt hatte, der an- und abschwoll, je nachdem, wo Menschen gingen und standen – ich war ihn los. Diese absolute Stille beeindruckte mich. Ich sah die irdische Welt in vollkommenem Frieden vor mir liegen. Und hatte zum ersten Mal in meinem Leben ein tiefes Empfinden für die *Geformtheit* dieser Welt. Sie konnte nicht von selbst entstanden sein. Nicht das Resultat einer zufälligen Kombination blindwütiger Kräfte. Sie war erschaffen worden. Per Willensakt. In einem Augenblick.
Diese Offenbarung erschütterte mich. Behutsam sog ich die kühle Nachtluft in mich ein. Hielt den Atem an, traute mich nicht, wieder auszuatmen. Bücher über Philosophie und Religion, Debatten über Sein, Zeit und Metaphysik waren keine Hilfe gewesen, die Welt, in der ich lebte, zu verstehen. Aber diese eine Minute in der toten, mondlichtbeschienenen Taiga genügte. Das große Mysterium lag offen vor mir.
Ich atmete aus.
Tat einen Schritt.
Und auch mein Herz vollführte den nun schon bekannten Sprung. Das *große Vertraute* fiel mir wieder ein. Was mich stumm gemacht hatte und in Verzückung gebracht, für schlaflose Nächte gesorgt und dafür, dass ich gehen konnte, ohne

müde zu werden, schweigend, mit zusammengebissenen Zähnen. Es war in der Nähe. Ich konnte es wieder mit dem Herzen spüren. Nun schon ohne Tränen, ohne Krämpfe, ganz ruhig. Das *große Vertraute*, es rief nach mir. Und ich ging dem Ruf entgegen.
Wieder ging ich zwischen schwarzen Stämmen einher. Der Mond wanderte mit, leuchtete mir sorgfältig auf meinem Weg. Ich konnte jeden Stein vor den Füßen erkennen, jeden abgebrochenen Ast. Das Mondlicht spiegelte sich im angekohlten Holz, es glänzte und schimmerte wie Anthrazit. Dichtes Moos federte unter meinen Stiefeln. Das Gehen bereitete keine Mühe: Meine Schultern waren frei. Unbeschwert von Konserven, Speck und Zwieback, von allem, was Menschen so mit sich herumtragen. Davon war mir nicht bange, ich verspürte ohnehin keinen Hunger. Der Ansturm der Gefühle in den letzten Wochen hatte sich nun zu dem einen beständigen Drang verfestigt: dem *großen Vertrauten* entgegenzugehen. Es zu finden.
Also ging ich.
Meine Füße bewältigten die wüste, leblose Landschaft mit Leichtigkeit. Ich ging eine Stunde, noch eine und noch eine. Die Hügel schwammen langsam an mir vorüber. Schließlich flachten sie ab, traten zurück. Und plötzlich spiegelte sich das Mondlicht in einem Streifen Wasser.
Ein Sumpf!
Ich ging darauf zu.
Leichte Dunstschwaden standen über der Wasserfläche. Mein Herz pochte wie wild. Ich fühlte mich gezogen von einer Kraft, gegen die ich nicht ankam. Das *Vertraute* war dort. Und ich schritt aus. Inzwischen war das Moos unter meinen Füßen noch dichter geworden, bedeckten den Boden vollständig. Bülten ragten aus dem Sumpf, der zähe Morast

begann unter den Sohlen zu schmatzen. Mit jedem Schritt wurde mein Herzklopfen stärker. Doch das war nicht der beschleunigte Puls, wie man ihn bei Beklemmung und Erregung kennt. Im Gegenteil, der Herzschlag war verzögert, dafür aber wuchtig und schwer – jeder einzelne ein Wummern gegen die Brust, das im ganzen Körper nachhallte. Mir war, als wäre mein Herz seit neuestem ein selbstständiges Wesen, das getrennt vom Körper lebte. Diese steten schweren Schläge erzeugten ein *süßes* Beben. Mein Körper war ihr Resonanzraum. Derweil wurde der Morast immer tiefer, das Gehen schwieriger. Kurz darauf sackte ich ein bis zur Hüfte. Kaltes Wasser war mir in die Stiefel geschwappt, umspülte meine Zehen. Es war die Kälte des Permafrostes. Hell und gleichmütig stand der Mond über mir. Die dröhnenden Herzschläge ließen gar keine Angst in mir zu. Der unbändige Wunsch weiterzugehen war stärker. Ich strebte vorwärts mit aller Kraft. Das eiskalte Wasser umklammerte meine Beine. Doch ich war stärker. Die Hände in die Bülten krallend, kämpfte ich mich voran. Schritt für Schritt. Zehn Schritte, die alles von mir verlangten.

Zwanzig.

Hundert.

Die Bülten hörten auf: Vor mir lag eine glatte, große, mit Entengrütze bedeckte Fläche. Ich tat den hundertundersten Schritt – und versank bis zur Brust. Doch das Herz schlug dabei so ohrenbetäubend, der Druck in den Adern stieß mich jedes Mal ein Stück vorwärts. Ich hielt mich am fauligen Stamm eines alten abgeknickten Baumes, der aus der Grütze ragte. Und ich begriff: Weiter vorn wurde der Morast erst richtig tief. Doch darüber stand das Wasser. Ausreichend Wasser, dass man schwimmen konnte. Ich musste bloß aus den Klamotten finden, dann konnte ich losschwimmen … An das tote Holz geklammert, zog ich mich hoch, riss die Beine mit wütendem Schwung aus der Jauche und kam auf dem Stamm zu sitzen. Zerrte die wassergefüllten Stiefel von den Füßen, entledigte mich der triefenden, am Körper klebenden Kleider – und war nackt. Stieß mich ab von dem Stamm, warf mich in die Brühe, ruderte mit den Armen und zappelte mit den Beinen wie ein Frosch. Es war kaum zu glauben: Ich schwamm durch den Sumpf wie in einem See. Das Wasser unter der Entengrütze war klar und kalt. Ich musste nur immer weiter schwimmen. Aufzuhören hätte geheißen, vom Morast eingesogen zu werden und verloren zu sein. Faulende Schlingpflanzen kitzelten mir den Bauch, Äste angelten nach mir, der Morast wollte mich haben. Doch die Angst hatte ich hinter mir gelassen, bei den Menschen. Ich schwamm und wusste auf einmal: Das *große Vertraute* war ganz nah. Ein kleines Stück noch, dann würde ich es mit den Armen greifen können.

Mein Herz schlug so gewaltig, dass mir orange-rosa Regenbögen vor den Augen flimmerten. Ein Wärmeschwall erfasste mich. Aus Wärme wurde Hitze.

Ich wurde rasend.

Schluchzer brachen mir durch die zusammengekniffenen Lippen, die die Sprache der Menschen zu formen verlernt hatten. Wenn es mir nicht gelänge, das *große Vertraute* zu fassen zu kriegen, dann würde ich hier bleiben und sterben, das wusste ich. Ohne *es* hatte mein Leben keinen Sinn. Ich hatte nichts weiter außer *ihm*. Niemals zuvor hatte ich etwas so sehr begehrt.

Das Wasser, das ich durchpflügte, schillerte im Mondlicht.

Die Entengrütze tanzte.

Göttliche Stille ringsumher.

Ein Armzug, und der Körper gleitet vorwärts.

Noch ein Armzug.
Noch einer.
Noch einer!
Noch einer!!
Noch einer!!!
Da stießen meine Hände gegen Eis.
Und ich wusste im selben Moment: *Das* war es, wonach ich gesucht hatte.
Vor Glück brach ich in Tränen aus.
Ich hatte es gefunden, das *große Vertraute*! Meine Finger befühlten die glatte Fläche. Das Herz hämmerte zum Zerspringen. Ich war der Ohnmacht nahe, das fühlte ich. Mein Kopf war schlagartig leer, von allem befreit. Eine tönende, wohltuende Leere. Und die Hände fuhren fieberhaft über das unter dem Wasser liegende Eis. Ich schluchzte so heftig, dass ich mich verschluckte. Die Oberfläche des Eises war leicht ansteigend. Verzweifelt strampelnd, suchte ich hinaufzukommen. Krabbelte auf das Eis wie eine Eidechse. Hier oben lag es nur mehr ganz flach unter Wasser. Schlotternd und schluchzend kroch ich weiter und immer weiter, die Krümmung des Eisblocks hinauf. Ringsum, bis an den schwarzen Rand der Hügel, erstreckte sich die glatte Wasserfläche mit der Schicht Entengrütze darauf. Unter ihr, beinahe ganz im Morast versunken, ruhte der gigantische Klumpen Eis. Dieser *vertraute* Koloss hatte hier zwanzig Jahre still gelegen und auf mich gewartet. Zwanzig Jahre hatte ich gebraucht, ihn zu finden! Ich krümmte mich vor Schluchzen. Meine Haut glühte. Das Herz wummerte. Ich keuchte, japste nach der feuchten, sumpfigen Luft. Vor mir hatte es die Entengrütze etwas zur Seite geschwemmt, und ich konnte es im Mondlicht funkeln sehen: das Eis! Ein Flecken reinen Eises, handtellergroß! Ich stemmte mich auf, rutschte darauf zu, schau-

felte im Wasser herum, die Entengrütze zertreibend, aus ihrem tausendjährigen Schlaf reißend. Darunter war das Eis! Weißblau funkelnd! So rein! So mächtig! So vertraut!
Und es war mein! Mein für alle Ewigkeit!
Ich richtete mich auf, tat einen heftigen Schritt und glitt aus. Fiel um, prallte bäuchlings, mit aller Wucht auf das leuchtende Eis.
Mir schwanden die Sinne. Jedoch nur für einen Moment.
Dann hörte ich mein Herz von dem Aufprall wie eine Glocke dröhnen. Und konnte mit ihm plötzlich den ganzen großen Eisblock *auf einmal* spüren. Er war riesengroß. Und er tönte und vibrierte im vollkommenen Einklang mit meinem Herzen. Ganz für mich allein. Mein Herz, das all die zwanzig Jahre schlummernd im Brustkasten gesessen hatte, erwachte davon. Nicht, dass es stärker geschlagen hätte als zuvor – aber *anders*: es stieß mich von innen an – was zuerst wehtat, dann ungeheuer angenehm war. Und dann *sprach* es. Stotternd zunächst: »Bro-bro-bro … Bro-bro-bro … Bro-bro-bro …«
Ich begriff: Das war mein Name. Mein wirklicher. Ich hieß Bro. Die Erkenntnis kam aus tiefstem Inneren. Meine Arme umschlangen das Eis.
»Bro! Bro! Bro!«, bebte mein Herz.
Und der Eisblock antwortete ihm. Himmlische Vibrationen strömten in mein Herz ein. Das Eis vibrierte! Es war älter als alles auf Erden existierende Leben. In ihm klang die Musik der Ewigen Harmonie. Sie war unvergleichlich. Das Alpha und Omega … Die Brust gegen das Eis gepresst, lag ich reglos und lauschte den Klängen der Ewigen Harmonie. Augenblicklich verblasste die Welt, ich sah durch sie hindurch. Kurz darauf war sie verschwunden. Das Eis und ich – wir schwebten im All. Inmitten der Sterne, inmitten von Schweigen.

Und mein Herz, eben erwacht, hörte sich ein in die Musik der Ewigen Harmonie:

Im Anfang war nur das Ursprüngliche Licht. Und dieses Licht leuchtete im Absoluten Nichts. Und es leuchtete um Seiner Selbst willen. Es bestand aus dreiundzwanzigtausend Strahlen. Und einer dieser Strahlen warst du, Bro. Zeit existierte nicht. Es gab nur die Ewigkeit. Und in diesem Ewigen Nichts leuchteten wir, die dreiundzwanzigtausend Lichtstrahlen. Und gebaren so Welten. Welten, die das Nichts füllten. Jedes Mal, wenn uns danach war, eine neue Welt zu schöpfen, bildeten wir, die dreiundzwanzigtausend Strahlen, einen Göttlichen Kreis des Lichts. Alle Strahlen richteten sich ins Innere des Kreises, und nach dreiundzwanzig Impulsen entstand im Zentrum des Kreises eine neue Welt. So gebaren wir die Himmelskörper: Sterne, Planeten, Kometen und Meteoriten, Milchstraßen, Galaxien in beständig wachsender Zahl. Wir ergötzten uns an ihrer Harmonie, an des Lichtes Hohem, Ewigem Klang, der aus ihnen tönte. So schufen wir das Universum. Und es war wunderbar. Und einmal begab es sich, dass wir eine neue Welt erschufen, deren einer von neun Planeten rundum von Wasser bedeckt war. Es war der Planet mit Namen Erde. Solch einen Planeten hatten wir bis dahin noch nie erschaffen. Und nie zuvor Wasser. Denn Wasser ist unstet und disharmonisch. Es ist imstande, eigene Welten zu erschaffen, die so unstet und disharmonisch sind wie es selbst. Somit geschah der Große Fehler des Lichtes. Denn der Planet Erde mit seiner Wasseroberfläche wirkte wie eine Spiegelkugel. In dem Augenblick, da wir dort auftrafen, zurückgeworfen wurden, hörten wir selbst auf, Lichtstrahlen zu sein, wurden zu körperlichen Wesen, lebendig. Primitive Amöben zunächst, die den grenzenlosen Ozean besiedelten. Unsere winzigen Leiber wurden vom Wasser getragen. Immer noch wohnte in uns das Ursprüngliche Licht, doch es war vom disharmonischen, Welten hervorbringenden Wasser zum Erlöschen gebracht. Und wie zuvor waren wir dreiundzwanzigtausend an der Zahl. Verstreut über die Weiten des Ozeans. Das Wasser in seiner Disharmonie gebar nicht nur Lebewesen, es gebar auch die Zeit. Dem Wasser und der Zeit fielen wir als Geiseln anheim. Milliarden von Erdjahren vergingen. Gemeinsam mit anderen die Erde besiedelnden Lebewesen durchschritten wir die Evolution. Unser oberster Wirbel evolutionierte zu einer monströsen Geschwulst, die nannte sich Hirn. Mit Hilfe dieses Hirns fanden wir uns besser auf der Welt zurecht als andere Tiere. Wurden darum zu Menschen. Die Menschen vermehrten sich, verteilten sich über die ganze Erde. Dem Fleische und der Zeit untertan, begannen sie nach den Maßgaben des Hirns zu leben. Sie meinten, das Hirn könnte ihnen helfen, sich Raum und Zeit gefügig zu machen. In Wahrheit brachte es sie nur selbst in Abhängigkeit von ihrer Umwelt, und dies bar jeder Harmonie. Menschen mit gut entwickeltem Hirn galten als klug. Kluge Menschen galten als die Elite der Menschheit. Sie lebten nach den Maßgaben des Verstandes und hießen andere genauso leben. Sie zehrten vom Verstand und unterwarfen sich dem Fleische. Ihre Münder artikulierten die Sprache des Verstandes. Die Menschheit sprach sie ihnen nach. Diese Sprache überzog schon bald die ganze sichtbare Welt wie ein Film. Die Menschen hörten auf, die Dinge zu sehen und zu fühlen. Denn sie konnten sie sich nun denken. Blind und herzlos, wie sie waren, nahm ihre Grausamkeit zu. Sie begannen Waffen und Maschinen zu bauen. Zeit ihrer Geschichte kannten die Menschen im Grunde nur dreierlei Verrichtungen: Menschen zu gebären und Menschen zu töten sowie ihre Umwelt zu missbrauchen. Menschen, die anderes zu tun vorschlugen, wurden gekreuzigt und gesteinigt. Aus dem unsteten, disharmonischen Wasser hervorgegangen, gebaren die Menschen und töteten, was sie geboren hatten. Denn der Mensch war der große Fehler. Und mit ihm alles Übrige, was auf der Erde kreucht und fleucht. Und die Erde wurde zum hässlichsten Ort im ganzen Universum. So klein dieser Planet auch war, es war die Hölle. Und wir mussten in dieser Hölle leben. Starben im Alter und wurden wieder neugeboren, nicht imstande, uns von der Erde zu lösen, die wir selbst erschaffen hatten. Und immer noch waren wir dreiundzwanzigtausend an der Zahl. Das Ursprüngliche Licht wohnte in unseren Herzen. Doch das wussten wir nicht. Unsere Herzen schliefen, so wie Millionen anderer Menschenherzen auch. Die Frage war: Was hätte uns wecken können, damit wir erfuhren, wer wir sind und was uns obliegt? Sämtliche Welten, die wir zuvor erschaffen hatten, waren harmonisch und stet, nach Menschenbegriffen tot. Sie hingen im leeren Raum, ergötzten uns durch Frieden und Harmonie. In ihnen klang die Freude des Ursprünglichen Lichts. Einzig die Erde störte die Kosmische Harmonie. Denn sie führte ein Eigenleben, entwickelte sich fort. Entartete zu einem wuchernden Krebsgeschwür. Die göttliche Balance des Universums war gestört. Die Welten waren verschoben, entbehrten der himmlischen Symmetrie. Und das von uns erschaffene Universum drohte zum Nichts zu zerfallen. Da aber fiel eines Tages ein Splitter der von uns zuvor erschaffenen Welt der Harmonie auf die Erde nieder. Es war einer der größten Meteoriten, den die Welt gesehen hat. Ein gigantisch großes Stück vom Eise Ljod, darin die Harmonie des Ursprünglichen Lichtes erklingt und das seit Milliarden von Jahren im All vagabundiert. Es ist der Himmelsstoff, erschaffen nach den Gesetzen der Harmonie, hart und klar wie das primitive, aus unstetem Wasser gefrorene irdische Eis, doch von gänzlich anderer Natur, wenngleich äußerlich ununterscheidbar. Kosmischer Staub hatte sich darauf abgesetzt, umschloss es wie ein dicker Eisenpanzer. Dank dieser schützenden Hülle, die beim Aufprall zerschellte, vermochte es die Atmosphäre der Erde zu durchdringen. Das geschah am 30. Juni 1908 hier an dieser Stelle, mitten in Sibirien. Das Ljod fiel zur Erde und drang in sie ein. Das Wasser der sibirischen Sümpfe verbarg es vor den Menschen. Der Permafrost sorgte dafür, dass es gut erhalten blieb. Zwanzig Jahre hat das Ljod auf dich gewartet. Nun liegt es unter dir. Es ist dein. Herabgesandt aus dem sterbenden Universum. Im Ljod liegt die Rettung. Es wird dir und den anderen Geiseln der Erde helfen, sich in Strahlen des Ursprünglichen Lichtes zurückzuverwandeln. Es wird eure Herzen erwecken. Sie werden aus ihrem langwährenden Schlaf erwachen. Ihre wahren Namen nennen. Und zu sprechen beginnen in der Sprache des Lichtes. Dreiundzwanzigtausend Brüder und Schwestern werden einander wiederfinden. Und wird einmal der Letzte der Dreiundzwanzigtausend gefunden sein, so werdet ihr euch im Kreis aufstellen und bei den Händen fassen, und eure Herzen sprechen die dreiundzwanzig Herzensworte in der Sprache des Lichtes dreiundzwanzigmal im Chor. Dann erwacht das Ursprüngliche Licht in euch zu neuem Leben und wird sich in der Mitte des Kreises vereinen und entflammen. Und der Große Weltfehler wird ausgemerzt sein: die Erdwelt verschwunden, auf-

gelöst im Licht. Und mit ihr eure irdischen Leiber. Ihr findet zurück in eure Existenz als Strahlen des Ursprünglichen Lichtes. Und dieses Licht wird leuchten im leeren, um Seiner Selbst willen existierenden Raum. Und das Neue Universum wird erstehen, in Herrlichkeit und Ewigkeit.

Ich schlug die Augen auf.
Und sah den Morgenhimmel. Die Sterne waren erloschen. Der Mond war verblasst. Mein Gesicht lag bis zu den Augen im warmen Wasser. Ich rührte mich, hob den Kopf. Mein Körper lag in einer Kuhle, die sich im Ljod gebildet hatte und seine Umrisse nachzeichnete. So war eine mit warmem Wasser gefüllte Wanne entstanden. Die Hitze hatte meinen Körper verlassen. Ich fühlte mich wunderbar wohl. So wohl und entspannt wie *nie zuvor* in meinem Leben.
Ich setzte mich auf. Spürte keine Müdigkeit von den Strapazen der Nacht. Nur einen leichten Schmerz in der Brust. Ich schaute hin: In der Brustmitte prangte ein großer blauer Fleck. Es war die Stelle, mit der ich beim Fallen auf dem Ljod aufgeschlagen war. Bei der Erinnerung musste ich lächeln. Betastete meine Brust. Dann erhob ich mich.
Die Hügel im Osten lagen schon von der aufgehenden Sonne beschienen: Der sibirische Tag brach an. Ein neuer Tag auf dem Planeten Erde. Der erste sinnvolle Tag meiner Existenz. Ich wusste nun, wozu ich geboren war und was ich zu tun hatte.
Mein Gehirn war angesprungen.
Die Kuhle im Ljod, in der ich die Nacht verbracht hatte, erinnerte an den griechischen Buchstaben Phi: Die Arme hatten bogenförmig neben dem Rumpf gelegen und mit ihrer Hitze das Ljod unter sich gleichfalls zum Schmelzen gebracht. Wie Wassergräben umschlossen die so entstandenen Halbkreise zwei längliche Buckel. Gegen einen von ihnen

trat ich – so kräftig, dass es knackte. Nun griff ich mit den Händen zu und brach ihn von seiner Basis. Nahm das Bruchstück zur Brust, drückte es fest dagegen. Das Eis vibrierte. Mein Herz nahm die Frequenz auf. Die Kraft des Ljod strömte über. Spielend hob ich den schweren Brocken noch höher, reckte ihn in den fahlen Morgenhimmel.

Und schrie.

Mein Schrei hallte über den Sumpf bis zu den entfernten Hügeln und kehrte vielstimmig zurück – als wären es die Stimmen meiner unter den Menschen verloren gegangenen Schwestern und Brüder. Der erste Sonnenstrahl traf meine Augen. Das himmlische Ljod blitzte auf. Ich musste zurück in die Menschenwelt, um nach den meinen zu suchen.

Ich legte mir den Brocken auf die Schulter und überquerte den Koloss in die Richtung, die mein erwachtes Herz mir wies: gen Westen. Die Krümmung des Eiskörpers führte immer tiefer unter Wasser. Ich tauchte ein, schob mich durch die Entengrütze. Als das Wasser mir bis zum Mund reichte, schwamm ich wieder, mein Stück Ljod mit beiden Händen festhaltend und vor mir herschiebend. Schon nach kurzer Zeit stießen meine Füße in den schlammigen Grund, der hier aber nicht so tief und zäh war wie beim Eintreten in den Sumpf. Darunter schien Eis zu sein: kein Ljod, sondern gewöhnlicher Permafrost. So fasste ich schnell Tritt und gelangte mühelos aus dem Sumpf heraus. Ich wandte mich um, blickte zurück. Die Entengrütze auf dem Tümpel hatte sich bereits wieder geschlossen, verbarg den Block, als hätte nie einer seinen Frieden gestört. Ich schloss die Augen. Mein Herz spürte den Koloss, spürte ihn ganz. Er war riesig. Sieben Achtel davon waren in den Permafrostboden gedrungen, im Wasser befand sich nur der geglättete, zur Linsenform abgetaute oberste Teil.

Mein Herz wusste: Das Ljod würde so lange warten, wie es nötig war.
Ich drehte mich wieder um und ging, den Brocken Ljod auf der Schulter, los. Nackt und schlammbeschmiert lief ich durch die sonnenüberflutete tote Taiga. Mein Herz sang dabei, das Ljod stimmte ein, mein Name kam in dem Lied vor, mein wahrer Name: »Bro, Bro, Bro …«
Ich verlor jedes Zeitgefühl, spürte nicht das Gewicht des Brockens auf meiner Schulter, nicht die spitzen Steine und Äste unter meinen Sohlen. Der aufrecht und verkohlt stehende Wald hörte auf, stattdessen kamen wieder umgeknickte Bäume. Ein Auf und Ab über Hügel, links und rechts der flachgelegte Wald. Das Ljod auf meiner Schulter fing sachte an zu tauen, Wasser tröpfelte mir auf die Hüfte und bewirkte, dass ich schneller lief. Ich lief und wusste genau, wohin. Mein Kopf war klar: Über Nacht schien er allen Ballast, alles Kleinliche, Bängliche über Bord geworfen zu haben. Mein Denken funktionierte jetzt verblüffend schnell und reibungslos. Auf Schritt und Tritt entdeckte ich die Welt, in der ich zwanzig Jahre gelebt hatte, neu. Das machte mich stark.
Plötzlich – der Weg führte gerade in eine Senke hinab – drang aus der Richtung, in die ich ging, ein heiseres Knurren an mein Ohr, dazu ein seltsam wimmernder Ton. Furchtlos lief ich darauf zu. Das Knurren wurde stärker, Stöhnen mischte sich hinein. Durch eine Lücke im Unterholz konnte ich sehen, wie zwei Bären eine trächtige Elchkuh rissen. Das Tier schien schon in den letzten Zügen zu liegen. Der eine Bär hielt es an der Gurgel gepackt, der andere war dabei, ihm den gewaltigen Bauch aufzuschlitzen. Ein stöhnendes Röcheln entrang sich der Kehle des Opfers, die langen schönen Beine fuhren kraftlos durch die Luft. Seine Knochen

krachten unter den wütenden Bärentatzen, den kräftigen Reißzähnen. Das schwarz-weiß gefleckte Bauchfell platzte auf, und mit den gelblich rosa Gedärmen quoll das ungeborene Junge hervor. Schwarz, mit nassem Fell und großen feuchten Augen, konnte es gerade noch sein zartrosa Mäulchen aufreißen, als sich die Bärenhauer auch schon um seinen Kopf schlossen und zuklackten. Wie eine Fontäne kam das tiefrote Blut des Fötus zwischen den Fängen des Raubtiers hervorgeschossen. Derweil näherte sich noch ein Brummen: Da beeilte sich ein größeres Bärenjunges, zur Festtafel zu gelangen, die seine Eltern angerichtet hatten. Kam herangepurzelt als braunes Knäuel, glucksend vor Aufregung, und vergrub sich sogleich in die Elchgedärme.
Diese blutrünstige Szene inmitten von totem Wald führte mir Sinn und Zweck des Erdenlebens anschaulich vor Augen. Ein Geschöpf, kurz davor zu gebären, landete im Magen eines anderen. Diese röchelnd verendende Elchkuh, das krampfhaft verzerrte Maul des Jungtiers, dem der erste Atemzug verwehrt bleibt, das wütende Kollern des kleinen Bären, der unveränderte Anschein von Gutmütigkeit in den Teddygesichtern, triefend vom Blut, das aus der aufgerissenen Halsschlagader pulst – in alledem trat die ganze Absurdität irdischer Existenz zutage.
Doch das Chaos des Erdendaseins konnte mich, der ich um die Harmonie des Ursprünglichen Lichtes wusste, nicht mehr bange machen. Ohne mit der Wimper zu zucken, trat ich den wilden Tieren entgegen. Sie drehten ihre blutigen Mäuler zu mir herum. Ihre Hauer blitzten.
Das Eis vorantragend, näherte ich mich ihnen.
Die Raubtiere knurrten unwillig. Sperrten die Rachen weit auf, sträubten wütend ihr braunes Fell.
Ich tat einen weiteren Schritt auf sie zu. Dann noch einen.

Und noch einen. Brüllend sprangen die Bären beiseite. Und ich spürte genau: Mein Herz, das eben erwachte, jagte ihnen Angst ein. Ich spürte meine Macht. Mit dem erwachten Herzen in meiner Brust war ich zu allem fähig. Musste vor nichts und niemandem Angst haben.
Ich trat vor die Elchkuh hin. Der Körper bebte nur noch schwach. Die großen schwarzblauen Augen schimmerten feucht. Stoßweise drang das Blut aus der Aorta, dampfend in der kühlen Morgenluft. Ich stellte den nackten Fuß auf die Schulter des Tieres. Sie war glatt und warm. Dem Körper entwich ein sinnloses, qualvolles Leben. Der Kadaver des Jungen lag daneben. Im Sterben hatte sie es geboren, es verlor seine Mutter in dem Moment, da es auf die Welt kam, und war den Bären eine leichte Beute. Die aber hatten einfach Hunger. Das Gesetz der Natur auf dieser Erde. So ging das seit Hunderten Millionen von Jahren. Und könnte noch Milliarden Jahre so weitergehen.
Ich presste die Hände gegen das Ljod. Die Substanz, die der Disharmonie ein Ende setzen sollte.
In ihm lag die Kraft der Ewigkeit.
Es war Zeit, in die Offensive zu gehen.
Der Fehler musste behoben werden.
Und zwar von mir.
Ich schritt über die tote Elchkuh hinweg und setzte meinen Weg fort. Er war lang. Das Eis auf meiner Schulter taute. Doch mein Herz war mir ein geruhsamer Führer. Endlich, als die Sonne sich bereits wieder dem Horizont zuneigte, erblickte ich vor mir einen Lagerplatz nomadisierender Ewenken: zwei kegelförmige Zelte und eine leere Viehhürde. Die Rentiere waren auf der Weide. Inmitten der Wiese brannte ein Lagerfeuer, darüber köchelte Rentierfleisch im großen Kessel. Man wartete auf die Rückkunft von Hirt und Herde.

Drei Hunde dösten in der Nähe des Feuers. Als sie mich erblickten, kamen sie freudig gesprungen: In diesen einsamen Gegenden hatten die Hüte- und Jagdhunde nur wilde Tiere zu verbellen. Doch als sie heran waren, schienen sie zurückzuprallen, zogen die Schwänze ein und knurrten. Ich steuerte geradenwegs auf das linke der Zelte zu. Mein Herz führte mich dorthin. Ich schlug den speckigen Vorhang aus gegerbtem Rentierfell zurück und trat ein. Drinnen war es duster: Nur durch das Loch in der Spitze des Zeltkegels und diverse Ritzen drang etwas Licht herein. In der Mitte, direkt unter der Luke, stand ein Dreibein mit Kupferschale. Darin Zedernharz, dessen bläulicher Rauch die Insekten vertreiben sollte; er stieg als gerade Säule empor und zog durch die Luke ab. Auf Fellen in der Ecke lag ein Mädchen und schlief. Keine Ewenkin – eines mit rotem Haar, das zu zwei Zöpfen geflochten war, kräftigen Wangenknochen und Sommersprossen. Es lag auf dem Rücken, die Arme von sich gestreckt. Mit dem Herzen verstand ich, dass sie sehr müde war und einen festen Schlaf hatte. Sie trug ein schlichtes derbes Bauernkleid, dessen unterer Saum von Erde beschmiert war. Bei ihr lagen eine ärmellose Fellweste, ein Kopftuch, ein Ledergürtel mit großem Messer und ein geschnitzter Eichenstock; ein aus Bast geflochtenes Körbchen voll mit Walderdbeeren stand daneben, ein Paar schmutzstarrende Stiefel mit darüber hängenden Fußlappen in einiger Entfernung.

Mit dem Herzen verstand ich, dass ich nur aus dem einen Grund den ganzen Tag gegangen war: um dieses Mädchen zu finden. Sie war von meiner Art. Ihr Herz schlief, wie meines geschlafen hatte. Man musste es wecken. Ich kniete vor ihr nieder, nahm das Ljod von meiner Schulter und sah erst jetzt, wie klein der Block geworden war. Ich konnte ihn mit zwei Händen beinahe ganz umfassen! Der größte Teil war unterwegs dahingeschmolzen. Ich musste handeln. Das Mädchen schlief wie ein Stein – die Lippen leicht geöffnet, der müde Körper dem Schlaf wohlig hingegeben. Ich hob die Hände, die das Ljod hielten, über das Mädchen. Aber nein: nicht so. Meiner Hände Kraft würde nicht genügen. Ich blickte mich im Zelt um: Weiter hinten lag ein ordentlich zusammengelegter Stapel Hirtenkleider aus Fell. Daneben stand ein Paar geflochtene Lederschuhe – selbst gefertigt, mit dünnen Lederriemchen geschnürt. Eines davon zog ich heraus, ergriff den geschnitzten Stock, der bei dem Mädchen stand, und band den verbliebenen Brocken Ljod daran fest. Dann kniete ich wieder zu Füßen der Schlafenden nieder, holte aus und schlug ihr das Ljod mit voller Wucht auf die Brust. Das Ljod zerschellte, die Splitter flogen durch das ganze Zelt.

Sie zuckte zunächst nur ganz leicht – so tief war ihr Schlaf gewesen. Dann aber ging durch sie ein heftiger Ruck, die blauen Augen öffneten sich weit. Krämpfe schüttelten ihren Mädchenleib, sie wand sich wie in einem epileptischen Anfall, die Augen wurden glasig, der Mund ging auf, es kam kein Laut. Und mein Herz konnte *spüren*, wie das ihre erwachte! Das Ljod hatte es geweckt. Es war wie eine Meereswoge. Sie ging von dem Mädchen aus, ihrer Brust, ihrem Herzen. Wuchtig *brandete* sie gegen meines. Flutete es. Und erstarrte – erstarb in der Zeit, führte unser beider Herzen zueinander, wie eine Brücke zwei Ufer zueinander führt. Dies war so neu, so gewaltig, so *unerhört* angenehm, dass ich aufschrie. Unser beider Herzen vereinigten sich. Und erst jetzt *verstand* ich richtig, wer ich war. In der Vereinigung zweier Herzen begann mein Leben neu. Ich war nicht mehr, der ich zuvor gewesen war. Kein Sandkorn auf zwei

Beinen. Aus mir waren *wir* geworden. Und das war UNSER GLÜCK!
Ich schleuderte den Stock beiseite, packte das von Krämpfen geschüttelte Mädchen bei den Schultern, hob es auf und zog es an meine Brust. Sie wand sich und schlug um sich, ihr Kopf pendelte hin und her, Schaum trat ihr auf die Lippen. Ich hielt sie fester. Und plötzlich hörte ich, hörten Ohr und Herz zugleich die Stimme ihres erwachenden Herzens: »Fer! Fer! Fer!«
Und mein Herz gab Antwort: »Bro! Bro! Bro!«
So hielten unsere Herzen zum ersten Mal Zwiesprache. In ihrer ureigenen Sprache. Sie war das Band. Und wir waren *selig*. Keine Liebe, die ich je auf Erden empfunden hatte, war mit diesem Gefühl zu vergleichen. Unsere Herzen *sprachen* miteinander, in Worten, die nur sie allein verstanden. Darin schwang die Kraft des Lichtes, tönte die Freude der Ewigkeit. Das war ein Klingen, Strömen, Schillern, den Herzen wurde davon warm. Und sie sprachen, sprachen *von allein*. Unabhängig von unserem Willen, unserer Erfahrung. Uns blieb nur, einander in die Arme zu fallen und uns gehen zu lassen. Zu lauschen, was unsere Herzen einander zu sagen hatten. Die Zeit blieb stehen. Wir *gingen auf* in unserer Zwiesprache.
Und schwebten im Raum, vergessend, wer und wo wir waren.

SCHWESTER FER

Ich öffnete das rechte Auge und sah vor mir ein Riesenohr mit silbernem Anhänger in Form eines Fisches. Direkt hinter dem Ohr waren kleine Ewenkengesichter zu erkennen. Sie blickten erschrocken zu mir herüber. Einige rauchten Pfeife. Das linke Auge ging nicht zu öffnen. Da war etwas Weiches, Heißes, das mich daran hinderte. Ich wollte die Arme bewegen. Das ging nicht: Ich spürte meine Arme nicht. Ich wackelte mit dem Kopf. Die Ewenken bemerkten es und fingen zu palavern an. Der fremde Kopf neben meinem Gesicht rührte sich nun gleichfalls. Es erklang ein lustvolles Seufzen und Stöhnen. Der Kopf rückte ab von meinem. So dass die fremde Nase mir nicht mehr das linke Auge quetschte. Es ließ sich nun öffnen. Und ich sah das Gesicht eines Mädchens. Das mich anschaute. Ein Blick aus blauen Augen, voller Entsetzen.

Es war Fer. Meinem Herzen fiel nun alles wieder ein. Ich hatte Fer gefunden. Fer, meine *Schwester*.

Die Arme umeinander geschlungen, knieten wir in der Mitte des Zeltes – ich nackt, Fer in ihrem Bauernkleid. Die Ewenken hockten im Kreis um uns herum. Sie palaverten und gestikulierten.

Ich wollte meine Arme lösen, doch es ging nicht: Sie waren taub, ich spürte sie nicht. Fer stöhnte auf. Ein Zittern ging

durch ihren Körper, die Hände kamen in Bewegung, klammerten sich an mir fest. Sie wimmerte. Presste sich an mich, krallte ihre Fingernägel in meinen Rücken. Ihr Herz *rührte* an meines. Da! Schon wieder eine *Welle*. Die mir ins Herz schlug. Es ausfüllte. Und die Herzensworte *flossen*. Und der Boden unter meinen Knien schwankte. Und die Ewigkeit erwachte in uns. Und die Zeit stand still.
Die Ewenken sprachen aufgeregt durcheinander. Einer berührte mich an der Schulter. Sah mir in die Augen.
»Was bissu pür einer?«, fragte er mich mit putzigem Akzent.
Sein Herz war tot. Das runzlige, verwitterte, schlitzäugige Gesicht kam mir vor wie ein Stein. Fer wimmerte und schrie unterdessen weiter. Schlotterte am ganzen Körper. Unsere Herzen hielten Zwiesprache. Unerklärliche Worte *flatterten*, *glühten*. Das Licht strahlte und jubilierte in unseren Herzen. Fer knurrte, stieß mich weg von sich, riss sich das Unterhemd vom Leib. An ihrer Brust klaffte eine kleine Schramme, die von meinem Schlag herrührte. Das Blut daran war schon geronnen. Fer umarmte mich. Ich sie. Nun knieten wir wieder Brust an Brust. Schrien und stöhnten. Fers Herz *rührte* immer noch an meines. Meines an ihres. Das Universum ging vor uns auf. Fers Harn floss über ihre und meine Beine.
Die Ewenken sprangen auf und liefen schreiend aus dem Zelt. Uns beiden aber war *wohl*. Denn wir hatten einander *gefunden*.
Erst am Abend des darauf folgenden Tages kamen wir zu uns.
Ließen die steifen, blau angelaufenen Arme sinken, kippten auf den mit Fellen ausgelegten Lehmfußboden. Und fielen augenblicklich in einen tiefen Schlaf.

Geweckt wurden wir von einer alten Ewenkin, die uns hartnäckig mit dem Unterschenkelknochen eines Bären anstupste. Als wir uns endlich rührten, brabbelte die Alte etwas in ihrer Sprache und deutete mit dem Knochen zum Zeltausgang. Der Vorhang war zurückgeschlagen, man sah die tote Taiga im flutenden Morgensonnenlicht.

Fer begann wieder zu stöhnen. Zu weinen. Sie sah mich an und weinte. Weil unsere Herzen nichts mehr sagten. Ich stieß Fer vor die Brust. Sie schrie auf und verstummte. Da packte ich sie und zog sie an mich. Wir mussten nicht reden: Dafür kannten wir uns schon *viel zu lange*. Kein Mensch stand mir näher als Fer. Unsere Herzen waren nur erschöpft. Sie verlangten eine Ruhepause.

Ich nahm Fer bei den Schultern. Öffnete den Mund. Und sprach zum ersten Mal seit Tagen wieder in Menschensprache.

»Wir müssen los«, sagte ich.

Da löste auch sie die fahlen Lippen.

»Wohin?«

»Die anderen Brüder und Schwestern suchen.«

»Wozu?«

»Um wieder zu Licht zu werden.«

Fer sah mir in die Augen. Noch verstand sie mich nicht. Doch sie *glaubte* mir – mit dem Herzen.

Ich half Fer beim Aufstehen, und wir verließen das Zelt. In der Hürde standen die Rentiere. Daneben lagen zwei Hunde, vier Ewenken drückten sich in der Nähe herum. Als sie uns so nackt ankommen sahen, juchzten sie auf und wandten sich ab. Die Hunde schnupperten und wichen zaghaft zurück. Fers Kleider hingen an einem in die Erde gerammten Pfahl neben dem Zelt, auch der Bastkorb war dabei. Er war immer noch bis obenhin mit Beeren gefüllt. Wir schnappten ihn uns und aßen in Sekundenschnelle alle Beeren auf. Oben auf den Kleidern lag ein Büschel Johanneskraut und irgendeine Wurzel. Das war die Alte gewesen. Fer warf beides herunter und zog sich an. Ich half ihr dabei. Die Alte in ihrem Zelt rief etwas. Dann ließ sie sich für einen Moment im Eingang sehen, drohte uns mit der Faust. Als Fer fertig angezogen war, warf sie mir einen Blick zu; dann schnallte sie kurz entschlossen ihren Ledergurt mit dem Messer ab, ergriff den Bastkorb und ging zu den Ewenken. Das war *schrecklich*: Fer entfernte sich von mir! Mein Herz *zuckte zusammen*. Ich begriff, dass ein Leben ohne Fer ganz unmöglich war. Würde sie mich verlassen, müsste ich sterben. Ich vergaß zu atmen. Stand schreckensstarr neben dem Pfahl und wartete, dass sie wiederkam. Sie redete mit den Ewenken in ihrer Sprache. Sie sprach schnell. Schien etwas mit ihnen auszuhandeln. Es kam mir endlos vor. Ich wartete, hatte Angst, mich zu rühren. Und auf einmal war sie wieder da, kam im Laufschritt angerannt. Ohne Gurt, ohne Korb und ohne Messer. Umarmte mich, stieß einen Freudenschrei aus, weinte. Ich hielt sie in den Armen. Und musste gleichfalls heulen vor lauter Freude, dass sie zurück war und WIEDER BEI MIR. Es war, als hätte ich meine Schwester wiedergewonnen – eben noch war sie weg gewesen, ich hatte sie lediglich reden hören, noch dazu in einer fremden Sprache, und nun stand sie plötzlich wieder vor mir! Es war nicht zu fassen. Fer schluchzte genauso los wie ich. Schluchzend hielten wir uns umfangen, gingen zu Boden. Das große Heulen kam über uns wie eine Lawine: Nie zuvor im Leben hatte ich so geheult. Es bog, es schüttelte mich, Sturzbäche von Tränen, ich japste nach Luft, erstickte fast an meinen Heulkrämpfen, sie steckten mir wie Bleikugeln im Hals. Ich riss den Mund auf, wie um mich selbst zu verschlingen, verlor das Bewusstsein und erwachte gleich darauf in neuen Krämpfen, heulte und heulte. Bald war ich völlig ausgepumpt, die Augen waren zugequollen, nur noch Röcheln entrang sich meiner Brust, aber der Körper hörte nicht auf zu zucken und zu krampfen. Es *zerriss* mich förmlich. Fer widerfuhr das Gleiche. Ich konnte hören, mehr noch: *spüren*, wie sie schluchzte, und davon verging ich noch mehr. Am Ende fielen wir beide in Ohnmacht.

Erwachend lagen wir nebeneinander im selben Zelt wie zuvor. Ich trug geflochtene Schuhe, Beinkleider aus Rentierfell und ein altes, an den Ellbogen durchgescheuertes Baumwollhemd – das war es, was Fer für ihren Korb sowie den Gurt mit dem Messer eingetauscht hatte. Im Zelt war es schummrig, die Ewenken schliefen. Ich bewegte den Arm zur Seite, setzte mich auf. Mein Körper, noch müde vom Weinen, gehorchte nur widerwillig. Doch im Herzen war es *ruhig, ganz ruhig*. Es war geläutert. Behutsam weckte ich Fer. Sie blickte mich an, als sähe sie mich zum ersten Mal. Doch dann *erinnerte sich* ihr Herz an mich. Und meines *reagierte*. Das Licht in ihnen flammte auf. Und begann zu strahlen. Es schien unsere Herzen nicht wieder verlassen zu wollen. Wir brauchten uns nicht einmal mehr zu umarmen und Brust an Brust zu verharren. Es genügte, einander in die Augen zu sehen. So lagen wir noch ein Weilchen, ehe wir aufstanden und, uns gegenseitig stützend, aus dem Zelt traten.

Die Taiga erlebte gerade wieder ihren Sonnenaufgang. Wie eigens für uns schien er heute kein Ende nehmen zu wollen. Die Rentiere und die Hunde schauten uns an.

Unsere Herzen hatten sich beruhigt. Ich wusste nun, dass Fer mich *nimmermehr* verlassen würde. Wie auch sie wusste, ich würde sie *nie* im Stich lassen. Mit Mühe bekam ich den Mund auf. »Wir müssen los«, sagte ich.

»Wohin?«, fragte Fer.
»Wohin das Herz uns zieht.«
Das Herz zog mich gen Westen, wo Menschen waren. Und also machten wir uns dorthin auf.
Die Sonne hatte sich über den Horizont erhoben, ein leuchtender Ball. Tote Taiga umgab uns von allen Seiten. Hier an diesem Ort gab es mehr umgeknickten als abgefackelten Wald. Jungwuchs von Lärchen und Kiefern erhob sich über die bemoosten, vermorschenden Stämme. Hie und da zwitscherte ein Vogel im jungen Grün.
Lange Zeit liefen wir schweigend dahin, ohne den Weg zu kennen. Dann stellte mein Mund Fer eine Frage:
»Bist du aus dieser Gegend?«
»Ja. Von der Katanga«, erwiderte sie.
»Was hast du bei den Ewenken zu suchen?«
»Ich bin weggelaufen.«
»Vor wem?«
»Meinem Vater.«
Ich musste schon meine Gedanken zusammennehmen, um mich zu entsinnen, was ein Vater war. Nachher fiel mir ein, was eine Mutter war. Und es mutete mich *äußerst* seltsam an, dass auch ich so etwas gehabt haben sollte. All dies schien mir fremd. Ich rief mir die Menschensprache in Erinnerung. In ihr erzählte ich Fer nun mein Leben. Erzählte vom Ljod. Als die Rede darauf kam, *stimmte* mein Herz gleich in die Erzählung *ein*. Die neuen Worte *strömten* und *leuchteten*. Fers Herz lauschte. Und ward erfüllt. Gab Antwort. Sang. Die Herzensworte waren stärker als die der Menschen. Die Lippen stockten, die Zunge wurde steif. Die kümmerlichen Menschenworte klangen hohl. In den Herzen hingegen wohnte das Ursprüngliche Licht. Neben mir, vor dem Hintergrund einer toten Landschaft, schwamm Fers Gesicht.

Strahlend vor Glück. In ihren blauen Augen leuchtete die Sonne.

Im Laufen erzählte mir Fer dann auch von sich. Aufgewachsen war sie in einem Fischerdorf an der Angara, in einer großen, fleißigen Familie. Die Männer trieben Fischfang und gingen zur Jagd, sie hatten ihr gutes Auskommen. Dann aber zerstritt sich Fers Vater mit den Brüdern und zog mit seiner Familie an die Katanga. Dort, zehn Werst von Wanawara entfernt, gründeten sie ihren eigenen Hof und richteten sich dort ein. Kurz darauf starb die Mutter. Der Vater heiratete neu, eine Ewenkin. Damals war Fer zehn Jahre alt, die Ewenkin sorgte von nun an für ihre Erziehung. Der Vater begann zu trinken. Wenn er betrunken war, schlug er auf jeden ein, der ihm vor die Augen kam. Vor drei Tagen erst war Fer von ihrem Vater verprügelt worden, weil sie im Schlaf geschrien hatte. Sie hatte einen sehr seltsamen Traum gehabt: Ihr war, als hätte ihre tote Mutter sie Wasser holen geschickt. Also schultert sie das Joch mit den beiden Eimern und geht los; es ist Hochsommer und brütend heiß; als sie aber zur Angara hinunterkommt, muss sie feststellen, dass der Fluss zugefroren ist, und zwar nicht nur, wie im Winter üblich, an der Oberfläche, sondern *ganz und gar*: Die Angara besteht zur Gänze aus Eis; Fer steigt die Böschung hinab, geht nahe heran, betritt mit bloßen Füßen das Eis, läuft ein paar Schritte: Es ist ein sehr angenehmes Gefühl, sie hat so etwas Angenehmes noch nie erlebt; sie spürt, dass die gefrorene Angara sich gleichfalls bewegt, dass es eine Strömung gibt, doch die verläuft vollkommen *anders* als normal; die eisige Angara fließt rückwärts und in eine ganz andere Richtung; sie fließt in ein *weites weißes* Land, das Fer lockt und vor dem sie sich fürchtet; so steht Fer auf dem dahintreibenden Eis und weiß nicht, was tun; die Angst gewinnt die

Oberhand, sie geht vom Eis ans Ufer; sieht, wie das Eis davonfließt ins *weite weiße* Land, und muss weinen vor Traurigkeit.

Als der Vater wieder eingeschlafen war, wusste Fer auf einmal sicher, dass sie nicht länger mit ihm unter einem Dach leben konnte. Sie bestieg ein Pferd und ritt davon. Ritt einen Tag lang, dann stieß sie auf die Ewenken. Die waren Zugezogene, vom Wiljui her; sonst hätten sie sich wohl kaum im toten Wald angesiedelt. Sie verkaufte ihnen das Pferd, um mit dem Geld bis zur Angara zu gelangen und dann mit dem Dampfer weiter bis Krasnojarsk. Dort hatte sie eine Arbeit in der Ziegelei finden wollen. Im Mai war sie sechzehn geworden.

Lesen konnte Fer nur sehr stockend, schreiben überhaupt nicht. Dafür sprach sie ganz gut Ewenkisch. Wenn es drauf ankäme, könne sie alles: jagen, fischen, Kinder hüten. Die Worte verhedderten sich ihr im Munde von all dem *neuen* Glück. Unserem Glück. Ich hielt sie fest bei der Hand. Wir liefen und liefen immer weiter, ohne zu wissen, wohin. Bis wir uns irgendwann wieder in die Arme fielen und auf die Knie sanken. Und unsere Herzen wieder zu *sprechen* anhoben. Und das Licht wieder aufflammte. Und das Universum wieder aufging. Und die Zeit stehen blieb.

So geschah es noch viele Male. Unsere Herzen sprachen ihre ureigene Sprache und lernten immer neue Wörter dazu. So wuchsen sie. Wurden freier, wurden stärker. Jede Zwiesprache des Herzens war eine Erschütterung für uns, *riss* uns aus der Zeit, dem täglichen Leben. Hinterher aber waren nicht nur unsere Herzen stärker, wir waren es auch. Wir wurden gelassener, konzentrierter. Der Überschwang potenzierte unsere Kräfte, unsere Selbstgewissheit. Uns schwante, dass wir beide gemeinsam *zu allem* in der Lage waren. Und wir veränderten uns vor unseren Augen. Wir gingen, pflückten Beeren und aßen sie, dann sanken wir Arm in Arm ins Moos und ließen unsere Herzen miteinander reden, dann schliefen wir, dann gingen wir weiter. Die Kälte, die des Nachts aus der sibirischen Erde aufstieg, bemerkten wir überhaupt nicht. Insekten und anderes Kroppzeug machten einen Bogen um uns. Wir brauchten vier Tage, um bis zur Katanga zu gelangen. An ihrem Ufer, auf halbem Wege zwischen Wanawara und dem Hof von Fers Vater, würde es eine Hütte für uns geben, die nur im Winter von Jägern als Unterkunft genutzt wurde. Fer war sich sicher, dass dort jetzt keiner war, und sie hatte sich nicht getäuscht. In der kleinen Blockhütte schliefen wir uns aus und kamen endgültig zur Besinnung. Noch einmal *erzählte* ich Fer mit dem Herzen vom Ljod. Ihr Gesicht glühte auf vor Begeisterung, ihr Herz flatterte, und ihre Lippen flüsterten: »Ich möchte es sehen!« – »Du wirst es sehen!«, flüsterten die meinen.

Fer packte mich heftig bei den Schultern. »Ich möchte es sehen!« – »Das wirst du!«, erwiderte ich und rüttelte sie.

Die Bewegung unserer Herzen mündete schnell in den Drang, auf die *Suche* zu gehen. Er war so stark, dass wir uns davon geradezu in den Rücken gestoßen fühlten. Wir mussten unsere Schwestern und Brüder finden! Dieses Verlangen war noch stärker als der *Überschwang* unserer Herzen, wenn die Rede auf das Ljod kam. Wir gelangten zur Weisheit in diesen Tagen. Unsere Herzen *begriffen*, dass das Ljod nicht mehr war als die Brücke zu den anderen Herzen. Es war ein Hilfsmittel. Was wir wirklich brauchten, waren die Brüder und Schwestern.

Am nächsten Morgen badeten wir im Fluss, aßen uns an Walderdbeeren satt, die auf den kleinen Wiesen längs oberhalb des Steilufers üppig zu finden waren, und machten uns auf den Weg zum Hof von Fers Vater. Wenn unsere *Suche* in der Welt der Menschen erfolgreich sein sollte, mussten wir sein *wie alle*. Das hieß: Geld haben, Kleidung, Proviant und Waffen. All dies würde bei Fers Vater zu finden sein. Vorsichtig pirschten wir uns bis in die Nähe des Hofes, blieben jedoch einstweilen im Wald versteckt. Fer wusste, dass der Vater nach ihr und dem mitgenommenen Pferd fahndete. Sie hatte darum mit seiner Abwesenheit gerechnet, und die ewenkische Stiefmutter war keine ernsthafte Bedrohung für uns. Doch Fers Herz sagte ihr anderes: Er war noch im Haus. So blieben wir im Wald hocken und warteten darauf, dass er den Hof verließ. Bestimmt würde er nach dem Mittagessen nach Wanawara aufbrechen, um Schnaps zu besorgen, mutmaßte Fer. Doch der Vater kam und kam nicht. Als er endlich doch vor die Tür trat, war er bereits betrunken. (Frauengezeter begleitete sein Erscheinen.) Wankend trollte er sich das Ufer entlang Richtung Wanawara. Wir warteten noch einen Moment, ehe wir die Hütte betraten. Keifend kam die Stiefmutter auf Fer zugesprungen, ich schwang einmal kurz den Stock gegen sie, und sie krabbelte schreiend unter den Tisch, wo sie nach kurzer Zeit, ängstlich unter dem Tisch hervorschielend, zu keifen fortfuhr. Und auf einmal, wie ich ihr hübsches Gesicht mit den geschlitzten Augen sah und die wütend gegen uns geschwungene kleine Faust, empfand ich mit dem Herzen, dass zwischen dem Tisch und der Frau darunter überhaupt kein Unterschied bestand. Ich wurde von einem TISCH beschimpft! Da musste ich lachen. Auch Fer blickte ihre Stiefmutter mit großen Augen an. Und zum ersten Mal geschah es, dass wir etwas gemeinsam mit dem Herzen *sahen*. Unter dem Tisch hockte ein Mensch OHNE HERZ! Anstelle des Herzens hatte die Frau eine Blutumlaufpumpe in der Brust sitzen. Außer Fers

Stiefmutter waren auch ihre beiden jüngeren Schwestern anwesend. Sie waren ebenso blond und blauäugig wie Fer und blickten neugierig. Ihre kleinen Aggregate pumpten fleißig das junge Blut. Fer und ich, wir schauten uns an. Und lachten fröhlich los. Die Stiefmutter hörte auf zu keifen, äugte erschrocken unter dem Tisch hervor.

»Keine Angst, Anfiska, ich verrat' dem Papa schon nichts«, verkündete die jüngste Schwester lächelnd.

»Pass auf, dass Papa dich nachher nich totschlägt!«, mischte die Größere sich ein. »Wie kommst du dazu, das Pferd zu klauen?«

Fer lachte nicht mehr, sie musterte ihre Schwestern mit gespanntem Blick. Sie betrachtete sie nicht mehr nur mit den Augen. Und ihr Herz konnte keine Schwestern in ihnen *erkennen*. Sie waren Teil der Hütteneinrichtung, so wie der Ofen und die Sitzbank. Fer wandte sich von ihnen ab und mir zu. Ich war ihr eigentlicher Bruder. Sie war meine Schwester. Wir umarmten uns. Dann fingen wir an einzusammeln, was wir gebrauchen konnten: ein Jagdmesser, ein kleines Beil, einen Fischstecher, verschiedene Kleidungsstücke, ein Gewehr, Patronen, Fers Geburtsurkunde, ein Fuchsfell. An Proviant nahmen wir nur Zwiebeln und Möhren, das Übrige erschien uns ungenießbar. Geld fand sich nicht im Haus. Ich nahm der Stiefmutter das silberne Armband und die Jaspisperlenkette ab, riss ihr die Silberringe mit den Perlen aus den Ohren. Ihr Gebrüll ließ mich kalt. Fers frühere Schwestern weinten. Wir liefen den Pfad zum Fluss hinunter, banden das größte der vorhandenen Boote los und ließen uns damit die Katanga hinabtreiben. Fer nahm mit dem einen Paddel am Bug Platz, ich mit dem anderen im Heck. Wir paddelten, um die Strömung zu unterstützen. Der Fluss trug uns flott dahin. Bewaldete Felshänge zogen vorüber. Die heiße sibirische Sommersonne brannte uns in den Rücken: Wir fuhren gen Westen. Soweit unsere Münder überhaupt die Menschensprache benutzten, fragten sie nicht: Wohin fahren wir? Unsere Herzen kannten den Weg. An den Ufern der Steinigen Tunguska war kein Mensch zu sehen. Auch nichts, was an Menschen hätte denken lassen. Nur Vögel kreisten über den Sandbänken, Fische schnellten im Wasser umher. Erst gegen Abend tauchten am Uferhang zwei gleiche Blockhütten auf. Aus dem Schornstein der einen quoll Rauch.

»Eine Flüchtlingssiedlung«, wusste Fer.

Der Fluss zog einen Bogen nach rechts. Dahinter, im dichten Grün der Taiga, standen weitere Hütten am Ufer. Fer zufolge war die Siedlung von entlaufenen Sträflingen gegründet worden, die sich hier sesshaft gemacht hatten. Sie hatten Familien gegründet, trieben Jagd und Fischfang. An den Stegen lagen Boote, drei Frauen spülten dort ihre Wäsche. Sie riefen uns etwas zu. Ohne Erwiderung trieben wir vorbei. Die Augen gegen die untergehende Sonne geschirmt, schauten sie uns hinterher. Wir durchfuhren eine weitere Flussbiegung und sahen plötzlich drei größere Boote vor uns auf der Sandbank liegen. Am Ufer brannte ein Feuer, Leute saßen darum herum.

»Etwa Treibler?«, stellte Fer verwundert fest.

Ohne ein weiteres Wort, für uns selbst überraschend, steuerten wir auf die Sandbank zu. Diese Leute links liegen zu lassen, war uns *versagt*. Während wir anlandeten und festmachten, erzählte Fer mir schnell, wer diese so genannten Treibler waren. Jeden Sommer kamen neun Männer von der Angara zur Katanga herüber, kauften drei Boote und *treibelten* damit flussab bis zur Mündung in den Jenissej. Unterwegs kauften sie bei den ansässigen Jägern Felle auf. Bezahlt wurde mit Goldstaub – und zwar besser, als GOSTORG es tat. Darum hoben die Jäger ihre Felle lieber für die Treibler auf. Am Jenissej angekommen, stießen sie die Boote ab und bestiegen mit den Fellen einen Dampfer, der sie bis nach Krasnojarsk brachte, wo sie ihre Ware losschlugen und überwinterten; im Frühjahr dann kauften sie sich Pferde und ritten zu dem Goldbach, den keiner außer ihnen kannte, wuschen dort neues Gold und zogen wieder zur Katanga, wo sie sich im Tausch gegen ihre Pferde drei schöne große Boote bauen ließen. Diese Treibler seien ein wilder, verwegener Menschenschlag, sagte Fer. Die einheimische Bevölkerung sei vor ihnen auf der Hut, verkaufe ihnen ihre Ware und verziehe sich schleunigst wieder. Die Ewenken hatten Angst vor ihnen. Dass die Treibler in den Dörfern übernachteten, kam nie vor.

Wir legten am Ufer an und gingen zu dem Feuer. Neun bärtige Männer saßen darum herum und aßen gesottenes Elchfleisch mit Zwiebeln, direkt aus dem Kessel. Wir sagten guten Tag, die Männer nickten schweigend und aßen weiter, während sie uns musterten. Ihre Manieren waren unhöflich, hatten jedoch nichts Bedrohliches an sich. Endlich schien einer der Männer Fer zu erkennen.

»Bist du nicht die Tochter von diesem Suffkopf?«

Fer nickte.

»Na, dein Alter ist ja völlig am Boden. Gerade mal drei Häute hat er uns gebracht.«

Fer nickte wieder.

»Die anderen hat er versoffen, was?«

Fer nickte noch einmal.

Währenddessen hatte sie nicht den Fragesteller, sondern einen anderen der Treibler im Blick: blauäugig und blond, mit dichtem rötlichem Vollbart. Ich sah ihn mir genauer an.

Und mein Herz *tat einen Sprung*. Fers Herz ebenso. Der Rotbart hielt ein Stück dampfendes Fleisch in der Linken, in der Rechten ein Messer. Er schlug seine kräftigen weißen Zähne in das Fleisch und zerrte, während er den Happen mit dem Messer abschnitt; dann kaute er und schluckte. Plötzlich aber hielt er inne, hörte zu kauen auf. Sah erst mich an, dann Fer. Und erbleichte.

»Was iss, gefällt dir der Bursche?«, wurde Fer von einem graubärtigen, hakennasigen Treibler mit gebrochenem Schlüsselbein gefragt. »Der iss neu bei uns. Bis zum Jenissej isser leider schwer beschäftigt. Aber hinterher gerne!«

Zwei seiner Kollegen lachten träge, die anderen aßen ungerührt weiter. Vermutlich fiel ihnen der Graubart mit seinen Witzen schon geraume Zeit auf den Wecker.

»Wollt ihr was fressen?«, fragte mürrisch ein bärbeißiger Treibler mit muskulösen Armen.

Aber der Kessel mit dem dampfenden Fleisch weckte in uns keinerlei Gelüste. Unsere Blicke hingen an dem rotblonden Jungen. Und wir *erkannten* ihn. Er atmete schwer, streckte sein breites, kräftiges Kreuz, schmiss das Stück Fleisch, an dem er gegessen hatte, zurück in den Kessel, zerrte am Hemdkragen.

»Buaah!«, machte er.

»Was hast du, Jung?«, fragte ihn der Graubärtige.

»Mir is irgendwie flau …« Der Junge stand auf, tat einen Schritt beiseite.

Im nächsten Moment kotzte er Fleisch.

»Pfui Deibel, so'n ekliges Zeug!« Er spuckte aus und lief zum Fluss hinunter, schöpfte Wasser mit seinen großen Händen und trank gierig.

»Ja, nu … Der Deibel spuckt Fleisch!«, lachte gehässig ein kleiner plattgesichtiger Treibler.

»Das geht über deinen Horizont, Wiesel«, brummte ihn der Bärbeißige an. »Muss dich auch nich stören. Friss, was reingeht.«

Wir *wussten*, dass der Rotbärtige zu uns gehörte – aber was nun zu tun war, das wussten wir nicht. Unsere Herzen waren verkrampft und schwiegen. Ich sah diesen kräftigen Burschen zum ersten Mal, mein Herz *kannte* ihn offenbar seit langem. Und was das Erstaunlichste war: Er führte sich auf wie alle, ohne die geringste Ahnung, *was* da in seiner Brust schlummerte! Wie er spie, sich das Gesicht wusch, irgendwelche unanständigen Worte murmelte – eine PUPPE! Und hatte doch ein lebendiges Herz! Das war so sonderbar und komisch, dass Fer und ich schon wieder lachen mussten. Der Junge warf uns einen finsteren Blick zu und ging zu den Booten. Unsere Anwesenheit machte ihm offenbar zu schaffen: Sein Herz stiftete Unruhe.

»Sieh an, zwei Spaßvögel«, verzog ein Treibler mit künstlichem Stahlgebiss sein Gesicht. »Findet ihr das alles lustig, ja? Geht's euch prima? Hat die Sowjetmacht euch noch nich am Kragen?«

Er zog sich einen geräumigen Tabaksbeutel aus der Innentasche und schnürte ihn auf, ließ ihn herumgehen. Mehrere grobe Hände fuhren in den Beutel.

»Was wollt ihr eigentlich von uns?«, fragte ein Treibler mit hagerem, klugem Gesicht, der sonst nicht viel sagte.

»Wir haben einen Fuchs«, erklärte Fer.

»Bloß einen?«

»Ja.«

»Und deswegen kommt ihr angefahren?«

Fer zuckte mit den Schultern.

»Sie ist vor ihrem Vater fortgelaufen«, mischte ich mich ein. »Sie ist meine Frau. Wir suchen uns ein neues Zuhause.«

Die Treibler zeigten sich nicht sonderlich beeindruckt.
»Na, dann zeigt mal euern Fuchs«, sagte der Treibler mit dem klugen Gesicht und kratzte sich die stopplige Wange.
Ich holte das Fuchsfell aus dem Boot und reichte es ihm. Der Treibler schüttelte es, roch daran, drehte es um, besah es sich eingehend.
»Fünf Gran«, sagte er schnell.
Uns war es egal. Ich nickte. Der Treibler schnürte sein Ränzlein auf, holte einen Teelöffel und ein Säckchen Goldstaub hervor. Gewandt fuhr er mit dem Löffel in den Beutel, füllte ihn, strich ab, schüttete das Gold vom Löffel in ein spitzes Papiertütchen, faltete es geschickt zusammen und reichte es mir. Den Fuchs stopfte er in einen Sack, wo schon viele andere waren.
Nachdem die Treibler ihr Mahl beendet hatten, rüsteten sie ihre Boote zur Weiterfahrt. Das war merkwürdig: Die Sonne war schon untergegangen.
»Fahrt ihr denn nachts?«, fragte ich.
»Warum nicht?«, erwiderte der kluge Treibler, während er sein Ränzlein schnürte. »Hier ist der Fluss ruhig. Und bis zur Mündung sind es noch tausend Werst. Keine Zeit zum Landgang, Junge!«
»Und wann schlaft ihr, wenn man fragen darf?«
»Tagsüber beim Rasten, ne Mütze voll. Das genügt.«
»Im Grab können wir noch genug schlafen!«, lachte der Hakennasige.
»Habt ihr nicht Angst, dass ihr im Finstern irgendein Dorf verpasst?«
»Was für ein Dorf denn? Jetzt kommen zwei Tage lang keine Dörfer mehr.«
Ich schwätzte noch ein Weilchen weiter, derweil mein Herz den Rotbärtigen beobachtete. Ich *spürte* jede seiner Bewegun-

gen. Im Vergleich zu ihm waren seine Spießgesellen Boote auf der Sandbank. Kein Unterschied zu Fers Stiefmutter unterm Tisch. Die Treibler nahmen Platz in ihren Booten.

Wir mussten eine Entscheidung treffen.

»Habt ihr was dagegen, wenn wir euch hinterherfahren?«, fragte ich.

»Wenn ihr's schafft – nichts dagegen«, brummte der bärbeißige Treibler, während er das Boot mit dem Ruder vom Ufer abstieß.

»Gott sei bei uns!«, rief der mit dem klugen Gesicht, und die anderen bekreuzigten sich.

Die langen Boote zogen davon. Ich beeilte mich, Fer in unseres zu helfen, schob es ins Wasser, sprang hinein. Sogleich kamen die Möwen, die lauernd auf den Lärchen gesessen hatten, heruntergesegelt, um neben der rauchenden Feuerstelle die Fleischbrocken aufzupicken, die der Rotbärtige ausgekotzt hatte.

Fer und ich legten uns ins Zeug.

Die Treibler tauchten ihre Paddel nur selten ins Wasser, dann aber umso geschickter, der Strömung angepasst. Streng in einer Reihe glitten ihre Boote dahin, wie eine Karawane. Der Rotbärtige saß im letzten. Unser Boot hängte sich an seines. Beim Steuern blickten wir in den rotblonden Nacken. Der Junge schien angespannt, konnte nicht stillsitzen: Rauchte viel, spuckte immerzu in den Fluss, quasselte wie aufgezogen. Der Treibler mit den Stahlzähnen stimmte ein lang gezogenes Lied an, in das die anderen träge einfielen. Es handelte vom verlassenen Vaterhaus, dem Grab der Mutter, dem bitteren Los des Nomaden. Die unschönen Stimmen hallten über das stille Wasser.

Die Sonne war nun ganz verschwunden. An Bord des ersten Bootes wurde eine Harzfackel entzündet. Der Fluss versank in der hellen sibirischen Nacht. Das Lied war zu Ende. Vom Ufer her hörte man einen Baum umstürzen. Es war für uns wie ein Signal zur Eile. Unsere Herzen waren zusammengezuckt. Wir wussten noch immer nicht, was *zu tun war*, doch unsere Herzen hatten bereits einen Plan. Ich paddelte eifrig, Fer auf ihrer Seite genauso. Wir rückten auf, zogen mit dem vorausfahrenden Boot gleich, lenkten uns in die Nähe des Rotbärtigen. Er schaute herüber. Ich überlegte, was ich sagen sollte. Doch Fer war schneller.

»Könntest du mir nicht zeigen, wie man paddelt?«

Der Rotbart, nicht begreifend, dass er gemeint war, wandte sich nach hinten um. Doch Fer sah *ihm* in die Augen. Die zwei hinter ihm sitzenden Treibler pafften Machorka und grinsten. Der Junge verzog das Gesicht, spuckte aus.

»Wie man paddelt … Was gibt's da zu zeigen …?«

Es klang, als wollte er Fer beleidigen. Nichtsdestoweniger legte er sein Paddel aus der Hand, langte mit festem Griff nach der Bordwand unseres Bootes, zog es heran und stieg zu uns um. Die im anderen Boot zurückbleibenden Männer lachten.

»Hoho, sieh an, unser Kolywaner geht fremd!«

»Na, Jung, dann lass den Rock nur nich aus den Augen!«

Der Rotbärtige setzte sich in die Mitte des Bootes, Fer zugewandt, mit dem Rücken zu mir. Sie hielt ihm das Paddel hin. Er nahm es, drehte sich kurz nach mir um, tauchte das Paddel ein und schaufelte los. Er war aufgeregt und paddelte viel zu eifrig. Im Nu begannen wir das Boot seiner beiden Kollegen zu überholen.

»Lass dir Zeit!«, sagte ich.

Er drehte sich wieder um. Sein Blick in der Dämmerung wirkte verstört. Und ich *verstand*: In der Nähe unserer Herzen wusste er nicht aus noch ein. Auch Fer war sofort im Bilde.

»Wie heißt du?«, fragte ich.
»Nikola«, sagte er.
»Wohin willst du so eilig, Nikola?«, fragte Fer – und zwar so, dass mir vor Entzücken die Tränen in die Augen traten.
Ich himmelte Fer an.
»Wie, wohin? Denen da nach, wohin sonst?«, polterte der Junge schief grinsend; er versuchte, sich zusammenzureißen.
»Denen musst du nicht nach«, sagte ich.
»Wieso nicht?«, fragte er und zog fröstelnd die breiten Schultern hoch.
»Denen musst du nicht nach«, sagte auch Fer.
Und unsere Herzen begannen zu sprechen. Nikolas schlafendes Herz befand sich zwischen den unseren. Es fing Feuer. Der Junge saß reglos da mit dem Paddel in den Händen. Ich paddelte auch nicht mehr. Unser Boot begann zurückzufallen.
»Bleib bei uns«, sagte Fer.
Der Junge erstarrte. Wir ebenso. Das Boot wurde nur mehr von der Strömung getragen. Die Karawane schwamm davon, das Licht der Fackel wurde kleiner und kleiner, verschwand schließlich ganz in der Finsternis. Wir befanden uns in einer Flussbiegung. Das Boot wurde nach links abgetrieben. Der Kiel schurrte durch den Sand, das Bug stieß ans dunkle Ufer. Dann lag das Boot still.
»Nikolaaa!«, hörte man es von ferne rufen.
Der Junge zuckte zusammen. Ich legte ihm die Hand auf die Schulter.
»Sie kommen bestimmt nicht zurück. Gegen die Strömung!«, sagte ich.
»Erzähl kein Scheiß«, murmelte er, ohne sich zu rühren.
Fer fasste ihn bei den Handgelenken.
»Was … seid ihr für welche?«, fragte Nikola.

»Ich bin dein Bruder«, antwortete ich.
»Und ich deine Schwester«, sprach Fer.
»Wir haben dich gesucht«, fügte ich hinzu.
Eine Minute lang saß er wie gelähmt. Dann schluchzte er auf und weinte. Wir nahmen ihn in die Arme. Er heulte lange, sein breites Kreuz bebte. Darin war viel Kindliches. Mein Herz fühlte: Er war *müde*. Vom Warten und überhaupt. Als er sich etwas beruhigt hatte, das Gesicht mit dem Ärmel trockengewischt war, halfen wir ihm, ans Ufer zu steigen, zogen das Boot an Land, entfachten ein Feuer und hockten uns davor. Nikola bekreuzigte sich, dann begann er stockend zu erzählen. Er hatte seit vier Tagen nicht geschlafen – zuvor hatte er eine Vision gehabt. Das war, als die Treibler ins Dorf Nerjunda an der Katanga kamen, wo drei nagelneue Boote auf sie warteten, die die Leute im Ort für sie gebaut hatten. Wie üblich gaben die Treibler ihre neun Pferde dafür hin und rüsteten sogleich zum Aufbruch. Die Boote mussten nur noch geteert werden. Das Baumpech wurde in drei Eimern erhitzt. Einen bekam Nikola. Er ging mit dem Eimer und dem Besen zum Boot, blickte in den Eimer hinein und sah in dem heißen Teer sein Spiegelbild – jedoch als Sechsjähriger! Er war mit Vater, Mutter und den Onkeln bei der Heumahd, sie saßen nach getaner Arbeit auf einer großen, auf der Wiese ausgebreiteten Tischdecke und tafelten. Als plötzlich das Feuer vom Himmel geflogen kam. Und ein Knall folgte, so gewaltig, dass der Wald davon ins Schwanken geriet. Alle Erwachsenen warfen sich vor Angst flach zu Boden – nur Nikola nicht, denn er hatte *ein schönes Gefühl in der Brust*. Er saß da und blickte hinauf in den Himmel, wo das Feuer seine breite Spur hinterlassen hatte. Als alles wieder still war, hoben die Erwachsenen die Köpfe. Und Nikola *erkannte sie nicht wieder*. Vater, Mutter, die Onkel – sie waren ihm

fremd geworden, ein für alle Mal ferngerückt. Damals begriff der sechsjährige Nikola, dass er *allein* war. Der Schreck darüber war so groß, dass er zu sprechen verlernte und *augenblicklich* alles Geschehene vergaß. Erst zwei Jahre später fand er die Sprache wieder. Nun aber, in den Teereimer schauend, fiel ihm ein, was damals geschehen war. Der Eimer entglitt seinen Händen. Denn er fühlte von neuem, wie *mutterseelenallein* er unter den Menschen war. Es erschütterte ihn, er konnte nicht mehr schlafen. Weder nachts auf dem Wasser noch tagsüber während der Ruhepausen, wenn die anderen Männer dösten, fand er Ruhe. Diese Menschen machten ihm Angst, er verstand sie nicht, wusste nicht, wer sie waren. Den Treiblern fiel sein seltsames Benehmen auf, sie begannen über ihn zu spotten. Nur sein bärbeißiger Dorfgenosse ließ nichts auf ihn kommen. Von Tag zu Tag auf ihrer Fahrt fühlte Nikola sich immer mieser. Das Leben unter *Fremden* machte ihm schwer zu schaffen. Er dachte schon an Selbstmord. Doch als Fer und ich plötzlich auftauchten, durchfuhr es ihn wie ein Blitz: dass wir anders als die anderen waren. Und was nun geschah, erschien ihm wie ein Traum. Er wusste nicht, was tun. Dabei konnte er sich denken, dass wir *nicht zufällig* gekommen waren.

Als er mit seinem holprigen Bericht zu Ende war, nahmen Fer und ich ihn bei den groben, vom Paddeln schwieligen Händen. Wir waren glücklich.

»Wann bist du geboren?«, fragte ich.

»1902, drei Tage nach Ostern«, antwortete Nikola.

»Und wo hast du gewohnt, als das Feuer am Himmel erschien?«

»In Ust-Kut.«

Das war siebzig Kilometer von der Stelle entfernt, an der das Ljod niedergegangen war. Mit dem Herzen *wusste* ich bereits, dass es von Südosten nach Nordwesten geflogen war. Also hatte es Ust-Kut überquert. Mit dem Herzen *beneidete* ich Nikola: Er hatte das Ljod am Himmel gesehen. Während ich es nur gehört hatte.

»Und was ist das gewesen?«, fragte Nikola.

»Ein Grund zur Freude. Unsere Rettung«, erwiderte ich.

Er dachte nach.

»Warum nennen sie dich Kolywaner, wenn du aus Ust-Kut bist?«, wollte Fer wissen.

»In Kolywan hab ich im Gefängnis gesessen. Später hieß ich dann so.«

»Weswegen?«

»Pferdediebstahl. Zwei Jahre haben sie mir aufgebrummt, aber schon auf dem Transport dahin bin ich getürmt. Und dann zu den Treiblern gestoßen.«

Er starrte ins Feuer. Der Widerschein flackerte in seinen blauen Augen. Ich drückte seine Hand.

»Nikola, was du damals gesehen hast, ist um unseretwillen geschehen. Da ist etwas für uns auf die Erde gefallen. Jetzt liegt es dort, jenseits der Katanga. Und wir müssen hin.«

Nikola sah schweigend in die Flammen. Stocksteif saß er da. Dafür hatte Fer zu zappeln begonnen. Ihr Herz spürte das Ljod.

»Mein Gott, es zerspringt mir fast!« Sie legte sich die Hände vor die Brust. »Scheint nicht weit von hier zu sein, wie?«

»Vier Tagesmärsche«, überschlug ich. »Wenn wir schnell sind.«

»Und was ist dort?«, fragte Nikola.

»Unser Ein und Alles«, sagte ich, mit dem Herzen nachhelfend.

Und er verstand es, obwohl sein Herz noch schlief.

Der Weg zurück zum Ljod war für mich das Glück, für Fer

die pure Freude und für Nikola eine harte Prüfung. Fer und ich marschierten, ohne müde zu werden, Tag und Nacht, so als würden wir geschoben. Nikola indes erging es wenig anders als mir damals auf der Kulik'schen Expedition. Er sprach nicht mehr, geriet in Wut, heulte. Wir mussten ihn führen. Essen konnte er auch nichts. Fer und ich ernährten uns von wilden Beeren, spürten keinen Hunger. Seit mein Herz zu sprechen begonnen hatte, wusste ich überhaupt nicht mehr, was Hunger war.

Nachdem wir ein Stück weit dem Lauf der Chamba gefolgt waren, stießen wir auf die Spuren eines Nachtlagers unserer Expedition und konnten auf die alte Marschroute einschwenken. Die vier Tage flogen für mich dahin wie ein einziger Augenblick. Die letzten Kilometer trugen wir Nikola: Er wurde vom Fieber geschüttelt, phantasierte. Wir aber waren wie im Rausch: Das Ljod rückte näher mit jedem Schritt! Die tote Taiga tat sich auf, ließ uns ein, das Wunder zu erleben. Unsere Herzen schwelgten im Vorgeschmack des Ereignisses. Fer weinte und sang vor Freude, ihre Augen leuchteten wie Sterne.

Als wir den Sumpf erreichten, stand die Sonne über uns im Zenit. Wir betteten Nikola im sonnenwarmen Moos und rissen uns die Kleider vom Leib. Fassten einander bei den Händen, stürzten uns hinein. Die eisige Brühe erschien uns wie warme Milch. Wir lachten und weinten: Das Ljod wartete auf uns!

Der Modder zog an den Füßen, Äste faulender Bäume hakten sich fest, wollten uns den Zutritt verwehren – doch was hätte uns ernsthaft hindern können? Nachdem wir den sumpfigen Rand hinter uns hatten, konnten wir frei im Wasser schwimmen. Und wenig später berührten wir Eis. *Das Ljod!* Fer stieß einen langen, wilden Schrei aus. Ich schob sie auf die linsenförmig gekrümmte Oberfläche hinauf. Kletterte selbst hinterher. Der Koloss unter uns vibrierte, ohne dass man es sah. Unsere Herzen nahmen die Schwingung auf. Die Arme umeinander geschlungen, sanken wir auf das Eis …

Als wir zu uns kamen, war es Nacht. Wir lagen in der Mulde, die unsere Körper getreu ihren Umrissen ins Ljod geschmolzen hatten. Sie war mit warmem Wasser gefüllt. Wir lösten uns voneinander, kletterten auf den höchsten Punkt des Kolosses. Der hinter dünnen Wolkenschleiern hängende Mond warf schütteres Licht auf die Wasserfläche ringsumher. Wir standen auf dem Ljod, die Füße bis über die Knöchel im Wasser. Ich ging auf der »Linse« spazieren und entdeckte schon bald die wie ein Phi geformte Kuhle, in der ich beim letzten Mal gelegen hatte. Sie war so gut erhalten, als hätte ich sie erst vor Minuten verlassen. Ein kleiner Eisbarren ragte daraus empor und war nur ganz leicht abgetaut – das Gegenstück hatte ich abgebrochen und zu den Menschen mitgenommen. Fer trat neben mich. Ich ergriff ihre Hand und legte sie auf die Bruchstelle. Sie verstand, dass just dieses Ljod es gewesen war, das ihr Herz erweckt hatte. Lachend und weinend in einem, fuhr sie mit der Hand darüber.

Doch es war Zeit, dass wir uns um Nikola kümmerten. Sein Herz war am Ufer zurückgeblieben und wartete. Ich stieß den Fuß gegen den verbliebenen Eisstumpf. Er gab nicht gleich nach. Ich trat zu, so kräftig ich konnte. Da brach der Stumpf krachend ab. Ich nahm den Barren auf und kehrte damit zum Ufer zurück, Fer folgte mir. Mein Herz kannte den kürzesten Weg. Wir krochen ans Ufer, liefen zu Nikola. Er lag auf dem Rücken, die Arme von sich gestreckt. Seine Augen waren geschlossen, die Lippen bewegten sich, flüsterten etwas, das blasse Gesicht stach aus der Dunkelheit hervor. Ich ging vor ihm auf die Knie, hob den Brocken Ljod in die Höhe, holte aus. Und hielt inne. Mein Herz bedeutete mir: Du machst es falsch! Nicht so, nicht mit den Händen! Zur Erweckung eines Herzens benötigt man einen Hammer. Einen EISHAMMER! Nur er kann helfen, ein Herz im Namen des Lichtes zu erwecken! Wir brauchten also einen Hammer. Ich ließ den Blick schweifen, er fiel auf einen in der Nähe liegenden trockenen Kiefernast. Ich packte ihn und sah im selben Moment auch schon meine geflochtenen Schuhe mit den Lederriemchen stehen. Ich zog die Riemchen heraus. Zu zweit banden wir damit das Ljod an den Knüppel. Fer mit ihren kleinen, aber kräftigen Händen fetzte das Hemd auf Nikolas Brust auseinander. Ich holte aus und ließ den Hammer mit aller Kraft auf die nackte Brust niedersausen. Von dem Mordsschlag zerschellte das Ljod in viele kleine Stücke, der Stiel brach entzwei. In Nikolas Brustkasten gluckste es. Wir legten unser Ohr an. Das Glucksen hörte nicht auf, Nikolas Körper begann zu beben, die Zähne knirschten. Unsere Ohren wie auch unsere Herzen hörten die *Stimme* eines erwachenden Herzens.

»Ep … Ep … Ep …«

Der Körper unseres rotbärtigen Bruders bäumte sich auf, zappelte wie ein Fallsüchtiger. Blut kam ihm aus der Nase geschossen.

»Ep! Ep! Ep!«, pulste sein Herz.

Es war groß. Groß und *stark*.

Wir umarmten unseren Bruder Ep.

BRÜDER

Wir kamen zu uns am nächsten Morgen.
Ep war schwach, die geschundene Brust tat weh. Sein Herz aber sprach bereits, wenn auch zaghaft, mit den unseren. Müdigkeit und Erschütterung machten seinen kräftigen Körper schwer – er konnte sich kaum rühren. Ständig liefen ihm die Tränen. Fer und ich bauten aus jungen Bäumen und Gerten eine Hütte und legten unseren Bruder Ep hinein. Kaum war er wieder eingeschlafen, sanken Fer und ich voreinander auf die Knie, und unsere Herzen hielten ausgedehnte Zwiesprache. In dem grob gebauten grünen Zelt *lernten* sie voneinander und gingen gemeinsam beim gewaltigen Ljod nebenan in die Lehre. Der Koloss vibrierte in Resonanz zu unseren winzigen Herzen. Die buchstäblich füreinander geschaffen waren. Sie zogen einander an wie unterschiedliche Pole von Magneten. Einzeln hatten sie es nicht einfach. Gemeinsam vermochten sie *sehr* viel. Die Ahnung, welch maßlose Kraft da eben in unseren Herzen erwachte, ließ uns erschauern. Im Einklang mit dem Ljod wiesen die Herzen uns die *Lösung*. Später beim Beerenschmaus brachten unsere Münder die Weisheit des Lichtes zum Klingen. In der dürren Sprache des Verstands versuchten wir sie zu formulieren, die Sprache des Herzens half uns dabei.
Wir mussten in die Welt, um nach unseren Brüdern und

Schwestern zu suchen. Das Ljod aber mussten wir allzeit bei uns haben. So würde es einfacher sein, bequemer. Es brauchte nicht hier herumliegen und warten, bis wir einen neu entdeckten Bruder vorbeibrachten. Wir sollten es zur Hand haben, wenn wir unter den Menschen waren. Wir würden Hämmer bauen, Hämmer aus Ljod. Dutzende, Hunderte davon. Sie würden an den Brüsten unserer Brüder und Schwestern zerschellen, auf dass ihre Herzen zu sprechen lernten.

Drei Tage brauchte Ep, um auf die Beine zu kommen. Das erwachte Herz stand dem Körper bei. Aus einem todmüden, deprimierten Mann verwandelte sich Ep vor unseren Augen in ein lustiges, ungestümes Blut. Er küsste uns die Füße vor Frohlocken, und wir *lehrten* sein unbelecktes Herz die ersten Worte.

So waren wir nun zu dritt. Wir waren jung, stark und zu allem bereit, was dem Ursprünglichen Licht zum Sieg verhalf. In der Laubhütte beschlossen wir das weitere Vorgehen: Wir wollten, sobald die erste Herbstkälte eintrat, ein paar große Brocken aus dem Koloss stemmen, sie bis ans Ufer der Chuschma wälzen, ein Floß bauen, das Ljod aufladen und erst die Chuschma, dann die Chamba hinab bis zur Katanga flößen. Dort irgendwo in Ufernähe wollten wir eine Grube graben, das Ljod im Permaboden versenken und die Grube wieder zuschütten. Aus dieser Kühltruhe würden wir uns dann in nächster Zeit mit kleineren Bröckchen Ljod versorgen und auf die Suche begeben.

Und so geschah es.

Die nächsten acht Wochen brachten Fer, Ep und ich in der toten Taiga nahe der Einschlagstelle zu. Die ganze Zeit über wohnten wir in der Hütte. *Absolut* glücklich. Das Ljod war bei uns, unsere Herzen wurden stärker und klüger mit jedem

Tag, unsere Körper füllten sich mit *neuer* Kraft. Was nicht nur die physische meint – obwohl auch unsere Muskeln davon erstarkten. Die neue Kraft bewirkte, dass wir vor Angst, Hunger und Krankheit gefeit waren. Diese drei Geißeln prallten von uns ab, würden in unseren Körpern niemals wieder Fuß fassen. Wir ernährten uns von Beeren und den Wurzeln verschiedener Sumpfkräuter. Wir schliefen auf dem Moos, Arm in Arm; die nachts aus dem tungusischen Permaboden heraufdringende Kälte konnte uns nichts anhaben. Wölfe heulten, Bären brummten, doch wir verspürten keine Furcht, im Gegenteil: Das Wolfsgeheul wiegte uns süß in den Schlaf. Die wilden Tiere machten um unsere Hütte einen Bogen. Auch Menschen behelligten uns nicht: Nach dem von mir verursachten Brand hatte die Expedition die Region verlassen. Ewenken scheuten den »verwunschenen« Ort nach wie vor. Hatten unsere Herzen zur Genüge und zu aller Zufriedenheit miteinander gesprochen, entfachten wir ein Feuer, setzten uns davor und schauten schweigend, Arm in Arm, hinein. Auch wenn es nur ein schwacher, kurzlebiger Abglanz des himmlischen Feuers war – jenes gleißenden, unauslöschlichen Lichtes, das Welten von Harmonie gebiert. Der sibirische Sommer endete Mitte August: Die Blätter der Sträucher und Krüppelbirken rings um den Tümpel wurden gelb. Ein kalter Nordwind wehte. Und eines Morgens wirbelten ein paar winzige Schneeflöckchen um unsere Hütte – Vorboten des langen sibirischen Winters. Erster Schnee, das hieß: Zeit zu handeln. Die letzten zwei Monate hatten wir nicht nur damit zugebracht, Zwiesprache mit dem Herzen zu halten; wir hatten den kürzesten Weg zum Ljod ausgemacht und achtzehn tote Baumstämme in den Sumpf hinein verlegt. Sie wurden vom Modder geschluckt, doch man konnte auf ihnen Fuß fassen. Nackt, mit Beil und Messern bewaffnet, gelangten wir über diesen Damm zum Ljod. Dort stemmten wir acht Blöcke los – jeder ungefähr so schwer wie ein ausgewachsener Mensch – und brachten sie zum Ufer. Dort bauten wir aus jungen Bäumen eine Art Schleppe und schleiften auf ihr die Blöcke in drei Touren zur Chuschma, die einen Kilometer vom Sumpf entfernt floss – halb so breit wie die Katanga, ihre Ufer weniger steil. Auch das Floß hatten wir bereits fertig: Es bestand aus trockenen Kiefernstämmen, die wir durch den frischen Bast junger Bäume miteinander verbunden hatten. Nun luden wir das Ljod auf das Floß und zurrten es gleichfalls mit Bast, den wir zuvor eingeweicht hatten, am Holz fest. Dann griffen wir zu den langen Paddeln, die Ep geschnitzt hatte, und stießen uns vom Ufer ab.

Die Floßfahrt dauerte drei Tage. Wohlbehalten gelangte unser Gefährt die beiden Flüsschen hinunter bis zur Katanga. Wir waren *sehr* darauf bedacht, das Ljod heil ans Ziel zu bringen. Verzichteten darum unterwegs auf alle Herzensgespräche. Das kalte Wasser trug uns bis zu der Stelle, an der wir mit Ep am Feuer gesessen und seinem stockenden Bericht gelauscht hatten. Dort legten wir an, banden das Ljod los und trugen es ans Ufer. Die Blöcke waren unterwegs ein wenig abgetaut. Unweit vom Ufer gruben wir ein Loch. Sehr tief graben mussten wir nicht: Schon in anderthalb Metern Tiefe stieß das Beil auf den steinharten Permaboden. Wir hackten eine Kuhle hinein und legten sieben der Blöcke dort ab, deckten Moos und Laub darüber und schütteten die Grube wieder zu. Oben auf unser Kühlhaus wälzten Ep und ich einen schweren Stein. Das achte Stück Ljod verbuddelten wir direkt am Ufer. Als das kostbare Ljod in sein Versteck gefunden hatte, fielen wir uns in die Arme. Die Nacht brach an, Sterne wurden sichtbar. Wir entfachten ein Feuer und gaben uns dem hin, wonach unsere Herzen verlangten. Sie sprachen die ganze Nacht.

Am anderen Morgen ließen wir das im Gebüsch versteckte Boot zu Wasser, gruben den achten Block Ljod wieder aus, umgaben ihn mit einer Schicht Moos und packten ihn ins Boot; dann fuhren wir los. Unsere Herzen gaben Anweisung, sich nach Westen zu orientieren. Die Fluten der Katanga trugen uns in ebendiese Richtung. Keiner von uns wusste, wo unsere Brüder zu finden waren – doch dass die Herzen bei der Suche behilflich sein würden, war klar. So trieben wir zwei Tage dahin, als eine größere Siedlung in Sicht kam.

»Lakura«, nannte Fer den Namen. »Hier wohnen getaufte Tungusen.«

Wir legten an, vergruben das Ljod hastig im Ufersand und liefen ins Dorf. Unsere Herzen waren ruhig. Die Ewenken begrüßten uns, Fer unterhielt sich mit ihnen. Sie hatten Neuigkeiten zu berichten: Russen seien in die »verwunschene« Zone eingedrungen, um nach dem vom Himmel gefallenen Gold zu suchen, doch der Feuergott Agdy habe ihnen die Hütte angezündet, worauf sie umgekehrt seien. Alle Ewenken im Umkreis hatten schon davon gehört. Obwohl sie den orthodoxen Glauben angenommen und die kleine alte Holzkirche inmitten ihres Weilers stehen hatten, waren die Ewenken im Grunde Heiden geblieben. Außerdem berichteten sie, den Treiblern, die kürzlich da gewesen waren, sei unterwegs ein junger Mann abhanden gekommen, die Wasserjungfrau habe ihn zu sich geholt. Mit diesen Leuten zu reden fiel uns anfangs schwer: Ich musste das Lachen unterdrücken, Ep sah sie, die *Normalmenschen*, verständnislos an, und Fer hatte Mühe, die vergessenen Wörter richtig auszusprechen. Doch unsere Herzen halfen uns auch hier, ließen uns keine Sekunde im Stich. Wir waren *von Herzen weise* geworden. So wussten wir genau, wie wir uns vor den Menschen zu benehmen hatten. Das Ljod und unsere Herzen lehrten uns vieles vorauszusehen.

Der Dorfpriester, Vater Warfolomej, freute sich über unseren Besuch. Jeder Russe, der hier durchkam, war für ihn ein Verwandter. Als Erstes ließ er das Badehaus einheizen. Mit Vergnügen wuschen wir unsere Körper rein und ließen sie schwitzen. Dann deckte die Frau des Popen, eine Ewenkin, den Tisch. Dabei kam es zu einer Komplikation: Die üblichen Speisen der Menschen waren für uns, die Geschwister des Lichtes, nicht mehr essbar. Angewidert betrachteten wir die mit Fisch gefüllten Piroggen, die Elchfleischpelmeni, das Rührei mit Speck, das frisch gebackene Brot und die marinierten Pilze. An alledem kam die Perversität menschlichen Lebens, seine Unfreiheit zum Ausdruck. Bevor die Menschen Nahrung zu sich nahmen, mussten sie partout etwas damit anstellen: braten, kochen, pürieren, einsäuern, häckseln, dörren, sonst etwas. Außerdem aßen sie immer viel zu viel, brachen ihren Willen und verunstalteten ihre Körper mit Völlerei. Das Monströseste aber war, dass die Menschen Spaß daran hatten, andere Lebewesen zu fressen – denen sie das Leben nahmen, nur um sich mit ihrem Fleisch den Magen voll zu schlagen. Dort wurde das Fleisch verdaut und hernach in Form von abscheulich stinkendem Kot wieder ausgeschieden. Des Menschen Wille verwandelte also einen lebendigen Vogel in einen Haufen Kot – und das fand der Homo sapiens absolut normal. Anstatt den Lebensraum Erde mit anderen Wesen friedlich zu teilen, fraß man sie auf. Und diese größte aller Perversionen wurde als Naturgesetz bezeichnet.

Wir hingegen mochten nur frische Beeren und anderes Obst

zu uns nehmen. Sie waren das Einzige, wovor wir uns nicht ekelten. Und überhaupt aßen wir, seit unsere Herzen erwacht waren, *deutlich* weniger. Zwei, drei Hände voll frisch gepflückte Beeren waren für ein paar Tage ausreichend. Ohne dass wir deswegen schneller ermüdeten und schlappmachten wie sonst die Menschen, wenn sie Hunger hatten. Das Herz spendete uns eine *immense* Energie. Dank ihr mussten wir keinen Hunger fürchten. Also bat ich, an der Tafel sitzend, unsere Gastgeber um Entschuldigung, erzählte ihnen von einer heftigen Fischvergiftung, die wir tags zuvor erlitten hätten, weswegen wir heute nur rohes Gemüse und Beeren zu uns nehmen könnten. Die Hausherrin zog ein langes Gesicht, dann brachte sie uns Rübchen und Preiselbeeren. Auf den Wodka verzichteten wir gleichfalls. Während der Pope und seine Frau sich auf die Gesundheit der Reisenden ein Schnäpschen »genehmigten«. Wir mussten mit ansehen, wie sie sich den mit Wasser gestreckten Primasprit einflößten, um danach vorübergehend die Kontrolle über Leib und Sinne zu verlieren; der Widerwille machte uns stumm. Was für eine furchtbare Anziehungskraft der Alkohol auf die Menschen ausübte, wie viele von ihm abhängig waren – es bewies einmal mehr ihre Unfähigkeit zum Glücklichsein. Die Menschen tranken, um »loszulassen«, zu entspannen, fröhlich zu sein, das heißt: um wenigstens für kurze Zeit sich selbst, dem eigenen Leben zu entrinnen. Und wenn sie dann besoffen genug waren, glaubten sie, glücklich zu sein.

»Wo wollt ihr denn noch hin, Kinder? Der Winter steht vor der Tür!«, mahnte Vater Warfolomej in seinem Rausch.

Wir seien auf der Suche nach einer großen Baustelle, wo man gut verdienen könne, antworteten wir.

»Dann bleibt doch hier und baut mir eine neue Kirche. In

der alten wohnen schon die Marder! Ich zahle euch mehr als die Sowjetmacht!«

Doch für uns war in dem Dorf kein Bleiben: Unsere Herzen hatten schon *gesehen*, dass hier keiner war, der zu uns gehörte. Wir mussten weiter. Über Nacht blieben wir noch in Vater Warfolomejs Haus, kauften ihm Rüben und Möhren ab; dann gruben wir unser Ljod wieder aus, luden auf und stießen ab. Die Steinige Tunguska trug ihre Wasser gen Westen, zum Jenissej. Bis dahin kamen wir noch an drei weiteren Dörfern vorbei, machten in jedem Halt. Von den Unseren fand sich keiner. Glücklicherweise war es kälter geworden, es gab Nachtfröste, das Ljod schmolz kaum ab. Wir vermieden es, den Block zu berühren, was *schwer fiel*, da wir mit ihm in einem Boot saßen. Mit jeder Berührung brachte sich das Ursprüngliche Licht *auf das Heftigste* in Erinnerung. Den Herzen war dies *überaus* angenehm.

Die Taiga färbte sich gelb und rot, ihr stand ein langer Winter bevor. Es fiel der erste Schnee und deckte alles zu. Kurz darauf kam die erste strenge Kälte. Die Tunguska begann von den Rändern her zuzufrieren. Wir trieben in der Mitte, wo das Fahrwasser noch frei war. Dampf stand über dem Fluss. Noch zwei Tage vergingen, dann ergoss er sich in einen anderen, der ungleich breiter und mächtiger war: den Jenissej. Dieser führte seine bleigrauen Wasser in nördliche Richtung, zum Eismeer. Die Strömung war so gewaltig, dass der Fluss nicht zufror – das Eis wurde in Schollen hinweggerissen. Dennoch war es schwerer, das Boot zu führen, es schwankte in einem fort, wurde von Strudeln herumgewirbelt. Wir legten die Paddel nicht aus den Händen. Doch unsere Herzen waren sichere *Führer*. Sie sagten uns, dass 23000 Menschen zwar nur ein Tropfen waren im großen Menschenmeer, dass aber viele von uns in den zwanzig Jahren, die das Ljod hier in Sibirien schon lag, von ihm *angezogen* worden waren. Intuitiv hatten sie sich auf den Weg zu ihm gemacht, hatten in schweren, süßen Träumen von ihm geträumt, waren auf der Suche. Ihre schlafenden Herzen gelüstete es nach dem Befreiungsschlag des Eishammers. Während wir geduldig gegen die Fluten des Jenissej kämpften, einander die Hände wärmend, die steif waren vom scharfen Wind.

Wir waren noch keinen halben Tag auf dem Jenissej, als ein kleiner Hafen vor uns auftauchte. Um ihn geschart die Hütten eines Fischerdorfes. Am Steg lag ein kleiner Schleppdampfer mit rauchendem Schlot. Wir beschlossen, anzulegen und das Dorf in *Augenschein* zu nehmen. Kurz vor dem Steg fuhren wir ins Schilf hinein, zogen das Boot an Land, verschnauften ein wenig, stärkten uns mit Möhren und wilden Beeren. Dann vergruben wir im Schutz des Weidengebüschs unser Ljod im Sand. Doch bevor wir damit zu Rande waren, traten drei bewaffnete Männer aus den Büschen, die wie Banditen aussahen.

»Keine Bewegung!«, befahl der eine, ein Schnauzbärtiger, mit krächzender Stimme und richtete eine Mauserpistole auf uns. »Hände hoch!«

Wir hoben die Hände. Die beiden anderen traten heran und durchsuchten uns. Kassierten den Goldstaub und das Geld, griffen sich aus dem Boot Gewehr und Patronen.

»Was habt ihr hier verbuddelt?«, fragte der Schnauzbärtige.

Wir schwiegen. Dies war ein *entscheidender* Moment. Wir mussten den Männern eine Antwort geben. Wie immer in solchen Fällen suchte der Verstand fieberhaft nach einer Möglichkeit, die Männer zu täuschen, sie mit einer Lüge zu umgarnen, die uns und das Ljod hätte retten können. Das Herz aber zerriss die Spinnweben des Verstandes. *Sprich die Wahrheit!*, befahl es. Dies war das sicherste Manöver.

»Ljod. Das Eis«, erwiderte ich ruhig.

Fer und Ep *verstanden* sofort, worauf ich hinauswollte.

»Was für Eis, zum Teufel?«, krächzte der Schnauzbärtige. »Grab das wieder aus, los!«

Ep und ich holten das nicht sehr tief vergrabene, mit einer Schicht Moos ummantelte Ljod wieder aus der Erde. Der Schnauzbart trat näher, schob mit dem Gewehrkolben das Moos von der Oberfläche des Brockens. Schaute hin, griff danach.

»Weitergraben!«

Er vermutete, dass wir den eigentlichen Schatz darunter vergraben hatten. Mit Beil und Messer gingen wir tiefer. Der Schnauzbart wartete, spuckte in die Grube.

»Und wozu, verdammt noch mal, dieses blöde Eis?«

»Wir wollen damit die Herzen unserer Brüder und Schwestern zum Leben erwecken«, antwortete ich.

Die Banditen sahen sich an.

»Erwecken, soso«, grinste der Schnauzbärtige. »Und wie soll das gehen?«

»Wir bauen aus dem Ljod einen Hammer, mit dem wir unseren Brüdern gegen die Brust klopfen. Dann erwacht ihr Herz und beginnt in der Sprache des Lichtes zu sprechen.«

Die Banditen wechselten einen weiteren Blick.

»Die haben sie nicht alle«, meinte einer zu dem Schnauzbärtigen. »Leg sie um, und fertig.«

Die Dampfersirene ertönte. Die Banditen wurden rege.

»Knall sie ab, Semjon. Und dann los!«

»Nicht doch, Kotschura. Die sind nicht von hier. Besser, der Admiral guckt sie sich an. Schnappt euer Eis und kommt mit, hopp, hopp!«

Mit stiller Freude hob ich das Ljod auf: Es blieb bei uns! Die Banditen führten uns zum Hafen. Er war menschenleer, nur zwei tote Matrosen lagen da. Aus dem Dorf hörte man Frauen klagen. Der Dampfer tutete schon wieder. Hastig stießen uns die Banditen über das Fallreep an Deck. Mir sprang der Name des Dampfers ins Auge: »Komsomol«. Das Fallreep wurde eingezogen, und der Dampfer legte ab.

Kaum standen Fer und ich an Bord dieses heruntergekommenen Schleppdampfers mit zerbeulten, rostigen Bordwänden und verrußtem Schornstein, da taten unsere Herzen *einen Sprung*. An Bord war *jemand*! Eine heiße Woge der Freude stieg in mir hoch und ließ den Schweiß aus allen Poren brechen. Allein wäre ich nie *darauf gekommen*, dass da einer von uns in der Nähe war. Genauso wie Fer für sich genommen nicht *wusste*, wer zu wem gehörte. Gemeinsam aber bildeten wir einen einzigartigen *Herzensmagneten*, der den Bruder unfehlbar ausmachte. Mit Ep kam ein solcher Magnet nicht zustande.

Wir wurden ins Zwischendeck abgeführt. Dort herrschte Gedränge: acht Mann, alle bewaffnet. Auf dem Fußboden lagen noch mehr Waffen herum: Jagdgewehre, Karabiner, dazu Felle, Kleidung, simples Hausgerät. Die Banditen hatten das Dorf überfallen und waren dabei, die Beute zu sichten. Das Wort führte ein kleiner Mann in Lederjacke, Lederhosen und hohen Schnürschuhen. Um den Hals hing ihm ein großer Feldstecher, ein Halfter mit Mauserpistole baumelte an der Hüfte. Aus der ledernen Schildmütze mit rotem Stern hingen schüttere Strähnen von rötlichem Haar; kleine dunkelblaue Augen funkelten unter weißblonden Brauen, von ebensolchen Wimpern umrahmt. Das breite Gesicht machte einen äußerst verbissenen Eindruck.

Er war es. Fer und ich *erkannten* ihn.

»Koslow, du Laus! Ich knall dich ab!«, brüllte er den Schnauzbärtigen an. »Wo treibst du Hund dich rum?! Willst du unseren Tod, Scheißprovokateur?«
Der Mann war offensichtlich ein Psychopath. Heimtückisch und böse obendrein.
»Die drei hier haben wir aufgegriffen, Admiral«, krächzte der Schnauzbart. »Wir sind ins Gebüsch pinkeln gegangen, da sehen wir sie was in der Erde vergraben.«
Der Boss maß uns mit wütendem Blick. Ihm zunächst stand Fer, ich hinter ihr mit dem Ljod auf den Armen.
»Was!« Der Boss spuckte das Wort hervor.
»Irgendwelches Eis«, erwiderte der Schnauzbart.
»Wie bitte??«, fragte der Admiral noch wütender zurück und furchte die Stirn.
»Es ist Ljod«, sprach ich laut und trat mit dem Brocken hinter Fer hervor.
Der Admiral erstarrte. Seine schmalen violetten Lippen wurden fahl. Die Äuglein fixierten das Ljod. Dann riss er sie los, blickte zu uns.
»Wer … seid ihr?«, brachte er mit Mühe hervor.
»Ich heiße Bro«, sagte ich. »Das da ist Ep und das Fer. Wir sind deinetwegen gekommen.«
Er stand da wie gelähmt.
Das Stimmengewirr im Raum war verstummt. Alle standen still und betrachteten uns. Wir *schauten* auf den Admiral. Unser *Herzensmagnet* wirkte. Mir fielen die Treibler ein und Nikola, wie er im Boot zwischen Fer und mir gesessen hatte. Hier die gleiche Situation. Doch der Admiral war ein anderer Charakter. Er schüttelte die Lähmung ab, knöpfte das Pistolenhalfter auf und richtete den brünierten Lauf auf uns.
»Worauf wartet ihr noch, Männer? Fesselt sie!«

Wir bekamen Fesseln angelegt. Das Ljod fiel zu Boden.

»Setzt sie dort drüben in die Ecke. Und dann verzieht ihr euch an Deck«, befahl der Admiral. »Ich knöpf sie mir kurz vor.«

Nur unwillig krabbelten die Banditen nach oben: Unter Deck war es wärmer.

Der Admiral stand da, die Mauser im Anschlag, und blickte uns an. Sein Herz *zuckte* bereits. Doch er kämpfte mit ihm einen erbitterten Kampf.

»Jetzt noch mal: Wen sucht ihr?«

»Dich«, entgegnete ich.

Fer schaffte es nicht, mir *beizustehen*. Der Admiral lachte hämisch auf. Sein Herz beruhigte sich wieder.

Ein Wuschelkopf war in der Luke erschienen.

»Wo soll's denn nun hingehen, Admiral?«, fragte er.

»Kolmotorowo!«

»Wollten wir nicht einen Abstecher nach Jarzewo machen?«

»Dort hockt die GPU. Kolmotorowo, hab ich gesagt!«, brüllte der Admiral. »Mit Volldampf! Bei jedem entgegenkommenden Schiff dreimal tuten! Das MG vom Deck räumen! Karabiner einsammeln!«

»Zu Befehl!« Der Wuschelkopf verschwand.

Der Dampfer begann zu wenden. Der Wuschelkopf brachte das MG nach unten, stellte es dem Admiral vor die Füße.

»Hör mal, Admiral, was ich noch sagen wollte«, brummte er, »in Jarzewo, da wohnen zwei Kumpel von mir, und die sind …«

»Luke zu, verdammt noch mal!«, brüllte der Admiral und wurde noch blasser.

Seufzend kletterte der Wuschelkopf die Stiege hinauf und ließ die Luke zufallen. Der Admiral trat heran, ging vor mir in die Hocke. Sein Koppel knarrte. Er setzte mir die Mün-

dung seiner Mauser an die Stirn. Und ich *spürte* es: Er wollte schießen. Mein Herz *stockte*.
»Also: Wen sucht ihr?«, wiederholte er seine Frage.
Und jetzt sprang Fer mir bei.
»Wir haben dich gesucht«, *sprachen* wir wie aus einem Munde.
Sein Herz zuckte jäh. Die Mauser zitterte in seiner Hand. Er stieß Luft aus, ließ die Pistole sinken, stemmte sie gegen den schwankenden Boden des Zwischendecks.
»Wer seid ihr?«, fragte er unsicher.
»Deine Geschwister«, erwiderte ich.
»Ich bin deine Schwester«, sprach Fer.
Der Magnet *funktionierte*. Und auch Ep *half* mit.
»Ich bin dein Bruder«, sagte er.
Das breite, muskulöse Gesicht des Admirals verzerrte sich: Sein Hirn leistete *erbitterten* Widerstand. Ich verstand, dass der Admiral eine schwierige Zeit hinter sich hatte, genau wie Nikola. Oder wie ich während der Expedition. Und jetzt wurde ihm *richtig* Angst. Die schmalen Lippen hatten sich ganz entfärbt. Schweiß trat ihm auf die blasse Stirn. Der Admiral zitterte.
»Ihr Rat…ten!«, flüsterte er und hob die Mauser erneut.
Die Pistole tanzte ihm in der zitternden, blutleeren Hand. Er furzte laut. Und richtete die Mauser nunmehr auf Fer.
»Ihr elen…den Rat…«
Wieder *stockten* unsere Herzen. Ich *begriff*, dass wir ALLZEIT dem Tode nahe waren. Der zitternde Finger krümmte sich bereits. Unsere Herzen *fuhren auf*. Und das Ljod gab ihnen *Antwort*.
Entsetzt starrte der Admiral auf den am Boden liegenden Brocken. Und schoss mitten hinein. Das Ljod spritzte durch den ganzen Raum. Wir schrien auf. Der Admiral erhob sich jäh. Seine Augen rollten. Er schwankte und fiel um.

Als Erstes versuchten wir, uns von den Fesseln zu befreien. Ep, der Recke, schaffte es tatsächlich, seinen Strick zu zerreißen, dann band er uns los. Fer stürzte zum Ljod, Ep zu dem ohnmächtigen Admiral. Währenddessen fasste ich einen blitzschnellen Entschluss. Er betraf das Maschinengewehr, das ölglänzend, mit nagelneuer Trommel neben dem am Boden liegenden Admiral stand. Genauso eines hatte in der Truhe des Hamsterers Samson gelegen, der mich als Halbwüchsigen im Winter 1920 nahe der Bahnstation Krasnoje bei sich hatte schlafen lassen. Ich griff nach der Waffe, löste die Sicherung und spannte den Verschluss, wie ich es seinerzeit bei Samson gesehen hatte, als er damit das Lumpenpack in die Flucht schlug, das uns an jenem Morgen auf die Pelle rückte.

Ep öffnete die Lederjacke des Admirals, zerriss Uniformbluse und Matrosenhemd. Die haarlose Brust des Anführers zierte ein tätowierter Adler, der einen Lindwurm in den Fängen hielt. Fer griff nach einem großen Stück Ljod.

»Nein, nicht!«, flüsterte ich. »Fesselt ihn lieber!«

Sie schauten verständnislos. Ich deutete mit den Augen nach oben. »Sie würden uns stören.«

Nun *begriffen* sie. Im Nu waren Arme und Beine des Admirals mit denselben Stricken gefesselt. Ep schnappte sich die Mauser des Admirals, Fer das Gewehr. So erklommen wir die eiserne Stiege; ich klopfte an die Luke. Kaum hatte sie sich geöffnet, richtete ich das dicke Rohr des Maschinengewehrs auf den Banditen, der kauend dahinter stand. Verblüfft prallte er zurück. Wir stiegen an Deck. Nun nahmen uns auch die anderen Banditen wahr.

»Zurück!«, kommandierte ich.

Sie wichen zur Reling zurück. Ein Großteil von ihnen kaute ebenfalls. Aus den Augenwinkeln bemerkte ich auf einer

Bank nahe der Reling einen Batzen Fleisch in Papier, Brot und einen Ballon Selbstgebrannten. Nach getaner Arbeit hatten sie zu tafeln beschlossen.

»Keiner rührt sich!«, kam mein Kommando.

Die Männer wechselten vorsichtige Blicke. In ihren Köpfen arbeitete es.

»Hör mal, Bruder, lass uns reden«, krächzte der Schnauzbart. »Was wollt ihr?«

»Das Herz unseres Bruders erwecken.«

Ich hätte *sehr gern* mit ihnen geredet. Ihnen gesagt: Ihr könnt alles kriegen, was wir haben, wenn ihr uns nur nicht hinderlich seid. Aber mein Herz sagte mir: Sie halten sich nicht an Abmachungen.

»Alle über Bord!«, kommandierte ich.

»Wer wird denn gleich so aufbrausen, Bruder.« Der Schnauzbart kam lächelnd auf mich zu, zeigte dabei seine gelben Zähne. »Wir lassen Gold in dein Säckchen rieseln, so viel du möchtest …«

Dabei kroch seine Hand in die Hosentasche.

Ich richtete das MG auf ihn und betätigte den Abzug. Das Gewehr krachte und rüttelte in meinen Händen. Die Kugeln drangen in den Körper des Schnauzbärtigen und kamen hinten mit Fetzen von Kleidung und Fleisch wieder herausgeflogen.

Es war das erste Mal in meinem Leben, dass ich einen Menschen tötete. Und mir war plötzlich klar: NIE MEHR würden wir mit den Menschen übereinkommen. Die Banditen sprangen eilig über Bord. Doch aus der Steuerkabine wurde auf uns geschossen. Ep schoss mit der Mauser in diese Richtung, aber ungeschickt, Fer konnte mit ihrem Karabiner besser umgehen. Ich richtete die rauchende Mündung meiner Waffe auf die Kabine und drückte ab. Wieder ratterte und zappelte das Gewehr in meinen Händen. Die Kugeln durchlöcherten das Kabinenblech, die alte weiße Farbschicht spritzte nach allen Seiten. Mit ihr zerbröselte eine sonderbare Inschrift in roter Rostschutzfarbe: KOMSOMOL O SOLE MIO!, verziert mit einem roten Stern. Erst als die Kabine zum Sieb geworden war, ließ ich den Abzug los, doch er klemmte fest. Das Maschinengewehr feuerte weiter. Es driftete nach links weg, ich senkte den Lauf, die Kugeln schlugen ins Deck, Splitter flogen, das Gewehr knatterte und zog heftig nach links. Der Pulverrauch nahm mir die Luft, ich riss den Lauf nach oben. Das Gewehr schoss eine Endlossalve, wollte sich meinen Händen entreißen. In diesem Bruchteil einer Sekunde *begriff* ich mit dem Herzen, was das ist, eine Maschine, und wozu der Mensch sie ersonnen hat: Er braucht sie, weil er SCHWACH ist, als Invalide geboren, er benötigt Krücken, zusätzlichen Halt, um zu leben. Die Vernichtungsmaschine, eine Ausgeburt des menschlichen Hirns, rang mit mir. Sie *lebte*. Die Kugeln flogen in den Himmel, auf dem Deck regnete es Patronenhülsen. Ich bekam das Gewehr einfach nicht in die Gewalt, retirierte zur Reling und schmiss es über Bord. Im Fallen schoss es immer noch. Bis der Jenissej die Vernichtungsmaschine schluckte.

Pulverrauch hing über dem Deck. Die »Komsomol« trieb führerlos. Wir drangen in die Kabine ein. Der Steuermann in Matrosenuniform krümmte sich verwundet am Boden. Neben ihm lag der Wuschelkopf mit offenem Mund und war tot. Ep stellte sich hinter das Steuerrad.

»Wer ist noch auf dem Schiff?«, fragte ich den Steuermann.

»Zwei … Heizer. Die sind unten … eingesperrt. Nicht schießen!«, bettelte der Mann stöhnend.

»Wie kommt man hinunter?«

»Durch die Luke … hinter der Kombüse …«

Wir fanden sie schnell. Sie war mit einem Bajonett zugesperrt. Die Heizer hatten im Kesselraum zu bleiben und zu arbeiten, als *feste Bestandteile* der Dampfmaschine. Wir kehrten zur Kommandokabine zurück.
»Du bleibst am Steuer«, sagte ich zu Ep.
»Ich hab noch nie im Leben ein Schiff geführt«, sagte Ep und blickte stirnrunzelnd auf den Jenissej hinunter.
»Und ich noch nie mit einem MG geschossen«, war meine Antwort.
Fer und ich begaben uns wieder ins Zwischendeck. Der gefesselte Admiral war zu sich gekommen. Wütend wälzte er sich auf dem Boden, versuchte, sich zu befreien. Wir packten ihn und drückten ihn zu Boden. Er brüllte, biss um sich. Und er stank: Das Ljod mit seinem unerweckten Herzen *spürend*, hatte er sich eingeschissen. Wir banden ihn an das Treppengeländer. Fer griff nach einem Stück Ljod. Ich ließ den Blick suchend durch den Raum schweifen: Da war nichts, was einem Hammerstiel ähnlich sah. Neben einem Fellbündel lag der Haufen erbeuteter Gewehre. Ich zog einen Stutzen daraus hervor, riss dem Admiral den Schulterriemen herunter. Mit ihm banden wir das Ljod an den Stutzen. Fer drückte den Kopf des knurrenden und jaulenden Admirals gegen das Geländer. Ich riss das Matrosenhemd weiter auf, holte aus und ließ den Eishammer mit voller Wucht auf die tätowierte Brust niedersausen. Das Ljod spritzte. Der Admiral zuckte, dann hing er kraftlos in den Stricken. Wir standen vor Schrecken starr. Es tat sich nichts. Sein Herz schwieg. Aber das *konnte* nicht sein. Wir legten das Ohr an. Rüttelten und zerrten an ihm. Sein Herz schwieg. Nur ein anderes, das eiserne des Dampfers hinter der Wand, hämmerte dumpf.
»Schlag noch mal! Es findet nicht aus dem Schlaf!«

Doch der Hammer war zerstört. Ich blickte zu Boden: Er schwankte, Eissplitter tanzten in den Pfützen. Fer suchte den größten heraus. Wir versuchten, ihn am Stutzen zu befestigen. Da plötzlich zuckte es noch einmal in dem Admiral. Schnell legten wir das Ohr wieder an die vom Schlag gerötete Brust.
»Rubu … Rubu … Rubu«, sprach sein erwachendes Herz.
Wir schrien auf vor Freude. Ein Herz kam zur Welt, dem die unseren *beisprangen*, sie *fingen es auf*. Stöhnend öffnete der Admiral die Augen. Wir banden ihn los, legten ihn auf das altmodische Ledersofa. Sogleich verlor Rubu wieder das Bewusstsein. Sein Herz war klein und *schwach*; im Vergleich dazu erschien das von Fer wie ein Gigant.
Ich stieg an Deck. Ep, der hinterm Steuerrad stand, stieß einen Schrei aus. Sein Herz *wusste* bereits, was passiert war. Ich rannte in die Kabine, riss ihm das Steuerrad aus der Hand. Bebend und schluchzend rannte er nach unten. Kurze Zeit später ertönte aus dem Zwischendeck sein Freudengeschrei.
Rubu war zu uns gestoßen.
Er war einmal Matrose gewesen und Kommandeur bei den Roten. Für seine siebenunddreißig Jahre hatte er – Rubu, der in der Menschenwelt Kasimir Skoblo hieß – eine äußerst illustre Biographie. Aus vermögender Familie stammend, war er noch vor der Revolution, als Junge, von zu Hause ausgerissen und zur See gegangen, hatte sich auf der Ostsee vom Schiffsjungen zum Bootsmann hinaufgedient, war dann in den Untergrund gegangen, in die RSDRP* eingetreten, hatte in Odessa als Agitator gewirkt, die Bombenlegerin

* RSDRP: Sozialdemokratische Arbeiterpartei Russlands; ihre Spaltung in Menschewiki und Bolschewiki geschah im Jahr 1903.

Marina Jewsowitsch geheiratet, war verhaftet und nach Sibirien verbannt worden, seine Frau kam in Kiew bei einer terroristischen Aktion zu Tode, er wiederum floh aus der Verbannung nach Sankt Petersburg in die Illegalität, warf zwei Bomben, am Oktoberumsturz war er als Kommissar eines Matrosenregiments beteiligt, arbeitete dann bei der Tscheka, kämpfte im Bürgerkrieg in der Ukraine, wurde Kommissar der Division »Proletarisches Schwert«, erschoss im Streit den Kommandeur, wofür ihn Trotzki zum Tode verurteilte, doch er floh zu den Anarchisten, befehligte unter Machno ein Schützenbataillon, erlitt eine schwere Gehirnerschütterung, lag drei Monate auf dem Dachboden eines Bauernhauses, kehrte unter falschem Namen zurück zu den Roten, da verschlug es ihn in den Ural, wo er sich den Partisanen anschloss, Politkommissar einer Abteilung wurde; nach Ende des Krieges war er Chef einer Reederei erst auf dem Tobol, dann auf dem Irtysch, gründete eine Familie; vor drei Monaten hatte ihn ein alter Divisionskamerad erkannt; Kasimir Skoblo hatte sich der Verhaftung durch Flucht entzogen und dabei die Reedereikasse sowie Waffen und Papiere mitgenommen; aus einem Versteck organisierte er eine kleine Bande, mit der er sich zum Jenissej durchgeschlagen und den Schleppdampfer »Komsomol« aufgebracht hatte; mit ihm hatte er mittlerweile fünf Dörfer und zwei Lastkähne ausgeraubt.

Vor zwei Monaten hatte Kasimir Skoblo einen seltsamen Traum gehabt: Er sah sich als Siebzehnjährigen, kurz nach Entlassung aus der Marine, im kleinen Zimmer einer Prostituierten in Wyborg; sie sitzen auf dem Bett, vor sich einen kleinen Tisch, auf dem eine Flasche Bier der Marke »Nowaja Bawarija« steht und eine Flasche süße Limonade mit Fruchtgeschmack, daneben liegen eine Tüte Bonbons der Sorte, die man damals Krebsschwänzchen nannte, eine Tüte französische Plätzchen und eine Schachtel Papirossy, Marke »Waschnyja« – Dinge, für die sein Geld gerade noch gereicht hat; er hat noch nie eine Frau gehabt; die Prostituierte heißt Ljalja, seine Freunde, die Matrosen Naumow, Sochnenko und Gratsch, haben es mit ihr schon gemacht; Kasimir ist aufgeregt, gibt sich Mühe, forsch zu erscheinen; sein im Schritt der schwarzen Schlaghose deutlich sich abzeichnendes steifes Glied ist ihm peinlich, die Prostituierte hat es bemerkt und spottet darüber; sie stupst ihn mit ihrer molligen Schulter, bläst den Rauch ihrer Papirossa in sein Ohr; er wird rot, lacht verlegen, schenkt Bier in die Gläser, sie trinken und rauchen; die Prostituierte bittet ihn darum, ihr Bier mit Fruchtlimonade aufzufüllen; Kasimir gießt nervös ein, zu hastig; das Glas der Prostituierten ist nun voll bis zum Rand; lachend stellt sie Kasimir eine Bedingung: Wenn er es schafft, das Glas an ihre Lippen zu heben, ohne zu verschütten, lässt sie ihn ran, wenn nicht, schmeißt sie ihn raus; Kasimir weiß nicht, ob das ein Witz ist oder ihr Ernst; vorsichtig hebt er das Glas, schwenkt es an Ljaljas lachende rote Lippen – als plötzlich von draußen ein zwar ferner, doch *gewaltiger* Donnerschlag zu hören ist; Kasimir erstarrt mit dem Glas in der Hand; er schaut auf den Flüssigkeitsspiegel des randvollen Glases und sieht, wie winzige Wellen darüber hinfahren, und *ein Gefühl* sagt ihm, dass der ferne, gewaltige Donner sie erzeugt hat; er kann den Blick nicht wenden von diesem kaum sichtbaren, ungeheuer flinken Wellenschlag; er schaut und schaut und sieht vor sich auf einmal die alte blinde Pilgerin, die einst – da war er gerade acht – an ihrem Haus angeklopft und um Wasser gebeten hatte; sie war blind geboren, hatte überhaupt keine Augen; eine Heilerin und Wahrsagerin; sie hatte dem kleinen Kasimir damals prophezeit: Einmal, wenn du groß bist und in deinem Leben nicht mehr ein noch aus weißt, werden zwei Brüder und eine Schwester zu dir kommen und dir etwas zeigen, was dein Leben für immer verändern wird. Dann war sie gegangen, und Kasimir hatte an die Weissagung nie mehr gedacht; jetzt, während dieses Grollens von ferne, fällt sie ihm wieder ein; das Glas rutscht ihm aus der Hand, die Prostituierte lacht auf, er schaut sie an: Sie hat keine Augen … An dieser Stelle war Kasimir Skoblo aufgewacht.

Anschließend fiel ihm ein, dass diese Episode in seinem Leben tatsächlich vorgekommen war; mit siebzehn in Wyborg, kurz nachdem er auf dem Minenkreuzer »Stereguschtschi« seinen Abschied genommen hatte. Er hatte das Glas damals fallen gelassen, die Prostituierte aber trotzdem bekommen. Und das Geschehene alsbald vergessen.

Diesen Traum träumte er von da an immer wieder. Kämpfte mit ihm nächtelang, wollte endlich etwas anderes träumen – vergeblich. Tagsüber bemerkte er an sich eine wachsende Unruhe – ihm war, als käme da etwas *Gewaltiges*, Unausweichliches auf ihn zu.

Nun, nachdem sein Herz zu sprechen begonnen hatte, verstand Rubu den Sinn jener Prophezeiung, und er musste heulen. Sein bisheriges Leben erschien ihm wie ein Albtraum. Dies ging uns allen so.

Noch zwei Tage fuhren wir den Jenissej hinunter. Am dritten gaben die im Kesselraum eingesperrten Heizer zu verstehen, die Kohle sei alle. Bis nach Krasnojarsk waren es noch zwölf Kilometer; wir ließen die »Komsomol« in Ufernähe stranden und gingen an Land. Eine Tasche voll Geld, Goldstaub und Revolver nahmen wir vom Schiff mit. Außerdem hatten wir uns umgezogen: Bei den fünf Überfällen, die die Banditen unternommen hatten, war viel solide Kleidung erbeutet worden. Rubu war schwach, wir mussten ihn stützen. Lange durch den Wald zu stolpern war indes nicht nötig: Parallel zum Ufer zog sich eine Straße hin. Das erste auftauchende Fuhrwerk bekam kurzerhand den Befehl, den erkrankten roten Kommandeur nach Krasnojarsk zu befördern. Gleich an der Stadtgrenze fand sich ein einzeln stehendes Haus, das wir in Beschlag nahmen und als Unterschlupf nutzten: Rubu brauchte seine Ruhe, der geschundene Brustkorb schmerzte. Doch auch hier half das *neue* Herz dem Körper: Wunden verheilten bei uns schneller als bei normalen Menschen. Nach vier Tagen war Rubu schon wieder auf den Beinen. Wir lagen uns stumm in den Armen. Zu vieren in der kleinen Veranda stehend, hatten wir unendliche *Freude* aneinander. Dafür brauchte es keiner Menschenworte, die viel zu kurzlebig und leichtgewichtig waren. Wir hatten unsere *eigene* Sprache. Ich sperrte die Fenster der Veranda weit auf: In Krasnojarsk herrschte noch goldener Herbst; der erste Schnee hatte sich nicht gehalten. Schweigend blickten wir auf die Straße mit den Palisadenzäunen, den Birken und den flachen Häuschen dahinter. Es war Abend. Wachhunde verbellten einander, irgendwo quälte jemand eine Harmonika. Ein betrunkener Fuhrmann fuhr mit leerem Gespann vorüber; sein alter Klepper zuckelte unwillig. Der Fuhrmann peitschte mit den Zügeln auf ihn ein und fluchte. Als er uns bemerkte, legte sich ein trunkenes Grinsen über sein Gesicht; mit dem Kopf auf das Pferd deutend, lallte er: »Lässt sich nicht bewegen, die Mähre, das herzlose Stück!«

Rubu *zuckte zusammen*, wir ebenso. Ein herzloser Fuhrmann bezichtigte seinen Gaul, den er ausbeutete und schlug, der Herzlosigkeit. Das war ein anschauliches Symbol, ein Musterbeispiel für die »Harmonie« des Erdenlebens. Rubu schluchzte auf und griff sich an die Brust. Ein Beben ging durch seinen Körper, Tränen schossen ihm aus den Augen. Und wir *wussten*: Der Moment war da, wo Rubus Herz *das große Weinen* bekam. Nach dem ersten Höhepunkt fiel er uns kraftlos in die Arme. Der Jammer zog sich noch eine ganze Woche hin. Aus ihr ging Rubu als *ein anderer* hervor.

Ansonsten wussten wir nicht, was wir in Krasnojarsk anstellen sollten: Das Ljod war weit, und unsere Herzen schwiegen, außerdem musste Rubu auf der Hut sein, denn er wurde von der GPU gesucht. Doch das Licht war mit uns. Und nach ein paar Tagen wurde uns klar, dass wir nicht zufällig hier waren.

An diesem Morgen hatten wir uns zu einer *Stadtbesichtigung* entschlossen. Ich war mir sicher, dass der *Herzensmagnet*, den Fer und ich bildeten, sich aufs Geratewohl einsetzen ließ, um Brüder und Schwestern zu finden, falls das Ljod sie bis hierher in die alte sibirische Stadt gezogen hatte. Wir mieteten eine Kutsche, setzten uns hinein und ließen so langsam wie möglich durch die Straßen fahren. Stück für Stück, in engen Schleifen rückten wir Richtung Zentrum vor. Unsere Herzen schwiegen. Schließlich bogen wir auf die Hauptstraße ein, die Woskressenskaja hieß. Vor einem großen Gebäude, das wie ein Theater aussah, drängten sich die Menschen; Trauerflaggen überall. Weiterzufahren war ganz unmöglich: vor uns ein Trupp Reiter, eine Blaskapelle marschierte auf der Stelle. Hier wurde jemand beerdigt. Ich befahl dem Kutscher kehrtzumachen, als plötzlich ein bebrillter junger Mann in GPU-Uniform mit Trauerbinde am Arm sich aus der Menge löste und auf uns zugerannt kam.

»Kommt ihr aus Atschinsk? Genosse Kudrin?«, fragte er Rubu gespannt.

»Jawohl«, war Rubus überraschende Antwort.

»Ja, wo bleibt ihr denn, Genossen?« Der junge Mann hob

vorwurfsvoll die Arme. »Der Sarg wird gleich herausgetragen, und ihr lasst auf euch warten … Kommt schnell! …«
Wir stiegen aus der Kutsche und drängten uns hinter ihm her durch die Menge. Die am Eingang stehenden Wachsoldaten mit schwarzen Bändern an den Bajonetten ließen uns ohne weiteres ein. In dem großen Saal herrschte Stille. In der Mitte stand der offene Sarg, mit Blumen und Kränzen geschmückt. Aufgebahrt war ein glatzköpfiger, schnurrbärtiger Mann in mittleren Jahren, auch er in GPU-Uniform, mit Orden behängt. Umstellt von einer Ehrenwache, bestehend aus den Honoratioren der Stadt. In gebührendem Abstand die Trauergäste: beinahe keiner in Zivil, nur Militärs und GPU-Leuten in ihren Ledermänteln und -jacken. Nicht anders als in der orthodoxen Kirche standen die Frauen von den Männern getrennt. Fer ging zu ihnen hinüber, während Ep, Rubu und ich uns zu den Männern gesellten. In Kette defilierten die Gäste am Sarg vorbei, um Abschied zu nehmen: die Männer zuerst, im Anschluss die Frauen. Sodann erscholl ein leises Kommando, der Sarg wurde angehoben und aus dem Saal getragen. Man nahm die Kränze auf.
»Der hier ist eurer, Genosse Kudrin!«, sagte derselbe junge Mann von vorhin und reichte Rubu einen Kranz.
Der griff danach, nickte mir zu. Ich trat an seine Seite, gemeinsam trugen wir den Kranz. *Ruhe sanft, Kampfgenosse! Die Tschekisten der Stadt Atschinsk* stand in Goldbuchstaben auf der schwarzen Schleife. Das Erstaunliche war, dass niemand außer uns Anspruch auf diesen Kranz zu erheben schien. Alle hatten ihre Kränze mittlerweile aufgehoben. Wir traten aus dem Haus, und sogleich dröhnte auf dem Vorplatz das Blasorchester los. Der Sarg wurde die Woskressenskaja entlanggetragen. Es folgten die Kränze, dahinter gemessenen Schrittes die Riege der Vorsitzenden, dann das Orchester, der

berittene Trupp mit der Fahne, am Schluss die Menge. Dort, in den vordersten Reihen, erkannte ich Fer und Ep. Und plötzlich, während Rubu und ich im gleichen Schritt dahingingen, spürte ich eine leichte *Erregung* des Herzens. Ich wandte mich um, mein Blick traf sich mit dem von Fer. Jetzt *ahnte* ich, dass wir nicht unversehens in dieses Begräbnis hineingeraten waren, das offenbar dem Staatssicherheitschef von Krasnojarsk galt.

Unter den Klängen des Trauermarsches gelangten wir zum Friedhof und nahmen rings um ein frisch ausgehobenes Grab Aufstellung. Der Sarg wurde auf einem hölzernen Podium abgesetzt, das mit rotem Satin und schwarzem Krepp umflort war. Neben dem Sarg stand ein rostrot angestrichener Sperrholzwürfel. Die Menge wich etwas zurück, und ein GPU-Mann in mittleren Jahren, uniformiert, mit zwei Orden an der Brust, stieg auf den Würfel. Im Saal, während der Trauerfeier, hatte ich ihn nicht gesehen – vermutlich war er eben erst eingetroffen. Sein strenges, kluges, etwas kantiges Gesicht umrahmte ein kleiner brünetter Vollbart, das Haar von gleicher Farbe war nicht sehr glatt nach hinten gekämmt. Mit einem Blick aus stechenden graublauen Augen umfasste er die Menge, zog kurz die abfallenden Schultern hoch, steckte die linke Hand unter das Koppel, wie es seine Gewohnheit schien, ballte die rechte zur Faust und begann zu sprechen:

»Genossen! Der Tod hat einen Freund und Kampfgefährten aus unserer Mitte gerissen, einen unermüdlichen Kämpfer für die Sache des Proletariats und die Weltrevolution: unseren Genossen Walujew. Das heiße Herz eines getreuen Soldaten der Revolution hat aufgehört zu schlagen. Es ist verglüht im Kampf und in täglicher Arbeit für die Partei, das Herz eines überzeugten Kommunisten, eines eisernen

Tschekisten, eines Menschen mit großzügigem Charakter und einer an Lenin und Stalin geschulten Prinzipienfestigkeit. Das Tschekistenherz – es schlägt nicht mehr …«
An dieser Stelle verstummte er jäh. Und mein Herz *tat einen Sprung*.
Die Pause hielt an, er holte tief Luft, ehe er fortfuhr:
»Uns allen fällt es schwer, dich, Kommunist Pjotr Walujew, heute der kalten Mutter Erde übergeben zu müssen. Mir aber, deinem alten Kameraden, fällt es ganz besonders schwer. In den blutigen Zeiten der Zarenherrschaft sind wir beide uns zum ersten Mal begegnet, nicht wahr, Pjotr. Als Strafe für unsere revolutionäre Untergrundarbeit hatte der Zar uns denselben Verbannungsort beschieden, das Städtchen Obdorsk. Damit wir dort fein stillsäßen und den Mund hielten, nur ja niemanden agitierten, das unterdrückte Volk nicht aufwiegelten. Aber das hatte er sich gedacht! Wir zwei haben es den Blutsaugern gezeigt, und wie!« Bei den letzten Worten stieß er heftig die Faust nach vorn. Seine eingefallenen Wangen bekamen Farbe.
Mein Herz spürte, wie Fers Herz *in Bewegung* kam. Unser *Magnet* war angesprungen: Wir hatten einen Bruder erkannt! Nichts konnte für unsere Herzen süßer sein als solch ein Augenblick. Ich schloss die Augen. Dieser energische Geheimdienstmann war *einer von uns*! Nur seinetwegen waren wir nach Krasnojarsk gekommen.
Ich schlug die Augen wieder auf. Der Redner sprach leidenschaftlich, ließ die Faust zur Bekräftigung durch die Luft schnellen. Sein Gesicht glühte vor gerechter Empörung. An den Tod zu glauben weigerte er sich entschieden. Ich blickte zu Rubu hinüber. Sein unerfahrenes Herz *wusste* noch nichts. Nur mit dem Verstand hatte er den Vortragenden erkannt.
»Wer ist es?«, fragte ich.

»Deribas. Chef der GPU Fernost.«
Ich presste Rubus Finger, die den Kranz hielten. Er sah mir fragend in die Augen. Aus meinem Gesicht strahlte die pure Freude.
»Ja!«, wisperte ich.
Und da *verstand* auch Rubus Herz. Rubu fing an zu zittern, Tränen rannen ihm über die Wangen. Unsere emphatischen Blicke richteten sich auf den neuen Bruder. Den nichts ahnenden.
»Nicht im Kampf bist du gefallen, teurer Freund, nicht durch einen weißgardistischen Säbel bei Cherson, nicht durch eine Kugel der Kontras in Pawlodar. An einer anderen Front gabst du, Pjotr, mein lieber Freund, dein Leben hin: im so überaus schwierigen, so überaus nötigen Kampf mit dem Natterngezücht der Konterrevolution, den Volksfeinden, ihrem letzten schmählichen Aufgebot, das sich in die Büsche geschlagen hat. Für unsere lichte Zukunft, für Lenins und Stalins große Vision! Unsere Partei, unser Volk, die Genossen deiner Dienststelle werden dich, den Kommunisten und Tschekisten Pjotr Walujew, niemals vergessen. Ruhe sanft, teurer Freund!«
Er stieg von dem roten Würfel.
Nach ihm sprachen noch der Parteigebietssekretär und Kollegen des Verstorbenen.
Dann wurde der Deckel aufgesetzt und vernagelt, der Sarg ins Grab hinabgelassen. Anschließend wurde eilig zugeschaufelt. Jemand gab ein diskretes Zeichen, worauf die abgesessenen Reiter eine Salve aus ihren Gewehren abfeuerten. Noch ein Wink – und das Orchester spielte die Internationale. Die um das Grab Versammelten stimmten ein.
Auf den frischen Grabhügel kam ein roter Stern, um ihn herum wurden die Kränze gelegt. Währenddessen traten Fer

und ich wie auf Kommando aus der Menge auf Deribas zu, der neben dem Gebietssekretär stand und rauchte. In seiner Nähe weitere Sicherheitsleute.
»Genosse Deribas!«, sprach ich ihn laut und vernehmlich an.
Die Männer wandten sich um. Die Leibwache vertrat uns sogleich den Weg. Deribas richtete seine stechenden graublauen Augen auf uns.
»Wir hätten ein sehr wichtiges Anliegen an Sie«, sagte ich.
»Wer bist du?«, bellte Deribas scharf.
»Dein Bruder.«
Gespannt blickte Deribas mich an. Sein Herz war absolut ruhig.
»Wie heißt du?«
»Bro.«
Und da *zuckte* sein Herz zum ersten Mal. Fer und ich *spürten* es sofort.
»Wie?«, fragte er stirnrunzelnd nach.
»Bro!«, wiederholte ich laut. »Und das hier ist deine Schwester Fer«, fügte ich, Fer bei der Schulter nehmend, hinzu.
Deribas' eingefallene Wangen wurden fahl. Sein Herz *loderte auf*. Doch ein extrem starker Wille hielt dagegen. *Bremste*. Und das Herz machte einen Rückzieher. Bemüht, seinen inneren *Kampf* zu verhehlen, rauchte Deribas seine Zigarette zu Ende. Warf die Kippe zur Seite, trat mit dem Fuß darauf.
»Michaltschuk! Festnehmen die beiden!«, befahl er.
Die GPU-Polizisten zückten die Revolver. Wir wurden durchsucht, meine Walter und Fers Browning wurden zutage gefördert und einkassiert.
»In die Eisenbahn mit ihnen!«, befahl Deribas. »Wir klären das unterwegs.«

Wir wurden quer durch die Menge abgeführt. Aus den Augenwinkeln sah ich nach Ep und Rubu. Reglos stehend, blickten sie uns nach. Doch wir liefen gelassen weiter, ohne ihnen irgendwelche Zeichen zu geben: Wie immer *wussten* wir nicht, was für uns am besten war, *vertrauten* einzig unseren Herzen. Die Polizisten brachten uns zum Bahnhof. Dort stand, von Posten abgeriegelt, eine Lok mit zwei Wagons bereit. Wir wurden in den hinteren bugsiert und in ein Abteil gesperrt. Freudig fielen wir uns in die Arme – ein neuer Bruder war gefunden! – und ließen unsere Herzen miteinander sprechen. Sie kannten sich schon gut genug, um viel Kraft aus einer solchen Unterhaltung zu ziehen. Wir bemerkten nicht, wie der Zug losfuhr. Einige Zeit verging, dann wurde das Gespräch unserer Herzen unterbrochen: Ein Wachsoldat öffnete die Tür. Neben ihm ein GPU-Mann.

»Raustreten!«, kommandierte er.

Wir traten aus dem Abteil und liefen durch den Gang. Der Wagon war halb leer. In den übrigen Abteilen saßen nur ein paar Wachsoldaten. Über die Plattform kamen wir in einen Wagon erster Klasse, offensichtlich umgerüstet als Reisewagen für höhere Funktionäre. Ein großer Teil der Zwischenwände war herausgenommen, längs der mit Gardinen verhängten Fensterfront standen Sofas, der Boden war mit Teppichen ausgelegt, und in einer Ecke auf der Fensterseite war ein Maschinengewehr postiert, der Schütze saß dösend daneben. Deribas hielt Hof an einem großen Tisch, zu den Seiten vier GPU-Leute in Uniform und zwei Parteifunktionäre in den typischen Stehkragenjacken. Man hatte wohl gerade zu Mittag gegessen: Ein Soldat und eine Frau mit weißer Schürze waren dabei, das Geschirr abzuräumen. Zwei leere Kognakflaschen (Marke »Schustow« von vor der Revolution) standen noch auf dem Tisch. Deribas riss eine

Packung »Puschki«-Papirossy auf und legte sie in die Tischmitte. Er sah müde aus. Sein Herz war *mitgenommen* von den starken Erschütterungen; der Verstand drückte sie beiseite. Den eingefallenen, wiewohl vom Alkohol geröteten Gesichtszügen war anzusehen, dass er heute einen guten Freund begraben hatte.

Die Männer am Tisch begannen zu rauchen.

»Darf ich vorstellen, Genossen«, begann Deribas nach einem tiefen Zug, »hier haben Sie meinen Bruder und meine Schwester.«

Die Männer sahen uns an.

»Seltsam ist so ein Tschekistenleben«, fuhr Deribas fort, »man verliert einen Kameraden und gewinnt eine bucklige Verwandtschaft hinzu. Eine, die Pistolen mit sich herumträgt. Was sagt ihr dazu?«

Die Genossen in Zivil lachten, während die GPU-Männer mit unbeweglicher Miene weiterrauchten.

»Wer bist du?«, stellte Deribas an mich die Frage.

»Ich bin Bro«, antwortete ich wahrheitsgemäß.

»Und du?«, fragte er, Fer mit stechendem Blick durchbohrend.

»Ich bin Fer.«

»Wer schickt euch?«

Fer antwortete nicht; ihr fiel nicht gleich ein, wie unsere Wahrheit in die Menschensprache zu übersetzen war.

»Das Ursprüngliche Licht«, antwortete ich an ihrer statt. »Das in dir ist – so wie in mir und in ihr. Uns schickt das Licht! Es wohnt in deinem Herzen; es möchte heraus, erwachen. Dein ganzes Leben hast du geschlafen, ein Leben verlebt wie alle. Wir sind gekommen, dein Herz zu erwecken. Ist es einmal wach, wird es in der Sprache des Lichtes zu sprechen anheben. Und du wirst glücklich sein. Wirst verstehen, wer du in Wirklichkeit bist und wozu auf dieser Welt. Dein Herz kann es nicht erwarten, aus dem Schlaf geholt zu werden. Nur der Verstand fürchtet sich davor, weshalb er dem Herzen im Wege ist. Das alte, sinnlose Leben will nicht von dir lassen. Es will, dass ihr weiterschlaft, du und dein Herz. Es hängt ihm an wie ein Mühlstein. Wirf es ab. Vertraue uns. Dann wird dein Herz erwachen.«

Hermit endete ich. Deribas schaute augenzwinkernd in die Runde.

»Das ist doch allerhand. Bald werde ich aufwachen, Genossen Kommunisten, habt ihr gehört?«

Die Parteigenossen lachten wieder. Die GPU-Männer bedachten uns mit bösen Blicken. Doch unser *Magnet* funktionierte. Fer stand mir diesmal kräftig bei. Deribas' Herz *bebte* schon. Aber er kämpfte bis zum Letzten: Totenbleich im Gesicht, fuhr er zu scherzen fort.

»Und wie wolltet ihr die Erweckung vornehmen? Mit einer Kugel?«

»Nein. Mit einem Eishammer. Er wird aus Ljod gefertigt, welches zur Erweckung unserer Gemeinschaft auf die Erde herabgesandt ward. Ljod, das Eis der Ewigen Harmonie. Wir haben es einst selbst erschaffen, als wir noch Strahlen waren im Ursprünglichen Licht. Wir begingen den Großen Weltfehler und gerieten in eine Falle. Doch das Ljod ist zu uns zurückgekehrt, um uns zu erlösen. Auf dass wir wieder zu Licht werden und dieser hässliche Planet ein für alle Mal aus der Welt verschwindet. Ein Hammer aus dem Eise Ljod klopft dir die Brust auf, worauf das Herz seinen wahren Namen nennt.«

Wie gelähmt folgte Deribas meinen Ausführungen. Seine Nerven waren zum Zerreißen gespannt. Wir *fühlten* sein Herz, es verhielt sich wie ein in die Ecke getriebenes wildes Tier.

»Soso«, machte er und presste durch die fahlen Lippen ein gekünsteltes Lachen. »Und solche Geisteskranken gibt es bei uns in Sibirien … Ich meine …, die gibt es heutzutage noch und nöcher …«

Das Scherzen wollte ihm nicht mehr gelingen.

»Nein, im Gegenteil, wir sind nur sehr wenige«, erwiderte Fer.

»Wir sind genau dreiundzwanzigtausend. Und du bist einer davon«, fügte ich hinzu.

Er blitzte mich wütend an, riss am Kragen seiner Uniformbluse, machte Anstalten aufzustehen. Die Hand flog ihm, das Bärtchen zitterte.

»Du … Volksfeind, du …!«, zischte er.

Seine Augäpfel rollten. Im nächsten Augenblick verlor er die Besinnung. Seine Leute konnten ihn gerade noch auffangen. Die Parteigenossen sprangen auf.

»Er ist müde … Sein Herz ist überanstrengt!«, brummte der eine.

»Gibt es einen Arzt?«, fragte der andere aufgeregt.

»Ein Arzt ist nicht nötig«, warf ich ein.

»Schafft die weg!«, befahl der Bonze den Polizisten.

Wir wurden zurück in unser Abteil geführt. Doch nicht für lange. Nach einer Stunde brachte man mich wieder zu Deribas. Er lag auf dem Diwan seines geräumigen Coupés. Die Bonzen und ein Sicherheitspolizist saßen bei ihm. Das Fenster stand offen, der Wind bauschte die Vorhänge. Das Rattern der Räder drang herein. Deribas war blass. Er deutete auf einen Stuhl. Ich setzte mich.

»Geht mal kurz raus, ich will mit ihm alleine reden«, sagte Deribas.

»Du solltest dich ausruhen, Terenti, nichts anderes!«, protestierte einer der Bonzen.

»Geh schon, geh, Pjotr …«
Die Männer verließen das Coupé. Ich blieb sitzen. Deribas sah mich lange schweigend an. Angst und Wut schienen verflogen.
»Du hast meinen Großvater gekannt?«, fragte er schließlich.
»Nein«, antwortete ich.
»Und wer hat dir von dem Eis erzählt?«
»Das Eis.«
Er zögerte einen Moment, ehe er weiterfragte:
»Soll das ein Deckname sein?«
»Nein. Das Eis Ljod ist aus dem Kosmos herabgefallen und an der Steinigen Tunguska eingeschlagen.«
»Und dieses Eis kann sprechen? Es hat einen Mund?«
»Es hat keinen Mund, aber ein Gedächtnis. Es birgt die Erinnerung an das Ursprüngliche Licht. Ich kann sie mit dem Herzen vernehmen.«
Deribas blickte mich aufmerksam an. Fer war nicht bei mir, unser *Herzensmagnet* funktionierte nicht. Schon wurde Deribas' Herz vom Verstand wieder in seinen Panzer geschlagen.
»Bis Chabarowsk hast du drei Tage Zeit. Wenn du mir bis dahin nicht gesagt hast, wer euch schickt und woher du von dem Eis weißt, wirst du den Zug nicht lebend verlassen. Ist das klar?«
»Ich habe die Wahrheit bereits gesagt.«
Er rief die Wache, die mich zu Fer zurückbrachte.
Bis Chabarowsk fuhren wir beinahe vier Tage. In dieser Zeit wollte keiner mehr etwas von uns wissen. Das Essen, das die Wache uns brachte, gekochte Kartoffeln, lehnten wir ab. Ein junger Tschekist kam und fragte, wieso wir nicht essen wollten. Wir unterrichteten ihn über unsere Gepflogenheiten. Darauf brachte man uns vier Mohrrüben. Die aßen wir. Und hielten in dem halbdunklen Abteil mit dem vergitterten

Fenster neue Zwiesprache des Herzens. Und das Abteil *öffnete sich*. Und wir schwebten im All. Inmitten von Sternen, inmitten der Ewigkeit. In unseren Herzen strahlte das Licht. Es machte sie stärker. Wir lernten immer neue Wörter des Lichtes dazu, die uns vollkommener machten. Die *arge* Menschenwelt vergaßen wir einfach. Erst nach Ankunft in Chabarowsk brachte sie sich wieder in Erinnerung.
Der Zug war kaum zum Stehen gekommen, als wir Deribas vorgeführt wurden. Fertig angezogen, im Ledermantel, stand er in seinem Coupé.
»Nun?«, fragte er, eine Papirossa anrauchend. »Ihr habt zwei Möglichkeiten: aussteigen oder abtreten. Wenn ihr mir sagt, wer euch schickt und wer euch von dem Eis erzählt hat: Variante eins. Andernfalls: Variante zwei. Tertium non datur!« Sein Latein klang miserabel.
Wir schwiegen. Dafür *sprach* unser *Magnet*.
»Was ist, habt ihr's euch überlegt?«, fragte er; in diesem Moment *fühlte* er uns schon.
Sein Panzer bekam einen Riss.
»Wir steigen aus«, sagte ich. »Und du kommst mit. Sobald das Ljod dein Herz erweckt haben wird. Es wartet auf dich.«
Er erbleichte. Sein Verstand nahm den Kampf gegen das Herz wieder auf. Suchte sein Heil im Spotten.
Deribas lachte nervös.
»Serjosha!«, rief er.
Der junge Sicherheitspolizist betrat das Coupé.
»Hör mal, was soll ich mit diesen Schafsnasen anfangen?«, fragte er, ein Lächeln aufsetzend, bemüht, uns nicht anzusehen.
»Lassen Sie mich das machen, Genosse Deribas. Ich nehme sie in die Mangel. Bei mir fangen selbst Taubstumme an zu reden.«

»Vielleicht haben die ja wirklich einen Sprung in der Schüssel? Ljod, Ljod … Himmelarsch! Wo habt ihr denn euer Ljod?«

»Es liegt vier Tagesmärsche von der Steinigen Tunguska entfernt. Und ein Teil davon ist direkt am Ufer vergraben.«

Sein Herz *schwankte*. Der Verstand wich zurück, Stück für Stück. Deribas warf die halb aufgerauchte Papirossa auf den Teppich.

»Der Teufel soll euch holen alle miteinander! Mir ist ein Freund gestorben, die Kontras machen Front gegen uns, und ihr kommt mir mit irgendwelchem Ljod, verdammt noch mal! Serjosha, nimm sie mit in den Keller und bring sie zum Reden!«

Gereizt und *erleichtert* verließ er das Coupé. Der junge Tschekist schien verwundert. Irgendetwas stimmte nicht mit dem Chef und seiner eisernen Faust. Die bisher noch jeden Feind in die Ecke getrieben und zerquetscht hatte. Gegen uns schien er machtlos zu sein.

Vom Bahnhof aus brachte man uns zur GPU-Behörde in die Wolotschajewskaja Uliza, wo wir in getrennte Zellen gesteckt wurden. Sie befanden sich im Keller und waren überfüllt. In meiner saßen vorwiegend Leute, die einmal reich gewesen waren und denen die Revolution alles genommen hatte. In Fers Zelle saßen deren Frauen. Die Sowjetmacht in ihrer Gnadenlosigkeit wollte ihnen nun auch noch das Letzte rauben, was sie besaßen: die Freiheit und das Leben. Man bezichtigte sie der konterrevolutionären Verschwörung, der Unterschlagung von Gold, der antisowjetischen Agitation. Die Männer waren erschöpft von den Verhören und der Enge in dieser düsteren Zelle, einige trugen deutliche Spuren der Folter. Alle waren sie gelähmt von Angst, man sprach flüsternd miteinander, betete, weinte still vor sich hin. Anders

die Kriminellen, die in der Zelle nebenan einsaßen: Dort wurde lauthals geflucht und gesungen. Die neue Macht ging schonender mit ihnen um als die alte, betrachtete sie als sozial Verbündete des Proletariats, wenn auch auf Abwegen.
Da ich nun einmal in diesem Keller der Staatssicherheit hockte, lauschte ich den flüsternden Gesprächen der Inhaftierten und konnte ihnen einiges Nützliche entnehmen: so zum Beispiel, dass es in der Stadt und der ganzen ostsibirischen Region zwei Männer gab, deren Macht schier grenzenlos war: Deribas als GPU-Chef sowie der Chef des Gebietskomitees der Partei Kartwelischwili. Die beiden hatten im fernen Osten des Landes uneingeschränkt das Sagen. Allerdings schienen sie sich in letzter Zeit nicht einig zu sein. Deribas war, wenn man den Häftlingen glauben wollte, das personifizierte Böse, das, von Moskau kommend, über Chabarowsk hereingebrochen war. Er verfuhr hart und gnadenlos mit allen Repräsentanten der »alten Zeit«, die Verhaftungen liefen auf Hochtouren. Einer der Arrestanten, der im Bürgerkrieg auf der Seite der Weißen gekämpft hatte, meinte, Deribas habe sich die Überzeugung zur Richtschnur seines Handelns gemacht, der zufolge Intellektuelle, Bürgerliche und andere Leute »von gestern« nur noch für zweierlei gut sein konnte: auf den Stalin'schen Großbaustellen zu schuften oder die Würmer zu nähren. Gern tat Deribas bei Verhören und Gegenüberstellungen diese Maxime kund und schmückte sie mit seinem holprig ausgesprochenen »Tertium non datur«. Und folgerichtig wurden die arretierten Volksfeinde entweder zu langer Lagerhaft oder zum Tod durch Erschießen verurteilt.
Die Nacht verbrachte ich im Halbschlaf, dabei versuchte ich zu Fers Herz vorzudringen. Im Morgengrauen gelang es mir. Unsere Herzen *berührten sich* durch die Ziegel der Kellerwände

hindurch. Dies war ein Wunder, ein Geschenk des Lichtes. Von nun an würden wir es wesentlich einfacher haben: Ich konnte Fers Herz zu jeder beliebigen Zeit *ansprechen*, sie meines ebenso. Wir konnten den *Herzensmagneten* einschalten und so einander *helfen*. Am folgenden Morgen setzte ich *ihn* zum ersten Mal ein.

Kaum hatten die Mitinsassen ihr Frühstück verschlungen (es gab Suppe und Zwieback), wurde ich zum Verhör geholt. Hinter einem Schreibtisch saß der junge Mann aus Deribas' Eisenbahnzug. Er stellte sich als Untersuchungsrichter Smirnow vor und verlangte, ich solle ihm die Namen der Mitglieder unseres konterrevolutionären Geheimbundes nennen, andernfalls werde er mir »die Gedärme zerpflücken«.

Mein Herz sagte mir, dass es Zeit war zu handeln. Gut, sagte ich, ich wolle unsere Hintermänner nennen – aber nur Deribas persönlich und im Beisein von Fer. Eine Stunde später wurden Fer und ich in Deribas' Dienstzimmer geführt. Er saß am Schreibtisch und schrieb. Allein. Über ihm hingen zwei Ölbilder: Stalin und Karl Marx. Während er noch schrieb, justierten Fer und ich unseren *Magneten*. Deribas schaute auf und gleich wieder weg. Ich spürte genau: Wir waren die ersten Menschen in seinem Leben, die er *nicht verstand*. Darum wusste er nicht, wie er mit uns umgehen sollte. Uns einfach zu erschießen ging nicht: Irgend*etwas* hinderte ihn daran auf das Unangenehmste. Im Laufe seiner Dienstjahre bei der Strafjustiz waren ihm Inhaftierte von verschiedenster Sorte untergekommen: mutige Weißgardisten, die dem Tod ins Auge sahen und ihm, Deribas, ins Gesicht spuckten; standhafte Priester, die in den Kommunisten Sendboten der Hölle sahen; ingrimmig konspirierende Monarchisten, die den toten Zaren anbeteten, fanatische Sozialrevolutionäre, die die Bolschewiki als Verräter der Revolution betrachteten,

Anarchisten, denen ihr Leben nichts wert war, oder einfach starke Charaktere … In jeden von ihnen konnte er sich hineinversetzen, für jeden gab es in seinem Bewusstsein eine Schublade. Uns zu verstehen weigerte er sich. Weil er selbst von unserer Art war.

Und so erzählte ich ihm alles, was ich über das Ljod *wusste*.

Er hörte zu: mit versteinertem Gesichtsausdruck, ohne den Blick zu heben.

»Folgendes«, sprach er dann, während er mit zitternden Fingern eine Papirossa hervorholte. »Ich schicke noch heute ein paar Leute an die Steinige Tunguska – dorthin, wo ihr die Brocken von euerm Eis vergraben haben wollt. Sie sollen es herschaffen. Falls dort kein Eis ist, erschieße ich euch eigenhändig.«

Dann wurden wir abgeführt.

Zurück in der Zelle, konnte ich nicht anders, als meinem Hochgefühl freien Lauf zu lassen: Ich ächzte und weinte und verschreckte so meine Mitgefangenen. Wir hatten Deribas' eisernen Panzer *durchbrochen*! Dass er diese Expedition an die Katanga schickte, ergab in der Logik der GPU keinerlei Sinn, es war die Idee eines Verrückten. Jeder andere Beamte von seinem Rang hätte uns längst zu foltern und dann zu erschießen befohlen. Und die zwei armen Irren mit ihrem Ljod, das angeblich aus dem Kosmos stammte, würden schon am nächsten Tag vergessen sein. So dass unsere durchschossenen Herzen im Grab gelandet wären, den Würmern zum Fraß.

Doch nicht zu der Würmer Vergnügen waren unsere Herzen aus ihrem Schlaf erwacht. Sondern um fürderhin andere zu erwecken. Langsam, aber sicher hatte der *Herzensmagnet* den »eisernen« Deribas angezogen. Als die Tschekistenexpedition nach zwei Wochen zurückkehrte, hatte sie das Ljod tat-

sächlich dabei! Die Herzen in den eingekellerten Leibern pochten uns bis zum Halse.
Wir bekamen unser Ljod in Deribas' Dienstzimmer zu Gesicht. Eines der sieben Stücke, auf einem Silbertablett. Deribas saß an seinem Schreibtisch. In den letzten zwei Wochen war er stark abgemagert. Das helle Kastanienbraun von Haar und Bart wies einen grauen Schimmer auf. Neben sich hatte er zwei Wächter postiert: aus *Angst*.
»Deine Aussage hat gestimmt«, sagte er. Dabei stieß er den Rauch seiner Papirossa aus, als wollte er einen Vorhang zwischen sich und uns ziehen. »Man hat das von euch vergrabene Eis gefunden. Sieben Blöcke.«
Wir traten näher, legten die Hände auf unser Ljod.
Deribas schritt nicht ein. Saß mit geschlossenen Augen da. Er hatte wohl *endgültig* die Kontrolle über sich verloren. Wir *sprachen* mit dem Ljod und waren selig.
»Und … was nun?«, murmelte Deribas leise, so als stellte er sich selbst diese Frage.
»Lass einen einfachen Stock bringen und einen Lederriemen«, sagte ich.
Deribas griff zum Telefon.
»Pospelow, bring mir einen einfachen Stock und einen Lederriemen.«
Als der Befehl ausgeführt war, bat ich Deribas, die Wache wegzuschicken und die Tür von innen zu verriegeln. Die Wachleute nahmen diese Anmaßung nicht sonderlich entgeistert auf: Das Dienstzimmer des obersten Tschekisten im großen Fernen Osten hatte schon so einiges gesehen.
Deribas befahl der Wache abzutreten. Dann erhob er sich schwerfällig und ging zur Tür. Vom Tisch bis zu ihr waren es an die acht Meter. Für ihn wurden acht Kilometer daraus. Nie werde ich vergessen, *wie* der von uns gebrochene

Mann diese Strecke zurücklegte. Vornübergebeugt, die Füße in den knarrenden Stiefeln mühsam hebend, mit wackelndem Kopf, den Mund halb offen. Die kräftigen Bauernarme hingen herab wie Schnüre. Er schleppte sich im wahrsten Sinne des Wortes zur Tür. Um sie für immer zu verschließen. Und die grässliche Menschenwelt hinter sich zu lassen.

An der Tür angelangt, drehte Deribas den im Schloss steckenden Schlüssel herum und lehnte sich mit der Stirn gegen das Türblatt.

»Ich … erschieße euch«, flüsterte er.

Doch die Hand, falls er sie zur Pistolentasche zu heben versuchte, gehorchte nicht. Die Finger krampften sich zur Faust und gingen wieder auf, das war alles. Entschlossen drehte ich Deribas mit dem Rücken zur Tür, knöpfte die Uniformbluse auf, zerriss ihm das Unterhemd. Ein Kettchen mit Kreuz hatte er nicht um den Hals.

Gemeinsam hoben Fer und ich den Brocken Ljod in die Höhe und ließen ihn zu Boden fallen. Er zersprang. Wir nahmen ein passendes Stück zur Hand, schnürten es mit dem Riemen an den Stock. Dann traten wir vor Deribas. Er rührte sich nicht, *wartete*. So wie sein Herz.

Ich holte aus und hieb den Eishammer gegen die Brust. Deribas schrie kurz auf, dann verlor er das Bewusstsein und kippte auf uns. Wir bekamen ihn zu fassen, legten ihn flach auf den Boden. Der Schlag war kräftig gewesen: Aus einer klaffenden Brustwunde floss Blut. Deribas' Augäpfel rollten, der Körper schlotterte und zuckte wie bei einem epileptischen Anfall.

Wir warteten darauf, dass sein Herz erwachte.

Es *erschauerte*. Und auf einmal blieb es stehen.

Deribas hatte zu zucken aufgehört. Wir waren starr vor

Schreck. Sein Gesicht war *leichenblass* geworden. Das Herz schlug nicht mehr.

Jemand klopfte an die Tür.

»Genosse Deribas?«, fragte die Stimme des Sekretärs.

Er schien zu spüren, dass im Dienstzimmer etwas vorgefallen war. Sekunden später klingelte das Telefon auf dem Tisch.

Deribas lag leblos vor uns.

»Genosse Deribas!«, rief der Sekretär nun lauter und hämmerte gegen die Tür.

Doch Deribas gab keine Antwort – weder denen draußen noch uns.

»Aufbrechen!«, brüllte der Sekretär.

Die Wachleute warfen sich gegen die Tür. Ich blieb reglos. Denn ich wusste nicht, *was* jetzt zu tun war. Deribas' Herz hatte den Schlag nicht ausgehalten. Plötzlich aber krallte sich Fer in seine Schultern, schüttelte ihn.

»Bruder, lass dein Herz sprechen! Liebes Bruderherz, gib Antwort! Lass dein Herz sprechen!«

Das Herz schwieg.

Die Tür begann nachzugeben.

Fer streckte sich auf Deribas aus, schlang die Arme um ihn, presste. Ihrer Kehle entrang sich ein durchdringender Schrei. Ich *spürte*, wie ihr Herz das stehen gebliebene unseres Bruders *wachzurütteln* versuchte.

Und es gelang.

»Ig … Ig … Ig«, sprach das Herz.

Wir schrien vor Freude.

Die Tür sprang auf, mehrere Männer stürzten ins Zimmer herein. Doch wir gaben nicht auf sie Acht: Pressten unsere Gesichter an die blutüberströmte Brust, während unsere Herzen die Stimme *empfingen* von einem ihresgleichen, das

eben erwacht war; unsere Lippen flüsterten den Namen des Bruders:
»Ig! Ig! Ig!«
Dann bekam ich einen Schlag mit dem Knauf eines Nagant auf den Kopf und verlor das Bewusstsein.

Ich erwachte in einer Kerkerzelle.
Es war beinahe ganz finster. Nur an den Kanten des Blechs, das dem kleinen Kellerfenster vorgesetzt war, drang etwas Licht herein. Ich lag auf dem feuchten Boden. Er roch nach menschlichem Urin. Ich hob den Kopf, betastete ihn: An der Hinterseite war eine große Beule, die Haare klebten von geronnenem Blut. Vorsichtig, gegen die Wand gestützt, stand ich auf. Mir schwindelte ein wenig. Doch das Herz schlug gleichmäßig: Es hatte sich *erholt*, während ich ohnmächtig dagelegen hatte. Ich sah mich um. Außer mir war niemand in der Zelle. Ich ging vorsichtig auf und ab. Der Kopf schmerzte. Ich legte ihn an das kühle Fensterblech. Und mir fiel ein, was gewesen war.
Ein *Freudenschauer* ging durch mein Herz: Ich hatte einen Bruder – Bruder Ig!
Ächzend vor Glück, schloss ich die Augen, lächelte in die Dunkelheit.
Mein Herz ging auf die *Suche* nach Fer. Die dicken Ziegelmauern konnten es nicht verbergen: Fer war nebenan. Wir begannen *Zwiesprache* zu halten. Und es erging uns *wohl* …

Ein paar Tage und Nächte verstrichen.
Das Scheppern des Riegels ließ mich hochfahren. Die Tür wurde aufgesperrt. Der Gefängniswärter winkte mit einer Kopfbewegung.
»Raustreten!«

Ich trat aus der Kammer. Und stand kurz darauf im Dienstzimmer des Chefs der Untersuchungsabteilung: Kagan, ein kleiner, braun gebrannter Mann mit klugem, grausamem Gesicht. Er stellte Fragen zu dem, was vorgefallen war. Ich wusste gleich: Ihm durfte ich nicht die Wahrheit sagen. Also gab ich an, Deribas habe, während er uns verhörte, einen epileptischen Anfall bekommen; er sei gestürzt und habe sich die Brust an der Tischkante aufgeschlagen; wir seien bemüht gewesen, erste Hilfe zu leisten. Seltsamerweise schienen meine Auskünfte Kagan zufrieden zu stellen. Er drehte ein Weilchen seinen spitzen Bleistift zwischen den Fingern, dann drückte er einen Klingelknopf.

Ich kam zurück in die Gemeinschaftszelle.

Einige Tage später wurden Fer und ich in die Klinik gefahren. Vor der Tür zum Krankenzimmer saß ein Wachsoldat in einem weißen Kittel über der Uniform. Er öffnete die Tür und ließ uns ein. In dem großen, hellen Raum gab es nur ein einziges Bett, darin lag Ig. Er war fast vollständig ergraut. Sein Gesicht strahlte in *unaussprechlicher* Freude. Wir stürzten auf ihn zu, warfen uns in seine Arme. Er fing gleich an zu heulen vor Glück. Unsere Herzen *rührten* an dem seinen, das nun erwacht war. Es war so *jung*! Ig zuckte und weinte.

Das frisch erwachte Herz bekam von uns die ersten Wörter gelehrt.

Eine rundliche, rotbäckige Ärztin betrat das Zimmer.

Wie sie uns in den Armen des weinenden Ig liegen sah, strahlte sie über das ganze Gesicht.

»Das sind also Ihre lieben Verwandten, Genosse Deribas?«

Ig nickte.

Sie stellte einen kleinen Messbecher mit Medizin auf den Nachttisch, dann sprach sie seufzend, mit wogendem Busen: »Was für ein Glück, Verwandte zu finden!«

Wir waren *vollkommen* einer Meinung mit ihr.

Noch am selben Tag wurden wir entlassen. Sapadny, Igs Stellvertreter als GPU-Chef, gratulierte uns: In der Behörde hatte es sich schon herumgesprochen, dass Deribas, dessen Familie seit dem Bürgerkrieg verschollen war, Bruder und Schwester wiedergefunden hatte. Denen, die uns über das Ljod und unsere geheime Mission hatten reden hören, war erklärt worden, wir hätten den ganzen Weg bis Krasnojarsk nichts gegessen (was ja stimmte!) und wären darum »etwas wirr im Kopf« gewesen. Seinen Glückwünschen fügte Sapadny, ein Bulle mit breitem Gesicht, eine Entschuldigung für die »Handgreiflichkeiten« und die »zu wünschen lassende Gastfreundschaft« an – man habe ja nicht ahnen können …

»Die Ähnlichkeit mit unserem Terenti ist jedenfalls nicht zu übersehen, meine Lieben!«, befand er und meinte das ganz ernst.

Das machen die blauen Augen!, dachte ich *froh*.

Wir kamen im Gästehaus der GPU unter.

Drei Tage später wurde Ig aus der Klinik entlassen. »Starke Übermüdung« und als Folge eine tiefe Ohnmacht mit »pseudoepileptischem Anfall« hatten die Ärzte diagnostiziert. Von Moskau war die Anweisung gekommen, Deribas in den Erholungsurlaub zu schicken. Der Staatssicherheitschef der UdSSR Jagoda mochte den »Hitzkopf Deribas« und wusste es zu schätzen, wie dieser im Fernen Osten »mit eiserner Hand« für Ordnung sorgte.

In Chabarowsk bewohnte Ig eine hübsche Villa am Amurski Bulwar. Exfrau und Sohn waren in Moskau geblieben, hier lebte er mit einer Schauspielerin vom Theater zusammen. In Igs Villa begegneten wir drei uns ein neues Mal. Ig war aus dem Gröbsten heraus, die Brust verheilt, das Herz hatte zu *leben* begonnen. In dem kleinen gemütlichen Wohnzimmer richteten wir uns ein: machten Feuer im Kamin, zogen die Vorhänge zu, warfen die lästigen Menschenkleider ab, ließen uns auf dem Teppich nieder und sanken einander in die Arme.

Die Zeit blieb für uns stehen.

Hinterher durften Fer und ich uns seit langer Zeit wieder einmal an frischem Obst satt essen, das in Igs Haus zuhauf vorhanden war: Der Staatssicherheitschef der Region bekam Trauben und Pfirsiche von der Krim geliefert, Melonen und Pflaumen aus Astrachan, Birnen und Mandarinen aus dem Kaukasus. Ig hatte seine helle Freude an uns, wie wir da nackt im Flackern des Kaminfeuers auf dem Teppich hockten und uns die herrlichen Früchte schmecken ließen. Er war wie ein kleines Kind, das gerade laufen lernt. Bis gestern noch der unversöhnlich grausame Soldat, der das Leben als einen einzigen Kampf um Leben und Tod ansah, kam er gleichsam aus seinem mit blutigen Dornen besetzten Stahlpanzer gekrochen und tat, weich und wehrlos, seinen ersten *Schritt*.

Unsere Herzen rührten ihn *behutsam* an.

Unsere Münder sprachen mit ihm.

Fer und ich erzählten dem neu gewonnenen Bruder unser Leben. Und er uns das seine. Der Lebensweg des fünfundvierzigjährigen Terenti Deribas war tatsächlich ein ewiger Kampf gewesen: Bauernkind in tiefster Provinz, dann Umzug in die Stadt, Besuch der Realschule, Lehre in der Fabrik, Arbeitermilieu, illegaler Zirkel der RSDRP, die Romantik des revolutionären Untergrunds, Glaube an eine lichte Zukunft, Flugblätter und Agitprop, der russische Marxismus, Verhaftung, Verbannung, Flucht, neuerliche Verhaftung und Verbannung, dann die Revolution, Arbeiterkommunen; ein angeborenes Talent trat zutage: Leute zu befehligen, sich gefügig zu machen, anzustecken mit dem eigenen Schwung; Bürgerkrieg, Karriere als Politkommissar erst eines Regiments, dann einer Division, schließlich einer ganzen Armee; Sieg über die Weißen, wachsende Erfahrung und Autorität, der erste Posten bei der Tscheka, Gnadenlosigkeit gegenüber dem verbliebenen Feind, Lenins persönlicher Dank, Unbeugsamkeit, Härte, absolute Hörigkeit gegenüber der Partei – und dann die Weihe: Leiter einer Geheimabteilung der GPU, Mitglied der Obersten Kammer der GPU, zuletzt Bevollmächtigter Leiter der GPU Fernost.

Dutzende Menschen hatte Deribas während des Krieges und danach eigenhändig erschossen; Tausende waren auf seinen Befehl hin erschossen worden. Für die Bolschewiki war er die ideale Unterdrückungs- und Vernichtungsmaschine.

Deribas starb, als der Eishammer ihn vor die Brust schlug.

Und Ig kam zur Welt. Als unser Bruder.

Er hatte uns eine erstaunliche Geschichte zu erzählen. Im Jahr 1908 war er – nicht zum ersten Mal – nach Westsibirien verbannt worden, in ein kleines Dörfchen am Ufer des gewaltigen Irtysch. Hier musste er sich bis zum Winter gedulden: dass der Strom zufrieren und er mit einem Fuhrmann einig werden würde, damit der ihn mit dem Schlitten übers Eis bis nach Omsk brachte, wo er sich in einen Zug setzen und dem kalten Sibirien den Rücken kehren konnte. Einmal, Ende Juni, erschien ihm im Traum sein Großvater Jerofej. Aber der alte Deribas war ganz aus Eis, alles: der Kopf, die krummen Kavalleristenbeine und der Stumpf des rechten Arms, den er im Krieg gegen die Türken verloren hatte – blankes Eis. So saß er an dem frisch gehobelten, noch nach Holz duftenden Tisch im eben fertig gewordenen Haus der Familie Deribas in jenem Dorf Uspenski, wo Terenti geboren und aufgewachsen war. Um den Großvater herum saß die ganze Familie. Mitten auf dem Tisch: ein gebratener Schweinskopf. Der siebenjährige Terenti sitzt dem Großvater gegenüber. Dieser schneidet das dampfende Fleisch mit der verbliebenen linken Hand geschickt von dem Schädel und reicht die Stücke den Mitgliedern seiner Familie, jedes mit einem scherzhaften Spruch. Alles lacht und macht sich mit Appetit über das Fleisch her. Terenti hat den Bratenduft in der Nase, und er ist hungrig; ihm läuft das Wasser im Mund zusammen, er kann es nicht mehr erwarten – sein Hunger ist wirklich *riesig*. Doch der Großvater lässt sich Zeit: Seelenruhig schneidet die mit dem Messer bewaffnete Eishand das nächste Stück Fleisch vom Knochen und reicht es – wieder nicht ihm. Während der Großvater seinen Spruch macht, wiegt er die warme Scheibe Fleisch auf der Hand; Fett trieft daraus hervor. Schließlich haben alle außer Terenti ihre Portion bekommen und verspeisen sie mit genüsslichem Schmatzen. Auch der Großvater ist schon beim Essen.

»Und ich, Großvater?«, fragt Terenti.

Der Großvater isst und blickt Terenti mit eisigen Augen an.

»Großvater, was ist mit mir?«, fragt Terenti noch einmal, den Tränen nahe.

Der Großvater schlingt seine Portion, streicht sich mit eisiger Hand über den eisigen Bart und spricht: »Dir, mein kleiner Terenti, bekommt das nicht.«

Terentis Mund verzieht sich beleidigt.

»Und was bekommt mir?«

»Das da!«, ruft der Großvater und stößt Terenti blitzschnell und äußerst schmerzhaft seine Eisfaust vor die Brust.

Und tatsächlich, er weiß nicht, wieso, doch er weiß es nach dem Stoß genau: Nichts bekommt ihm besser als dieses Eis.

Aus dem Traum gerissen wurde Terenti damals, auf dem

Ofen in seiner Hütte am Irtysch liegend, durch einen Donnerschlag. Davon wackelten die Wände. Er spürte einen Schmerz in der Brust, so als hätte tatsächlich einer dagegen geschlagen. Und sofort hatte er sicher im Gefühl, was sich später bewahrheiten sollte: dass sein Großvater in diesem Moment, am Morgen des 30. Juni 1908, gestorben war.

Als er mich in der Eisenbahn zum ersten Mal vom Ljod reden hörte, fiel ihm sein Großvater ein und jener bizarre Traum. Und der Gedanke versteifte sich in ihm, ich müsste seinen Großvater gekannt haben. Darum hatte er mich so hartnäckig danach befragt.

Igs Traum befestigte unseren Glauben an die Macht des Eises Ljod. Jeder von uns hatte Träume gehabt, die mit dem Ljod in Zusammenhang standen. Darin lag die Unendliche Weisheit des Lichtes.

Wir legten uns zur Ruhe, schliefen aus, anschließend rüsteten wir uns für die Reise. Der GPU-Mann Deribas hatte sich zu Rekonvaleszenzzwecken in ein Sanatorium auf der Halbinsel Krim am Schwarzen Meer zu begeben. Und wir fuhren mit. Vorher bekamen wir neue Ausweise auf den Namen Deribas ausgestellt: Ich hieß nun mit Vor- und Vatersnamen Alexander Dmitrijewitsch, Fer – Anfissa Dmitrijewna. Wir mussten auf jeden Fall in Krasnojarsk Station machen, um Rubu und Ep aufzulesen. Wir sorgten uns um ihr Wohlergehen – Rubu wurde ja von der GPU gesucht. Und natürlich mussten wir die restlichen sechs Brocken Ljod in Sicherheit bringen. Vier davon versteckte Ig auf dem Dachboden seines Hauses – dort war es kühl, und die Winter in Chabarowsk hatten strenge Fröste. Die übrigen zwei packte er in Holzkisten, versiegelte sie mit GPU-Plomben und ließ sie in unseren Zug laden. Man verstaute sie in einem der nicht beheizten Zwischenräume zwischen den Wagons.

Ende Oktober ging der Sonderzug auf die Reise. Wir fuhren in Begleitung der Leibwache, eines Kochs, eines Arztes und des Sekretärs. In Ostsibirien herrschte bereits Winter: Auf den vorüberziehenden Hügeln lag Schnee, vor dem Fenster tanzten die Flocken. Flott brauste der Zug mit dem roten Stern auf der Nase in Richtung Westen. Die Räder ratterten monoton über die frostigen Gleise der Transsibirischen Eisenbahn. Wir saßen zu dritt in Deribas' Coupé und sprachen über die Zukunft. Es galt, ein *großes* Werk anzugehen. Unser aller Lebenswerk. Wir standen am Anfang eines langen Weges hin zum Licht. Es war wichtig, nicht übereilt zu handeln, keine Fehler zu machen. Doch auch zu trödeln, hatten wir kein Recht.

Wir waren mittlerweile zu fünft. Fünf erwachte Herzen. Blieben 22 995 Brüder und Schwestern, die verstreut waren über die ganze kompliziert beschaffene Welt dieses Planeten. Die in verschiedenen Ländern lebten, in verschiedenen Sprachen redeten, nichts ahnten von ihrer edlen Abstammung, nicht wussten von ihrer wahren Natur. Ihre Herzen schliefen: stumme Aggregate, die Blut durch die finsteren Räume des Leibes pumpten. Bis sie alt und verschlissen waren und irgendwann stehen blieben. Dann wurden sie in der Erde verscharrt. Dies war der Moment, da das Licht dieses tote Herz verließ und umgehend in das eines neugeborenen Menschen einging, den es solcherart zu unserem Bruder machte. Und das kleine Herz fing wieder an, Blut in die Finsternis des kindlichen Körpers zu pumpen.

Unsere Aufgabe war es, diesen Teufelskreis zu durchbrechen. Das Göttliche Licht vom fauligen, flüchtigen Fleisch zu trennen – mit einem Hammer aus dem Eise Ljod.

Unsere Herzen brannten vor Leidenschaft.

Doch die allein genügte nicht. Uns stand ein langwieriger,

hartnäckiger Krieg gegen das Menschengeschlecht, um unsere Brüder und Schwestern bevor. Dafür bedurfte es gewaltiger Mittel. Die menschliche Rasse zu sieben, um den Goldstaub unserer Gemeinschaft aus ihr zu gewinnen, setzte voraus, dass man sie beherrschte. In der Welt der Menschen kam man durch Geld zur Macht. Wobei in Sowjetrussland Geld nicht dieselbe beherrschende Rolle spielte wie andernorts. In diesem Land, über dem die roten Banner mit Hammer und Sichel wehten, lag alle Macht beim Staat. Um in Russland zum Ziel zu gelangen, mussten wir Teil des Staatsapparats werden; unter seinem Deckmantel, in der Montur seiner Bediensteten, konnten wir unser Werk vollbringen; einen anderen Weg gab es nicht. Jedwede Geheimgesellschaft, die außerhalb des totalitären Staates zu existieren versuchte, wäre dem Untergang geweiht gewesen. Wir konnten es uns nicht leisten, als Guerillas zu agieren, Mitglieder eines Geheimordens, die sich in den dunklen Winkeln unter der hierarchischen Stufenleiter der Macht verbargen. Dieser Weg hätte geradewegs in die Gemäuer der GPU und in den Stalin'schen Gulag geführt. Nein, wir mussten diese Leiter selbst erklimmen und für einen festen Stand auf ihr sorgen. Nur so, mit einem Mindestmaß an Absicherung, würde die komplizierte, langwierige Suche nach unseresgleichen möglich sein. Wir mussten an die Macht. Uns in ihrem dicken Pelz festkrallen. Und von da Ausschau halten nach den Geschwistern.

So beschlossen es unsere Köpfe.

So suggerierten es unsere weisen Herzen.

Und die Suche begann. Wir hatten beschlossen, in jeder größeren Stadt Halt zu machen. In Tschita hielt der Zug das erste Mal. Ig befahl seinen Sekretär zu sich und schlüpfte vor unseren Augen zurück in den Stahlpanzer des Obertschekisten Fernost – mit Leichtigkeit. Vor Fremden war er weiterhin der gnadenlose, prinzipienfeste Deribas, Bluthund der Revolution. Dem Sekretär trug er auf, den Chef der GPU des Ortes rufen zu lassen. Als der aufgeschreckte Mann wenig später im Wagon erschien, erteilte Deribas ihm den Befehl, einen Wagen mit Chauffeur und Begleitung zur Verfügung zu stellen. Mit diesem Auto fuhren Fer und ich die Stadt ab. Unser *Herzensmagnet* bekam zu tun: Wir *suchten*. Stoppten immer wieder in den Straßen, suchten Märkte und Geschäfte auf, Behörden der Sowjetmacht, Kasernen. Einen ganzen Tag brachten wir in dem hübschen, zumeist zweigeschossig bebauten, von schneebedeckten Bergen umgebenen Städtchen zu, doch unsere Herzen schwiegen: In Tschita war keiner von uns. Enttäuscht und müde von der Anspannung des Herzens befahl ich, zum Bahnhof zurückzufahren. Unterwegs vergegenwärtigte ich mir, *wie* vereinzelt wir unter den Menschen doch waren: kein Einziger in einer Stadt von vierzigtausend Einwohnern! Umso mehr wussten unser beider Herzen die wunderbare Fügung zu schätzen, dass wir so schnell zu drei Brüdern gefunden hatten. Das in ihnen wohnende Licht hatte uns geholfen dabei.

Doch als wir auf dem kleinen, von Zigarettenkippen und Zedernnussschalen übersäten Bahnhofsvorplatz anlangten und ausstiegen, machten unsere Herzen plötzlich einen *Sprung*. Irgendwo in der Nähe klagte eine Flöte. Fer blickte sich um. Ihr Herz war noch empfindlicher für die Unseren als meines. Wie eine Schlafwandlerin lief sie quer über den Platz, prallte immer wieder gegen herumlungerndes Volk und Reisende, die auf ihre Züge warteten. Ich lief ihr hinterher. Der uns begleitende Beamte, der ohnehin nicht verstand, nach wem wir den ganzen Tag so angestrengt gesucht hatten, blieb rauchend beim Wagen stehen. Während ich Fer folgte, begann mein Herz zu beben. Immer stärker. Mein Blick, auf ihren Rücken geheftet, verschleierte sich mit Tränen. Wie ich meine Schwester in solchen schicksalsschweren Momenten liebte! Sie führte mich. Und unsere Herzen standen in Kontakt.

Fer war stehen geblieben. Beinahe wäre ich auf sie geprallt.

Vor ihr auf einer Holzkiste saß Flöte spielend ein Mann in mittleren Jahren mit intelligentem Gesicht, in einem Mantel, der einmal teuer gewesen sein mochte, nun aber schmutzig und abgerissen war, mit speckigem Fuchspelzkragen. Auf dem langen buckligen Nasenrücken zitterte ein Kneifer mit gesprungenem Glas. Der rötliche Schnurrbart war bereift. Die hellblauen Augen blickten in zerstreuter Ergebenheit: Dieser Mann hatte nichts mehr zu verlieren. Die Löcher in seinen alten grauen Filzstiefeln waren unübersehbar. Was er spielte, klang klagend und schwermütig.

Wir standen vor ihm, nicht imstande, uns zu rühren.

Unsere Herzen bebten. Ein Bruder!

Und da geschah es: Sein schlafendes Herz gewahrte zum ersten Mal die Kraft des Lichtes, das in unseren Herzen loderte. Die Melodie brach ab. Unser Bruder hob den Blick. Der Kneifer zitterte stärker, die Augen weiteten sich vor Schreck. Er hob die Flöte wie einen Schild gegen uns. »Niiicht!«, schrie er und kippte mit einem röchelnden Schrei von der Kiste.

Wir sprangen hinzu, packten ihn bei den Armen. Er jaulte mit rauer, erkälteter Stimme, wehrte sich nur schwach. Sein Grauen war echt: das feine, ausgemergelte Gesicht bleich, der Mund wie im Krampf zuckend.

»Neein! Neeein!! Niiicht!!!«, kreischte er und zappelte in unseren Armen.

Neugierig schaute die Menge herüber. Unser Begleiter kam gerannt.

»Wir haben ihn!«, teilte ich ihm mit vor Freude brechender Stimme mit.

»Den kenn ich doch, den Hund!« Der GPU-Mann packte den Bahnhofsmusikanten am Kragen. »Weiße Kanaille! Jetzt kannst du was erleben. Schluss mit der Schauspielerei!«

Zu dritt schleppten wir den jaulenden Musiker zum Bahnsteig, wo unser Zug mit dem roten Bug stand. Währenddessen verlor er das Bewusstsein. Die Flöte rutschte ihm aus den erstarrten Fingern. Wir hoben sie nicht auf: Wozu brauchte er jetzt noch eine Flöte! Die Freude brach aus unseren Herzen. Wir hätten am liebsten gejodelt, gejuchzt und geschrien vor Glück.

»Das Schwein hat bei den Weißen im Orchester gespielt.«, nuschelte der Tschekist. »Wir haben ihn nicht kaltgemacht aus Mitleid: die schönen Künste und so weiter … Genosse Babitsch hat zu ihm gesagt: Lass dich in Tschita ja nie wieder blicken, du weißes Stinktier … Aber nein, es kommt zurückgekrochen, das Dreckstück … Habt ihr ihn wegen was Altem auf dem Kieker?«

»Nein, nein, wegen was Neuem!«, erwiderte ich fröhlich.

Der Begleiter sagte nichts mehr.

Wir trugen den bewusstlosen Flötisten in das große Coupé, und Deribas gab den Befehl zum Abfahren. Die GPU aus Tschita stand auf dem Bahnsteig stramm und salutierte. Dann entschwand die Stadt, die uns einen Bruder geschenkt hatte, unseren Blicken, entschwand für immer – denn mehr von uns gab es hier nicht. Es war Abend geworden, die Fenster in den Zweigeschossern leuchteten matt. Verschneite Berge im Hintergrund.

Die Wache brachte eine der Kisten mit dem Ljod ins Abteil

geschleppt und verschwand wieder. Ig verriegelte die Tür. Er tat es mit zitternder Hand, denn er war ungeduldig! Wir öffneten die Kiste. Holten das Ljod heraus, legten es auf den Boden. Konnten uns nicht zügeln, mussten es mit den Armen umfassen. Unsere Herzen schwangen im Einklang mit ihm. Stöhnen und Schreien brach aus unseren Mündern.

Der Flötenspieler rührte sich, schlug die Augen auf. Schaute auf uns mit Entsetzen.

Es war Zeit, unseren Bruder aus dem Schlaf zu holen.

»Hab keine Angst!«, sprach ich zu ihm. »Du bist zu Hause.«

Er schrie wie ein angeschossener Hase. Ig hielt ihm den Mund zu, band ein Taschentuch davor. Dann begannen wir den Wandermusikanten zu entkleiden. Unter dem Mantel kam eine alte Frauenjacke zum Vorschein, die an den Ellbogen durchgescheuert war, noch darunter eine weite Hemdbluse, schmutzig und voller Läuse. Sein Körper war dürr und lange nicht gewaschen, wie bei einem Obdachlosen üblich. Er wand sich unter unseren Händen, stöhnte schwach. Ig klopfte mit dem Revolverknauf ein passendes Stück Ljod vom Block. Fer zog die Schnürsenkel aus ihren Schuhen, sah sich um. In einer Ecke von Deribas' Coupé stand eine rote Fahne, wie man sie den Loks an sowjetischen Feiertagen aufzustecken pflegte. Fer ergriff sie, riss das ausgeblichene Fahnentuch von der Stange, wir banden das Ljod daran. Ig hob den stöhnenden Musiker auf, hielt ihn mit dem Rücken zu sich. Ich zielte, holte aus und hieb ihm den Eishammer auf die dürre, schmutzige Brust. Der Schlag war so kräftig, dass Ig mitsamt dem Musiker nach hinten geschleudert wurde und auf das Sofa fiel. Die Fahnenstange zerbrach, Ljod spritzte nach allen Seiten. Ein Splitter davon ritzte Fer über der Braue die Stirn. Der Musiker hatte das

Bewusstsein verloren. Wir sprangen zu ihm, rissen ihm die Binde vom Mund. Er gab kein Lebenszeichen von sich.
»Du hast ihn erschlagen!«, rief Ig.
Das schien ihnen so, weil sein Herz im Vergleich zu den unseren noch sehr jung war! Wir aber *wussten*, dass der Bruder lebte. Aus seiner Nase floss Blut. Fer presste das Ohr gegen seine Brust. Das Herz des Flötisten schwieg.
»Lass dein Herz sprechen!«, flüsterte Fer innig.
»Lass dein Herz sprechen!«, stupste ich.
»Lass dein Herz sprechen!«, röhrte Ig.
Und unser Bruder tat es.
»Kta! Kta! Kta!«, sprach sein Herz.
Vor lauter Freude brüllten wir so ausgelassen, dass Deribas' Sekretär beunruhigt an die Tür klopfte.
»Rrrühren!«, brüllte Ig fröhlich nach draußen.
Bruder Kta bewegte sich, stöhnte: Er hatte Schmerzen. Der Hammer hatte ihm die Brust stark lädiert. Doch das zum Leben erwachte Herz klopfte und sprach, klopfte und sprach: »Kta! Kta! Kta!«
Wir weinten vor Freude. Kta stöhnte. Blut trat aus der Wunde, rann ihm die dürren Rippen hinab. Ig presste sein Taschentuch auf die Wunde und brüllte so angestrengt, dass sein Gesicht sich puterrot färbte und die Tränen flossen: »Furman! Den Arzt zu mir!«
»Zu Befehl!«, ertönte es hinter der Tür.
Ich ging daran, das kostbare Ljod einzusammeln. Doch mein Herz bedeutete mir etwas anderes: Du musst die Splitter nicht aufheben, mit einem Eishammer lässt sich nur *eine* Brust aufklopfen. Darin liegt die Weisheit des Lichtes. So blieb ich reglos vor den auf dem Teppich verstreuten Splittern hocken. Über einen davon sah ich eine Laus kriechen. Sie befreite mich aus meiner Starre. Ich hob den großen

Block und legte ihn zurück in die Kiste, schloss den Deckel, nagelte ihn mit dem Revolverknauf fest. Ig griff nach den Resten der Stange und schob sie zusammen mit dem Fahnentuch unter das Sofa.

Es klopfte an die Tür. Ig ging öffnen. Der Arzt trat ein, gefolgt vom Sekretär Furman.

»Er hat eine Brustverletzung«, sagte Ig, auf Kta deutend. »Tun Sie, was nötig ist, Semjonow. Ich mache Sie für sein Leben verantwortlich.«

Der Arzt tastete den Brustkorb ab. Kta schrie auf.

»Ein Riss«, murmelte der Arzt. »Er braucht eine elastische Schiene.«

»Machen Sie das, los! Sonst erschieße ich Sie!«, schrie Ig, die Beherrschung verlierend.

Der Arzt erbleichte: So hatte Deribas noch nie mit ihm geredet.

Ich legte Ig die Hand auf den Rücken, stupste ihn mit dem Herzen: »Ganz ruhig!«

Im Unterschied zu Fer und mir hatte Ig noch nicht mit dem Herzen geweint. Die Weisheit des Lichtes war ihm noch nicht offenbar.

Der Arzt legte Kta eine elastische Schiene an, verabreichte ihm eine Morphiumspritze. Kta sank in einen tiefen Schlaf. Wir betteten ihn auf das Sofa im Coupé, deckten ihn zu. Währenddessen wurde die Kiste mit dem Ljod von der Wache zurück in den kalten Vorraum geschleppt. Wir setzten uns rund um den schlafenden Kta. Es war Nacht geworden. Ich löschte das Licht im Coupé. Der Wagen schaukelte. Undurchdringlich schwarzer Wald zog draußen vorüber, über ihm blinkten schwach die Sterne. Unsere Herzen schlugen gleichmäßig. Sie hüteten den Schlaf des Neugeborenen.

Am nächsten Morgen kam Kta zu sich. Die Angst hatte seinen ausgezehrten Körper noch nicht verlassen. Doch wir taten alles, um ihm *begreiflich* zu machen, wer wir waren.
Der Zug fuhr am Ufer des riesigen Baikalsees entlang. Plötzlich hielten wir. Deribas bekam gemeldet: Vor uns seien zwei Züge zusammengestoßen. Die Reparatur der Gleise nahm vier Tage in Anspruch. In dieser Zeit stabilisierte sich Ktas Befinden. Wir sahen darin eine Vorsehung des Lichtes: Züge stießen zusammen, damit das erwachte Herz sich erholen konnte.
Kta erzählte uns von sich. Er, Jossif Zejtlin, entstammte einer jüdischen Familie, die weder reich noch arm gewesen war, hatte das Moskauer Konservatorium im Fach Flöte absolviert und im Orchester des Bolschoi-Theaters gespielt, war während des Bürgerkriegs aus der Hauptstadt in den Ural geflüchtet, wo er an die Weißen geriet und in ihrem Militärorchester Trompete blies, war danach den Roten in die Hände gefallen, der Hinrichtung nur knapp entgangen; hatte sich die nächsten vier Jahre in Tschita mit Privatunterricht über Wasser gehalten, bis er als »bürgerliches Element« verhaftet wurde, doch auch diesmal mit dem Schrecken davonkam, lediglich aus der Stadt gewiesen wurde, durch die Gegend irrte, auf Bahnhöfen Flöte spielte; zuletzt war er, *ohne zu wissen, warum*, nach Tschita zurückgekehrt, obwohl der dortige GPU-Chef Artjom Babitsch ihm mit Erschießung gedroht hatte.
Auch Zejtlin hatte einen *besonderen* Traum gehabt: Am 29. Januar 1908 fand im Sommerhaus der Pianistin Maria Kersina vor den Toren Moskaus ein Konzertabend statt, Anlass war der Namenstag ihres Gatten, der ein bekannter Industrieller sowie Mäzen der schönen Künste war und dem Moskauer »Zirkel der Freunde der russischen Musik« vorstand; an je-

nem Abend wurde Kammermusik gegeben, Zejtlin spielte mit einem Streichquartett; das Konzert ging traditionsgemäß in ein sommerliches Gelage über, endend in einem nächtlichen Bad in der Kljasma; Zejtlin trank etwas mehr als üblich und erwachte frühmorgens mit Durst und Kopfweh; nachdem er, mit Rücksicht auf die Schlafenden, von der Mansarde über die Außenleiter nach unten gestiegen war, lief er in den zum Haus gehörigen Garten, fand den Brunnen, zog die hölzerne Klappe auf; der Eimer am Seil war schon hinabgelassen, er musste ihn nur heraufholen; Jossif griff nach der eisernen Kurbel, begann zu drehen, und der volle Eimer kam; der Brunnen erwies sich jedoch als tief, *sehr* tief sogar; Jossif drehte und drehte, der heilsamen Wirkung des Brunnenwassers entgegenlechzend, dessen Kälte bis in die Zahnwurzeln fahren würde; doch der Eimer wollte nicht auftauchen; von Durst und Ungeduld geplagt, beugte Zejtlin sich nach vorn, spähte in den Brunnen und sah: Er war *unglaublich* tief. Der Grund ließ sich gar nicht erkennen! Die Brunnenwände liefen in einem schwarzen Punkt zusammen, über dem er einen Eimer schweben sah – winzig, in großer Tiefe; Jossif drehte, was seine Kräfte hergaben; das Seil wickelte sich auf die Trommel, ließ sie dicker und dicker werden, bis sie zuletzt einem Riesenknäuel ähnlich sah; Jossif hatte sich müde gekurbelt, mit beiden Händen, die ihm vor Anspannung zitterten; endlich tauchte der Eimer auf. Jossif staunte: Der Eimer war würfelförmig; vor Überraschung hielt er zu drehen inne, starrte auf den sonderbaren Eimer; glasklares Brunnenwasser plätscherte darin; und in diesem Moment trat die Sonne hervor, ihre Strahlen rührten an das Wasser im Eimer; der Wasserspiegel glänzte auf, erschien ihm wie eine Ikone *aus Licht*; auf dieser Ikone waren ein junger Mann und ein Mädchen zu sehen, beide blond und blauäugig, mit einem großen Stück Eis in Händen; von ihnen ging eine *nicht gekannte* Kraft aus, die Zejtlin so erschütterte, dass er die Kurbel fahren ließ und im selben Moment erwachte; er lag in der Sommerhausmansarde auf dem Bett und hatte großen Durst; stieg die Leiter hinunter, lief in den Garten, genau wie in seinem Traum; fand auch den Brunnen an derselben Stelle, öffnete die Klappe; der Eimer voll mit Wasser stand auf dem Brunnenrand; gierig trank Zejtlin aus dem Eimer; als sein Durst gestillt war, richtete er sich auf und sah im Wasser sein Spiegelbild; in diesem Moment *wusste* er, eines Tages würden dieser junge Mann und dieses Mädchen mit dem Eis zu ihm kommen.

Als Fer und ich auf dem Bahnhofsplatz vor ihn hingetreten waren, hatte er uns sofort erkannt – geschrien hatte er, weil sein Traum nun wahr werden sollte.

Wir hielten *Zwiesprache* mit Kta.

Danach fuhr der Zug wieder los.

Nächster Haltepunkt war Irkutsk. Wir verfuhren nach dem gleichen Muster wie in Tschita: In einem GPU-Auto durchkämmten wir die Stadt. Sie wirkte zivilisierter als Tschita, hier standen nicht bloß ein- und zweistöckige Häuser, es waren recht ansehnliche darunter. Einmal mehr verbrachten wir den ganzen Tag in der Stadt, schauten überall nach, wo Menschen waren. Und einmal mehr arbeitete unser *Herzensmagnet* vergeblich. Schnell war es Abend. Wieder am Bahnhof angekommen, stiegen Fer und ich aus dem Wagen. Das Bahnhofsgebäude war größer als das in Tschita, der Vorplatz kleiner, mit Kippen, Nussschalen und Spelzen genauso übersät. Wir blieben in der Mitte stehen. Hier spielte *keiner* Flöte.

Irkutsk war leer.

Wir stiegen in unseren Zug und fuhren weiter. Nachdem wir Irkutsk einen Tag lang mit den Herzen *durchleuchtet* hatten, spürten wir, Fer und ich, eine unendliche Müdigkeit: so als wären wir, wie delinquente Soldaten in der Zarenarmee, Spießruten gelaufen. Unsere Herzen waren öd und leer, wie ausgewrungen. Selbst zum Weinen fehlte die Kraft. Wir wankten zu unseren Betten, fielen hinein und schliefen auch schon.

Als wir erwachten, waren wir in Krasnojarsk.

Hier hatten wir zuerst einmal Ep und Rubu aufzulesen, bevor wir nach neuen Brüdern und Schwestern Ausschau hielten. Am Bahnhof wurden wir bereits erwartet: Die Kollegen in Irkutsk hatten die Krasnojarsker GPU über Deribas' Ankunft informiert. Fer blieb mit Kta im Zug, Ig und ich wurden im Auto direkt zum hiesigen Sitz der GPU gebracht. Von da fuhren wir als Erstes zu unserer alten Adresse. Doch das Haus, von dessen Terrasse ich den besoffenen Kutscher mit seinem Pferd hatte reden hören, stand leer. Unsere Brüder waren ausgezogen. Die Nachbarn wussten von nichts. Zurück in der Behörde, ließ Ig die operativen Berichte des letzten Monats kommen. In einem stand etwas vom Diebstahl eines LKW aus dem Fuhrpark der städtischen Bäckerei. Drei Tage später hatte man das Auto in Kansk verlassen aufgefunden. Die Diebe waren in die Eisenbahn umgestiegen, die Fahrkartenverkäuferin konnte sich an sie erinnern: Sie hatten Plätze nach Chabarowsk gelöst. Das hieß, sie waren jetzt dort! Ep und Rubu waren uns zu Hilfe geeilt, ohne zu ahnen, dass uns schon geholfen *war*! Nun mussten wir sie in Chabarowsk ausfindig machen. Oder schon in einer anderen sibirischen Stadt? Dabei waren wir doch gerade in der Gegenrichtung unterwegs: zur Krim! Kehrtmachen ging nicht: Wir transportierten das Ljod in den Westen des Landes, um dort Herzen zu suchen und zu erwecken! Derweil Ep und Rubu im Osten auf uns warteten. Die riesigen Entfernungen in Russland konnten einen mutlos machen: Menschen verloren sich in diesen Räumen wie Sandkörner. *Geschwister* erst recht! Ig ließ nach Chabarowsk telegrafieren, man solle die beiden gefährlichen Verbrecher *unbedingt* lebend ergreifen; jeder, der auf sie zu schießen wagte, käme vor Gericht. Hierdurch wurden die unheilvollen Pendel der GPU-Maschine wieder angestoßen: Man suchte Ep und Rubu mit neuer Kraft.

Unterdessen gingen wir an *unsere* Suche: Ein schwarzer Ford verließ das Gelände der Staatssicherheit und bog in die Uliza Lenina ein – Fer und ich auf der Rückbank. Doch auch Krasnojarsk machte uns nicht die Freude: Zwei Tage kreiste der »schwarze Rabe« durch die Stadt und ließ die Einwohner an nächtliche Verhaftungen denken, zwei Tage standen uns die Tore der Universität, einer Kaserne, dreier Internate, vierer Schulen und eines Krankenhauses offen. Ein endloser Strom von Menschengesichtern, der an unserem *Herzensmagneten* vorübertrieb. Nicht eines für uns war darunter.

Am dritten Tag verließen wir Krasnojarsk.

Inzwischen hatten Fer und ich uns an diese Art Arbeit gewöhnt. Eine Stadt mit dem Herzen zu *durchleuchten*, erschöpfte uns nicht mehr so sehr wie zu Beginn.

Als nächste war Nowosibirsk an der Reihe.

Dort hatten wir Glück. Kaum hatten wir unseren Magneten auf einen Marktplatz gerichtet, als Fers empfindsames Herz *zusammenzuckte*: Hier war jemand. Mir war zunächst überhaupt nichts aufgefallen. Dann aber doch – nämlich *im Bunde* mit meiner wunderbaren Schwester. Wir drehten mehrere Runden über den Markt, konnten ihn aber nicht *sehen*, obwohl wir ihn so heftig spürten. Das ging über eine halbe Stunde so. Fer war schon am Verzweifeln: Sie greinte, schlug sich die Faust vor die Brust, so als wollte sie ihr Herz zwingen, besser *hinzusehen*. Bis uns mit einem Mal klar wurde, wo die *Quelle* sich befand: Ein wenig abseits vom Markt stand eine winzige Kirche. Die Bolschewiki hatten sie bisher nicht behelligt, es wurden immer noch Messen darin abgehalten. Die Tür ging ständig auf und zu, ließ Gläubige aus und ein. Das war es, was uns so *irritiert* hatte. Die *Quelle* war drinnen. Wir betraten die Kirche. Und die Augen gingen uns über vor Begeisterung: Es war der Priester! Ein großer, stattlicher Mann um die fünfundvierzig mit dichter rotblonder Mähne, ebensolchem Vollbart, eng stehenden blauen Augen, edlen Gesichtszügen und einem beherzten Ausdruck darin stand im goldenen Messgewand in der Tür zum Altarraum, schwenkte das Weihrauchfass und rief die Gläubigen mit kräftiger Bruststimme: »In Frieden lasset uns beten zum Herrn!«

Und sie beteten, bekreuzigten und verneigten sich. Fer ergriff meine Hand und presste sie, dass es knirschte. Unsere Herzen frohlockten. Die Messe dauerte uns viel zu lange. Doch wir *geduldeten* uns, genossen die Vorfreude. Wussten wir doch, dass dieser Gottesdienst sein letzter sein würde. Nur gelegentlich traf uns sein Blick – er schien uns in der Menge wahrgenommen zu haben. Doch sein Herz regte sich nicht. Schließlich war das Ganze zu Ende. Vor dem Popen bildete sich eine Schlange von Leuten, die das heilige Abendmahl zu empfangen wünschten. Kaum hatte er sie gesegnet, erfolgte die Verhaftung und der Abtransport – in unseren Zug. Es zeigte sich, dass der Eindruck von Beherztheit kein bloß äußerlicher gewesen war: Er leistete Widerstand, prophezeite uns Höllenqualen, stimmte einen Psalm an. Der Eishammer ließ seinen Gesang abrupt enden. Er fiel in Ohnmacht – und kam als ein *anderer* wieder zu Bewusstsein.

»Oa! Oa! Oa!«, sprach sein Herz.

Wir weinten vor Freude, schlossen ihn in unsere Arme.
Oa brachte uns Glück: Von nun an stießen wir in jeder größeren Stadt, durch die wir kamen, auf Brüder. Seltsamerweise auf keine einzige Schwester. So wollte es das Licht.
In Omsk fanden wir Kti.
In Tscheljabinsk Edlap.
In Ufa Em.
In Saratow Atsche.
In Rostow am Don Bidugo.
Gut möglich, dass es in diesen Städten noch weitere Brüder oder Schwestern gab, doch hatten wir einen gefunden, reichte die Kraft für andere nicht für mehr. Die Suche wurde abgebrochen, wir brachten den Findling auf kürzestem Wege zum Bahnhof und in unseren Zug, wo die göttliche Prozedur der *Belebung* ihren Anfang nahm. Sie erschütterte nicht nur die betreffenden Findlinge, sondern ebenso die, die sie in ihren zitternden Händen hielten, ihnen die gellenden Münder verschlossen, den Eishammer schwungvoll und hart vor die Brust schlugen, alle, die angespannt auf das Zucken des erwachenden Herzes lauschten und dann freudeschluchzend die geheiligten Namen der Brüder in der ungeschlachten Menschensprache wiederholten: »Kti! Edlap! Em! Atsche! Bidugo!«
Nach alledem gleich ein zweites Mal in den rollenden schwarzen Kasten zu steigen und auf die Suche zu gehen – dazu waren wir nicht imstande. Unsere Herzen verlangten nach Ruhe. Und der Zug mit dem roten Stern dampfte weiter. Die Findlinge wurden im zweiten Wagen untergebracht, der Einzelabteile für Deribas' Gäste führte. Der Arzt kümmerte sich um sie. Sämtliche Findlinge waren übrigens blauäugig und blond. So wie Fer, Ig und ich auch. Wie Rubu und Ep. Es ging uns auf, dass dies das Erkennungsmerkmal

des Lichtes war: Wer schwarze Haare oder graue Augen hatte, konnte *unser* nicht sein. Es *genügte*, unter den blauäugigen Blonden zu suchen.

Unsere Herzen schenkten uns Weisheit. Damit das Hilfspersonal wie auch die Sicherheitsleute vor Ort keine dummen Fragen bezüglich unserer nicht ganz dem Usus entsprechenden Suchaktionen stellten, erfand Ig für sie die Legende, wir seien dabei, ein geheimes, von einer religiösen Sekte geknüpftes Spionagenetz längs der Trasse der Transsibirischen Eisenbahn auszuheben. Das erübrigte alle weiteren Fragen. Doktor Semjonow, dem GPU-Arzt, war es schon lange einerlei, wen er wovon zu kurieren hatte. Deribas' Wachsoldaten und dem übrigen Personal genügten die aus dem Coupé des Vorgesetzten zu hörenden Schläge und Schreie, um zu glauben, dort würde gefoltert.

In Wirklichkeit *weckten* wir unsere Findlinge aus dem Todesschlaf.

Allerdings mussten wir feststellen, dass das Medium hierfür zur Neige ging: Seit Saratow waren die Temperaturen kräftig angestiegen, das Außenthermometer zeigte +10° C. Das Ljod in den Kisten begann rapide abzutauen. Wir mussten etwas unternehmen. Ig, Fer und ich fassten einen Beschluss: Wir würden die Kisten in einem Kühlschrank in Rostow am Don unterstellen. Zu der Zeit, 1928, gab es dort allerdings nur einen einzigen Betrieb, dessen Kühlzellen für Industriezwecke geschaffen und daher groß genug waren: das Fleischkombinat. Das Ljod kam in Stahlkisten, die verschlossen und in die Kühlzellen geschoben wurden. Der Kühlhausdirektor trug für sie auf Deribas' Geheiß die persönliche Verantwortung.

Wir hatten die Suche ohne das Ljod fortzusetzen beschlossen. Findlinge, so Igs Vorschlag, konnten wir vorläufig ver-

haften und in das Arrestabteil sperren, in dem Fer und ich bis Chabarowsk gefahren waren.
Doch nachdem wir uns vom Ljod getrennt hatten, ließ uns das Glück im Stich: Weder im staubigen, dafür von Früchten aller Art überquellenden Simferopol noch in der Hafenstadt Sewastopol wurde unser Magnet *fündig*. Im Herzen verwaist und verbittert, fielen Fer und ich in einen Tiefschlaf.
Richtig wach wurden wir erst wieder im Auto – auf den Bergserpentinen der Halbinsel Krim. Neben uns saß Ig, bekleidet mit einer weißen Uniformjacke ohne Rangabzeichen und weißen Hosen. Mit freudestrahlendem Gesicht hielt er unsere Hände in den seinen. Wir hoben die Köpfe, schauten hinaus: Hier auf der Krim herrschte ein warmer, sonniger Herbst, Berge mit gelb und rot gefärbtem Baum- und Buschwerk zogen beidseitig vorüber. Ich wandte mich um: Hinter uns fuhr ein weiterer Wagen, in dem die vier wiedergefundenen Brüder Oa, Kta, Kti und Bidugo saßen. Die übrigen hatte Ig in das Simferopoler Militärhospital einzuweisen befohlen. Vor uns pflügte ein rotes Cabriolet mit örtlichem Kennzeichen die Morgenluft, darin die Obrigkeit der Region: Genosse Weger, Sekretär des Parteigebietskomitees Krim, hatte es sich nicht nehmen lassen, Deribas, die lebende Legende, ins Sanatorium der Roten Armee zu begleiten. Man kannte sich noch aus Bürgerkriegszeiten.
Wir kamen nach Jalta, der schönsten aller Städte auf der Krim; vor einem Sanatorium, versteckt hinter gelbblättrigen Kastanien und Akazien, bogen wir ein und hielten. Hier nun widerfuhr Bruder Ig, was wir seit langem *ersehnten*. Zuerst kam der Sanatoriumsdirektor die marmorne Freitreppe herabgelaufen: ein lächelnder dicker Georgier mit Stalinschnauzer, im gleichen weißen Uniformrock wie Ig, dazu trug er weite hellgraue Hosen.

»Wünsche Gesundheit, meine teure Gäste!«, rief er theatralisch und warf die molligen Hände in die Luft, um sie im nächsten Moment klatschend vor der Brust zusammenzulegen und einen tiefen Bückling zu machen.

»Grüß dich, Georgi!«, sagte der Gebietssekretär, dessen Gesichtszüge grob und unschön waren, und reichte ihm die Hand.

»Wünsche Gesundheit, Jewgeni Iljitsch!« Der Direktor schüttelte die dargebotene Hand des Sekretärs, als wollte er sie abreißen.

»Schau, wen ich dir Schönes mitgebracht habe!«, sagte Genosse Weber und nickte in Igs Richtung, der eben aus dem Wagen stieg.

»Genosse Deribas!« Der Dicke kam auf unser Auto zugetänzelt. »Was wir haben auf Sie gewartet, mal ehrlich! Wird schon Herbst, Wärme geht weg, hab ich gesagt, wann kommt er denn, wann kommt er denn? Was treibt er Schindluder mit Gesundheit, werd mich beschweren bei Genosse Stalin, mal ehrlich!«

Der Sekretär lachte. Ig lächelte, wie Deribas zu lächeln gebührte, gab dem Dicken die Hand. Sie kannten sich.

»Sei gegrüßt. Eine lange Reise, aber nun sind wir da. Zwei Jahre war ich nicht bei dir, was?«

»Nicht gut, Genosse Deribas, gar nicht gut das, mal ehrlich!«

»Aber dafür gleich mit der ganzen Sippe, wie du siehst! Wie schaut's aus bei dir? Ob man hier ein bisschen ausspannen kann?«

Der Dicke legte sich die schwammigen Hände vor die schwammige Brust.

»Genosse Deribas«, sagte er, »ich sage immer: Rote Kommandeure erholen sich bei uns von Herzen!«

Ig wurde blass.

»Was sagst du da?«

»Hand aufs Herz, Genosse Deribas! Mal ehrlich!«, sagte der Direktor stolz und schlug sich vor die Brust.

Igs Herz tat einen *Sprung*. Fer und ich wussten, was nun kam. Ig sog geräuschvoll Luft ein, es klang wie ein Schluchzen. Warf den Kopf zurück und sackte langsam nach hinten um. Wir fingen ihn auf.

»Ein epileptischer Anfall!«, teilte ich den Umstehenden mit. In Wahrheit aber war es Igs Herz, das sich *ausweinen* wollte. Und er mit ihm.

Helle Aufregung, der Dienst habende Arzt kam gerannt. Ig schluchzte, schlug um sich. Man trug ihn in ein Krankenzimmer, spritzte Morphium. Wir zogen ins Nachbarzimmer ein.

»Da seht ihr's, Kinder«, sprach der Gebietssekretär und klopfte Fer und mir mitfühlend auf die Schultern. »Den Klassenfeind im Fernen Osten zu jagen ist kein Pappenstiel. Genosse Deribas hat sich müde gerackert. Er braucht Ruhe. Gebt gut auf sein Herz Acht, ihr Lieben. Es ist von unschätzbarem Wert für die Partei!«

»Und für *uns* erst!«, erwiderte Fer.

DIE KRAFT DES HERZENS

Fünf Tage brauchte Ig, um zu sich zu finden. Ausgebrannt und geläutert durch die große Herzensklage, lag er auf dem Sofa seines Dreibettzimmers und aß mit der Betulichkeit eines alten Mannes Trauben. Ich saß im Sessel gegenüber, Fer auf der Bank des weit offen stehenden Fensters, Kta auf einem Stuhl in der Zimmermitte, Oa stand an den Türrahmen gelehnt. Für Ende Oktober war das Wetter noch ungewöhnlich warm; ein leiser Wind spielte mit den Vorhängen und in Fers Haar. Es war Nachmittag, die schwere Standuhr hatte soeben vier geschlagen. Die ermattete Herbstsonne wärmte Fer den Rücken, brachte das gebohnerte Parkett und das gelbe Robinienlaub vor dem Fenster zum Leuchten.

Wir saßen in Igs Zimmer beisammen, um über die Zukunft zu reden. Kti und Bidugo waren nicht dabei: Die Erweckung ihrer Herzen hatte sie so heftig getroffen, dass Ig ihnen gleichfalls ein Krankenbett hatte zuweisen lassen, wo sie zu Kräften kommen sollten.

Es galt zu überlegen, wie unser Leben unter den Menschen weitergehen sollte – ein Leben, das der Suche nach *unseresgleichen* gewidmet war. Daraus ergaben sich viele Fragen: Wo war unser Platz, welche Rolle sollten wir spielen in diesem bolschewistisch geführten Land, wie und an welchen Orten unsere Suche bewerkstelligen, wo die gefundenen Brüder und Schwestern verbergen, wie für den Nachschub an Ljod sorgen, wo selbiges lagern und vor allem – wie verhindern, dass man uns als konspirative Vereinigung hinter Gitter brachte, in den Katakomben der GPU folterte und liquidierte?

Alles, was bisher geschehen war, ließ sich nur als *Wunder* begreifen. Uns war klar: Wir hatten in den zurückliegenden acht Wochen *außerordentliches* Glück gehabt. Anzunehmen, dass es einfach so weitergehen würde, wäre leichtsinnig gewesen. Wir mussten für unsere Zukunft *vorbauen*. Einen Plan erstellen.

In dieser verschwiegenen Stunde eines erlöschenden Herbsttages verhielten sich unsere Herzen still. Die Menschensprache zu benutzen, hatten wir auch keine Lust. So saßen wir da, den Blick aus dem Fenster, auf die untergehende Sonne gerichtet, und rührten uns nicht. Nur Ig aß seine Trauben. Geruhsam eine nach der anderen pflückte er die violetten Beeren und schob sie sich in den Mund.

Schließlich brach ich das Schweigen.

»Wie wollen wir leben?«, fragte ich.

Alle drehten ihre Gesichter zu mir. Nur Fer auf der Fensterbank blieb reglos, ihre schlanke junge Gestalt vom Sonnenlicht umflammt – es war, als zöge sie es auf sich, damit es nicht verging.

»Wie wollen wir leben?«, wiederholte ich meine Frage.

Ig hatte aufgehört zu essen. Die Brüder schwiegen. Ihre Herzen ebenso. Und plötzlich, zum ersten Mal seit meiner Erweckung, spürte ich *Hilflosigkeit*. Ich musste erkennen: Sobald mein Herz schwieg, war ich ein ganz normaler Mensch, der sein Heil in der Vernunft suchte. Damals, im Moment der Erweckung, als meine Brust mit dem Koloss aus Ljod zusammengestoßen war, hatte ich mich wie auf Gleise gesetzt gefühlt. War seither gerollt und gerollt, ohne anzuhalten, ohne den leisesten Zweifel zu hegen. Jetzt war mein »Zug« zum Stehen gekommen. Etwas war in mir und in uns geschehen. Das Schweigen meiner Geschwister, ich *spürte* es, hatte seinen Grund. Sie wussten auf meine Frage keine *Antwort*. Ihr *Stand* war derselbe. Vor uns lag die Welt der Menschen. Und keiner hatte für uns Gleise in sie hineingelegt, die unserer Spurweite entsprochen hätten. Diese Welt war rau und gnadenlos.

Leise Anzeichen einer ganz irdischen Panik regten sich in meinem Kopf. Die Blässe in den Gesichtern meiner Geschwister besagte: Sie empfanden dasselbe. Igs Hand mit den Weintrauben hatte sich krampfhaft zur Faust geballt, so dass der rosa Saft zwischen den Fingern hervorspritzte. Aus seinen Lippen war das Blut gewichen.

Die Weisheit des Lichtes ließ unsere Herzen im Stich.

Wir fühlten, wie einsam wir waren. Uns wurde ANGST UND BANGE. Und das war schrecklich: Die Angst, die ich, auf dem Ljod liegend, ein für alle Mal besiegt zu haben glaubte – auf einmal war sie zurück. Das entsetzte mich: dass es sie gab, geben *konnte*. Ihre Rückkehr war noch erschreckender und erschütternder als sie selbst.

Da aber rührte sich Fer. Wandte sich uns zu – es schien ihr *größte Mühe* zu machen. Das Grauen stand ihr im Gesicht, versteinerte es. So hatte ich sie noch nie gesehen. Ihr Blick war, als schaute sie uns beim Sterben zu. Und plötzlich standen mir die Haare zu Berge, binnen einer Sekunde hatte ich begriffen: Nie und nimmer würden wir den göttlichen Koloss vom Eise Ljod aus den tungusischen Sümpfen heben, nie und nimmer alle Brüder und Schwestern finden, nie und nimmer zu Licht werden. Der Tod war uns beschieden in dieser

fremden, gnadenlosen Welt, die jedem lebendigen Wesen früher oder später das Genick brach. In deren gefräßigem Rachen auch wir unser Grab finden würden.
Lautlos war der Menschen Tod in das sonnenüberflutete Zimmer getreten.
Keiner von uns rührte sich. Nur die Stäubchen tanzten im Sonnenlicht.
Doch da begann Fer, die starr auf der Fensterbank gesessen hatte, die Arme zu heben. Es kostete sie eine *unglaubliche* Kraft. Die Todesangst war lähmend. Doch Fer kämpfte. Ihre Arme hoben sich, streckten sich uns entgegen.
Und wir *begriffen*.
Kta, rechts von ihr sitzend, erwiderte die Bewegung, streckte seine Hand aus nach ihr. Ich, der ich links in meinem Sessel saß, ebenso. Ig auf seinem Bett reckte sich in meine Richtung, und Oa, der an der Tür stand, rückte auf Ig zu. Nie im Leben war mir das Ausstrecken eines Armes so schwer gefallen. Er war wie Blei und gehorchte nicht. Auch die anderen hatten *große Mühe*. Zitternd vor Anspannung, strebten wir zueinander. Es war eine *gewaltige* Arbeit, die wir leisteten.
Für Augenblicke kam es mir vor, als wäre das Sonnenlicht, welches das Zimmer füllte, eine zähe Materie, die wir mit unseren Händen beiseite schieben mussten. Immer weiter streckten sich die Arme, immer weiter. Kta fiel vom Stuhl, ich rutschte aus meinem Sessel, Oa und Ig lagen schon am Boden, bewegten sich kriechend vorwärts. *Unter Qualen* krochen wir in Richtung Fensterbank, wo Fer saß. Kalter Schweiß bedeckte unsere Körper. Er rann mir in die Augen, ich konnte Fers Hand nur noch schemenhaft sehen. In dieser Hand lag die Rettung. Ich fasste als Erster zu, beinahe gleichzeitig ergriff Kta die andere.
Einer klammerte sich an des anderen Hand. So bildeten wir

mit letzter Kraft einen Kreis. Einen kleinen Kreis des Lichtes. Und kaum hatten wir ihn geschlossen, als unsere Herzen *in Bewegung kamen*. Sie kehrten ins Leben zurück.
Das Licht darin fand seine *Sprache* wieder. Und dies mit solcher Macht, dass ein Taumel eintrat, der im Schrei seine Entladung fand. Fer hatte uns gerettet! Sie allein war von der Weisheit des Lichtes nicht verlassen worden. Unsere einzige Schwester war die Große Retterin der Gemeinschaft des Ursprünglichen Lichtes.
Wir krochen zu ihr, umarmten sie, Tränen flossen – Tränen der Erleichterung, gerettet zu sein. Sie aber saß immer noch auf der Fensterbank. Wie wir unsere einzige Schwester *liebten*! Und sie erwiderte diese *Liebe*. Drückte unsere Hände, nahm sie zur Brust. Und wie sie so auf uns herabschaute, standen Freudentränen in ihren Augen, die, blinkend im Sonnenlicht, auf unsere Gesichter niedertropften.
Unsere Herzen hielten *Zwiesprache*. Mit neuer Kraft.
Dies zog sich hin die ganze Nacht.
Am anderen Morgen *wussten* wir, was zu tun war. Zwar sahen wir uns nach wie vor von dieser fremden Welt umgeben – doch zugleich sahen wir nun, dass Straßen und Gleise in ihr gelegt waren. Dies hatte die Kraft des Herzens vollbracht: Sie hatte gewissermaßen die Falten der Welt für uns auseinander gezogen, so dass wir die tiefen Risse in ihr erkennen konnten, die wie für uns gemacht waren. Ohne Angst und Zweifel durften wir die uns bedeuteten Wege gehen: in die Ritzen der Welt kriechen, Mimikri üben und dabei unser großes Werk vorantreiben.
»Das Licht wird immer mit uns sein. Es ist unser *Lehrmeister*. Und wir werden tun, was nötig ist« – so drückte es Fer in der Menschensprache aus.
Von nun an begingen wir nie mehr den Fehler, einzig auf

unseren Verstand zu setzen. Jeder Einfall, jedes Ansinnen, ein jegliches Tun wurde zuerst mit dem Herzen abgeglichen. Die Kraft des Herzens wies uns den *Weg*. Der Verstand sagte, wie dieser Weg zu *beschreiten* war. Die Kraft des Herzens spornte den Verstand an, sie stand hinter ihm. Und er berappelte sich, widerstand der Welt, entnahm ihr, was er brauchte, wies zurück, was müßig und lästig war. Falsche Ängste, Ungewissheiten, Sorgen um das Leben der Geschwister – all dies gehörte der Vergangenheit an.

In dem sonnenüberfluteten Krankenzimmer gelangten wir zur absoluten Freiheit. Weil wir uns *zur Gänze und auf Ewigkeit* unseren Herzen anvertrauten. Und ihrer Macht gewiss wurden.

Die Zahl der Worte, die unsere Herzen zu gebrauchen wussten, wuchs. Die Sprache des Herzens wurde reicher mit jedem Mal, indem wir sie benutzten. Einer in den Armen des anderen, brachten wir einander etwas bei. Unsere Herzen wurden selbstbewusster.

Und die Kraft des Herzens war mit uns.

SCHWESTERN

Als Ig wieder ganz auf den Beinen war, beschlossen wir, die verbliebene Urlaubszeit zu nutzen und in den umliegenden Städten auf Geschwistersuche zu gehen.
Ig setzte sich mit der GPU vor Ort in Verbindung und ließ einen Wagen mit Chauffeur kommen. Fer und ich sollten damit eine Suchtour unternehmen. Ein Betreuer aus dem operativen Stab der GPU Simferopol würde mitreisen. Ig hatte ihn mit stahlharter Stimme von unserem Auftrag unterrichtet, der da lautete: Aufspüren einer konterrevolutionären Geheimorganisation, die, aus Sibirien stammend, auf der Krim zu überwintern beabsichtigte und deren Gesichter wir kannten. Der Mann hatte uns bei der Festsetzung der »maskierten Volksfeinde« natürlich in jeglicher Weise zu unterstützen: Wenn unser *Herzensmagnet* einen der *Unseren* ausfindig gemacht hatte, mussten wir nur mit dem Finger auf ihn zeigen, und der Tschekist nahm ihn hopp. Wir hatten uns überlegt, Findlinge nicht ins Sanatorium mitzunehmen, sondern erst einmal ins örtliche Gefängnis überführen zu lassen, von wo sie uns nach Ende des Urlaubs an den Zug gebracht würden. Auf der Rückreise konnten wir dann in Rostow die Kisten mit dem Ljod abholen und auf dem langen Weg bis Chabarowsk in aller Ruhe Eishämmer basteln und unsere Brüder damit aufklopfen.

Eines Morgens bei strahlendem Krimwetter holte ein Auto Fer und mich am Sanatorium ab, und wir gingen auf Dreitagesreise: Sewastopol–Simferopol–Melitopol–Berdjansk–Rostow am Don. Die Suche würde uns diesmal leichter fallen, weil wir nun *sicher* sein konnten, dass nur blauäugige Blonde in Frage kamen. Endlos promenierten die Leute, Gesichter und Körper, an uns vorüber. Wir trieben in einem Menschenmeer, kraulten uns hindurch, tauchten in ihm unter und wieder auf. Wir atmeten die Menge. Sie roch nach dem Schweiß des Lebens und plapperte vor sich hin. Die Menge hatte es immer eilig. Unser *Magnet durchleuchtete* sie. Und je tiefer wir bei unserer Suche ins Menschenmeer eintauchten, desto härter kam es uns an. Die Menge war *zäh*. Unsere Herzen bebten vor Anspannung.

In Sewastopol fanden wir zwei Schwestern.

In Melitopol eine.

In Simferopol niemanden.

Und auch im großen Rostow am Don hatten wir keinen Erfolg. Wir brachten mehrere Tage dort zu. Schwierige, langwierige Fahndungen, nach denen Fer vor Überanstrengung Galle spuckte. Sie wurde hysterisch und jagte unserem Begleiter einen gehörigen Schrecken ein. Auch ich konnte mich vor Müdigkeit kaum mehr auf den Füßen halten, bekam Nasenbluten. Das Auto fuhr uns bis zum GPU-Wohnheim, Betreuer und Chauffeur nahmen Fer in ihre Mitte, halfen ihr die Vortreppe hinauf. Ich folgte ihnen, gab mir Mühe, nicht zu stolpern. Ein paar junge, braun gebrannte Tschekisten, die uns entgegenkamen, zeigten sich besorgt.

»Ist was passiert, Genossen?«, fragten sie.

Aber Fer und ich hatten keine Kraft mehr zu sprechen. Uns an der Wand haltend, torkelten wir in unser Zimmer. Hörten noch, wie unsere Begleitung den jungen Leuten Bescheid

gab: »Da könnt ihr mal sehen, Jungs! So jagt man Volksfeinde. Ohne sich zu schonen. Nehmt euch ein Beispiel!«
Wir fielen auf das Bett. In meinem Kopf hörte das Menschenmeer nicht auf zu wogen. Und kein Gesicht darin, das uns nahe ging! Wir umarmten einander und schluchzten.
Dafür fand unser *Magnet* im hübschen kleinen Berdjansk gleich sechs von *uns*. Und alles Schwestern! Es traf uns, Fer und mich, wie ein Blitz vom Ursprünglichen Licht. Physisch aber gab es uns den Rest: Nachdem alle sechs gefunden und verhaftet waren, sanken wir beide ohnmächtig auf das staubige Straßenpflaster. Im Fond des Dienstwagens kamen wir wieder zu uns: Man brachte uns zurück nach Jalta. Ich schaffte es, mich auf die matten Arme zu stützen, den Kopf anzuheben: Draußen huschten Pyramidenpappeln vorbei.
»Sind alle sechs in Gewahrsam?«, fragte ich, die Worte *mit Mühe* hervorkramend.
»Aber selbstverständlich!«, rief der vorn sitzende GPU-Mann. »Sie können ganz beruhigt sein.«
Erleichtert ließ ich den Kopf gegen die lederne Kopfstütze zurücksinken. Mir war schwindlig. Fer schlief.
»Was ich noch fragen wollte«, erkundigte sich der Begleiter, während er eine Zigarette anrauchte, »wieso sind das alles … Weiber?«
»Die Männer haben wir schon«, brummte ich.
»Verstehe« sagte der Begleiter und nickte tiefsinnig, dachte eine Weile nach, dann fragte er weiter: »Laufen denn noch viele frei herum?«
»Unmengen!«, antwortete ich und fuhr der schlafenden Fer zärtlich über die Lippen.
»Da sieht man's!« äußerte der Mann im Brustton der Überzeugung. »Die Feinde werden einfach nicht weniger. Aber das macht nichts. Müssen wir eben weiterjäten, das Feld.«

Zurück im Sanatorium, lagen wir einen Tag lang flach, um uns zu regenerieren. Die Brüder waren unentwegt um uns, standen uns bei, den Körpern ebenso wie den Herzen. Wir wurden mit Obst gefüttert wie kleine Kinder. Alle waren aufgekratzt: Die gefundenen neun Schwestern ließen ihnen keine Ruhe. Die Brüder wollten *Geschichten* hören; sie tasteten unsere Hände ab, welche die Schwestern schon berührt hatten, wollten sie *fühlen*. Aber was hätten unsere Münder erzählen können? Wie in der armseligen Menschensprache das *Glück* des Finders wiedergeben? Lieber hielten wir die Brüder bei den Händen und teilten uns in der Sprache des Herzens mit. Und sie verstanden.

Eine Woche verging.

Kta und Oa durchliefen das Tal der Tränen. Sie wurden im Kliniktrakt betreut. Alle Brüder, die mit uns ins Sanatorium gekommen waren, genossen Deribas' besondere Obhut – und damit die der GPU.

»Denen müsst ihr die Nerven ein bisschen kurieren«, sprach Ig zum Chefarzt des Sanatoriums. »Unsere Arbeit ist eben manchmal ... Du weißt schon.«

Der Chefarzt – ein jüdischer Intellektueller aus Jalta, der die Schrecken des Bürgerkriegs erlebt und die Zeit des roten Terrors wie durch ein Wunder überstanden hatte – nickte; er wusste, wovon die Rede war.

Ig hatte sich nach dem *Lamento* vollständig erholt und ging mit neuen, vervierfachten Kräften an unser großes Werk. Den Menschen erschien er nach wie vor als der stählerne Deribas: hart und entschlossen, schnell und gnadenlos, geradlinig und voller Energie. Den matten alten Mann jenes denkwürdigen Sonnentages, der still mit den Weintrauben in der Hand auf dem Sofa gelegen hatte, durfte man vergessen. Ig-Deribas' Stimme hallte über die Flure des Sanatoriums,

seine Stiefel knarrten triumphierend, die Augen blitzten. Er strahlte eine unerhörte Energie aus: gerichtet auf die *Überwindung* des Lebens, indes gedeutet als pure Lebenslust. Der kleine, flinke, zielstrebige Mann wurde schnell zur »Seele« des Sanatoriums. Alle vergötterten ihn: die Offiziere, mit denen er in der Kantine Kriegserinnerungen austauschte und von der Weltrevolution träumte, wenn er nicht gerade fanatisch argumentierte, wie »erzwichtig eine knallharte Parteilinie zur Überwindung der Kulakensabotage in den Großbäckereien« sei; der Direktor, mit dem er leidenschaftliche Duelle am Billardtisch austrug und über die »regionalen Überspitzungen in der nationalen Frage« stritt; das weibliche Personal, das sich scheckig lachte über seine frivolen oder rustikalen Scherze. Er schlief nie mehr als drei Stunden pro Nacht, badete ausgiebig im herbstlich kühlen Meer, lärmte beim Gorodki*-Spielen auf dem Hof und sang zu den militärmusikalischen Abenden lauter als jeder andere.
»Was für ein Energiebündel!«, sprach der kränkliche Chefarzt neidisch und rückte seinen Kneifer zurecht, mit dem er den wieder einmal schallend lachenden Deribas in Augenschein nahm.
Nur wir *wussten* um die wahre Natur dieser »Lebenslust«. Bruder Ig *rüstete sich* für den großen Kampf im Namen des Lichtes. Und er schonte seine menschliche Natur nicht, spannte sie wie einen Bogen. Um dann den Pfeil hervorschnellen zu lassen.
Aus Chabarowsk traf ein Telegramm ein: Ep und Rubu waren aufgespürt und inhaftiert worden. Bei der Festnahme hatten sie zwei Sicherheitsbeamte erschossen, selbst aber keinen Schaden davongetragen. Wir frohlockten.

* Gorodki: volkstümliches Wurfspiel, dem Kegeln verwandt

Igs Erholungsurlaub ging zu Ende. Höchste Zeit, unser großes Werk fortzuführen. Drei Tage vor Abreise versammelten wir uns im Morgengrauen auf den Felsblöcken, die unweit des Sanatoriumsstrandes aus dem Meer ragten. Die Sonne war noch nicht aufgegangen, die Wellen brandeten milde gegen das gelbgraue Gestein, eine frische Brise wehte. Ig, Fer, ich, Kta, Kti und Oa waren auf den massivsten der Blöcke geklettert, der wie der Kiel eines Dreadnoughts im Wasser lag. Wir ließen uns im Kreis nieder, fassten uns bei den Händen. Unsere Herzen begannen zu sprechen. Von dem, was uns *bevorstand*. Ein Sonnenstrahl blitzte auf am Meereshorizont, traf unseren Stein, beleuchtete die unbewegten Gesichter mit den halb geschlossenen Augen. Wir bemerkten ihn nicht. Vor dem Licht, das unsere Herzen erleuchtete, verblasste jedes Sonnenlicht.

Anfang November fuhr Deribas' Zug vom Sewastopoler Bahnhof wieder los. Alle Brüder waren an Bord, auch jene, deren Herz sich noch nicht *ausgeweint* hatte. Die graue Riege der Vorsitzenden und ein Trupp braun gebrannter Pioniere gaben uns das Geleit. Gebietsparteisekretär Weger hatte drei große Körbe voll mit Früchten geschickt, die GPU einen Riesenkürbis mit der Aufschrift *Den Tschekisten des Roten Ostens von den Tschekisten des Roten Südens*. Deribas, der die Uniform des GPU-Chefs angelegt hatte – drei rote Rhomben auf den Kragenspiegeln, zwei Orden an der Brust – stand, wie es sich gehörte, auf der Wagonplattform und winkte. Als der Zug ausfuhr, rannte der Sanatoriumsdirektor noch ein Stück neben ihm her, legte auf seine typische Art die Hände vor die schwammige Brust und rief mit georgischem Akzent: »Genosse Deribas, ehrlich mal, das Beste wäre, Sie könnten in Ihrem Fernen Osten alle Feinde im Winter erledigen, dann stört keiner mehr, wenn Sie kommen im Sommer zu uns!«

Deribas salutierte ein letztes Mal, wischte sich das Lächeln vom Gesicht und ging zurück ins Coupé.
In Rostow am Don nahmen wir unser Ljod in Empfang. Und unsere neun Schwestern.
Die Frauen wurden von Soldaten mit Gewehren herangeführt. Als das Kommando zum Einsteigen ertönte, gab es Zetermordio: Jemand hatte ihnen gesagt, dass sie nach Sibirien geschickt würden. Weinend kletterten sie in den Wagon. Während unsere Herzen vor Freude *brannten*! Jeder Einzelnen von ihnen hätten Fer und ich am liebsten die Füße geküsst. Die Schwestern waren alle blond und blauäugig, dem Alter nach aber sehr verschieden: vierzehn die jüngste, sechsundfünfzig die älteste. Drei von ihnen nach irdischen Begriffen ausgesprochen schön.
Die Schwestern wurden in den bewachten Wagon gesperrt.
Schon bald nach Abfahrt gingen wir ans Werk. Die Wache brachte die erste der Schwestern herüber: ein hübsches, dralles Judenmädchen, Passangestellte aus Melitopol, mit dichtem rötlichem Haarschopf und riesigen kornblumenblauen Augen. Sie hatte Kraft und eine laute Stimme. Mal schluchzte sie, mal flehte sie auf Ukrainisch, zwischendurch verfiel sie ins Jiddische: »Gotenju, tajrer! Gotenju, tajrer!«*
Wir banden ihr den Mund zu, drückten sie mit ausgebreiteten Armen gegen die Tür, Ig riss ihr das Kleid auf, Fer und Oa schoben die großen weißen Brüste mit den blassrosa Warzen zur Seite, ich hielt die dicken Knie umklammert, und Ig, bebend im *Überschwang seines Herzens*, knallte ihr den Eishammer mit vollem Schwung gegen die zarte Brust.
Sie hieß Nir.
Als Nächste war eine stämmige Ukrainerin an der Reihe.

* Gotenju, tajrer (jidd): Ach, lieber Gott!

Händlerin vom Basar in Sewastopol, mit glattem weißblondem Haar und gebräuntem Gesicht; sie versuchte, sich freizukaufen, »neun Tscherwonzen« habe sie im Keller vergraben. Als wir daran gingen, sie zu entkleiden, half sie uns dabei. »Jungs, macht, was ihr wollt, bloß nicht schießen, bitte …«, murmelte sie.

Ich war mit dem Aufklopfen an der Reihe. Es brauchte vier Schläge, bis ihr Herz seinen Namen nannte: »At!«

Sie pinkelte uns an – die wir vor Freude über den *Fund* jauchzten und schrien.

Schwester Orti war eine hübsche Komsomolzin aus Berdjansk: Sie setzte sich heftig zur Wehr, drohte, sich »bei Weger« zu beschweren, dessen Neffe ihr Bräutigam war. Der kräftige, breitschultrige Oa, der zum ersten Mal einen Eishammer in die Hand nahm, entlockte dem Herzen gleich mit dem ersten, wenngleich nicht sehr zielsicheren Schlag (der dem Mädchen das Schlüsselbein brach) den wahren Namen: »Orti«!

Vor Schmerz und *im Erwachen* verlor das Mädchen das Bewusstsein.

Die kleine zierliche Halbwüchsige, die wir bettelnd von der Freitreppe zur Sewastopoler Kirche aufgelesen hatten, machte uns mehr zu schaffen. Sechs Schlägen hielt ihre magere, schmutzige, mit eitrigen Pusteln übersäte Brust stand, zwischen denen ihr Herz nur immer aufzuckte und wieder erstarb, ganz stehen zu bleiben drohte. Bidugo in seiner Ungeduld packte das leblose Mädchen, presste es rücklings an sich, und Ig versetzte ihr den siebten Schlag mit solcher Wucht, dass ein Stück des wegfliegenden Ljod Kta um ein Haar ein Auge ausgeschlagen hätte. Blut brach aus dem Mund der armen kleinen Bettlerin hervor. Und dann erwachte ihr Herz: »Nedre!«

Die Arbeiterinnen Sina Prichnenko und Olga Soroka aus der Berdjansker Lederwarenfabrik – weißblond, mit schlichten Kleidern und eckigen Bewegungen – hätte man für Zwillingsschwestern halten können. So unglaublich es schien: Sie arbeiteten sogar im selben Trockensaal. Die Vorsehung des Lichtes hatte sie zusammengeführt. *Zweifellos* hatten sie auf uns gewartet. Folgsam und steif kamen sie in Deribas' Coupé gelaufen, stellten sich an der Tür auf, wie man es von ihnen wünschte, ließen sich die Hände fesseln. Standen da, ohne dass eine Wimper über ihren blassblauen Augen zuckte, während wir sie aufknöpften, ihnen den Unterrock zerfetzten, das am Halskettchen hängende Kreuz über die Schulter schoben. Doch schon als der Eishammer sich vor ihnen hob, knickten ihnen – beiden! – die Knie ein, und sie fielen in Ohnmacht: Hatten sie doch einst von diesem Hammer geträumt, das Ljod war ihnen in vergessenen Kinderträumen erschienen, wo übergroße, strahlende Menschenfiguren ihnen ein süßes *Zwacken* im Herzen angetan, sie verfolgt, nie in Ruhe gelassen hatten. Ihre jungen Herzen waren *wild* auf das Ljod. Und das Ljod klopfte bei ihnen an: »Pilo!« – »Dshu!«
Klawdia Bordowskaja wiederum, die in ihrem Modeatelier verhaftet worden war – Letzteres ein Relikt aus NÖP-Zeiten, das nur dank der Schönheit und Liebeslust seiner Inhaberin überlebt hatte –, glaubte dies der Affäre mit dem Direktor eines Großhandelsunternehmens zuschreiben zu müssen, der als Morphinist geendet und Selbstmord begangen hatte. Als man sie hereinführte, warf sie sich Ig vor die Füße, umklammerte seine Stiefelschäfte, rief, sie unterschreibe alles. Dann sah sie, wie Fer und ich das Ljod an den Stock banden, und meinte, man würde sie nun mit dem berühmten Bertholletschen Salz* foltern, worauf sie so zu kreischen

begann, dass wir ihr erst einmal den Mund verstopfen mussten. Mit einem klatschenden Hieb auf die gepflegte Brust beendete ich die Modistinnenkarriere: »Chortim!«

Eine Dame von altem Adel, ehrbare Witwe eines weißgardistischen Hauptmanns, funkelte uns an mit ihren ultramarinblauen Augen, schlug wütend Kreuze gegen uns vermeintliche Dämonen, fluchte nach Strich und Faden. Die ganze Zeit, während sie an die Tür gefesselt wurde, überschüttete ihr feiner, schmaler Mund uns mit bösem Zischen, wüsten Verwünschungen. Sprühend vor Hass, entwand sich immer wieder unseren Händen. Erst als die Stricke sie fixiert hatten, verstummte sie und erstarrte, blickte dem Tod ins Auge. Wir waren für sie das »bolschewistische Geschmeiß, das Russland ins Verderben gerissen hat«. Der Eishammer ließ die Haut auf ihrer Brust heftig aufplatzen. Bleich stand sie da, wie eine Marmorstatue, blickte mit ihren erstaunlichen Augen durch uns *hindurch*. Ich legte das Ohr an ihre blutige stolze Brust und erfuhr den Namen: »Jepof!«

Die Letzte erwies sich als eine Mutter von sieben Kindern, ein abgehärmtes Hausmuttchen, lieb und schlicht, ein warmes Rosinenbrötchen, wie ihre Kinder es zu einem Glas kalter Milch so gerne aßen. Um der Familie willen (ihr Mann war bei der Roten Armee) beschwor sie uns, wir sollten sie laufen lassen. Dazu geboren, das Geschlecht fortzupflanzen, die Sippe am Leben zu erhalten, konnte sie sich den Tod nicht leisten. Er wäre für sie gewissermaßen die schwerste aller Sünden gewesen. Bruder Edlap, der frühere Schmied, erweckte ihr Herz mit einem einzigen Schlag – der sie dazu brachte, die Kinder zu vergessen und sich ihres wahren Namens zu *entsinnen*: »Ugolep!«

* Bertholletsches Salz: chlorsaures Kali

So kamen wir zu neun Schwestern.
An ihren Brüsten war alles Ljod zerschellt, dass wir mit uns führten. Die Splitter bedeckten den Teppich in Deribas' Coupé. Sie schmolzen, vermischten sich mit dem Urin der erwachten Schwestern. Die Überreste der Hammerstiele kollerten zwischen unseren Füßen umher. Ein Stück der Großen Arbeit war erfolgreich getan.
Wir waren nun insgesamt 21.
In unseren Jubel mischte sich die Sorge um das Wohl der Findlinge.
Wir brachten die Schwestern unter, so gut es ging: in den Gästeabteilen, den Arrestzellen, dem Speiseabteil. Sie waren fassungslos: Stöhnten vor Schmerz, weinten Tränen des *Abschieds* von ihrem Leben unter den Menschen, ihre Körper verwandelten sich, ihre Herzen artikulierten die ersten Wörter. Wir *halfen* nach Kräften. Mehr und mehr flossen die Tränen vor Freude, vor Glück, das Alte *hinter sich gelassen* zu haben. Der Arzt schiente Ortis gebrochenes Schlüsselbein. Er verstand wenig von dem, was vor sich ging in diesem Zug, der mit Volldampf vom Süden in den Osten des Landes brauste – eines Riesenlandes, das diese komischen, grausamen Bolschewiken sich unterworfen hatten. Auch Deribas' Sekretär hatte keine Ahnung. Doch das Prinzip, dem Vorgesetzten nur ja keine überflüssigen Fragen zu stellen, war zur Tradition geworden. Der Strafverfolgungsapparat der GPU hatte sich landesweit in eine einzige große, vor unbefugten Blicken gepanzerte, ausschließlich nach eigenen Gesetzen funktionierende Maschine verwandelt. Während in der bolschewistischen Partei einstweilen noch heiß diskutiert wurde, verstummte die GPU mehr und mehr, entzog sich jedem Einblick von außen. Die Mitarbeiter lernten, ihre Arbeit schweigend zu verrichten. Befehle von oben wurden

schon lange nicht mehr diskutiert. Ig wusste das und nutzte den Umstand für unsere Zwecke aus.

Die Ziele, die wir uns setzten, wurden immer anspruchsvoller. *Entschlossen* setzten unsere Herzen die Maßstäbe, so dass die Köpfe kaum hinterherkamen, Strategien zu entwickeln. Wir wurden getragen von der Kraft des Lichtes. Das nächste Mal hielt der Zug in Saratow. Die Gemeinschaft hatte entschieden, dass Fer, Oa, Bidugo und ich nach Moskau fahren sollten. Ig und die Übrigen würden die Reise nach Chabarowsk fortsetzen. Ig-Deribas setzte ein Telegramm in die Hauptstadt ab: Seine einflussreichen GPU-Freunde sollten uns bei der Arbeits- und Wohnungssuche unterstützen. Damit der *Herzensmagnet* in der größten aller russischen Städte in Gang gesetzt werden konnte. Und die Herzen vieler neuer Geschwister zu sprechen anhoben.

Der Abschied von unseren Brüdern und Schwestern war *herzlich*, und darum *gewaltig*. Wir standen im Kreis – Hand in Hand. Verständigten uns in der Sprache des Lichtes. Das Coupé löste sich auf. Wir schwebten im All, inmitten der Sterne. Die Herzen *erstrahlten*. Leuchtwörter flossen hin und her. Die erfahreneren Herzen lehrten die unbeleckten, jüngst erst erwachten. Die Zeit blieb stehen.

Stunden später lösten sich unsere Hände.

Und wir stiegen aus Deribas' Zug auf den hölzernen Bahnsteig hinunter. Hier fauchte und wirbelte ein Schneesturm aus den Wolgasteppen. Winterlich eingemummte Passagiere saßen zu einem Haufen gedrängt auf ihrem Gepäck, warteten auf irgendeinen Zug. In dieser bibbernden Menge steckte die Angst, verloren zu gehen in den endlosen Weiten eines kalten, unberechenbaren Landes. Mehr aber noch als Hunger und Kälte fürchteten sie einander. Ihre steif gefrorenen Hände umklammerten Bündel, Koffer und Truhen mit Vorhängeschlössern. Sie warteten auf ihren Zug. Dabei wussten sie eigentlich nicht, wohin mit sich.

Wir *wussten* es!

Wir liefen an ihnen *vorbei*.

Mit einer von Deribas ausgestellten Vollmacht bekamen wir Plätze im nächsten eintreffenden Zug reserviert.

Und so fuhren wir nach Moskau.

MOSKAU

Am 12. November langten wir auf dem Kursker Bahnhof in Moskau an. Russlands Hauptstadt, die ich beinahe vier Jahre nicht gesehen hatte, begrüßte uns mit sonnigem Frostwetter, einer rußgrauen Schneedecke sowie Massen von Menschen. Schon auf dem Bahnsteig herrschte großes Gedränge: Die einen strebten zu einem abfahrenden Zug, die anderen drängten vom eben angekommenen weg. Wir gerieten in einen Trupp von Männern mit groben Mänteln, Filzstiefeln und löchrigen Mützen, in Sackleinen gewickelte Sägen unter dem Arm und Bündel über der Schulter, aus denen Axtstiele ragten – Bauern, die es zum Geldverdienen nach Moskau gezogen hatte und die sich nun wie eine verschreckte Herde den Bahnsteig entlangschieben ließen. Die Männer rochen nach Dorf. Fers empfindsames Herz bekam von Moskau sogleich einen *Schock* versetzt. Hunderttausende Menschen, zwischen denen Brüder und Schwestern sein mussten, womöglich ganz nahe!

Fers Herz *sprang* mich an: Los, anfangen! Doch ich presste ihre Hand: jetzt noch nicht … Sie riss sich los, zähneknirschend, ihr entfuhr ein wütendes Knurren. Ich fasste sie bei den Schultern, rüttelte sie, hielt sie fest. Sah ihr in die Augen: Darin flackerte der helle Zorn.

»Diese Stadt wird unser sein«, sprach ich.

»Jeden Augenblick kann ein Bruder sterben! Wir müssen uns beeilen!«, versetzte sie wutentbrannt.
»Nein. Es ist wichtig, dass wir diese Stadt richtig *angehen*. Nur so können wir sie erobern.«
»Wir haben keine Zeit, Bro!«
»Fer, diese Stadt kann uns zermalmen. Dann finden wir die unseren nie!«
Und ich *fügte* etwas mit dem Herzen *an*. Fer *erwiderte* es.
Oa und Bidugo *lauschten*. Die Weisheit des Lichtes war es, die in diesem Moment aus meinem Herzen sprach: In Moskau musste man umsichtig handeln.
Die unbändige Fer *sah es ein*. Umarmte mich unter Tränen.
Wir nahmen uns eine Kutsche und fuhren durch Moskau. Beinahe überall roch es nach Essen, das Händler mit Bauchläden auf den Straßen verkauften; die Schaufenster quollen über von Weißbrot und Wurst. Viele Passanten kauten im Gehen. Die Neue Ökonomische Politik war am Krepieren, und die Menschen, als sähen sie die Härten des Stalin'schen Sozialismus schon kommen, schienen auf Vorrat zu essen.
Wir fuhren an der Lubjanka vor und betraten die GPU-Zentrale. Aus diesem graugelben vielstöckigen Gebäudemassiv zog die mächtige Staatssicherheit ihre Fäden, die bis in die letzten Winkel der UdSSR reichten. Hier saßen Deribas' Vorgesetzte, hier arbeiteten seine besten Freunde. Ich wies unsere Vollmacht vor. Wir bekamen Gepäck und Mäntel abgenommen, auch die Waffen. Dann folgten wir einer Begleitperson über das knarrende Parkett der Flure; Oa und Bidugo waren unten im Empfangsraum geblieben. Die gewichsten Stiefel des Bediensteten übertönten noch das Knarren des Parketts. Er brachte uns zum Stellvertretenden Chef der GPU-Sonderabteilung Jakow Agranow. Zunächst ins Vorzimmer mit einem bildhübschen Sekretär und einem

Tippfräulein. Der Sekretär meldete uns telefonisch an, öffnete die ledergepolsterte Tür, und wir gingen hinein. Ein schwarzhaariger Mann mit Eulennase, buschigen Brauen und einem lebhaften, verschlagenen Mienenspiel saß hinter dem Schreibtisch, schrieb in schnellem Tempo etwas nieder. Der Sekretär schloss hinter uns die Tür. Agranow hob den Kopf, verengte die Augen zu einem Spalt. Dann lächelte er.

»Ah! Deribas' Findelkinder. Gut gelandet in der großen Metropole?«

Er kam hinter dem Schreibtisch hervorgeschossen, ein kleiner, schmalschultriger Mann. »Wollen doch mal sehen!«

Es folgte ein bohrender Blick aus schwarzen Vogelaugen.

»Ähnlichkeit vorhanden! Machen wir uns bekannt. Agranow.«

Er reichte uns seine kleine, zupackende Hand. Wir schüttelten sie.

»Alexander Deribas. Anfissa Deribas.«

»Aha. Kommt ihr direkt vom Bahnhof? Habt ihr Hunger?«

»Nein, danke, Genosse Agranow, wir sind satt.«

»Wie geht es Terenti? Gesundheit wieder im Griff? Was hat mein alter Kampfesbruder bloß auf einmal?«

»Übermüdung, sagen die Ärzte«, berichtete ich.

»Was nicht noch!« Agranow machte eine wegwerfende Bewegung mit seinem kurzen Arm, drehte auf dem Absatz um, ging zum Tisch und nahm eine Packung »Puschka«-Papirossy auf. »Deribas ist ein zäher Hund, drei von meinem Format kriegt er klein. Vorgestern hat er mich angerufen – Stimme völlig normal. Batrakow schickt mir ein Telegramm: Epilepsie! Was denn für Epilepsie, Teufel noch mal? Ich kenne Terenti seit neunzehnhundertsiebzehn. Epilepsie!« Agranow hielt uns die geöffnete Papirossypackung hin; Kopfschütteln unsererseits. Er rauchte hastig an, ließ

den Rauch mit einem Pfeifen aus dem großen, schmallippigen Mund strömen. »Idioten gibt es überall.«
Das Telefon klingelte. Er nahm ab.
»Agranow. Na und? Was soll mir dieser Kischkin? Schon wieder Kuddelmuddel! Es gibt einen klaren Befehl von Pauker: Sechzehn Spezialwagons morgen früh um vier! Viel Wache braucht ihr auch gar nicht: Alles Kleingewerbetreibende, die laufen dir nicht weg. Wir schreiben nicht mehr das Jahr 1920, he! Nein, ruf ihn selber an. Was geht mich dieser Kischkin an …«
Er warf den Hörer auf die Gabel.
»Kischkin! Kischkin …«, wiederholte er gereizt.
Dabei ging sein abwesender Blick über uns hinweg. Und schon hatte er den Hörer wieder in der Hand.
»Anton, komm mal rüber.«
Der Sekretär erschien.
»Hör mal, mir ist eingefallen, wie dieser Pole heißt … Na, der im Fall Gorban. Nicht Kislewitsch, sondern Kischlewski.«
»Kischlewski?«
»Ja! Exakt!« Agranow wurde immer zappeliger. »Ruf mal den Borissow an und sag ihm, er soll diese ganzen Kislewitschs freilassen. Falsch verhaftet, Mister Pinkerton! So ein Kuddelmuddel …«
»Na, da konnten wir ja lange bohren.«
»Eben! Kaum hatten wir Somow gehängt, schon fing der Kuddelmuddel an. Gut, dass es mir noch eingefallen ist. Kischlewski! Genau! Beeil dich, Anton, ehe Jagoda davon Wind kriegt.«
Der Sekretär nickte und wollte gehen, doch Agranow hielt ihn auf.
»Warte. Was machen wir mit den jungen Leuten hier?«

Wir waren ihm wieder eingefallen.

»Könnt ihr lesen und schreiben?«

»Ich hab studiert«, sagte ich.

»Ich kann lesen und schreiben«, sagte Fer.

»Dann bringen wir euch bei uns im Archiv unter. Schaff sie zu Genkin – oder nein, besser gleich zu Zessarski! Und lass ihnen einen Platz im Wohnheim geben, im alten, an der Soljanka. Alles klar? Aber vorher Kischlewski, verstanden? Ich will keinen Kuddelmuddel!«

»Zu Befehl, Genosse Agranow.«

»Wir sind zu viert«, warf ich ein.

»Anton, kümmere du dich darum. Alles Gute, Kinder!« Agranow gab uns eilig die Hand.

Wenig später saßen wir in der Kaderabteilung. Agranows Fürsprache hatte großes Gewicht. Sein Sekretär leitete die Ausfertigung neuer Ausweise für Oa und Bidugo in die Wege: Wir gaben an, unsere Freunde wären im Zug ausgeraubt worden. Oa gab sich als ehemaliger Kunstmaler aus (er hatte tatsächlich früher Ikonen gemalt, konnte hervorragend zeichnen), Bidugo, der Schreiner aus Rostow am Don, blieb bei seinem Beruf, erklärte sich zum Kunsttischler. Fer und ich wurden im GPU-Archiv angestellt: Dort hatte ich dem Archivar beim Abfassen der Akten zur Hand zu gehen, und Fer musste Mappen und Umschläge dafür kleben. Oa erhielt eine Arbeit in der Abteilung Sichtpropaganda am Kulturhaus der GPU, Bidugo kam als Zimmermann in einem Lagerhaus unter. Wohnen durften Fer und ich im Wohnheim der Staatssicherheit, Oa und Bidugo wurden in einer riesigen, mit Junggesellen voll gestopften Gemeinschaftswohnung einquartiert.

So begann unser Moskauer Leben. Von der GPU bekamen wir Lebensmittelkarten, Essenmarken für die Kantine und einen sehr bescheidenen Lohn. Aber Deribas hatte uns ein bisschen Geld mitgegeben, so dass wir Äpfel, Möhren, Kohl und Getreide kaufen konnten. Davon ernährten wir uns. Im Wohnheim hießen wir schon bald die »Deri-Hasen«, da man uns abends immer Gemüse knabbern sah. Die Körner schütteten wir uns in die Hosentaschen und futterten sie unterwegs, auf der Straße, damit keiner dumm fragte. Nach kurzer Zeit erkannten wir, welches die größten Probleme für uns waren: die Ernährung und der nähere Kontakt zu den Menschen. Wie in allen sowjetischen Behörden war es auch bei der GPU gang und gäbe, dass in der Mittagspause alle gemeinsam in die Kantine »essen gingen«. Dem zu entkommen, war nicht einfach für uns. Eigentlich war es sogar unvorstellbar, doch *sagte* uns das Herz immer wieder, wie wir es anzustellen hatten. Und so kamen wir darum herum. Generell waren die Tschekisten um uns – Deribas' »Blutsverwandte«! – sehr bemüht, sprachen immerzu Einladungen aus, die wir panisch ausschlugen, wobei wir alle möglichen Vorwände ins Feld führten, vorgetäuschte Krankheiten inbegriffen – denn bei solchen Empfängen hätte man Wein trinken und das Essen der Menschen zu sich nehmen müssen. Genkin, Chef der Abteilung Archiv und Registrierung, hatte offenbar den Wunsch, uns »aufzupäppeln«, und spendierte hin und wieder Essenmarken für die »bessere« Kantine (normalerweise hatten wir die für das niedere Personal aufzusuchen). Wir taten so, als gingen wir hin, wo uns allein schon der Geruch Magenkrämpfe verursacht hätte: Dort wurden Kaninchenkadaver gekocht und gebraten. Einmal blieb mir keine andere Wahl, als ein Stück dieses gebratenen Fleisches zu schlucken. Es kam mir sofort wieder hoch. Fer wiederum wurde genötigt, Wein zu trinken: Zur Feier von Stalins Geburtstag bekam sie ihn von ihren

Archivmitarbeitern eingeflößt. Hinterher war ihr entsetzlich schlecht. Die Abteilung zog den Schluss, dass Anfissa Deribas unter einer Alkoholunverträglichkeit litt. Tabak zu rauchen, vertrugen wir hingegen gut. Das Rauchen half einem sogar, bei sich zu bleiben in solch einem sowjetischen Kollektiv. Selbstverständlich waren wir, anders als echte Raucher, vom Tabak in keiner Weise abhängig. In der Arbeiterkantine stand hauptsächlich Brei auf dem Speiseplan, aber auch den verschmähten wir. Unser Organismus vertrug nur *reine* Speisen: unversehrt von Schimmelpilz und Feuer, nicht gekocht noch gefrostet, gemahlen oder gesäuert. Tote Tiere waren für uns vollends inakzeptabel, doch auch lebende zu essen ging nicht, da unser Herz kein Blut vertrug: weder totes noch lebendiges. Nichts als Körner, Obst und Gemüse verdauten unsere Mägen, und sie verliehen uns Kraft. Nur was *rein und heil* war, nicht von Menschenhand zerstört, konnten wir zulassen. Und Tabakrauch war rein. Genauso wie Wasser.

Wenn der Archivar dann aus seiner Luxuskantine zurückkehrte und, in den Zähnen stochernd, brummte, das Kaninchen sei heute wieder mal vorzüglich gewesen, nickte ich nur und brummte: »Allerdings!«

Werktags gingen wir zur Arbeit. Suchten nach Möglichkeit ganz mit der Masse der Sowjetmenschen zu verschmelzen, indem wir uns ihre Gewohnheiten, Wertvorstellungen, moralischen Prinzipien, ihren Humor und ihre Ängste *in Erinnerung riefen*. Wir schlüpften in die fremde Haut, um *ganz bei uns* sein zu können. Es gelang uns erstaunlich leicht: Die Kraft des Herzens war behilflich. Das Licht, das in uns brannte, mobilisierte uns, potenzierte unsere Möglichkeiten. Mit dem erwachten Herz im Leib war jeder von uns zu einem wahren Proteus gewachsen: Nicht nur, dass wir die Verwandlungskunst beherrschten, wir besaßen nun auch eine phantastische *Flexibilität*, mit der wir der harten, unberechenbaren Welt ein Schnippchen schlagen konnten. Dadurch, dass wir den steinernen Panzer aus dem toten Leben unserer Vergangenheit abgeworfen, die Blutsbande zerrissen hatten, waren wir nun wie ohne Knochen, biegsam und geschmeidig vermochten wir in die *Ritzen* der Welt einzudringen. Nichts hielt uns zurück, da war nur das strahlende Licht vor uns, welches das gelobte Ziel verhieß. Unsere Fähigkeit zur Mimikry war in der Menschenwelt ohne Beispiel. Eine vollendete Form von Virtuosität, von der die Profischauspieler nicht einmal hätten träumen können. Nur dass sie keiner würdigen konnte, denn dieses Theater hatte keine Zuschauer, nur eine Bühne – nach allen vier Seiten.

Zudem legten wir eine erstaunliche Ausdauer an den Tag – dabei schliefen wir nie mehr als vier Stunden. Am Ende des Arbeitstages spürten wir keine Müdigkeit, nahmen »freiwillig« noch irgendeine zusätzliche Aufgabe in Angriff, um durch »Einsatzbereitschaft und hohes Bewusstsein« zu glänzen. Bald hatten Fer und ich einen neuen Spitznamen weg: Geschwister Rastlos. Man war mit uns zufrieden, die Vorgesetzten ebenso wie die Kollegen. Auch Oa und Bidugo bewiesen an ihrem Arbeitsplatz viel »Enthusiasmus«.

Sonntags fuhren wir zu viert nach Sokolniki ins Grüne und verzogen uns in den Wald, wo wir, im Schnee sitzend, Hand in Hand einen Kreis bildeten und unsere Herzen über Stunden Zwiesprache hielten. Fer und ich brachten Oa und Bidugo viele Worte bei, lernten aber auch bei ihnen. Die Weisheit unserer Herzen nahm zu.

Wir warteten auf das Ljod.

Am 2. Januar 1929 traf es im Gepäckabteil des Zuges Chabarowsk–Moskau auf dem Kasaner Bahnhof ein. Unsere Brüder Ep und Rubu saßen im selben Zug. Mitten auf dem von

Menschen verdreckten und bespuckten Bahnsteig standen wir in inniger Umarmung. Unsere Herzen *loderten*: Ep und Rubu! Jenes erste Brüderpaar, welches das Licht uns zur Seite gesandt hatte, aufgelesen von den Flussufern im wilden Tungusien und so schnell wieder verloren! Wir schrien und heulten vor Freude, so dass die sowjetischen Passagiere um uns ganz verstört waren. Ep trug die Uniform der GPU, Rubu kam in Zivil an. Er hatte sein Äußeres verändert, sich einen Bart stehen lassen, trug eine Brille, sah jetzt aus wie ein sowjetischer Ingenieur. Die Brüder eskortierten die vier Kisten Ljod, die auf Deribas' Dachboden gebunkert gewesen waren.

Als die erste Kiste, von grobschlächtigen Gepäckträgern aus dem Wagen gezerrt, auf dem Schlitten stand, schwanden mir die Sinne: unser Ljod! Ich lief hin, fiel auf die Knie, schmiegte mich an die Kiste. Kreischend landete Fer an der anderen Seite. Unsere Herzen *sprangen* das Ljod *an*! Und es vibrierte zurück. Die kurzlebige irdische Welt schwankte unter unseren Füßen. Es war *überwältigend*.

Die Gepäckträger standen da, schnieften mit ihren blauen Nasen und wussten nicht, was sie denken sollten. Ein vorbeipatrouillierender Milizionär blieb stehen.

»Was ist da drin?«, fragte er.

Fer und ich, vor dem Ljod auf den Knien, reagierten überhaupt nicht. Rubu gab Auskunft. »Hochwichtige Ausrüstung«, erläuterte er.

»Alles klar«, sagte der Milizionär, dem es unter Eps *eiskaltem* Blick ungemütlich wurde, legte die Hand an den Mützenschirm und ging weiter.

Unser Theater war ohne Zuschauer.

Zwei der Kisten kamen auf Deribas' Befehl direkt auf den Hof der Lubjanka, unter das Vordach eines Lagerhauses.

Dort konnte das Ljod bis zum Frühjahr lagern, ohne Schaden zu nehmen. Die anderen beiden versteckten wir im Keller eines abgebrannten Hauses auf der Soljanka, unweit unseres Wohnheims.
Deribas ließ Ep in der Verkehrsabteilung der GPU einstellen, was ihm erlaubte, beweglich zu sein und immer die nötigen Transportmittel zur Hand zu haben. Rubu mit neuem Namen und neuem Ausweis wurde zum Versorgungsobmann im Institut für Torfwirtschaft bestellt, dessen Parteisekretär im selben Regiment wie Deribas gedient hatte. Ein paar Wochen später trafen die Brüder Edlap und Jem, von Chabarowsk kommend, in Moskau ein und auch die Schwestern Orti, Pilo und Dshu, deren Herzen sich bereits *ausgeweint* hatten. Junge und energiegeladene Mädchen, aktive Komsomolzinnen, wie ihre Papiere auswiesen, mit dem Vorzug der proletarischen Herkunft und einer Empfehlung der Komsomolorganisation der GPU Fernost – sie durften sogleich an der Arbeiter-Fakultät studieren. Nach dem Willen der Bolschewiki sollte diese neue Lehreinrichtung »rote«, das hieß parteitreue junge Professoren heranziehen, um die »geistig verkommene kleinbürgerliche« Intelligenz langsam, aber sicher aus den Hochschulen zu drängen.
Nun waren wir in Moskau also schon zu elft.
Das Ljod in Reichweite. Alles war bereit, um mit der Suche beginnen zu können. Doch die Herzen *hielten uns zurück*: Es fehlte noch das letzte Glied in der Kette.
Wie unsere Geschwister zu finden waren, *wussten* wir inzwischen. Und das, womit wir ihre Herzen erwecken konnten, war in unserer Hand.
Doch mussten wir erst noch dahinterkommen, welches *die richtige Technik* dafür war. Um diese Technik immer und überall anzuwenden.

DER EISHAMMER

Anfang Februar fror es plötzlich Stein und Bein. Die Moskauerinnen mummten sich tiefer in ihre Tücher, Spatzen und Tauben zogen sich hinter die Dachtraufen zurück, Fuhrleute legten ihren Gäulen eine doppelte Schicht Decken über. Einzig die Straßenverkäufer frohlockten: Piroggen und Kringel gefroren so schnell, dass keiner mehr prüfen konnte, wie frisch sie waren. Die Wasserleitungen froren ein. Menschen und Tiere flohen die Kälte, suchten die Nähe von Häusern und Geschäften.

Nur uns konnte der Frost nichts anhaben: Das Feuer unserer Herzen wärmte und half.

An einem der arbeitsfreien Tage (Stalin hatte die Fünftagewoche eingeführt) trafen wir uns alle an der Straßenbahnendhaltestelle Sokolniki und liefen schweigend in den Park. Er war vollkommen menschenleer, was bei minus vierzig Grad Kälte nicht verwundern konnte: Weder Ski- noch Schlittschuhläufer, keine lärmenden Anhänger sowjetischer Körperkultur, keine Zigarettenhändler. Selbst die Krähen hatten sich verzogen. Nur die Bäume standen reglos und reifbedeckt; hin und wieder knackte es in ihnen. Wir liefen eine Allee entlang, der zusammengepappte Schnee unter unseren Füßen knirschte laut. Wo die Allee zu Ende war, wechselten wir in den tiefen Schnee und liefen weiter, bis wir

auf einer großen, von Bäumen umstandenen Lichtung anlangten.
Wir stellten uns im Kreis auf, fassten einander bei den Händen, setzten uns nieder in den Schnee.
Unsere Herzen *zuckten*. Begannen zu sprechen.
Was wir brauchten, war ein Eishammer. Was wir über ihn wissen mussten: wie er aussah, wie man ihn herstellte, wie man damit zuschlug, was der Mund dabei zu sagen hatte und was das Herz. Alles an unserer Großen Mission war so hell und klarsichtig wie das Licht, so transparent wie das Ljod. Alles mit Ausnahme des *Instruments* zur Erweckung der Herzen. Wie musste es beschaffen sein? Neunzehnmal hatten wir nun schon *aufgeklopft*, und jedes Mal hatte der Hammer anders ausgesehen. In aller Eile zusammengeschustert aus dem, was gerade zur Hand war. Wir hatten das Ljod mit Schuhbändern an einem Hirtenstock, mit Wäscheleine an einem Gewehrstutzen, mit einem Schulterriemen an einer sowjetischen Fahnenstange, mit einem Taschentuch an einem Knüppel und mit Draht an einem Eisenrohr befestigt. Das Ljod war von willkürlicher Form und Größe gewesen. Die Eishämmer wurden bislang nicht nach einheitlicher *Maßgabe* vorgefertigt. Das war *unkorrekt*. Die Herzen hatten uns gewarnt.
Und sie gaben einen Tipp.
Wir wünschten den rechten, den wahren Eishammer zu *sehen*.
Unsere Herzen taten uns den Gefallen.
Wir begannen zu schwitzen. Dampf stieg auf von den Köpfen, den geballten Fäusten. In den Gesichtern stand der Schweiß.
Und unsere Herzen bekamen den rechten, den wahren Eishammer zu sehen. Er schwebte in der Mitte unseres Kreises,

drehte sich wie ein Uhrzeiger auf dem Zifferblatt, der Sonne entgegen.

So erfuhren wir, wie man einen richtigen Eishammer herstellt. Nämlich aus einem Stück Ljod, das zylindrisch geformt und mit einer Auskehlung (radial mittig) versehen sein muss. In diese wird der Hammerstiel eingesetzt. Bei Letzterem muss es sich um den Ast eines Baumes handeln, der eines natürlichen Todes gestorben ist. Der Stiel wird an dem Eiszylinder mittels zweier Streifen aus tierischem Leder befestigt, das Tier muss eines natürlichen Todes gestorben sein. Der Eiszylinder hat so groß zu sein, dass sich seine Oberfläche von den Händen der beiden Urfindlinge gerade so umfassen lässt. Die Stiellänge hat der Länge der Unterarme der beiden Urfindlinge (Fingerspitzen–Armbeuge) zu entsprechen; die Stieldicke hat der Dicke der nebeneinander liegenden Mittelfinger der beiden Urfindlinge zu entsprechen; die Breite der Lederstreifen zur Befestigung des Zylinders hat der Dicke der nebeneinander liegenden Mittelfinger der beiden Urfindlinge zu entsprechen.

Das Bild des Eishammers *prägte* sich unseren Herzen ein. Wir *wussten* nun, wie er zu bauen war.

Der Eishammer schwebte inmitten des Kreises.

Um das Herz eines Bruders zu erwecken, muss man den Eishammer in die Mitte des entblößten Brustkorbs schlagen und dabei die Worte der Menschensprache »Lass dein Herz sprechen!« artikulieren.

Zur gleichen Zeit *spricht* dein Herz mit dem des Bruders so, wie du es vermagst.

Jeder Hammer ist für einen Bruder oder eine Schwester bestimmt. Er lässt sich nur einmal verwenden. Stiel und Riemen eines gebrauchten Hammers werden entsorgt. Man darf sie nicht noch einmal verwenden.

Das war alles, was wir über den Eishammer erfuhren.

Die Wintersonne ging auf.

Der rotierende Eishammer verschwand.

Erhitzt, mit glühenden Herzen und Gesichtern hockten wir, immer noch Hand in Hand, im Schnee. Schrien unsere überquellende Freude heraus, dass es durch den verschneiten Wald schallte.

Noch am selben Tag gingen wir an die Herstellung des ersten *richtigen* Eishammers. Am Morgen in Sokolniki waren wir auf einen abgestorbenen Ahornbaum gestoßen und hatten einen Ast mitgenommen. Und in einer Grube neben der Straßenbahnendhaltestelle hatten wir den gefrorenen Kadaver eines Straßenhundes liegen sehen. Ep schnitt mit dem Messer einen Streifen aus dem Rückenfell.

Am Abend trafen wir uns im Kellergewölbe der Brandruine. Beim Licht einer Kerze zogen wir eine der Kisten mit dem Ljod hervor. Behutsam sägten wir ein passendes Stück ab und brachten es mit einer Raspel in die nötige Form, raspelten die seitliche Rille hinein. Dann umfassten Fer und ich als die beiden »Urfindlinge« das Stück mit unseren Händen. Es war noch etwas zu groß. Bruder Em und Bruder Bidugo feilten noch ein bisschen daran herum. Dann prüften wir wieder. Unsere Hände bedeckten es vollständig. Der Hammerkopf war somit fertig. Nun knickten Fer und ich unsere rechten Arme ein, streckten die Unterarme gerade. Rubu hielt den Ahornast dagegen, nahm Maß und sägte ihn auf Länge. Der Stiel wurde noch ein bisschen befeilt und in die Eisrille eingesetzt. Pilo und Dshu schnitten aus der Hundehaut zwei Riemen, Fers Mittelfinger und meiner gaben das Maß vor. Die Hundehaare wurden entfernt. Bruder Oa übernahm es, das Ljod fest an den Stiel zu binden.

Der Eishammer war fertig.

Spärliches irdisches Kerzenlicht fiel auf den Hammer, den wir wie eine Erstgeburt stolz in den Händen hielten. Ich packte ihn und legte ihn mir vor die Brust, um mein Herz zum *Hüpfen* zu bewegen. Stöhnend gab ich ihn an Fer weiter. Sie zog sich den Kopf des Hammers zur Brust und schrie sogleich auf. Der Hammer wanderte zu Ep. Der ergriff ihn, legte die Arme darum, reichte ihn weiter an Rubu.

So ging der Hammer von Hand zu Hand, bis er wieder bei mir angelangt war.

Ich nahm ihn fest in beide Hände, holte aus und ließ ihn mit so viel Schwung durch die Finsternis des Kellers sausen, dass man es pfeifen hörte.

Wir hielten die Luft an.

Die Waffe zum Kampf wider die Hölle auf Erden war in unserer Hand. Wenn auch vorerst nur in einem Exemplar. Bis zum Sieg würden wir Dutzende, Hunderte, Tausende davon brauchen. Wir benötigten ein ARSENAL. Ohne ein solches in ausreichender Größe brauchten wir den Befreiungskrieg für unsere Brüder und Schwestern gar nicht erst zu beginnen.

Und so nahmen wir die Eishammerproduktion in Angriff, was ein heikles Unterfangen war. Gearbeitet werden durfte nur nachts. Der ungenutzte Keller im Abbruchhaus war der ideale Ort dafür: Nicht einmal Ratten behelligten uns hier. Nacht für Nacht feilten wir bei Kerzenlicht Hammerköpfe aus Ljod, sägten Stiele und passten sie an, schnitten Riemen aus dem Fell verstorbener Tiere, setzten die Hammerköpfe auf, banden sie fest. Wir arbeiteten schweigend. Kälte und Müdigkeit spürten wir nicht: Das kam vom Himmlischen Ljod. Die Finger konnten es berühren, die Herzen flatterten davon. Mit eigenen Händen gestalteten wir unsere Geschichte. Die der Gemeinschaft des Ursprünglichen Lichtes. Jeder fertig gebaute Hammer wanderte von Hand zu Hand. Wir nahmen ihn zur Brust wie ein kleines Kind. *Sprachen* mit ihm. Und legte ihn weihevoll in die Kisten zurück – dort würde er ruhen bis zur Großen Schlacht.

Bis Ende Februar hatten wir vierundsechzig Eishämmer gefertigt. Zwei der vier nach Moskau transportierten Blöcke Ljod waren aufgebraucht.

DIE FLEISCHMASCHINE

Da wir nun einen Vorrat an Eishämmern besaßen, galt es über einen sicheren Ort für die Unterbringung der Findlinge nachzudenken. Dies war äußerst wichtig. Keiner der *Unseren* verfügte über eine eigene Wohnung, alle lebten wir in Sowjetkollektiven, ohne Rückzugsmöglichkeit. Unsere neu gefundenen Brüder und Schwestern brauchten jedoch Ruhe und Zuwendung, sie mussten für sich sein. Außerdem würden viele von ihnen nach dem *Aufklopfen* medizinische Hilfe benötigen. Ein ernsthaftes Problem, das nach einer Lösung verlangte. Also fuhren wir nach Sokolniki, hockten uns im Kreis in den Schnee und besprachen es mit dem Herzen. Und das Herz *bedeutete* uns: eine Datscha auf dem Lande. Im Kreise sitzend, konnten wir es *sehen*, aus den Fichten kam es auf uns zugeschwommen: ein Holzhaus aus alten Zeiten, mit Mansarde und einem Pegasus als Wetterfahne.

Das Herz konnte nicht täuschen. Zwei Tage später sahen wir das Haus mit eigenen Augen. Es gehörte dem Moskauer Universitätsprofessor Golowin, dessen Sohn verhaftet worden war; dem Exoffizier der weißen Garde wurde eine »antisowjetische Verschwörung« zur Last gelegt. Eine solche Verhaftung lief zu jener Zeit unweigerlich darauf hinaus, dass man in den Kellern der Lubjanka eine Kugel ins Genick bekam. Kurze Zeit später war auch der alte Professor abgeholt worden. Seine Frau konnte den zweifachen Verlust nicht verwinden und starb sehr schnell an einem Infarkt. Golowins Stadtwohnung wie auch die Datscha im Moskauer Vorort Ljuberzy waren von der GPU konfisziert worden. Die Wohnung hatte sich irgendein Beamter aus der Abteilung Eins mit seiner Sippe unter den Nagel gerissen, während die Datscha erst einmal dem Verwaltungshaushalt der Behörde anheim gefallen war, bevor sie nächsten Sommer an irgendeinen hohen GPU-Bonzen ging. Bis dahin stand sie leer und versiegelt. Die Weisheit des Herzens ließ Ig den rechten Entschluss fassen: Er rief von Chabarowsk aus Agranow an. Der kam, nach einem munteren Austausch über dies und jenes, auf den Fall Golowin zu sprechen und schlug *von sich aus* vor, Deribas könne doch Bruder und Schwester bis zum Sommer in Ljuberzy wohnen lassen.

So wirkte die Kraft des Lichtes: Unser unbedingter Wille grub sich in den *Filz* der uns umgebenden Welt und entzog ihm, was er brauchte.

Fer und ich nahmen in der Datscha Quartier – vorgeblich, um »GPU-Eigentum zu sichern«. Ein Zaun umgab das Grundstück; dort standen viele Bäume, die das Haus vor zudringlichen Blicken Unbefugter schützten. Einen besseren Ort, unsere Findlinge zu verbergen, konnte man sich nicht wünschen. Vom zurückgelegten Geld kauften wir Gemüse, Bettwäsche und Medikamente und brachten dieses kostbare Gut dorthin. Auch dreißig Eishämmer wurden im Brennholzschuppen des Hauses deponiert. Mit dem Frühzug konnten wir nach Moskau zur Arbeit fahren.

Nun war alles bereit, die Suche konnte losgehen. Fer und ich legten den Beginn der Aktion auf den 6. März fest. Es war ein Sonntag, so dass die anderen Brüder in der Nähe unseres *Magneten* sein konnten. Ohne sie wären wir hilflos gewesen.

Unsere Gemeinschaft rüstete sich für den großen Tag: Immer wenn wir uns trafen, hielten wir mit dem Herzen Zwiesprache, planten unsere *Schritte*, trafen Vorsorge. Ig war bei uns: Sein Herz eilte uns aus dem fernen Chabarowsk zu Hilfe. Die Blätter von unserem sowjetischen Abreißkalender fielen so rapide wie das Laub im Herbst. Es kam der zweite, der dritte, der vierte März … Wir *stimmten uns ein*.

Doch am fünften März geschah etwas mit mir, was Folgen haben sollte.

Als ich an diesem Morgen zur Arbeit kam, wurde mir ein ungewöhnlicher Auftrag erteilt. Ich sollte in die Stadtbibliothek gehen und die Auswertung der westlichen Presse abholen. Der sonst mit dieser Aufgabe betraute Mitarbeiter der Archivabteilung war krank. Da mein Vorgesetzter wusste, dass ich zwei Fremdsprachen konnte, bekam ich die Aufgabe übertragen. Ich fuhr also mit der Straßenbahn zur Bibliothek, wies meine Vollmacht vor und ging in die Abteilung mit den sekretierten Beständen. Der Bibliotheksmitarbeiter, der die Westpresse für die GPU auswertete, sagte, er brauche noch eine halbe Stunde, um die zuletzt eingetroffenen Zeitungen zu sichten. Ich solle so lange im Lesesaal warten. Ich griff mir also ein paar sowjetische Zeitungen, ging in den allgemeinen Lesesaal, setzte mich an einen freien Tisch. Trotz der morgendlichen Stunde war der Saal schon beinahe voll belegt. Man saß und las oder schrieb still, mit gesenktem Kopf. An der Stirnwand hingen vier riesige alte Gemälde, die Puschkin, Gogol, Tolstoi und Tschernyschewski zeigten. Das heißt, Letzterer war neu, an seiner Stelle hatte früher Dostojewski gehangen, der inzwischen zum »reaktionären Schriftsteller« erklärt war. Tschernyschewskis Bild stach durch die Frische der Farben deutlich von den drei verblichenen Klassikern ab. Beim Betrachten der Porträts hatte ich nur noch vage Erinnerungen, wer diese Männer waren; sie entstammten meinem früheren Leben. Aus heutiger Sicht, so überlegte ich mir, gab es zwischen Dostojewski und Tschernyschewski *überhaupt* keinen Unterschied mehr … Auf einmal merkte ich, wie *unglaublich* müde ich war. Ich hatte seit drei Tagen nicht geschlafen: Die letzten Nächte hatten wir damit verbracht, die von der GPU während der Haussuchung verwüstete Datscha aufzuräumen und die Suchaktion vorzubereiten, wobei unsere Herzen *intensiv* Zwiesprache gehalten hatten. Ich senkte den Blick, ließ ihn über die Spalten der »Prawda« vom Tage wandern. Doch die Müdigkeit übermannte mich: Die Arme wurden steif, die Augen fielen zu. Lange hatte ich nicht mehr eine so *unüberwindbare* Müdigkeit gespürt. Mein Herz war wie taub. Die verbrauchte Luft im Lesesaal, der Geruch von alten Büchern und alten Möbeln wirkten wie Äther auf mich. Die Augen gewaltsam aufreißend, begann ich den kollektiven Brief der Arbeiter aus der Fabrik »Roter Wyborger« zu lesen, der alle Betriebe der UdSSR zum sozialistischen Wettbewerb aufrief – doch schon sackte mir der Kopf auf den Tisch, und ich schlief ein.

Ich fiel in einen klaren, tiefen Traum: Ich saß im Klassenraum meines Gymnasiums, Literaturunterricht, neben mir in der Bank wie üblich der tumbe Stürmer; der Raum von Sonnenlicht durchflutet, draußen hinter den geputzten Fenstern fing gerade der Sommer an; hier drinnen gespannte Stille, man hörte nur die Federn kratzen und den Literaturlehrer Wikenti Semjonowitsch gemessenen Schrittes zwischen den Reihen auf und ab gehen; wir schrieben den Abituraufsatz; zugleich wusste ich, dass es sich um einen Traum handelte, einen Traum aus meinem früheren Leben, das längst vergessen war, schon darum kam der Traum mir komisch und peinlich vor, doch ich träumte weiter, war viel zu müde, mich aus ihm zu lösen; ich sah auf die gebeugten Rücken der Mitschüler; vor mir ein Blatt liniertes Papier mit dem blauen Gymnasiumsstempel in der Ecke; meine Hand malte die Überschrift des Aufsatzes auf das Blatt: *Fjodor Michailowitsch Dostojewski*; ich tunkte die Feder ins Tintenfass, senkte sie über das Blatt – und in dem Moment fiel mir ein, dass ich *vollkommen* vergessen hatte, wer das war: Dostojewski; ich hob den Kopf und sah ein großes Dostojewski-Bildnis an der schwarzen Schultafel lehnen; ich starrte darauf; doch je mehr ich starrte, umso klarer wusste ich: dieser bärtige, düster dreinblickende Mann mit der hohen Stirn war mir absolut unbekannt; er blickte mich ernst an; ich schaute in die Runde: alle schrieben sie ihren Dostojewski-Aufsatz; ich aber versuchte mich zu *entsinnen*: was hatte dieser Griesgram Besonderes geleistet? Dass wir einen Aufsatz über ihn schreiben mussten? Wer war er? Doch mein Gedächtnis schwieg; ich wusste nicht, was tun, schielte nach meinen Klassenkameraden; die kratzten fleißig mit ihren Federn; alles schrieb; ich begriff, dass ich keine Zeit zu verlieren hatte, stieß Stürmer mit dem Ellbogen an, er drehte sich unwillig zu mir herum. »Wer ist das?«, fragte ich, mit den Augen auf das Bild deutend; er zog ein dickes Buch unter der Bank hervor: »Dostojewskis Gesammelte Werke« – schob es mir hin; ich nahm es in die Hand, klappte es auf – und wusste auf einmal genau, dass dieses Buch, Lebenswerk eines ernst blickenden Mannes, doch nichts als Papier war, bedruckt mit Buchstabenkombinationen; ausgerechnet von diesen buchstabenbedruckten Seiten sollte unser Abituraufsatz handeln – von Papier und nichts als Papier! Das kam mir auf einmal *unglaublich* absurd vor; einen Aufsatz über Papier schreiben zu müssen; ich lachte und brach den Traum ab.

Den Kopf hebend, öffnete ich die Augen: Ich saß in einem Lesesaal. In Wirklichkeit aber schlief ich. Befand mich bereits wieder im nächsten Traum. Rings um mich her saßen ebenso Leute und raschelten mit Papier. Ich schaute auf. Die vier großen Gemälde hingen an Ort und Stelle. Nur dass jetzt andere Bilder im Rahmen steckten: keine Menschen mehr, sondern *seltsame* Maschinen. Konstruiert zum Bücherschreiben, zum Füllen Tausender Blatt Papier mit Buchstabenkombinationen. Und ich verstand: Dies war der Traum, den ich träumen *wollte*. Die gerahmten Maschinen produzierten beschriebenes Papier. Das war ihr Job. Die an den Tischen Sitzenden hatten einen anderen: Sie glaubten an dieses Papier, *so fest sie konnten*, richteten ihr Leben danach aus, lernten, getreu dem Papier zu leben, zu lieben, zu fühlen, zu genießen, zu rechnen, zu planen, zu bauen – um schließlich anderen beizubringen, wie man nach dem Papier lebt.
Diesen Traum *durchschaute* ich gleichfalls. Und brach ihn ab. Schlug die Augen auf. Hob den Kopf: Ich saß auf dem Ljod. In der Kuhle, die mein Körper in einer Nacht hineingeschmolzen hatte – jener Nacht, da mein Herz zu sprechen anhob. Sterne ringsumher. Eine Erde gab es nicht: Der Koloss aus Ljod, dem Eis, hing im schwarzen Raum. Das hier war kein Traum mehr. Es war das, was ich *brauchte*. Ich legte die Hände auf das Ljod. *Berührte* es im selben Moment mit dem Herzen. Und der Koloss *antwortete* sogleich. Jäh und gewaltig. Das Ljod *zuckte*. Mein Herz empfing diesen überraschenden Schlag. Es *zuckte* zurück. Und offenbarte eine *neue* Fähigkeit: Ich konnte mit dem Herzen *sehen*. Auf einmal war auch die Erde wieder da. Ich *sah* den Planeten mit meinem Herzen. Er bestand zur Gänze aus Atomen: Steine, Wasser, Pflanzen, Tiere, Menschen – nichts als Atome. Sie waren das aus dem Licht geborene Baumaterial. Alles derselbe Stoff –

es gab *keinen* Unterschied zwischen Stein und Mensch, Baum und Vogel. Und inmitten dieser homogenen Masse monströser, *verkehrter* Atomanordnungen leuchteten zwanzig Lichtpunkte. Sie saßen in den Herzen meiner Brüder und Schwestern. Jeden Einzelnen konnte ich *sehen*. Sie waren das einzig Vollkommene in dieser finsteren Welt.

Ich *erwachte*. Schlug die Augen auf. Hob einmal mehr den Kopf. Ich saß an einem Tisch im Lesesaal. Menschen saßen um mich her. An der Wand die vier Gemälde. Doch statt der Schriftstellergesichter unkenntliche Flecke, ein Wirbeln und Wabern. Wie durch einen Tränenschleier gesehen. In meinen Augen standen aber keine Tränen. Ich hatte sie mir eben erst gerieben, rieb sie noch einmal. Die Bilder kamen nicht zurück. Ich versuchte, genauer hinzusehen: Da, wo vorher die Gesichter gewesen waren, gab es nur mehr Schlieren aus Braun und Rosa. Ich wandte die Augen zu den Umsitzenden. Auch deren Äußeres hatte sich *in gewisser Weise* verändert. Ich sah die Menschen nicht mehr nur mit den Augen. Eine *neue* Sicht war hinzugekommen. Ich sah sie mit dem Herzen. Und zwar ganz und allumfassend.

Vorsichtig stand ich auf. Ging zum Fenster. Dahinter die von Menschen gebaute Stadt.

Und die Zeit blieb stehen.

Ich sah mit dem Herzen die Geschichte der Menschheit. Ein Gewirr aus Millionen Stimmen und Geräuschen umgab mich. Millionen Betten knarrten, wollüstige Schreie ertönten, Sperma ergoss sich in Millionen Vaginen, Eizellen wurden befruchtet, Gebärmütter schwollen, Embryonen streckten sich, Schreie von Kreißenden, Millionen blutiger Babys wurden ans Licht gepresst und fingen kläglich zu schreien an, wurden gewaschen, abgenabelt, gewindelt, an die Brust gelegt, saugten gierig die Muttermilch, begannen zu wach-

sen, zu kriechen, zu sitzen, zu stehen, zu laufen, nach Spielzeug zu greifen, zu sprechen, zu rennen, kamen mit Ranzen und Blumenstrauß in die Schule, malten Buchstaben aufs Papier, lernten lesen, lernten, sich zu benehmen, lernten zu lieben und zu hassen, zu spielen und zu singen, zu schwärmen und zu spotten, zu piesacken und zu beten, zu hoffen und die Hoffnung aufzugeben, zu küssen und zu schlagen, bis Blut kommt, Verrat zu üben und Opfer zu bringen, sie kamen aus der Schule, verdienten ihr erstes Geld, erlebten ihre erste Liebe, umarmten einander, fielen aufs Bett, koitierten millionenfach, zeugten, gebaren, wurden alt, starben.
Und ich sah: vieltausendköpfige Armeen, die im Trommelwirbel aufeinander zu marschierten, mit *vortrefflichen* Mordinstrumenten in Händen; Gewehr- und Kanonensalven; schwirrendes heißes Blei; zerschmetterte Schädel; ausgeschlagene Augen; abgerissene Gliedmaßen; das Wimmern und Stöhnen der Verwundeten; das Triumphgeheul der Sieger, das heißt jener, die *besser* getötet hatten; die Macht der einen über die anderen; entsetzliche Demütigungen; Speichelleckerei; die gnadenlose Unterdrückung der Freiheit des anderen; überfüllte Gefängnisse; bestialische Folter, das Abziehen der Haut bei lebendigem Leibe, das Schmoren auf kleiner Flamme; Schauhinrichtungen unter anfeuernden Rufen der Menge; Sklavenhandel, Frauenhandel; Fabrikangestellte, die die *perfekte* Vernichtungswaffe bauten; auf den Straßen sterbende Bettler; hungernde Kinder mit aufgetriebenen Bäuchen.
Und ich sah: alte Menschen, die hilflos in ihren Betten starben; junge Menschen, die im Fluss ertranken; die verbrannten; die, von schrecklicher Krankheit gezeichnet, sich vor Schmerzen krümmten; die wahnsinnig wurden; Frauen, die

sich aus Liebeskummer das Leben nahmen; die bei der Geburt ihres Kindes starben; tot geborene Säuglinge.
Und ich sah: Räuber, die aus Geldgier töteten; Vergewaltiger, die Frauen mit dem Messer zwangen, die Schenkel zu öffnen; Hochstapler, die Menschen zu begeistern verstanden; Lügengenies, die die hohe Kunst der Täuschung beherrschten; versierte Giftmischer; Henker, die nach getaner Arbeit ruhig ihr Mittagsbrot verzehrten; Inquisitoren, die, um das Heil der Menschheit besorgt, Menschen dem Scheiterhaufen übergaben; Massentötungen von Menschen, die der falschen Nation angehörten.
Und ich sah: Menschen, die komplizierte Schlösser an ihre Türen bauten, um anderen Menschen den Zugang zu verwehren.
Und ich sah: Jäger, denen es Spaß machte, Tiere zu töten; raffinierte Speisen, zubereitet aus den Kadavern von Säugetieren, Fischen und Vögeln; menschliche Münder, die in bluttriefendes Fleisch bissen; Farmen, auf denen Tiere gezüchtet wurden, um ihnen das Fell abzuziehen und schöne Menschenkleider daraus zu machen; Frauen, die in solchen Kleidern posierten und Männer betörten.
Und ich sah: eine Made Aas fressen, einen Käfer die Made fressen, einen Vogel den Käfer picken, einen Iltis dem Vogel den Kopf abbeißen, einen Adler den Iltis krallen und zerfetzen, einen Luchs den Adler reißen, Wölfe dem Luchs die Kehle zerbeißen, einen Bären dem Wolf das Rückgrat brechen, einen umfallenden Baum den Bären erschlagen, eine Fliege Eier ins faulende Bärenfleisch legen, eine Made aus dem Ei schlüpfen und Aas fressen.
Und ich begriff das Wesen des Menschen.
Der Mensch war eine FLEISCHMASCHINE.
Wieder richtete ich den Blick auf die Porträts an der Wand:

Die Farben klumpten, waberten, zerflossen. Es gab keine Gesichter. Ich schaute in den Saal. Am Tisch neben meinem saß ein alter Mann über irgendwelchen Zeitschriften. Ich trat hinter ihn, blickte ihm über den Rücken. Die aufgeschlagenen Seiten zeigten keine erkennbaren Bilder, nur graue und bunte Flecken, gleichmäßig verteilt. Ich zog meine Vollmacht aus der Tasche, entfaltete sie. Anstelle des aufgeklebten Fotos ein grauer Fleck. Indem ich das innere Wesen der Menschen erkannt hatte, war ich der Fähigkeit, äußere Bilder vom Menschen zu sehen, verlustig gegangen. Auf leisen Sohlen ging ich durch den Saal, so als fürchtete ich, das, was mir eben zuteil geworden, versehentlich wieder zu *vergeuden*. Die Leute saßen und arbeiteten konzentriert. Sie waren Fleischmaschinen. Jede für sich existierend. Die Nase im Papier, hockten sie hier. Papier war das Einzige, was sie interessierte. Während der Leser am Nachbartisch ihnen vollkommen gleichgültig war. Sie bildeten keine Gemeinschaft, konnten es nicht. Sie waren ja *unser* Fehler. *Wir* hatten sie geschaffen vor Milliarden Jahren, da wir noch Lichtstrahlen gewesen waren. Fleischmaschinen, bestehend aus den gleichen Atomen wie andere von uns geschaffene Welten auch. Nur leider in FEHLERHAFTER Kombination. Dies war der Grund, weshalb die Fleischmaschinen sterblich waren. Nicht imstande, in Harmonie mit ihrer Umgebung und mit sich selbst zu leben. Sie kamen unter Schmerzen auf die Welt und traten unter Schmerzen ab. Ihr ganzes Leben war auf die Anstrengung reduziert, Komfort zu erwerben, die Verlängerung ihrer körperlichen Existenz, die Ansprüche an Nahrung und Kleidung stellte. Doch es half nichts: Ihre Körper, die explosionsartig auf die Erde geworfen wurden, verschwanden ebenso schnell wieder. Sie alterten zügig, wurden krank und krumm, bewegungsunfähig, eiter-

ten, zerfielen zu Atomen. Dies war der Weg aller Fleischmaschinen.
Und ich sah: die Erde. Schwebend, rotierend im Raum, inmitten der von uns geschaffenen Welten der Ruhe und Harmonie. Sie war der einzige Ort, an dem Unruhe und Disharmonie herrschten. Und daran waren nur wir schuld. Und nur wir konnten diesen Fehler wieder gutmachen.
»Ich bin fertig, Sie können es mitnehmen«, ertönte hinter mir eine Stimme.
Ich sah mich um.
Da stand eine männliche Fleischmaschine in grauer Tolstoi-Bluse mit blauen Ärmelschonern und kleinen runden Brillengläsern im unkenntlichen Schnurrbartgesicht. Sie erwartete von mir eine Antwort. Ich grub in meinem Gedächtnis, um eine Antwort in ihrer Sprache zurechtzulegen. Und gewann dabei unversehens Einblick in ihr Leben: komplizierte Geburt, oft kränkelnd als Kind; der Vater geizig und hartherzig, die Mutter still und gehorsam; Höhenangst; ein geliebter Hund; ein gebrochener Finger; Gymnasium; der Tod der Schwester, die Angst, sich gleichfalls mit Diphtherie anzustecken; gut in der Schule; gescheiterter Geschlechtsverkehr mit einer Prostituierten; Angst vor Frauen; Universität; Geschlechtsverkehr mit einem Mitstudenten; Revolution; Tod des Vaters; Leben in der Kommune; Tod des Liebhabers; Krieg; Gehirnkontusion; unglückliche Heirat; fehlgeschlagener Selbstmordversuch; die Bibliothek. Was er mochte: Käse, Taschenuhren, die Kommunistische Partei (Bolschewiki), von starken, wortkargen Männern kommandiert zu werden, die fantastischen Romane von H. G. Wells, Trotzkis Losung von der Abschaffung der Familie, Fahrräder, Schachspielen, Kino, seine Arbeit, sauberes Geschirr, den Geruch von Sperma, lange Gespräche. Was er nicht mochte: große Höhen,

Sumpf, Spinnen, Mehlsuppe, Träume von einem schleichenden dicken Mann, Frauen mit lauter Stimme, Kinder, eingerissene Nagelhaut, Popen, knarrende Stiefel. Was er am meisten fürchtete: Feuerfolter.

»Fehlt Ihnen etwas?«, fragte er.

»Mir fehlt gar nichts«, erwiderte ich und, nach kurzem Zögern: »Aber Ihr schleichender dicker Mann, wo wohnt der eigentlich?«

Er erstarrte. Ohne den Ausdruck in seinem Gesicht erkennen zu können – die Verblüffung *sah* ich.

»Das … weiß ich nicht«, sagte er dumpf.

»Aber ich weiß es. Im Zimmer Ihrer verstorbenen Schwester. In der feuchten Ecke. Neben dem Schrank mit dem Riss.«

Er stand da wie vom Donner gerührt. Ich nahm ihm die Tüte aus der Hand, kehrte zu meinem Tisch zurück, steckte die Tüte in die Aktentasche und ging aus dem Lesesaal. Zog den Mantel an, verließ die Bibliothek. Und fand mich in einer Stadt von Fleischmaschinen wieder. Sie spazierten die Straßen entlang, fuhren in Schlitten und Automobilen, bestiegen Straßenbahnen, drängten in die Geschäfte. Die einen hasteten zur Arbeit, die anderen nach Hause. Bei der Arbeit warteten auf sie andere Maschinen, die nicht aus Fleisch waren, oder Stöße von Buchstabenpapier; zu Hause warteten auf sie andere Fleischmaschinen und das von ihnen zubereitete Essen. Die Stadt bestand aus vielen kleinen Steinhöhlen. In jeder Höhle wohnte eine Fleischmaschinenfamilie. Jede Höhle war sicher vor dem Zutritt anderer Fleischmaschinen verwahrt, obwohl sich eine Fleischmaschine von der anderen *konstruktiv* in nichts unterschied. Doch die Fleischmaschinen fürchteten einander, weil die einen große Höhlen hatten, die anderen nur kleine. Auf der Arbeit verdienten die Fleischmaschinen Geld, um dafür Essen und Kleider zu kaufen. In ihrer Höhle aßen sie und schliefen und produzierten neue Fleischmaschinen. Letzteres geschah nachts: Zwei Fleischmaschinen legten sich aufeinander und ruckelten. Worauf im Inneren einer von beiden eine neue kleine Fleischmaschine keimte. Nach neun Monaten kam sie ans Tageslicht und begann ihr Höhlenleben. Sie wuchs heran und wurde allmählich zu einer ganz normalen Fleischmaschine. So lebten die Fleischmaschinen in ihrer Stadt.

Bis zur Lubjanka hätte ich die Straßenbahn nehmen können, ging aber lieber zu Fuß. Passanten strömten an mir vorbei. Über jeden von ihnen hätte ich alles *wissen* können. Es genügte, mit dem Herzen hinzusehen. Die Gesichter verschwammen mir zur immergleichen stumpfen Visage. Einer Fleischmaschinenvisage. An der Kreuzung von Twerskaja und Mochowaja fasste mich jemand am Ärmel. Ich blieb stehen.

»Hör mal, Jugendfreund, wo geht es hier zur Hauptverwaltung Konsumgüterproduktion?«

Vor mir stand eine füllige, warm angezogene Fleischmaschine aus Podolsk, die in Moskau auf Dienstreise war. Im Eisenbahnabteil zur Welt gekommen; in kleinbürgerlicher Familie aufgewachsen; Vater Alkoholiker, Mutter Alleinverdienerin; Arbeit zunächst als Fährmann, dann als Transportarbeiter in der Stadt, Militärdienst bei der Kavallerie, Kriegseinsatz, drei Feinde mit dem Säbel erschlagen, einen im Kampf erschossen und sechzehn als Gefangene; Dienst bei der Tscheka, wegen einer Vergewaltigung entlassen; Heirat; Fabrikarbeiter, Hafenarbeiter, dann bei der Eisenbahn; erste Erfahrungen mit Schiebereien, Dokumentenfälschung; Wechsel in den Bereich Handel und Versorgung; Schwarzhandel mit Zucker, Graupen und Morphium. Was er mochte: Fleischklößchen in Tomatensoße, Flugzeuge, Vorgesetzte, Revolver unterm Kissen, die gelinde Gegenwehr seiner Frau als Vorspiel vor dem Geschlechtsverkehr, den Geruch von Apotheken, jemanden finanziell übers Ohr zu hauen, beim Einschlafen an eine bessere Zukunft zu denken, Velour und Persianerpelze, Damenhandschuhe; Pferdeparaden. Wovor er Angst hatte: vor Vorgesetzten, Schlangen, plötzlichem Artilleriebeschuss, im Schlaf zu sterben, sich die Unendlichkeit des Universums vorstellen zu müssen, Syphilis zu kriegen, verhaftet zu werden.

»Das Morphium müssen Sie nicht verstecken. Verstecken Sie lieber den Zucker«, riet ich ihm, ließ ihn verdattert stehen und ging weiter.

Der Strom der Fleischmaschinen nahm kein Ende. Jede trug ihre persönliche Vergangenheit wie eine *Wolke* mit sich herum. Darin schwärmte es und summte. Ich geriet von einer dieser Wolken in die andere. Es waren energetische Löcher für mich. Das heißt, die Energie dieser Wolken tat der Energie des Lichtes in meinem Herzen nicht gut. Ich spürte, dass jedes Eindringen in ein fremdes Leben meinem Herzen Energie kostete. Es führte zu rascher Ermüdung. Also versuchte ich beim Laufen nur *flüchtig* an die Herzen der Fleischmaschinen zu rühren.

Schon in der Nähe des GPU-Gebäudes schleppte sich eine Bettlerin das Trottoir entlang. Als ich mit ihr auf einer Höhe war, konnte ich mich nicht beherrschen und drang in ihre *Wolke* ein: komplikationslose Geburt in einem Schlafzimmer mit weiß-blauen Wänden; der Vater streut Rosenblätter von einem goldenen Tellerchen über die Mutter und das Neugeborene; wohlhabende Familie, glückliche Kindheit, Hausmusik; Versteckspielen; Pferde; Konfitüre; Krocket; der Pudel Artaud; die geliebten kräftigen Hände des Vaters, die Puppe

Brunhilde; Angst vor der strengen Mutter; Tod des Bruders; ein Kissen mit eingenähtem »Geheimnis«; ein Herbarium; ein Papagei, der »Lokomotive« sagen konnte; erster Ball; ein Junge, der sie auf die Wange küsst; die Liebe zu diesem Jungen; Tränen; Fieber; der Wunsch, immer mit ihm zusammen zu sein, dem Jungen Sascha; seine goldenen Locken, seine blauen Augen … Der Traum von diesem Jungen: wie er ihr die Hexenmaske abzunehmen versucht. Die aber einfach nicht abgehen will. Die Hexenmaske mit einer *sehr* langen Nase.

Die Bettlerin hielt inne.

Sie hob ihr Gesicht. Eingedunkelt vom jahrelangen Leben im Dreck. Anstelle des linken Auges ein gähnendes Loch. Die Braue darüber von einem Säbelhieb gespalten und vernarbt: Hitze, Staub, auf der Flucht, lange Fahrt auf einem Pferdekarren, Stroh, Melonen, die Brillanten im linken Stiefel, Nacht, Lagerfeuer, Menschen, die aus dem Wald kommen, das Pferd erschlagen, dunkelhäutige Menschen, wuselig, stinkend, die ihr das Kleid zerreißen, die sich flink, einer nach dem anderen, über sie wälzen, noch einer und noch einer; am Ende, im Morgengrauen, der Säbelhieb.

Ich erkannte Nika Rjabowa. Und blieb gleichfalls stehen.

Sie schaute mich an mit ihrem trüben, tränenden Auge. Ihr Mund ging auf, entblößte ein paar gelbe Zähne.

»Immer mimmer Jean Valjean«, murmelte sie, ließ einen fahren und lachte. Dann schleppte sie sich weiter, das Trottoir entlang.

Ich *blickte* ihr nach. Nika kroch davon. Mit ihr entfernte sich alles Menschliche. Und ich MOCHTE es nicht aufhalten.

Sie bewegte sich vorwärts wie eine Maschine. Sie *war* eine. Eine von Hunderttausenden Fleischmaschinen.

Ich drehte mich um. Ging meiner Wege.

Ich kam in der Lubjanka an, passierte die Pforte, stieg hinauf in den ersten Stock. Gab meinem Vorgesetzten die Tüte. Er war unzufrieden, weil ich so spät kam. Seine Visage pulsierte verbissen. Ich musste dieser Fleischmaschine eine Erklärung geben. Versuchte mich zu erinnern, was Fleischmaschinen in so einem Fall sagten.
»Genosse Vorgesetzter, es hat an der Bibliothek gelegen. Die waren noch beim Auswerten der Neueingänge.«
»Schon gut, Deribas, geh jetzt essen«, antwortete er. »Zwanzig Minuten, nicht länger. Und dann an die Arbeit.«
Was der Vorgesetzte mochte: vorgesetzt zu sein, gebratenes Huhn, Holzbilderrahmen zu drechseln, auf Entenjagd zu gehen, dünne, hysterische Frauen, den Geruch von Benzin, Militärparaden.
Ich ging in die Kantine. Vielleicht bekam ich dort ein paar Äpfel, die ich essen konnte. Es roch nach Fleischmaschinenessen. Der große Speisesaal war von Fleischmaschinen voll. Munter löffelten sie ihren Borschtsch in sich hinein, Gepökeltes mit Perlgraupen, tranken gezuckerten Tee dazu. Ihre Visagen waberten. Sie schwitzten. Es ging ihnen gut. Ich fühlte mich an eine Werkhalle voller Häckselmaschinen erinnert. Die Fleischmaschinen saßen und schlangen. Löffel klapperten, Zähne malmten. Eine Verdauungsfabrik. Plötzlich aber *gewahrte* ich meine Schwester Fer, die eben den Speisesaal betrat. Und die finstere Welt der Fleischmaschinen *fuhr beiseite*. Fer war so ANDERS! Ich lief zu ihr hin. Mein Herz *sprach* ihres *an*. Und ich *sah* sie ganz. Ihr ganzes Leben. Und Fer *wusste*, was ich sah. Sie nahm einen Apfel vom Tablett, legte ihn mir in die Hand. Unsere Finger pressten den Apfel, dass er knackte.
Wir verließen den Speisesaal.

DER ZIRKUS

Unser gemeinschaftlicher Kreis des Lichtes half mir, das *Neue* in mir zu verstehen. Nachts hielt ich den Eishammer in Händen, nahm ihn zur Brust. Das Herz kam allmählich zur Ruhe. Es *gewöhnte* sich an die neue Gabe des Lichtes. Es *sah* auf Erden nunmehr *klar*.

Am darauf folgenden Sonntag gingen Fer, Rubu, Ep und ich auf die Suche. Unser *Magnet* durchleuchtete das Moskauer Gedränge. Wir fuhren mit der Straßenbahn zum Hotel National und liefen die Twerskaja aufwärts. Unsere Herzen *schwollen* vor Anspannung. Wir gingen in die Läden, *schauten* uns die Warteschlangen an, warfen einen Blick in die Hausflure und Höfe. Die Fleischmaschinen wimmelten. Sie waren beschäftigt. Herzen pumpten Blut. Muskeln trieben Knochen an. Gequirlte lange Gesichter. Und jede einzelne Fleischmaschine umwölkt von der Aura ihres Lebens. Ich passierte diese Wolken zu Dutzenden, nahm mein Herz vor ihnen in Acht. Es *suchte*. Fer war in meiner Nähe. Sie stöhnte vor Anspannung. Wir *versuchten unser Bestes*.

An der Kreuzung Lesnaja angekommen, blieben wir stehen. Unsere Herzen *litten*. Sie klopften heftig, pulsten *Licht*. Die Moskauer waren ein *schwerer Brocken*. Das *Getöse*, das über ihnen hing und erst einmal *zertrieben* werden musste. Wir steckten darin fest. Unsere Gesichter waren schweißüberströmt. Die

Knie wurden weich. Rubu und Ep stärkten uns den Rücken, indem sie sich von hinten an uns pressten. Wir ließen die Köpfe zurücksinken, stützten uns auf unsere Brüder. Sahen in den Himmel. Atmeten schwer. Und *dachten* an das Ljod. *Streckten* uns darauf *aus*. Und schöpften so neue Kraft. Der in Sibirien liegende Koloss gab *Antwort*.
Nach dieser Verschnaufpause wechselten wir auf die andere Straßenseite der Twerskaja und liefen wieder abwärts. Das Fleischmaschinengetöse schluckte uns von neuem. Wir *spalteten* die Menge, *durchleuchteten* sie – Ep und Rubu als Stützen im Rücken. Mit dem Herzen *helfend*. Unsere Beine schleppten sich mühsam voran.
Wir kamen an den Strastnoi Bulwar, wo wir erneut stehen blieben, um Atem zu holen. Und da, gerade als wir uns zum Weitergehen wandten, *blitzte* es in unseren Herzen auf: Hier war einer! Ein großer, hagerer Mann in vornehmem Mantel, der gerade ein Auto bestieg. Mit noch zwei anderen. Die Zeit, in der er es sich auf seinem Sitz bequem machte, genügte, ihn mir *anzusehen*: Ausländer aus wohlhabender Familie; Vater in vorgerücktem Alter; ein Universitätshof mit achtzehn Säulen; Rapierfechten, zwei Schmisse; Umzug in ein neues Haus; Krieg; ein Schrapnell, sieben Splitter; eine Frau mit kleinen Brüsten; Kaffee, verschüttet auf einer Zeichnung; zwei Töchter; Angst vor Blutvergiftung; Angst vor Stecknadeln; Angst, sich im Wald zu verirren; Untergrundarbeiten, Beton, Wasser und Maschinen; Milchschokolade; rasierter Venushügel; viel Geld; Hämorrhoiden; Buchsbaumlabyrinth; Ordnung im Schreibtisch; Lieblingspferd Neraida, Bergsee, Flugzeug, Zirkus. Zirkus. Zirkus.
Das Auto heulte kräftig auf und fuhr an.
»Halt!«, brüllte Fer und wollte dem Wagen hinterherstürzen. Doch ihre Beine knickten ein, sie fiel in Rubus Arme.

Ihr Herz war erschöpft. Sie japste nach Luft. Das Gesicht ganz bleich. Ich ging in die Knie, griff eine Hand voll nassen Schnee vom Trottoir, drückte den Mund hinein, schlürfte. Ep hielt mich bei den Schultern.

»Zirkus«, sprach ich. »Sie gehen in den Zirkus.«

Fer musste sich übergeben. Hinterher ging es ihr besser.

Das Winterquartier des Moskauer Zirkus befand sich auf dem Zwetnoi Bulwar. Wir kauften Karten, und am Abend saßen wir im Rund des Saales. Fer und ich konnten unseren *Bruder* sofort in der Menge ausmachen. Neben ihm sein Begleiter, der mit im Auto gesessen hatte. Wir vier mühten uns, *still zu sitzen*. Der Saal war voller Fleischmaschinen. Die Blaskapelle intonierte einen Marsch, der Vorhang ging auf, die Vorstellung begann. Clowns und Akrobaten kamen in die Manege gelaufen. Die Fleischmaschinen klatschten ihnen Beifall. Die Clowns äfften dumme Fleischmaschinen nach. Ein Clown hieb einem anderen einen großen Hammer aus Pappmaché auf den Kopf, in dem es bei jedem Schlag kräftig schepperte, Sturzbäche falscher Tränen flossen ihm aus den Augen. Die auf den Rängen sitzenden Fleischmaschinen freuten sich, dass sie nicht so dumm waren wie diese Clowns. Die Akrobaten riskierten ihr Leben, indem sie hoch droben unter der Zirkuskuppel von einem Trapez zum anderen flogen. Dafür bekamen sie Geld. Die Fleischmaschinen freuten sich über die Geschicklichkeit der Akrobaten. Zugleich fürchteten sie, die Akrobaten könnten abstürzen. Danach betraten ein paar muskelbepackte Fleischmaschinen die Manege. Sie stemmten Gewichte, zerrissen Ketten, trugen drei Frauen auf einem Arm. Danach machten sie Ringkampf. Die normalen Fleischmaschinen im Saal verfolgten den Kampf der starken Fleischmaschinen mit Begeisterung. Viele waren neidisch auf so viel Kraft. Nach den starken Männern trat eine

Anzahl kleiner Fleischmaschinen auf. Sie schnitten Grimassen, tanzten Charleston und alberten mit unnatürlich hohen Stimmchen herum; sie wollten NÖP-Leute darstellen. Auf einmal kam ein Bär aus den Kulissen gelaufen. Er trug einen Beißkorb, eine große Uniformmütze mit rotem Stern und die Schürze eines Hausmeisters. Ihm war ein großer roter Besen an die Tatzen gebunden. Der Bär eilte auf die kleinen Fleischmaschinen zu. Die rannten kreischend vor ihm davon bis hinter die Kulissen. Der ganze Saal pfiff und grölte. Nun kam ein Dresseur zu dem Bären gerannt und schob ihm unfällig ein Häppchen Fleisch ins Maul, derweil er mit lauter Stimme verkündete: Wenn der rote Besen so weiterkehre, werde die Sowjethauptstadt sehr bald frei von allem Unkraut sein! Der Saal applaudierte. *Unser Bruder* saß da und verfolgte interessiert das Geschehen. *Gelassen* schauten wir ihm dabei zu. Eine Dresseurin im grellbunten Kleid kam in die Manege gerannt, kurz nach ihr erschien ein Elefant. In der Hand hielt die Dresseurin einen Stab, der mit einem goldenen Band umwunden war. Auf dem Ende des Stabes steckte ein Federbusch. Darin war ein scharfer Stahlhaken versteckt. Mit dem stach die Dresseurin den Elefanten, damit er ihre Befehle ausführte. Während die Leute im Saal dachten, sie berührte das Tier nur mit dem Federbusch. Der große Elefant hatte Angst vor der kleinen Dresseurin. Er kletterte auf ein Podest und hob die Vorderbeine. Anschließend stellte er sich auf die Vorderbeine und hob die hinteren. Ihm lag daran, das Ganze schnell hinter sich zu bringen und zurück in den Käfig geführt zu werden, wo ein Fressen auf ihn wartete. Die Fleischmaschinen klatschten. Die Dresseurin gefiel ihnen gut. Der Elefant wurde hinausgeführt. Drei befrackte Affen stürmten in die Manege. Sie stellten Chamberlain, Curzon und Poincaré dar. Die Affen kletterten auf eine große Trommel, an der das Wort IMPERIALISMUS stand, und hopsten. Das Publikum lachte und klatschte. Den sowjetischen Fleischmaschinen gefiel, dass die Affen Ähnlichkeit mit ausländischen Fleischmaschinen hatten, die in den sowjetischen Zeitungen kritisiert wurden. Als Nächstes trat ein Zauberer auf. Er verstand es, die Fleischmaschinen zu täuschen. Die von so viel Geschick ganz begeistert waren. Zum Beispiel tat er so, als zauberte er Küken und Kaninchen aus seinem Hut, als zersägte er eine Frau und als würde er sich unsichtbar machen. Die Fleischmaschinen fanden Gefallen daran, dass der Zauberer sie so geschickt, und ohne dass sie es merkten, zu täuschen verstand. Danach erschien ein Dresseur mit Hund. Er verkündete, sein Hund könne bis zehn zählen. Was auch nur eine Täuschung war: In Wirklichkeit konnte der Hund gar nicht zählen. Er bellte einfach bloß, um ein Stück Zucker zu bekommen. Doch die Fleischmaschinen klatschten und dachten, der Hund wäre gut in Mathematik. Auf den Hund folgte eine Fleischmaschine im Seeräuberkostüm, die mehrere Messer im Gürtel stecken hatte. Ihr gegenüber wurde eine große kreisförmige Holztafel aufgestellt. Es wurde um einen freiwilligen Mitspieler aus dem Saal gebeten. Eine Frau in der ersten Reihe meldete sich, die in Wirklichkeit Zirkusangestellte war. Der »Seeräuber« fesselte sie an die Tafel, dann fing er an, seine Messer gegen die Tafel zu schleudern. Sie blieben rings um den Körper der Frau stecken. Auf seine Anweisung hin begann die Tafel sich zu drehen. Der »Seeräuber« bekam vier Messer gereicht, dessen Griffe als Fackeln gearbeitet waren. Das Licht im Zirkus erlosch. Trommelwirbel ertönte. Der »Seeräuber« entzündete die Fackeln und schleuderte sie gegen die Tafel. Stürmischer Applaus. Die Fleischmaschinen freuten sich über die Geschicklichkeit des Messerwerfers. Was sie nicht wussten, war, dass er den größ-

ten Teil seines Lebens damit zugebracht hatte, im Zirkus Messer zu werfen. Die Frau arbeitete mit ihm erst seit einem Jahr. Bis dahin hatte er schon vier Frauen verstümmelt. Auch diese hier trug bereits neun Narben von seinen Messern am Körper. Sie bekam dafür Geld. Zum Abschluss der Vorstellung kamen Turner mit der sowjetischen Flagge sowie Hammer und Sichel in die Manege gelaufen. Sie schlugen ein paar Purzelbäume und bildeten eine Pyramide, mit der Fahne als Spitze, Hammer und Sichel zu beiden Seiten. Der Beifall der Fleischmaschinen währte lange. Dann standen sie auf und bewegten sich zum Ausgang. Auf diesen Moment hatten wir gewartet. Drängten uns sogleich in die Nähe unseres *Bruders*. Sein Begleiter war eine stiernackige Fleischmaschine. Ich *durchschaute* sie flüchtig und *sah*, dass es sich um einen GPU-Mann handelte, der dem Ausländer als Aufpasser beigegeben war. Der Ausländer war für die sowjetischen Fleischmaschinen eine wichtige Person. Wir folgten den beiden zum Ausgang, sahen sie ins Freie treten. Vor dem Zirkus standen neun Kutschen und sechs Automobile bereit. Eines davon war für ihn reserviert. Während er darauf zuging, zog er ein Zigarettenetui aus der Tasche, zündete sich eine Zigarette an. Ich postierte mich in seiner Nähe, *schaute* in ihn hinein. Er hatte mit Unterirdischem zu tun: Beton, Erde, Wasser, Dreck, Schlamm, Arbeiterkluft, Schläuchen. Er rauchte. Der Aufpasser rauchte auch. Eine Papirossa. Er verachtete den Ausländer. Tat nur seinen Job. Fer, Ep und Rubu standen nicht weit. Ich war *gespannt*, was ich tun würde. Der Ausländer lächelte in sich hinein, tat einen letzten Zug, warf die Kippe weg. Sein Begleiter öffnete ihm die Autotür.
»Njet. Guljat. Dischat.*«, sprach der Ausländer in gebroche-

* Njet. Guljat. Dischat (russ.): Nein. Spazieren. Frische Luft.

nem Russisch, wandte sich zur Seite und lief den Boulevard hinunter.
Der Begleiter folgte ihm. Das Auto drehte und fuhr nebenher.
Ich hakte Fer unter, und wir liefen ihm nach. Ep und Rubu folgten auf Abstand. Der Ausländer spazierte den Boulevardring entlang in Richtung Twerskaja. Es gab nur wenige Passanten. Dann bog der Ausländer nach links, Richtung Zentrum in die Petrowka ein. Vor dem Peterskloster blieb er stehen; ihn fröstelte.
»Sergej! Cholodno. Domoi.*« rief er.
Der Begleiter gab dem Chauffeur ein Zeichen. Das Auto kam zum Bordstein gefahren. Der Begleiter ging hin, öffnete die hintere Tür. Ich ließ den Blick schweifen: Vor uns entfernte sich eine Kutsche, torkelte mit beschwipstem Lachen ein Fleischmaschinenpärchen. Vereinzelte Laternen tauchten die Petrowka in trübes Licht. Ein Hund bellte. Ich gab den Herzen meiner Geschwister einen *Anstoß*. Sie *verstanden*. Die Brüder zückten ihre Waffen. Ep schlug dem Begleiter den Knauf seines Nagants auf den Kopf. Der Begleiter ging zu Boden. Ich richtete meine Pistole auf den Ausländer.
»Bouge pas!**«
Rubu hielt seinen Nagant gegen die Windschutzscheibe des Wagens. Der Chauffeur rührte sich nicht.
»Montez dans la voiture!***«, befahl ich dem Ausländer.
Er stieg mit bedächtigen Bewegungen ein. Ich half nach. Rubu setzte sich vorn neben den Fahrer. Der GPU-Mann am

* Cholodno. Domoi. (russ.): Es ist kalt. Nach Hause.
** Bouge pas! (frz.): Keine Bewegung!
*** Montez dans la voiture! (frz.): Steigen Sie ins Auto!

Boden stöhnte. Ep und Fer hoben ihn auf, stießen ihn auf die Rückbank. Fer zwängte sich dazu.

»Du bleibst hier«, sagte ich zu Ep. »Ruf Pilo und Dshu!«

Ep entfernte sich in die Dunkelheit.

Der Ausländer war erschrocken. Ich saß neben ihm, hielt die Pistole gegen seinen Bauch gedrückt. Der lädierte Kopf des Begleiters lag auf meinen Knien.

»Stillsitzen!«, sagte ich zu ihm auf Russisch.

»Drehen!«, befahl Rubu dem Chauffeur, während er ihn durchsuchte.

Der Chauffeur griff gehorsam ins Lenkrad. Er hatte keine Waffe einstecken.

»Du fährst uns nach Ljuberzy.« Rubu hielt dem Chauffeur den Nagant an die Schläfe.

»Dafür reicht das Benzin nicht«, brummte der Chauffeur.

Ich *sah*, dass er log. *Durchschaute* ihn schnell.

»Das Benzin reicht. Denk an deine tote Frau. Und hab keine Angst vor den Bienen. Ein drittes Mal stechen sie dich nicht.«

Der Chauffeur war verdutzt.

»Nimm einen Schluck aus der Flasche im Handschuhfach. Und dann fährst du.«

Der Chauffeur schaute mich ungläubig an. Öffnete mit zitternder Hand die Klappe neben dem Armaturenbrett, holte die Taschenflasche mit dem Żubrówka heraus. Tat einen gehörigen Schluck. Verschloss die Flasche wieder und verstaute sie.

Dann fuhren wir los.

Unterwegs fragte der Ausländer mich auf Französisch, wer wir seien und was wir von ihm wollten. Ich erwiderte, er müsse nicht besorgt sein, er habe nichts zu befürchten. Der Begleiter gab von Zeit zu Zeit ein schwaches Stöhnen von sich, das, irgendwann aufhörte: Sein Herz war stehen geblieben. Eps Schlag war von großer Härte gewesen. An Ort und Stelle angekommen, fuhren wir auf das Gelände der Datscha, fesselten den Chauffeur und sperrten ihn in den Keller. Den Ausländer führten wir ins Haus. Kaum hatte sich die Tür hinter uns geschlossen, warfen wir uns, zitternd vor Ungeduld, auf ihn. Rubu packte ihn von hinten, Fer riss ihm die Kleider von der Brust, rutschte abwärts, umfasste winselnd seine Knie. Der Ausländer war schockiert. Er konnte sich auf unser Vorgehen keinen Reim machen. Bot uns Geld. Ich rannte auf den Dachboden, holte einen Eishammer und schlug ihn dem Ausländer so kräftig vor die Brust, dass Blut aus Nase und Ohren schoss. Im nächsten Moment *hingen* wir alle an ihm und lauschten.

»Kowro, Kowro, Kowro!«, gab sein Herz Antwort.

Wir schrien auf vor Freude. Unsere Herzen *frohlockten*. Wir entkleideten unseren Bruder Kowro, wuschen ihn, verbanden ihm die Brust, brachten ihn zu Bett. Das erweckte Herz holte ihn aus der Ohnmacht zurück. Entkräftet lag er im Schein der Petroleumlampe, schaute, die graugrünen Augen weit aufgerissen. Wir saßen bei ihm. *Rührten* behutsam an seinem Herzen. Suchten es zu *besänftigen*. Wir hatten schon Erfahrung im Umgang mit aus dem Schlaf gerissenen Herzen.

Kowro murmelte Unverständliches auf Deutsch. Verlor das Bewusstsein, kam wieder zu sich. Das erwachte Herz raubte ihm in diesem Moment alle Kraft: Er hätte keinen Finger rühren können. Fer streichelte ihm die Hand, leckte und behauchte sein bleiches Gesicht. Unsere Hände fuhren über seinen Körper.

Er war Deutscher. Sein Name in der Welt der Fleischmaschinen: Sebastian Wolf. Vor kurzem fünfunddreißig geworden.

Er entstammte einer Dynastie gestandener Industrieller: Dem Vater und einem Onkel gehörten mehrere Kohlegruben in Bochum und eine Kupferhütte in Düsseldorf. Gleich nach dem Gymnasium hatte der junge Mann sich zur Front gemeldet, war verwundet und aus dem Kriegsdienst entlassen worden, hatte in Hannover und Oxford studiert, mit Abschlüssen in Architektur und Elektrotechnik. Einen leitenden Posten im Bergwerk des Vaters hatte er ausgeschlagen, wollte auf eigene Faust Karriere machen. Das von ihm gegründete Projektierungsbüro arbeitete auf zukunftsträchtigem Gebiet: Es entwarf unterirdische Verkehrswege. Mit dreißig hatte Sebastian Wolf sich in Europa als Projektant einen Namen gemacht. Er baute unterirdische Produktionsanlagen und Zitadellen, Tunnelanlagen im Gebirge, U-Bahn-Schächte. Das Projektierungsbüro Sebastian Wolf & Co. war eines der gefragtesten in der Tiefbaubranche. Die Bolschewiki hatten ihm ein lukratives Angebot gemacht, damit er ihnen die Tunnel für die Moskauer Metro baute. Wolf hatte eingewilligt. War vor einem halben Jahr nach Moskau gekommen und hatte unterschrieben. Offiziell tauchte sein Name allerdings nirgends auf: Die Sowjetpropaganda mochte nicht zugeben, dass ein Ingenieur der westlichen Bourgeoisie an der Projektierung der Moskauer Metro beteiligt war. Auch auf diese Bedingung war Wolf eingegangen: Ihn interessierte das Projekt, außerdem das Geld, das damit verbunden war. Inzwischen war die Arbeit so gut wie beendet. In Deutschland warteten die Frau und zwei Töchter sehnlichst auf seine Rückkehr.

Doch Wolfs hauptsächliche Leidenschaft galt den unterirdischen Welten und ihrer Urbarmachung.

Was Freizeitvergnügungen anging, so sagten ihm Pferderennen, Fechten und Zirkus am meisten zu. Mit dem Zirkus verband ihn ein alter Kindertraum. Er war auf dem Landgut der Familie in der Nähe von Düsseldorf aufgewachsen. Mit acht Jahren hatte sein großer Bruder ihn einmal mit in die Stadt genommen, um ihm einen gerade gastierenden französischen Wanderzirkus zu zeigen. Der gefiel dem Jungen sehr. Am meisten faszinierte ihn ein himmelblaues Mädchen auf einem rosa Elefanten. Das Mädchen hatte auf dem Rücken des Elefanten getanzt, der Elefant hatte sich vor den Leuten verbeugt und ihnen den Hut hingehalten. Die Leute warfen Geld hinein. Sebastian verliebte sich in das himmelblaue Mädchen. Verlangte am nächsten Tag, noch einmal in den Zirkus geführt zu werden. Doch der hatte seine Zelte bereits wieder abgebrochen. Sebastian bekam einen Wutanfall. Nachts hohes Fieber. Und er hatte diesen Traum: Er war in einem großen leeren Zirkuszelt, in dessen Mitte stand ein Elefant aus Eis. Auf dem Elefant saß das himmelblaue Mädchen. Es lud Sebastian ein, mit ihr den Elefantenrücken hinunterzurutschen. Er trat näher, der Elefant griff ihn mit dem Rüssel, setzte ihn sich auf den Rücken. Nun saß Sebastian auf dem Elefanten. Das Mädchen fasste ihn um die Schulter und rief: Olé! Worauf der Eiselefant im Kreis durch die Manege zu laufen begann. Es knirschte beim Laufen. Bei diesem Geräusch musste Sebastian auf einmal weinen, und die Tränen waren süß. Denn der Elefant war zwar kalt, aber *sehr* lieb. Und ihm so nah und vertraut, dass es *wehtat*. Das himmelblaue Mädchen schlang von hinten ihre warmen Arme um Sebastian und wisperte ihm ins Ohr: »Un enfant ne pleure pas!*«

Seither war der Zirkus Sebastians große Liebe, auch wenn man in der Familie des Vaters über dieses vulgäre Massen-

* »Un enfant ne pleure pas!« (frz.): Ein Junge weint doch nicht!

vergnügen die Nase rümpfte. Wo immer er hinkam, vor dem Krieg als Gymnasiast und ebenso hinterher als Student, er ließ keinen Zirkus aus, kannte die berühmten Chapiteaux von Paris und Lissabon, London und Hamburg. Doch das himmelblaue Mädchen auf dem rosa Elefanten bekam er nie wieder zu Gesicht.

Dafür kam der Eiselefant jedes Mal zu ihm, wenn er krank im Bett lag und fieberte. Und jedes Mal, wenn Sebastian im Traum das Eis knirschen hörte, weinte er süße Tränen.

Wir waren bei Bruder Kowro und *hüteten* seinen Schlaf.

Gegen Morgen kamen die Schwestern Pilo und Dshu und übernahmen die Nachtwache am Bett unseres neuen Findlings. Wir nutzten die verbliebene Stunde bis zum Morgengrauen, um den Chauffeur wieder ans Steuer zu setzen und mit ihm ein Stück aus Moskau hinauszufahren. Irgendwo bogen wir von der Chaussee ab und fuhren in den tiefen Wald hinein, wo wir den Chauffeur erschossen, das Auto und die beiden Leichen mit dem restlichen Benzin übergossen und anzündeten. Von da hatten wir bis zur nächsten Bahnstation zu laufen, wo wir in den Zug stiegen und zum Kasaner Bahnhof zurückfuhren. Fer und ich kamen vierundvierzig Minuten zu spät zur Arbeit. Zur Strafe vergatterte uns der Abteilungsleiter, nach Dienstschluss die Fußböden auf unserer Etage zu wischen. Und er werde es dem Komsomolsekretär »signalisieren«, damit der den Deribassen wegen ihres »Lotterlebens« auf der Komsomolversammlung eine »ordentliche Abreibung« verpasse. »Ihr habt wohl vergessen, wo ihr hier seid?«, waberte die Visage des Vorgesetzten herrisch. »Und wessen Namen ihr tragt? Disziplin ist bei uns das A und O. Die GPU ist kein Zirkus!«

DIE SUCHE

Vier Tage brauchte Kowro, um zu sich zu kommen. Der Eishammer hatte einen Brustmuskel beschädigt, der geschwollen war und schmerzte. Doch das erwachte Herz linderte den Schmerz. Wechselweise waren wir zur Stelle, umsorgten Bruder Kowro nach Kräften. Er wirkte angegriffen und verstört. Sein Zustand wechselte jäh: Mal küsste er uns überschwänglich, drückte uns an seine geschundene Brust, mal brach er in hysterisches Weinen aus, rief auf Deutsch nach seiner Mutter und allen möglichen Heiligen. Die feingliedrigen Finger zitterten ihm, die Augen brannten. Das Herz *vibrierte.*

Fer und ich *wussten*, dass sein Herz unweigerlich dem großen Lamento entgegenging. Darum wäre es riskant gewesen, Kowro aus den Augen zu lassen. Manchmal, wenn er aufwachte, sprang er auf und zur Tür. Dann hielten wir ihn fest, zogen ihn an uns, sprachen mit seinem Herzen. Er schrie und zappelte noch eine ganze Weile in unseren Armen, ehe er sich beruhigte.

Wir wussten, dass die GPU nach ihm fahndete. Auch darum ließen wir alle Vorsicht walten.

Am fünften Tag dann begann das *große Weinen*. Er heulte bis zur völligen Erschöpfung, schlief ein, erwachte und heulte weiter. Die Schwestern Pilo, Dshu und Orti schoben Wache an seinem Bett. Die Brüder Edlap und Bidugo bewachten das Haus.

Derweil gingen Fer und ich wieder auf Suche.

Anfangs war das Glück uns hold: Kaum hatten wir das Arbeitsamt betreten, wo die Beschäftigung suchenden Fleischmaschinen in hellen Scharen zusammenströmten, als unser *Magnet* auch schon eine Schwester entdeckte. Es war ein Wickelkind! Die arbeitslose Mutter stand in einer Schlange an, hielt es auf dem Arm. Wir warteten, bis sie an die Reihe gekommen war und – wie üblich mit abschlägigem Bescheid – nach Hause zurückkehrte; dabei hefteten wir uns an ihre Fersen. Wir mussten uns *sehr* zusammenreißen, ihr das Kind nicht gleich abzunehmen. Doch es war klar: Wir hätten unsere Schwester unmöglich am Leben erhalten können. So mussten wir uns damit begnügen, der Mutter nachzuspionieren, um zu erfahren, wo unsere namenlose Schwester aufwuchs: Kriwokolenny pereulok 6, eine Parterregemeinschaftswohnung. Die Fleischmaschine, die unsere Schwester aus ihrer Gebärmutter ans Licht der Welt gepresst hatte, stillte noch. Wir mussten uns gedulden, bis die Brust der Schwester so stabil war, dass sie den Schlag des Eishammers aushielt. Bis dahin mussten wir die Fleischmaschine unterstützen. Noch am selben Abend suchten wir alles Geld zusammen, was wir hatten, legten es in ein Kuvert und schoben es der stillenden Fleischmaschine unter. Sie freute sich sehr über den Fund, glaubte an eine höhere Fügung. Womit sie ja nicht Unrecht hatte.

Beim Weitersuchen wurde uns sehr schnell klar: Das Sondieren der Hauptstraßen zu den Stoßzeiten war eine Methode, die über unsere Kräfte ging. Die auf uns zuströmenden Massen brachten unsere Herzen schier zum *Bersten*. In der hektischen Bewegung war die Menge ungleich schwerer zu *durchleuchten*, als wenn sie stand oder saß. Sie *dröhnte*, *wirbelte*, *walzte* uns regelrecht nieder, wollte uns mit sich fortreißen, zurück ins grässliche, lichtlose Leben. Sie gierte danach, uns zu verschlucken. Wenn die Massen so gegen uns *anstürmten*, mussten wir Halt bei den Geschwistern suchen. Mit zitternden Knien. Wir ermüdeten bei dieser Art der *Durchleuchtung* in Sekundenschnelle; nach ein paar Minuten kippten wir buchstäblich um. Und es brauchte Tage, bis unsere Herzen und unsere Körper wiederhergestellt waren.

So fassten wir den *Entschluss*, uns der schiebenden Menge nicht länger auszusetzen. Es war einfach zu riskant. Stattdessen beschlossen wir die *Durchleuchtung* der Fleischmaschinen an den Orten fortzusetzen, wo sie in großer Zahl zusammenkamen: zur Arbeit, zu Brot und zu Spielen, zum Gebet, zu Vortrag oder stiller Lektüre. So suchten wir Fabriken auf, Theater und Lichtspiele, Bibliotheken, Versammlungssäle, Restaurants und Kantinen.

Die ersten zwei Touren blieben ohne Ergebnis. Auf einem »Abend der proletarischen Dichtung« am Polytechnischen Institut und zur Komsomolhauptversammlung der GPU war niemand von den *Unseren* anwesend.

Umso glücklicher endete der dritte Anlauf: Wir hatten zwei Ersatzkarten für das Bolschoi-Theater ergattert; die Oper »Pique Dame« stand auf dem Spielplan. Wir zwängten uns durch die lärmende Menge im Foyer und begaben uns ganz hinauf auf die Galerie, zwischen die Studenten der Hochschulen und Arbeiterfakultäten. Der hell erleuchtete Zuschauerraum glich einem Bienenstock. Nur ganz allmählich kamen die Fleischmaschinen dort unten zur Ruhe, nahmen ihre Plätze ein. Das Licht ging aus. Das Orchester im Graben begann zu spielen. Die Oper fing an. Männliche Fleischmaschinen in Kostümen vom Anfang des vorigen Jahrhunderts betraten die Bühne und sangen im Chor. Dank ihrer körperlichen Voraussetzungen und eines jahrelangen Trainings waren sie in der Lage, mehr oder weniger hohe, mehr oder weniger reine Kehllaute zu singen und zu halten. Die Leute im Saal konnten das nicht. Darum waren sie gekommen, den singenden Fleischmaschinen zu lauschen. Letztere taten jetzt so, als würden sie Karten spielen. Dann kamen Frauen in Spitzenröcken hinzu. Sie hatten höhere Stimmen. Im Saal ertönte Szenenapplaus, einige Musikliebhaber auch unter den Studenten auf der Galerie riefen bravo. Dem Inhalt nach ging es in dieser Oper hauptsächlich um zweierlei: um Liebe und um Geld – was beides zusammengenommen ja nach Überzeugung vieler Fleischmaschinen das absolute Glück auf Erden garantiert. Die Sänger wurden vom Orchester begleitet. Eifrig entlockten die Musiker ihren Kupfer- und Holzinstrumenten Klänge, ausgerichtet an einer speziellen Harmonie, die die Fleischmaschinen sich in Jahrtausenden ihrer Existenz zu Eigen gemacht hatten. Aus den kümmerlichen Tönen, wie die Kehlköpfe der Singenden und die Instrumente der Musiker sie miteinander fabrizierten, war eine heimliche Sehnsucht nach der Welt der Ewigen Harmonie zu spüren, die den Fleischmaschinen nun einmal verschlossen blieb.

Fer und ich gingen daran, den Zuschauerraum gewissenhaft zu *durchleuchten*. Die Fleischmaschinen, von den Vorgängen auf der Bühne wie verzaubert, saßen still. So konnten wir sie *gut* erkennen. Im Parkett thronte die sowjetische Nomenklatura nebst ihren Gattinnen, man sah viele Uniformblusen und -jacken; außerdem waren dort Ausländer platziert; die Beamten saßen im ersten Rang, Intellektuelle und Opernfanatiker noch etwas höher. Das Durchleuchten des Parketts brachte keine Funde zutage. Doch kaum hatten wir unseren

Magnet zum ersten Rang hinaufgeschwenkt, als unsere Herzen *ansprangen*: da! Wir zuckten zusammen, Fer jaulte auf und knirschte mit den Zähnen, mir entfuhr ein tiefes Stöhnen. Die neben uns sitzenden Fleischmaschinen zischten, sie mussten uns für übergeschnappte Melomanen halten. Doch es war nicht die Arie des Hermann, die uns entzückte, sondern eine junge Frau im Abendkleid und Pelzkollier, erster Rang, Reihe 3. Sie hielt ein Perlmuttopernglas am Teleskopgriff, durch das sie öfters auf die Bühne blickte. Neben ihr saß irgendeine Fleischmaschine in Marineuniform. Ich unternahm nicht den Versuch, ihr Leben zu *erkennen* – wir saßen zu weit weg von ihr. Doch in der Pause schlichen wir uns an. Sie zählte zu den »Enteigneten«: ein großes Haus auf der Pjatnizkaja, glückliche Kindheit mit vielen Puppen, einem Hund namens Rat und einem Pony namens Zora, die goldenen Schulterstücke des Vaters, die molligen Hände der Mutter, mehrere Schwestern, ein Bruder, Menstruationsbeschwerden, die Angst, alles Blut zu verlieren, die große Liebe Antoscha, Unterleutnant zur See, Trauung in der Epiphanienkirche zu Jelochowo, Fehlgeburt, Italienreise, erneute Fehlgeburt, Revolution, Tod des Vaters, Flucht der Mutter, Armut, Hungerohnmachten, zweite Ehe, des Mannes strenger Körpergeruch.

Nach der Pause nahmen wir uns die Balkons und Galerien vor. Doch da ging ein Raunen durch den Saal, alles drehte die Köpfe. In der ehemaligen Zarenloge war Stalin mit seiner Gattin aufgetaucht. *Uns* überraschte das sehr. Die übrigen Besucher anscheinend weniger: Stalin kam des Öfteren in die Moskauer Theater. Sofort sah man in den Gängen Wachposten aufziehen. Wir unterbrachen unsere Suche. Ließen ab von der Menge der wispernden Fleischmaschinen, richteten unseren *Magneten* auf Russlands neues Oberhaupt. Er saß in der halbdunklen Loge. Wir *schauten* genau hin. Aber nein: Er gehörte nicht zu *uns*. Sein Herz war eine gewöhnliche Blutpumpe. Und er selbst eine Fleischmaschine, eine von den stärkeren. Nur vage konnte ich aus der Entfernung sein Leben wabern *sehen*: Da war kaum etwas, was ihn von den Leuten unterschied, die sonst noch im Saal saßen und sich die Köpfe nach ihm verrenkten. Er glich vielen von ihnen. Liebte die Macht *über alles*. Viele im Saal liebten sie nicht minder. Seine Frau gehörte auch nicht zu *uns*. Die Fleischmaschinen konnten sich nicht satt sehen an ihrem Führer. Stalin schaute gelassen zur Bühne. Dort sang eine dicke Fleischmaschine, das Leben sei wie ein Spiel und glücklich nur der, der das flüchtige Glück erhasche: »Wer Pech hat, mag erbeben, in Angst, in Angst um sein Geschick.« Als die Fleischmaschine damit zu Ende war, ertönte rauschender Beifall im Saal. Und da *sahen* wir plötzlich noch einen der *Unseren*: Ein alter Herr auf dem zweiten Seitenbalkon, der klatschte und bravo rief, sich freute wie ein Kind und dieser Musik so fanatisch ergeben war, dass er die Partitur mit in die Vorstellung geschleppt hatte: Sie lag vor ihm auf dem Samt der Balkonbrüstung.

Fer und ich pressten einander die Hände, dass die Knochen knackten, um nicht aufzuschreien im *Überschwang*. Gleich zwei *Geschwister* saßen mit uns im dunklen Saal!

Nachdem wir uns wieder eingekriegt hatten, durchsuchten wir noch die obersten Balkone und Galerien. Noch einer von *uns* war jedoch nicht im Saal. Die Oper ging zu Ende, Blumensträuße flogen auf die Bühne, der Beifall ermunterte die Sänger zu immer neuen Verbeugungen. Stalin klatschte auch ein bisschen, bevor er mitsamt seiner Leibwache verschwand. Wir erhoben uns und merkten, dass wir vor Schwäche kaum gehen konnten: So sehr hatte die Suche uns ermüdet. Einander stützend, schafften wir es, vor dem Ansturm der Menge zur Garderobe zu kommen. Wir zogen uns an und warteten auf unsere *Geschwister*. Zuerst kam die Dame. Am Arm des Marineoffiziers. Sie zogen ihre Mäntel an und verließen das Theater. Wir liefen hinterher, und ich konnte mir beide *anschauen*: Der Seemann war ihr leiblicher Onkel, doch sie lebten als Mann und Frau. Am Ausgang waren Ep und Rubu postiert. Ich *verwies* sie auf die Dame und ihre Begleitung. Sie übernahmen die Verfolgung, während Fer und ich auf den Alten warteten. Zum Glück lief er nicht sehr schnell und wohnte nicht sehr weit. Wir konnten ihm bis zu seiner Wohnung, Stoleschnikow pereulok, folgen. Auch ihn *betrachtete* ich: Er hatte sein ganzes Leben als Kellner im »Slawjanski Basar« gearbeitet, war aber immer ein begeisterter Musikliebhaber gewesen: Viermal hatte er die Aufnahmeprüfungen am Konservatorium im Fach Gesang in Angriff genommen und war viermal durchgefallen; er war Junggeselle, liebte Katzen und fürchtete Einbrecher, denn einmal war er ausgeraubt worden und hatte ein Loch im Kopf davongetragen; er betete viel zu seiner verstorbenen Mutter, hatte sich für sie ein extra Gebet ausgedacht.

Ep und Rubu hatten die Dame verfolgt. Sie wohnte in der Nähe des Kursker Bahnhofs.

Nachts im Einschlafen *überlegten* wir, wie wir die beiden, die Dame und den Greis, am besten entführen und wo wir sie aufklopfen konnten. Doch der neue Tag brachte unsere Pläne durcheinander: Ig traf, von Chabarowsk kommend, in Moskau ein. Wir trafen ihn in der Lubjanka. Gleich bei der ersten Umarmung fiel mir auf, wie *kräftig* sein Herz geworden war. Noch am selben Abend saßen wir alle miteinander in der Datscha von Ljuberzy auf dem Boden, hielten einander bei den Händen gefasst. In der Mitte des Kreises hockte

Bruder Kowro, der das große Lamento hinter sich hatte. Wir hielten *Zwiesprache* mit seinem Herzen. Es antwortete *zaghaft*. In dieser Nacht entwickelten wir eine Strategie für unsere Suche: Fer und ich machten die *Unseren* ausfindig, unsere Brüder verfolgten und entführten sie, brachten sie auf die Datscha, wo sie aufgeklopft und versorgt wurden; wenn eine Entführung nicht möglich war, erfolgte das Aufklopfen an Ort und Stelle. Für den Transport der Findlinge hatte Ig ein Auto aufgetrieben. Dessen Eigentümer, Solomatin, ein Verwandter von Deribas' Frau, hatte zu Zeiten der Neuen Ökonomischen Politik eine Autoreparaturwerkstatt unterhalten, war vom neuen System ruiniert worden und in den GPU-Kellern gelandet, aus denen er nur durch Deribas' Fürsprache wieder herausgelangte; ihm verdankte er sein Leben. Nun, nach dem Niedergang der NÖP, wusste der Autonarr nicht, womit er sein Fahrzeug tanken und wie er überhaupt leben sollte: Er versuchte in einer Schlosserwerkstatt über die Runden zu kommen; die Moskauer Automobilbetriebe hatten für ihn, einen Repräsentanten der Politik von gestern, noch dazu mit weißgardistischer Vergangenheit, keine Beschäftigung. Fürs tägliche Brot war Solomatin zu allem bereit. Was unsere Gemeinschaft derzeit am nötigsten brauchte, war Geld, weil es in der Welt der Fleischmaschinen eine so große Rolle spielte. Also beschlossen wir, ein paar vermögende Moskauer zu erleichtern. Um an ihre Schatzkästlein zu kommen, mussten wir sie nicht einmal töten. Ich *erkannte* sie in der Menge und setzte Rubu und Bidugo auf sie an. Die Fähigkeit, jedes Geheimnis einer Fleischmaschine mit dem Herzen zu sehen, konnte man nutzen, um zu erfahren, wo sie ihre Rücklagen aufbewahrten. Einer, ein vormaliger Hofjuwelier, hielt seine Schätze in einer Mauerspalte auf dem Dachboden des Nachbarhauses versteckt. Der andere, Sohn eines nach Paris emigrierten Bankiers, hatte eine Schatulle mit Goldmünzen im Park Neskutschny sad vergraben. Wieder ein anderer bewahrte seine sieben großen Brillanten im Fensterbrett auf.

Nachdem wir all dies an uns gebracht hatten, waren die Geldprobleme fürs Erste gelöst. Die Münzen verkauften wir auf dem Schwarzmarkt, die Goldschmiedearbeiten boten wir im Devisenladen an und wurden sie dort auch los, freilich für sehr wenig Geld, was uns aber nicht weiter bekümmerte: Mehr von Fleischmaschinen verstecktes Gold aufzutreiben, war für uns ein Leichtes. Die Brillanten behielten wir. Die Gemeinschaft des Lichtes hatte noch einen weiten Weg vor sich.

Wir heuerten also Solomatin mit seinem Auto an und gingen ans Werk. Zuerst entführten wir die Dame aus dem Bolschoi-Theater, tags darauf den alten Mann. Beide wurden auf die Datscha gebracht und aufgeklopft.

Sie hieß Atlu.

Er Ptscho.

Bruder Kowro setzten wir in der Siedlung Odinzowo vor den Toren von Moskau ab, wo er unrasiert und in verdreckten Kleidern auf dem Milizrevier vorstellig wurde. Er nannte seinen Namen und verlangte in gebrochenem Russisch, man solle der GPU von ihm Mitteilung machen. Die Beamten, die schon geschlagene zwei Wochen nach dem verschollenen Wolf fahndeten, waren schnell zur Stelle. Kowro erzählte ihnen, er sei von Banditen entführt und mit verbundenen Augen an einen unbekannten Ort gefahren worden, man habe ihn in eine Rumpelkammer gesperrt und Geld zu erpressen versucht, zuletzt habe man ihn an einen anderen Ort überführen wollen, dabei sei die Flucht gelungen. Bei der GPU war man heilfroh, dass er sich wieder angefunden hatte: Den Bolschewiken war Wolf beim Metrobau unersetzlich, und »das Verschwinden eines namhaften Architekten im wilden Sowjetrussland« wäre vor der deutschen Industrie ein Skandal gewesen, den man sich nicht leisten mochte. Bruder Kowro kehrte in das Luxuszimmer im »Metropol« zurück, in dem Sebastian Wolf gewohnt hatte; schon nach wenigen Tagen saß er wieder über seinen Plänen. Sein Herz *erstarkte* mit jedem Tag. Für uns war Kowro ein erster Hoffnungsschimmer für die anstehende Suche in Westeuropa.

Da wir nun ein Auto mit Fahrer besaßen, konnten wir bei unserer Suche flexibler sein. Solomatin bekam ein gutes Gehalt. In Einzelheiten war er nicht eingeweiht. Wie ich *sehen* konnte, hielt er uns für abtrünnige Tschekisten, die Leute auf eigene Faust entführten und beraubten, um nicht mit den Chefs teilen zu müssen. Dass Deribas uns deckte, beruhigte ihn. Und sowieso waren tote Kinder (Solomatins älterer Bruder war beim Baden ertrunken) und Hunger das Einzige, was ihm wirklich Angst einjagen konnte.

Zum Osterfest *durchschauten* Fer und ich die Menge in vier Moskauer Kirchen. Es fand sich ein Einziger. Bruder Zfo steckte in der Haut eines großen, schmutzigen, ungebildeten Bauern, der aus seinem Dorf in der Tambower Einöde nach Moskau geflohen war. Die Männer dort, von den Maßregelungen der Sowjetmacht zur Verzweiflung getrieben, hatten die staatlichen »Expropriateure«, als sie erneut aufkreuzten, um Korn und Kartoffeln einzukassieren und abzutransportieren, mit ihren Äxten erschlagen. Den Vorsitzenden des Dorfsowjets sowie drei einschlägige Sympathisanten hatten sie ins Badehaus gesperrt und Feuer daran gelegt. Worauf sie sich mitsamt den Familien und dem Vieh in die Tambower Wälder zurückzogen. Die GPU antwortete mit einer Strafaktion, bei der das Dorf vollständig abgefackelt und Jagd auf die Rebellen gemacht wurde. Bruder Zfo, der seine Familie schon im Bürgerkrieg verloren hatte, entkam den Häschern, schlug sich zur Eisenbahnlinie durch und gelangte auf einem Wagondach bis nach Moskau. Hier ernährte er sich von Abfällen und milden Gaben. Zottig und stark wie ein Bär, setzte er sich heftig gegen uns zur Wehr. Edlap musste ihm vier Rippen brechen, ehe das Herz des Recken zu sprechen anfing.

Wenig später geschah mit Fer das Gleiche, was mir in der Bibliothek widerfahren war: Sie verlor die Fähigkeit, Bilder zu sehen, und gewann die Gabe, Fleischmaschinen mit dem Herzen zu *erkennen*, hinzu. Die Verwandlung ereilte sie im Frauendampfbad, wo im Umkleideraum ein großes Plakat hing: SOWJETISCHE FRAUEN! WIDERSTEHT BÜRGERLICHEN VORURTEILEN! Weiter unten war aufgeführt, um welche Vorurteile es ging: Maniküre, Pediküre, Lippenstift, Wangenrot, Muttermalentfernung, Enthaarung der Beine, Achselrasur, Brauenzupfen, Korsette jeder Art. Auf dem Plakat waren zwei Frauen dargestellt: die eine ein bourgeoises Weibsbild, geschminkt und mit lackierten Fingernägeln, im geschnürten Korsett, die andere eine schlicht gekleidete Komsomolzin. Fer konnte aber keinen Unterschied zwischen ihnen ausmachen, denn beide Bilder waren stark verschwommen. Daraufhin blickte sie in den Spiegel und konnte ihr Gesicht nicht sehen. Dafür *sah* sie die neben ihr sitzende Frau: Die hatte mit achtzehn ihr Neugeborenes ausgesetzt. Probehalber erinnerte Fer sie daran, wann und unter welchen Umständen es geschehen war. Die Frau fiel in Ohnmacht. Fer schrie auf – sie war entzückt.

»Die Gabe des Lichtes!«, jubelte sie.

Nun sahen Fer und ich die uns umgebende Welt und in ihr die Geschwister und die Fleischmaschinen auf gleiche Weise.

Diese *Anschauung* eröffnete neue Möglichkeiten. Hatten wir eine Fleischmaschine zu zweit im Blick, konnten unsere Herzen miteinander *Rücksprache* halten. Was mir entgangen war, hatte Fer bemerkt, was sie übersah, fiel mir auf.

Gemeinsam drangen wir in die *geheimsten* Welten der Fleischmaschinen vor. Ihre innersten Antriebe vermochten wir *bis ins Letzte* zu durchschauen. Die Essenz des irdischen Lebens wurde uns offenbar.

Neue Weisheit keimte in unseren Herzen.

Sie führte zu Korrekturen bei der Suche.

Eines Nachts stiegen Fer und ich auf das Dach des Wohnheims, saßen dort Hand in Hand.

Schauten die Welt.

Und wir sahen sie in ihrer historischen Veränderung. Die Fleischmaschinen waren in Bewegung gekommen. Früher hatte jede ihr Leben für sich gelebt. Jetzt fanden sie zueinander. Es war eine Idee, die dies bewirkte: die Idee einer großen brüderlichen Gemeinschaft. Nie zuvor hatte diese Idee unter den Fleischmaschinen so viel Einfluss gehabt. Nun führte sie zur Zusammenrottung. Führte dazu, dass man den früheren Sinn und Zweck eines Erdenlebens – Komfort zu erlangen – vergaß. Die neue Idee erzeugte in den Fleischmaschinen ein neues Wir-Gefühl: den gemeinsamen Glauben an ein kollektives Glück. Dieses Gefühl schweißte zusammen. Zog sie hervor aus den steinernen Särgen, auf die öffentlichen Plätze. Ließ sie Familie und Verwandte vergessen. Wollte, dass man sich opferte.

Eine solche Fleischmaschinenverbrüderung war noch nie da gewesen. Nur der Krieg hatte sie bislang von ihren Familien loseisen und aus ihren kleinen Steinsärgen holen können, die sie Häuser nannten, weg vom Geld, von Hab und Gut. Kriege aber gingen schnell zu Ende. Und die Fleischmaschinen, wenn sie genügend ihresgleichen getötet hatten, kehrten zurück zu den alten Werten: Komfort, Familie, Geld, kleines Glück. Jetzt aber hatten sie diesen Werten den Krieg erklärt und lernten, mit der Idee von Gleichheit und Brüderlichkeit vorlieb zu nehmen. Der inneren Harmonie verlustig gegangen, suchten sie sie mit *Inbrunst* in der Masse wieder zu finden. Die Masse wogte und rauschte im kollektiven Leben. Jede Fleischmaschine war bemüht, so schnell wie möglich in der Masse aufzugehen. Und so das kollektive Glück zu erfahren. Sie kosteten es aus, dieses *neue* Glück. Um seinetwillen waren die Fleischmaschinen bereit zu töten – jene nämlich, die ihre Idee nicht teilen wollten. Die nicht verschmelzen wollten, ihren alten Interessen anhingen. Dies war eine ganz neue Art von Krieg, mit den früheren nicht zu vergleichen. Er zog herauf. In rasender Schnelle.

Und wir verstanden, *warum* das Ljod ausgerechnet jetzt, im Zeitalter der Fleischmaschinenverbrüderung, auf die Erde gefallen war. Weil es sich in der Masse einfacher suchte, darum! Hierin lag die Hohe Weisheit des Lichtes. Fanden die Fleischmaschinen in großer Zahl zueinander, konnten wir die Brüder und Schwestern unter ihnen umso schneller ausmachen. Wir mussten weniger weit fahren: Das Zeitalter der Fleischmaschinenverbrüderung ließ die Massen in den großen Städten zusammenlaufen. Damit Fer und ich sie *durchschauten*. Und unsere Brüder und Schwestern fanden – 23 000 an der Zahl.

Bei unserer nächsten Zusammenkunft auf der Wiese von Sokolniki, im Kleinen Kreis, durften wir unseren Geschwistern *berichten*, was das Herz uns in einer Nacht auf dem rostigen Dach des GPU-Wohnheims eröffnet hatte.

Am nächsten Tag setzten wir unsere Suche fort.

Im Jahr 1929 gingen Fer und ich auf zig Partei-, Komsomol-

und Gewerkschaftsversammlungen und *durchschauten* sie. Wir saßen in politischen Schulungen, weilten auf Meetings und Sportfesten. Viele Male waren wir in (nahezu allen) Moskauer Theatern auf der Suche, ebenso auf der Pferderennbahn. Zum Fünften Schriftstellerkongress der UdSSR erlangten wir leider keinen Zutritt, dafür durften wir eine Woche lang den 1. Unionskongress der Kolchosebäuerinnen *sondieren*. Wir *beschauten* die Menge, die zur Eröffnung des ersten Planetariums auf sowjetischem Boden gekommen war, und ebenso die zur Inbetriebnahme der ersten Elektrolok aus dem Dynamo-Werk; wir waren auf dem Roten Platz, als man den Flieger Gromow feierte, der mit seinem Flugzeug »Krylja sowetow*« – Sowjetschwingen – einen Rundflug von Moskau aus über mehrere europäische Hauptstädte unternommen hatte.

Gefunden wurden 62 Brüder und 37 Schwestern. Doch wir hatten auch *Verluste*. Es geschah, worauf wir überhaupt noch nicht *gefasst* waren: Erstmals mussten wir den Tod einiger unserer Geschwister erleiden. Atsche und Bidugo kamen bei der Entführung von Bruder Sa – einem Parteibonzen – ums Leben; Schwester Chortim, die an Hämophilie litt, starb durch übermäßigen Blutverlust. Erst waren wir davon sehr erschüttert. Chortim starb Fer und mir unter den Händen. Als ich *sah*, wie das Licht Chortims zum Stillstand gekommenes Herz verließ, und GAR NICHTS tun konnte, da *zog* sich alles in mir *zusammen*. Jede Zelle in meinem Körper wollte zurück – zum Ljod. Ich hörte auf zu atmen, erblindete. Die Umwelt fiel vollständig ab von mir. Es blieb nichts als FINSTERNIS. Mit den Herzen, die darin leuchteten. Strahlend hingen sie im schwarzen Raum. Eines davon wurde eben

* Krylja sowetow (russ.): Sowjetschwingen

vom Licht verlassen. Und ich begriff, dass weder mein Herz noch die meiner Geschwister dafür sorgen konnten, dass das Licht in Chortims Herz verblieb. Diese letzten Minuten eines erlöschenden Herzens waren das *Schlimmste*.

Und dann war es aus. Für immer.

Doch *augenblicklich* konnten Fer und ich spüren, wie das aus Chortim entwichene Licht sich im Herzen eines Neugeborenen einnistete. Irgendwo in der FINSTERNIS, die uns umgab. Davon schlug dieses Herz nun schon *anders* als vorher. Es war kein Fleischmaschinenherz mehr. Es war *unser*. Wartete auf uns!

Kurz darauf konnte ich auch wieder sehen. Sah die Welt, in die es uns verschlagen hatte.

Den Tod im irdischen Sinn gab es für uns nicht. Wenn das Licht ein Herz verließ, dann nur, um in einem anderen wiederzuerstehen. Unsere Körper aber waren sterblich. Sie lebten nicht lang. Wir mussten ZÜGIG suchen. Damit die Suche nicht zum quälenden Kreislauf geriet. Damit der Zeit ein Schnippchen zu schlagen war.

Damit Schwester Chortim, Bruder Atsche und Bruder Bidugo wieder mit uns sein durften.

Also suchten wir.

Unter den Neufindlingen gab es Militärs ebenso wie Angestellte, Ingenieure, Parteifunktionäre, Arbeiter, »Reaktionäre«, Spekulanten, Obdachlose, Hausfrauen, Kriminelle und auch einen heimlichen Millionär. Alle waren sie durch unsere Hände gegangen, jeden von ihnen hatten Fer und ich mit dem Herzen *erkannt*, an jede Brust hatte ein Eishammer geklopft.

Die Datscha in Ljuberzy mussten wir räumen: Ein hochrangiger GPU-Mann zog ein. Dafür mieteten wir zwei andere an – in genügender Entfernung von Moskau, mit großem, bewaldetem Grundstück, von blickdichten Mauern umgeben. Hier konnten wir die *Unseren* in Ruhe aufklopfen. Ihr Schreien und Stöhnen drang an kein fremdes Ohr. Niemand störte bei der Pflege der Verwundeten, keiner belästigte die weinenden Herzen. Nach ihrer Erweckung und dem großen reinigenden Lamento kehrten die Geschwister ins sowjetische Leben zurück, fügten sich ein, als wäre nichts geschehen. Doch das Ursprüngliche Licht brannte in ihren Herzen. Sie gehörten zur Gemeinschaft des Lichtes. Und taten alles, um uns dem großen Ziel näher zu bringen.

Es wurde intensiv gesucht.

Viele von den *Unsrigen* konnten inzwischen auch keine Bilder und Gesichter mehr erkennen – und dafür mit dem Herzen sehen. Die Geheimnisse der Fleischmaschinen wurden ihnen offenbar. Dies erhöhte die Sicherheit für unsere Gemeinschaft, denn Gefahren ließen sich so leichter absehen; man *wusste*, wohin man seine Nase lieber nicht steckte. Das Wissen um die in den Städten schlummernden Schätze verschaffte uns wirtschaftliche Unabhängigkeit. Geld war jederzeit beschaffbar. Wir *sahen* es liegen.

Mit Geld allein war die totale Kontrolle in der sowjetischen Gesellschaft allerdings nicht zu erlangen. Um absolut frei zu sein, bedurfte es der Macht. Auch hier machten wir *Fortschritte*. Auf die behutsame Tour. Schwester Morod, die wir auf einem kommunistischen Subbotnik ausfindig machten, bekleidete ein hohes Amt in einem der Moskauer Stadtbezirksparteikomitees. Bruder Sa war Parteisekretär einer Spinnweberei. Bei der GPU stießen wir auf zwei von uns, die allerdings auf untergeordneten Posten saßen.

Die Suche ging voran.

Gegen Ende des Jahres aber machten Fer und ich eine Entdeckung: Wir alterten *rapide*. Das frühe Grau in unseren Haaren sprach Bände. Auch die *entsetzliche* Müdigkeit nach jeder Suchaktion in der Menge. Über einen *Herzensmagneten* verfügten nur wir zwei. Kein anderer aus unserer Gemeinschaft und erst recht kein Pärchen vermochte die *Unsrigen* so unfehlbar und präzise zu sehen. Nur Fer und ich gemeinsam, in ausreichender Nähe zueinander, verfügten über diese vorzügliche Gabe des Lichtes. Nur wir konnten *suchen*. Und mit Bestimmtheit *sehen*. Die Weisheit des Lichtes suggerierte mir auch, *warum* dem so war: Fer und ich, wir waren die Urfindlinge. Mann und Frau. Wir hatten als Erste das Ljod berührt. Uns war mehr *gegeben* als anderen. Doch wurde uns auch mehr *abverlangt*. So wurden wir schneller alt.

Das frühzeitige Grau in den Haaren, die tiefen Falten, die ungesunde Blässe in den Gesichtern – all dies blieb den Kollegen auf der Arbeit natürlich nicht verborgen. Uns zitterten die Hände. Beim Treppensteigen mussten wir stehen bleiben und verschnaufen wie Greise. Der Chef schickte uns zum Arzt. Wir gingen hin, obgleich wir *Bescheid wussten*. Der Arzt konnte keine Erkrankungen feststellen, nur diese »katastrophale Alterung«. Bald darauf mussten wir den Dienst quittieren. Von nun an sorgte die Gemeinschaft für uns. Wir zogen in die große Wohnung unseres Bruders Londu, eines stadtbekannten Arztes, der die sowjetische Nomenklatura behandelte. Bei ihm hatten wir Ruhe und alle Bequemlichkeiten. Wir schonten uns: hielten Mittagsruhe, aßen viel Obst, tranken den Sud von Kräutern, die in den Bergen, weitab von allen Fleischmaschinen, wuchsen. Am späten Nachmittag nahmen wir ein Bad in warmer Kuhmilch. Dies weckte die Lebensgeister, beschleunigte das Blut in unseren Adern. Abends wurden wir von den Brüdern zur Suche abgeholt. Saßen wir dann erst in einem dieser Säle, wo geschminkte Akteure auf der Bühne herumturnten oder eine

Fleischmaschine über den bevorstehenden Kommunismus referierte, hob die *Durchleuchtung* an. Jede Suchbewegung war eine *Erschütterung* für unsere Körper. Wir saßen da, die Hände ineinander verhakt, einer den anderen *stützend*. Es war Schwerstarbeit. Die Fleischmaschinennatur unserer eigenen Körper widersetzte sich der Suche. Unser *Magnet* zerstörte sie. Für jeden *erkannten* Bruder bezahlten wir mit unseren Zellen. Sie starben. Unsere Körper alterten und schwächelten. Doch außer uns beiden war keiner in der Lage, zu suchen und zu finden. Es war an uns. Und wir mussten uns sputen.

Die Gemeinschaft wuchs mit jedem Tag.

Sie wurde zu einem mächtigen Organismus, der nach eigenen Gesetzen funktionierte. Nach den Geboten des Lichtes. Sie drang in die Welt der Fleischmaschinen ein, unterwanderte ihre Strukturen, besetzte strategisch wichtige Posten.

Bruder Kowro, der seine Arbeit in Moskau beendet hatte, kehrte nach Deutschland zurück. Sein Vater war gestorben und hatte ihm die Hälfte seines Vermögens vermacht. Eine große Villa in den bayerischen Alpen und ein Haus bei Düsseldorf standen der Gemeinschaft zur Verfügung.

Doch bevor wir uns in Richtung Westen bewegten, mussten wir uns einen sicheren Stand in Russland verschaffen.

Fer und ich, wir traten kürzer. Versuchten, klug zu leben, keine Kraft zu verschwenden. Energie zu sparen, indem wir die Augen schlossen. Im Sessel dösten. Wir bekamen von den Brüdern die Beine massiert, frisches Obst gereicht, das wir gierig aßen. Wir tasteten einander ab, gaben Acht auf unsere Knochen, unsere Muskeln. Die Körper waren wichtig, um unsere Herzen zu den Einsatzorten zu tragen. Damit die Suche weiterging.

Die Fleischmaschinen wimmelten. Scharten sich eifrig zusammen. Man wühlte in der Erde, schmolz Metall, türmte Steine aufeinander. Baute eiserne Maschinen: Tötungsmaschinen für Fleischmaschinen. Tausende davon wurden in Reih und Glied aufgestellt. Sie konnten über die Erde kriechen. Man hielt sie in steinernen Räumen auf Lager. Dort wurden sie mit einem speziellen Fett eingeschmiert. Aus den Tiefen der Erde sog man schweres Blut, damit wurden die eisernen Maschinen gefüllt. Die Maschinen tranken das schwere Blut der Erde! Sie grollten und fauchten. Sie sollten platt machen und töten.

Andere eiserne Maschinen konnten fliegen. Und große eiserne Eier auf Fleischmaschinenstädte abwerfen. Die Eier platzten mit Getöse. Davon gingen die Städte kaputt. Die Fleischmaschinen in ihren Steinhöhlen starben. Die Städte brannten.

Auch diese fliegenden Maschinen wurden in einer Reihe aufgestellt. Man strich sie an, hell oder dunkel. Auch ihr Nährstoff war das schwere Blut der Erde.

Noch viele andere Stahlmaschinen zur Fleischmaschinenvernichtung gab es. Manche konnten sich schwimmend auf einer Wasserfläche halten, und das, obwohl sie furchtbar schwer waren. Sie schwammen bis an den Rand der Städte und feuerten vom Wasser aus ihre eisernen Eier hinein. Diese platzten. Auch so ließen sich Städte vernichten.

Es gab Maschinen, die konnten unter Wasser schwimmen und andere Maschinen, die oben schwammen, versenken.

Von all diesen Maschinen kamen immer mehr hinzu. Die Fleischmaschinen strengten sich an. Sie bauten an ihren Maschinen Tag und Nacht.

Die Fleischmaschinen rüsteten sich für einen großen Krieg. Es ging darum, andere Fleischmaschinen, die in unverständlichen Sprachen redeten, zu töten. Ihre Städte zu zerstören.

Die zerstörten Städte würden sie anschließend besetzen und wieder aufbauen. Dann konnten sie darin wohnen. Und neue Fleischmaschinen gebären.
Der Krieg rückte immer näher. Er war für Millionen Fleischmaschinen eine Notwendigkeit. Sie warteten darauf. In diesem Krieg würden Dutzende Millionen Fleischmaschinen ihr Leben lassen. Unter ihnen auch etliche von *uns*. Wir mussten schneller suchen. Solange die Fleischmaschinen ihren Krieg noch nicht eröffnet hatten.
Wir setzten unsere Suche unter den Russisch sprechenden Fleischmaschinen fort. Wir suchten nach *unseresgleichen* in den zwei größten Städten, wo Russisch sprechende Fleischmaschinen wohnten. Die Suche erfolgte systematisch und mit aller Vorsicht. Fer und ich wurden in diverse Uniformen gesteckt. Und zu großen Fleischmaschinenmeetings geführt. Diese Meetings dauerten jeweils mehrere Tage. Die Fleischmaschinen saßen in Riesenhallen. Manche von ihnen bestiegen die Tribünen. Sprachen davon, was zu tun sei, um alle Fleischmaschinen glücklich zu machen. Fer und ich, wir hielten uns bei den Händen. Wir *durchschauten* das Publikum im Saal. Wurden *fündig*. Es gab Herzen, die das Licht in sich trugen. Wir sahen dieses Licht. Und entzogen unsere Geschwister der Fleischmaschinenmasse. Der Eishammer erweckte ihre Herzen.
Drei Erdenjahre vergingen.
In dem Land, in dem das Ljod lag, waren wir nun insgesamt 186 an der Zahl.
Die Gemeinschaft erstarkte. Die Brüder Rek, Awu, Orshe, Tnola, Sa und die Schwestern Morod und Fiu gehörten zur Führungselite. Die Brüder Ig, Ha, Stschap und Schoror hatten wichtige Ämter bei der politischen Polizei inne. Die Brüder Gba und De befehligten größere militärische Fleischmaschi-

neneinheiten. Bruder Pep erfand neue Arten von Eisenmaschinen. Schwester Tschech leitete ein Krankenhaus, in dem hoch gestellte Fleischmaschinen gesund gepflegt wurden. Wir konnten nun darangehen, den Westen zu erobern.

Am 7. März 1931 überschritten Fer und ich mit Hilfe der Brüder Ig und Schoror die Grenze des Landes, in dem das Ljod lagerte. Wir fuhren mit einer eisernen Maschine, die Feuer und Wasser zu ihrer Fortbewegung verwandte und auf eisernen Gleisen verkehrte. An unserer Kleidung ließ sich erkennen, dass wir staatstragende Fleischmaschinen darstellten. Die Brüder Gsem und Tu waren bei uns. Binnen zwei Tagen transportierte uns die eiserne Maschine in die Hauptstadt der Deutsch sprechenden Fleischmaschinen. In dieser Stadt wohnten wir nun. Wir verfügten über eine geräumige Steinhöhle in einem Teil der Stadt, der bei den ansässigen Fleischmaschinen »Schöner Berg« hieß. Und tatsächlich galt dieser Stadtteil als sehr schön. Hier wohnten reiche und berühmte Fleischmaschinen, die viel Geld hatten. Ihre Steinhöhlen waren voll gestellt mit Gegenständen, für deren Erzeugung andere Fleischmaschinen viel Zeit und Sorgfalt aufgewandt hatten.

Bruder Kowro und die Moskauer Geschwister unterstützten uns. Nach drei Monaten und zwölf Tagen kamen 18 Brüder und 18 Schwestern als Verstärkung, die Kowro in seiner großen Steinhöhle in den Bergen am Südrand des Landes der Deutsch sprechenden Fleischmaschinen einquartierte. Noch zwei Monate und acht Tage später langten weitere neun Brüder bei Kowro an, denen er in der Hauptstadt dieses westlichen Landes unterzukommen half. Doch wir bekamen unsere Brüder *vorerst* nicht zu Gesicht.

Die Suche in dem westlichen Land lief in Etappen an. Im Winter wurde das Ljod geliefert. Den Brüdern Ig, Stschap und Awu gelang es, anderthalb Tonnen Ljod in unser Aufenthaltsland zu überstellen. Es wurde gleich nach dem Süden weitertransportiert, zu Kowro. Dort fertigten unsere Brüder und Schwestern Eishämmer daraus, die an kühlem Ort aufbewahrt wurden.

Fer und ich hatten zunächst sorgsam die Wege zu *erkunden*, auf denen die Suche in diesem Land vonstatten gehen sollte. Wir *erfuhren*, wohin wir vorstoßen mussten, wo anfangen. Es gab da ein Spektakel, das die Fleischmaschinen in diesem Land sehr mochten. Es war erst vor kurzem erfunden und sehr schnell populär geworden. Wie die meisten Freizeitvergnügen der Fleischmaschinen war auch dieses sehr einfach gestrickt: Die Fleischmaschinen versammelten sich in einem Saal und machten das Licht aus, dann wurden aus einem speziellen Kasten auf eine weiße Stofffahne Schatten projiziert, die an Fleischmaschinen erinnerten. Diese Schatten zeigten auf dem weißen Stoff allerlei Aktivitäten: Possenspiele, Mord und Totschlag, Raubüberfälle und Reisen nach exotischen Ländern, Wohnen in Palästen, Königinnen heiraten, zu Zwergen schrumpfen, nach benachbarten Planeten fliegen, mit Tieren kämpfen, die es gar nicht gibt. Die im Saal sitzenden Fleischmaschinen folgten den Schattenspielen gebannt. Dabei träumten sie von Heldentaten und Abenteuern. Es machte ihnen großen Spaß, den Schatten zuzusehen. Im finsteren Saal sitzend, lachten und weinten sie. Manche fielen in Ohnmacht, so sehr litten sie mit. Das Leben der Schatten konnte das eigene kümmerliche Leben vergessen machen. Die allermeisten von ihnen hatten keine Ahnung davon, wie die Schatten auf das weiße Tuch kamen. Dafür waren spezielle Gruppen von Fleischmaschinen zuständig. Sie benutzten spezielle Kombinationen aus Materie und Licht. Und sie bezogen jene Fleischmaschinen ein, die sonst in den Theatern herumturnten. Ihre Gesichter und Gestalten wurden mit Hilfe besagter Kombinationen zu Schatten verwandelt. Diese Fleischmaschinen waren sehr bekannt. Ihre Gesichter wurden auf Papierbögen vervielfältigt. Die Bögen hingen da, wo viele Fleischmaschinen vorbeikamen. Auch in ihren Steinhöhlen. Einfache Fleischmaschinen gaben sich Mühe, diesen Schatten nachzueifern. Sie zogen sich genauso an, ahmten ihren Gang nach, ihre Gesten und Manieren. Das Schattenspiel verdrängte die vorigen Massenvergnügen – Theater und Zirkus – sehr schnell. Es kam in Mode.

Die Gemeinschaft beschloss, sich diese neue Mode zunutze zu machen. Mit Unterstützung von Bruder Kowro wurde in der Hauptstadt der Deutsch sprechenden Fleischmaschinen eine Organisation gegründet, die Fleischmaschinen für eine Schattenkarriere auswählte. Viele Fleischmaschinen träumten davon, Schatten zu werden, um von anderen, begeisterten Fleischmaschinen im dunklen Saal angeschaut zu werden. Zudem waren in dieser Stadt viele Fleischmaschinen ohne Arbeit. Sie bekamen kein Geld ausgezahlt, wussten also nicht, wovon Essen und Kleidung kaufen. Ein Lichtspielschatten zu sein, wäre für sie die Rettung gewesen. Denn als ein solcher Schatten verdiente eine Fleischmaschine viel Geld.

Bei den Fleischmaschinen hießen die Lichtspielschatten Stars. Obwohl sie viel zu schattenhaft grau waren, um Sternen ähnlich zu sein. Doch die Gemeinschaft beschloss, diese Verirrung der Fleischmaschinen für sich zu nutzen. Darum nannte sie ihre Organisation »Rising Stars«. Um die Anziehungskraft auf Fleischmaschinen zu erhöhen. Gegen Geld schrieben Fleischmaschinen, die auf das Kombinieren von Buchstaben auf Papier spezialisiert waren, eine Menge Buchstaben über diese »Aufgehenden Sterne«. Die Buchstaben wurden auf Tausende Papierbögen vervielfältigt. Die Fleischmaschinen kauften diese Bögen und lasen von den »Rising Stars«. Sie bekamen den Eindruck, als wartete man nur auf sie. Und jeder von ihnen wollte so ein aufsteigender Stern werden, will heißen: ein grauer Schatten auf weißem Tuch.

Die Gemeinschaft mietete eine große Steinhöhle im Stadtzentrum. Dorthin sollten die Fleischmaschinen kommen, die Schatten zu werden begehrten. Auf dem Papier hatte bereits gestanden, dass die Organisation »Rising Stars« ausschließlich blauäugige, blonde Fleischmaschinen zur Prüfung einlud, Fleischmaschinen mit anderer Haar- und Augenfarbe kamen nicht in Frage.

Am anberaumten Tag formierte sich vor dem Eingang in die Höhle mit dem Schild »Rising Stars« eine lange Schlange blauäugiger, blonder Fleischmaschinen. In der Höhle waren grelle Scheinwerfer aufgestellt. Außerdem Maschinen, die Bilder von Fleischmaschinen zu Papier bringen konnten. Diese Maschinen wurden von den Brüdern Gsem und Tu bedient. Fer und ich saßen in Lehnstühlen dabei. Die Fleischmaschinen traten der Reihe nach vor. Erzählten etwas über sich. Zeigten, was sie konnten: Manche stießen bestimmte Kehllaute aus, andere spielten Gefühle, wieder andere tanzten. Währenddessen *durchschauten* wir sie. Hatten wir auf diese Weise einen von *uns* gefunden, teilte Gsem ihm mit, er sei ein ausgesprochenes Talent und habe Chancen, ein »neuer Star« zu werden. Man schloss mit ihm einen Vertrag. Zuletzt wurden die Findlinge zu Bruder Kowro in die Berge gefahren. Wo der Eishammer seine Arbeit tat.

Das ging acht Monate und zwölf Tage so. In dieser Zeit kamen 10 309 Fleischmaschinen in unsere Höhle. Unter ihnen war eine, die einen Buckel hatte und in der ich meine

Schwester aus der Vergangenheit erkannte. Jene, von der ich als kleine Fleischmaschine getrennt worden war. Das Schicksal hatte sie in diese Großstadt geweht. Sie war so blauäugig und blond auf die Welt gekommen wie ich. Und hätte bei uns gern ihr Glück auf Erden gemacht. Mich erkannte sie freilich nicht. Sie stand vor Fer und mir, zupfte Saiten an einem hohlen Holzkörper, ihre Kehle fabrizierte hohe Töne. Sie bemühte sich sehr, uns zu gefallen. Ihre Kleider allerdings waren nach Fleischmaschinenmaßstäben mehr als armselig. Und ihr Herz war tot. Sie war eine gewöhnliche Fleischmaschine. Fer erfuhr, dass ich mit diesem buckligen Wesen aufgewachsen war. Sie griff nach meiner Hand. Als meine wahre Schwester.

Nach Abschluss der Aktion »Rising Stars« hatten wir 45 Brüder und 57 Schwestern gefunden. Sie wurden in verschiedenen Höhlen, die im Besitz der Gemeinschaft waren, untergebracht. Ihre Wunden wurden versorgt. Sie weinten mit dem Herzen. Und gingen ein in die Gemeinschaft des Lichtes. Die meisten dieser Neufindlinge bekleideten im Fleischmaschinenstaat keine wichtigen Positionen. Wir brauchten also wieder neues Geld, um für sie sorgen zu können. Die Brüder raubten eine Steinhöhle aus, wo die Fleischmaschinen ihr Geld und Gold horteten. Fer und ich halfen bei der Vorbereitung. Wir wurden im Nachbarhaus einquartiert und jeden Morgen in Rollstühlen spazieren gefahren, wie man das mit alten Leuten eben tut. Bei der Gelegenheit durchschauten wir die Leben sämtlicher Fleischmaschinen, die mit dem Geld arbeiteten und es bewachten. Nach vier Tagen kannten wir uns im Leben jedes Einzelnen aus. Am fünften drangen die Brüder in die Höhle des obersten Geldverwahrers vor und nahmen seine Frau nebst den drei Kindern als Geisel. Worauf der Vorschlag erging, sie gegen Geld auszulösen.

Das widerstrebte dem Oberverwahrer sehr. Geld und Gold spielten für ihn eine sehr wichtige Rolle. Doch die Liebe zu Frau und Kindern war immer noch etwas größer als die zum Geld. Darum brachte er aus seiner Geldhöhle einen Sack Scheine und einen halben Sack Gold geschleppt. Die Kinder bekam er zurück, die Frau mussten wir töten. Sie hatte sich die Gesichter der Brüder gemerkt.

Nun konnten wir den Lebensunterhalt der neu gefundenen Brüder und Schwestern ohne weiteres bestreiten. Die Gemeinschaft erwarb Steinhöhlen in den Städten und auf dem Land, eiserne Maschinen zur Fortbewegung und diverse Gegenstände und Materialien, zum Beispiel Waffen und Kleider, wie Fleischmaschinensoldaten sie trugen.

Kurz darauf gingen im Land der Deutsch sprechenden Fleischmaschinen Veränderungen vor sich. Eine Fleischmaschine kam an die Macht, die sehr laut und sehr grimmig zu reden verstand. Sie liebte es über alles, vor den Fleischmaschinenmassen zu stehen und zu reden. Die Massen lauschten andächtig und glaubten ihr. Diese Fleischmaschine rief alle Deutsch sprechenden Fleischmaschinen dazu auf, sich im Kampf gegen anders sprechende Fleischmaschinen zu vereinigen. Sie behauptete, Deutsch sprechende Fleischmaschinen seien die besten der Welt: die klügsten, aufrichtigsten, verantwortungsvollsten. Darum sollten sie das Recht haben, über alle anderen Fleischmaschinen zu herrschen. Nur leider sei für die Deutsch sprechenden Fleischmaschinen sehr wenig Raum zum Leben vorhanden. Darum herrsche solche Enge in ihren Höhlen, es gebe wenig zu essen, die Kinder seien schwach und kränkelten. Der Vorschlag dieser Fleischmaschine war, die Deutsch sprechenden Fleischmaschinen sollten viele Kriegsmaschinen bauen und damit in andere Länder ziehen, um neue Räume zu erobern. Dort wäre dann auch genug zum Essen da. Man könnte neue, geräumige Steinhöhlen bauen. In denen würden die Kinder Deutsch sprechender Fleischmaschinen gesund und glücklich heranwachsen.

Die Deutsch sprechenden Fleischmaschinen konnten dem Aufruf dieser Fleischmaschine mehrheitlich etwas abgewinnen. Die Entschlossenheit ihres Auftretens, ihre Selbstsicherheit – das gefiel ihnen. Sie sagten »Führer« zu ihr. Und bald wurde sie tatsächlich zum Oberhaupt des ganzen Landes. Und sie gab Anweisungen, was wann wie zu tun sei. Die Fleischmaschinen folgten ihren Befehlen. Und wer ihr nicht glauben mochte und ihre Befehle nicht befolgte, der hatte in dem Land nichts mehr zu lachen. Der Führer erließ neue Gesetze, die das Leben in dem Land neu organisierten. Und er schuf einen starken Apparat, welcher Obacht gab, dass die Deutsch sprechenden Fleischmaschinen sich nach den neuen Gesetzen richteten.

Wir *begriffen*, dass es riskant sein konnte, unsere Suche fortzusetzen, ohne dass dieser Apparat uns deckte.

Die Gemeinschaft beschloss, erst einmal abzuwarten. Kräfte zu sammeln. Nach Mitteln und Wegen zu suchen, um bei der neuen Macht protegiert zu werden.

Die Gemeinschaft stellte einen *Vergleich* an zwischen den beiden Ländern, in denen wir bisher gesucht hatten: dem Deutsch sprechenden und dem Russisch sprechenden. Sie unterschieden sich nicht nur der Größe und der Anzahl der in ihnen wohnenden Fleischmaschinen nach. Die Fleischmaschinenmassen hatten ihr jeweils eigenes *inneres Brausen*. In der Deutsch sprechenden Masse war dieses *Brausen* vom Ruf nach Ordnung erfüllt. Diese Masse *gierte* nach Ordnung. Wobei sich dieses Streben vor allem auf die innere Welt der Fleischmaschinen bezog. Während nach ihrem Empfinden die äußere, die Absolute Ordnung auf der Erde vorgegeben war. In der Russisch sprechenden Masse klang das *innere Brausen* ganz anders. Auch hier gab es den Ruf nach Ordnung, doch nicht die innere Welt der Fleischmaschinen betreffend, sondern die äußere. Die Russisch sprechende Masse konnte nicht finden, dass diese Welt eine Absolute Ordnung hatte, und zeigte sich davon *beunruhigt*. Sie hätte manches an dieser Welt gerne verbessert. Die Natur der Fleischmaschinen hingegen erschien ihr perfekt. Doch indem sie die äußere Welt in Absolute Ordnung zu bringen trachtete, bewirkte sie, ohne es zu wollen, dass im Leben der Fleischmaschinen das Chaos ausbrach. Das *Brausen* der Russisch sprechenden Masse zerstörte die Fleischmaschinennatur. Das *Brausen* der Deutsch sprechenden Masse wollte sie verbessern.

Unsere Suche musste auf beide Sorten des *Brausens* eingehen. Für die zwei Länder hatten wir eigene Namen. Das größere von beiden hieß bei uns Ljodland, auch wenn es seinem *inneren* Wesen nach besser Chaosland geheißen hätte – doch das Ljod, das dort lagerte, war für uns das einzig Maßgebliche ... Das andere, kleinere nannten wir das Ordnungsland.

Eines jedoch *fühlten* wir, und es war das Entscheidende: Die zwei Länder, mochten sie es sich noch so *schwer* machen, wollten eigentlich zueinander. Ihr *inneres Brausen*, dem Wesen nach grundverschieden, wollte sich vereinen, verschmelzen zu einem *Brausen* ganz eigener Art, das beiden gut getan hätte. Aber davon ahnten sie nichts. Sie konnten im anderen nur den Feind sehen. Und wir *wussten* bereits, dass bald ein großer Krieg zwischen den beiden ausbrechen würde.

Die Gemeinschaft musste darauf vorbereitet sein.

Fer und ich zogen ins Gebirge um, in jene große Steinhöhle, die früher der Familie von Bruder Kowro gehört hatte. Jetzt war sie Eigentum der Gemeinschaft. Die Höhle lag mitten im Wald, einem richtigen Bergwald. Hier lebten 29 Brüder und 44 Schwestern. Weitere lebten an anderen Orten des Landes. Fer und ich hielten Zwiesprache des Herzens mit den Geschwistern. Wir waren *besorgt*, weil wir *so* schnell alterten. Fer und ich waren die Einzigen in der Gemeinschaft, deren Herzen sehen konnten und die *Unseren* erkannten. Und Letzteres auch nur, wenn wir *beieinander* waren. Einzeln konnten weder Fer noch ich mit dieser Gabe des Lichtes etwas anfangen. Nur zu zweien konnten wir auf die Suche gehen. Und unsere Funde *sehen*. Jede Suche aber war eine Erschütterung für unsere Herzen. Und sie baute unsere Körper ab. Das Gehen fiel uns beiden schwer. Wir wurden von den Brüdern in eisernen Maschinen und Rollstühlen umhergefahren. Arme und Beine zitterten uns. Die Körper verfielen, dörrten aus. Tiefe Runzeln durchzogen unsere Gesichter. Den größten Teil unserer freien Zeit verschliefen wir, um Kräfte zu sammeln. Die Brüder fütterten uns mit Obst, badeten uns in Kuhmilch, salbten unsere Körper. Wir wurden auf Händen getragen! Keine anderen Geschäfte der Gemeinschaft außer der Suche gingen uns beide noch etwas an. Diese war die Hauptsache.

Doch unsere *Besorgnis* wuchs.

Denn am Ende des Alterungsprozesses, den wir an unseren Körpern so deutlich ablesen konnten, stand der Tod auf Erden. Mit ihm würde die Suche für uns beendet sein. Danach konnten wir für die Gemeinschaft nichts mehr tun. Es mussten zwei Nachfolger her, die die gleiche Gabe zu *sehen* hatten wie wir. Also *prüften* wir die Herzen jedes unserer Findlinge. Suchten nach unseresgleichen. Stellten Experimente an, indem wir einen von uns beiden durch einen Bruder oder eine Schwester ersetzten. Das misslang. Unsere

Unersetzlichkeit wurde für die Gemeinschaft zu einer schleichenden *Bedrohung*.
Wir befragten unsere Herzen. Doch sie schwiegen sich aus. Es blieb uns nichts weiter übrig, als immer neue Geschwister zu suchen und zu *erproben*. Einen anderen Ausweg gab es nicht.
In inniger Umarmung schliefen wir ein. Unsere Herzen hörten auch im Schlaf nicht auf zu suchen. Sie hatten die Herzen der anderen im *Gedächtnis* und konnten sie also auch *prüfen*, während wir schliefen.
Dies ging ewig so weiter.
Mehr als ein Erdenjahr mussten wir warten, bis die Suche wieder aufgenommen werden konnte. Endlich aber war der lang ersehnte Tag da. Gegen Ende des Sommers sollte in einer Stadt im südlichen Teil von Ordnungsland ein wichtiges Ereignis stattfinden. Das ganze Land wartete darauf mit Ungeduld. Zehntausende der stärksten und dem Führer ergebensten Fleischmaschinen würden in dieser Stadt zusammenkommen. Alle wichtigen Fleischmaschinen des Landes würden dabei sein – jene, die dem Führer behilflich waren, die Millionen Fleischmaschinen im Lande zu lenken. Im Laufe von sechs Tagen sollten die hier Versammelten erfahren, wie stark, wie geschlossen, wie ergeben den Ideen des Führers und wie versessen auf einen Krieg zur Ausdehnung der Grenzen sie alle miteinander waren. Das ganze Land bereitete sich auf dieses Treffen vor.
Und auch wir, die Gemeinschaft. Für uns war ein solcher Fleischmaschinenauflauf die ideale Gelegenheit, um neue Brüder und Schwestern zu *entdecken*. Und dies nicht nur im einfachen Fleischmaschinenvolk, sondern auch unter den Mächtigen.
Auf Geheiß des Führers sollte jede Fleischmaschine im Land

von dieser Zusammenkunft der vortrefflichen Fleischmaschinen auf das Genaueste unterrichtet sein. Zu diesem Zweck wurden Hunderte Fleischmaschinen bestellt, die die Buchstaben so zu Papier zu bringen wussten, dass alle, die diese Buchstaben lasen, auch wenn sie ganz woanders wohnten, sich ein gutes Bild von dem machen konnten, was auf dem Treffen in der südlichen Stadt geschah. Neben diesen flotten Buchstabenschreibern wurde indes noch eine weitere Fleischmaschine vom Führer verpflichtet, die sich im Herstellen von Schattenspielen mit Hilfe von Licht und verschiedenen Materialien verstand. Und zwar so meisterlich, dass, wer dem Schatten zusah, gleich Bescheid wissen würde, was auf dem großen Treffen geschah. Die Gemeinschaft kam zu dem Entschluss, sich dieser Fleischmaschine zu bedienen. Fer und ich hatten ihr Leben *durchschaut*. So wie sie es selbst genoss, spielender Schatten zu sein, so befriedigend fand sie es, dergleichen zu produzieren. Was sie am meisten fürchtete, war, im Schlaf zu sterben. Darum schlief sie nur sehr wenig und hatte einen leichten Schlaf. Sie war eine überaus aktive Fleischmaschine, ehrgeizig in dem Wunsch, die berühmteste und einflussreichste auf dem Gebiet der Schattenspiele zu sein. Außerdem liebte sie den Führer. Nicht so sehr als Führer, sondern als starke, eindrucksvolle Fleischmaschine. Er erschien ihr wie ein heißer, von blauem Licht beschienener, Springbrunnen. Einen Schatten aus ihm zu machen, war ihr sehnlichster Traum. Um diesen Traum wahr werden zu lassen, stellte sie 170 Fleischmaschinen ein, die im Herstellen von Schatten versiert waren.

Die Gemeinschaft war schon seit einigen Jahren in der Welt schattenproduzierender Fleischmaschinen aktiv. Darum konnten unsere Brüder alle Hebel in Bewegung setzen, um in dieser Gruppe dabei zu sein. 29 Fleischmaschinen sollten das Ereignis mit ihren eisernen Spezialkästen von verschiedenen Seiten betrachten. In diesen Kästen ließen sich mit Hilfe der Materie-Licht-Kombination Schatten stapeln. Von den 29 Handhabenden der Eisenkästen waren sechs unsere Brüder, dazu sieben Fleischmaschinen, die der Gemeinschaft zuarbeiteten. Unter den übrigen 141 gab es noch weitere zwei Brüder und zwei Schwestern sowie zwölf Komplizen.

Es begann mit der Ankunft des Führers. Er landete mit einer fliegenden Eisenmaschine, stieg in eine rollende um und fuhr damit ins Stadtzentrum. Fleischmaschinen säumten die Straßen und winkten dem Führer zu. Aber dies war der ungeeignete Zeitpunkt für Fer und mich, die Masse zu *durchleuchten*, denn sie zog zu schnell an uns vorüber.

Also standen Fer und ich neben der großen Steinhöhle postiert, in der der Führer wohnen sollte. Sie war mit rotem und schwarzem Stoff geschmückt. Der Führer kam vorgefahren, betrat die Höhle und ließ sich wenig später in einem geöffneten Fenster sehen. Ein Freudenschrei ging durch die Fleischmaschinenmasse. Der Führer hob den rechten Arm und wies der Menge die Handfläche vor. In diesem Moment *sahen* wir ihn. Er gehörte nicht zu uns. Wir konnten in sein Leben *Einblick nehmen*. Es war eine geballte Wolke aus Wut und Pein. Ebenso wie der Lenker von Ljodland *berauschte* sich der Führer daran, die Macht über Millionen Fleischmaschinen zu haben. Noch mehr aber *berauschte* ihn der Gedanke, er könnte sie eines Tages wieder verlieren. Er riss die Macht nur darum an sich und vermehrte sie, um sich ihrer auf möglichst *schmerzvolle* Weise wieder beraubt zu sehen. Darin bestand die große Passion seines Lebens. Was er freilich *nicht wusste*.

Im Unterschied dazu begehrte der Lenker von Ljodland die Macht, um zu herrschen, und nichts weiter. Der pure *Machtrausch*.

Während dieser sechs Tage waren wir auf allen Fleischmaschinenmeetings anwesend. Für das allererste steckte uns die Gemeinschaft in die typischen Kleider von Fleischmaschinen, die den Acker bebauen und Nutzgräser züchten. Gemeinsam mit anderen Ackerbauern begrüßten wir den Führer. Wir waren die ältesten unter ihnen. Für die nächste Veranstaltung wurde ich als Krieg führende Fleischmaschine verkleidet. An meiner Brust baumelten Metallscheiben, mit denen man Fleischmaschinen für hervorragendes Töten auszeichnete. Ich saß in einem Rollstuhl. Fer stand hinter mir. Auf dieser Veranstaltung waren sehr viele Fleischmaschinen, die im Krieg gewesen waren. Der Führer und andere hochrangige Fleischmaschinen traten auf. Zur Veranstaltung für jene Fleischmaschinen wiederum, die Straßen und Steinhöhlen bauten, wurden Fer und ich in einen Kasten mit zwei kleinen Fensterchen gesetzt. Während der Führer die Anwesenden begrüßte, konnten wir durch diese Luken die Menge *durchschauen*. Und die *Unsrigen*, die wir *sahen*, im Gedächtnis *verankern*. Als Nächstes fand ein Meeting junger Fleischmaschinen statt. Dorthin gelangten wir in zwei großen Koffern, die an den Rand des Geschehens gestellt wurden. Von drinnen konnten wir die riesige Menge begeistert jubelnder Jungfleischmaschinen in Ruhe *durchschauen*. Auch unter ihnen waren welche von *uns*, die wir uns *merkten*. Am darauf folgenden Tag arbeitete die führende schattenproduzierende Fleischmaschine mit ihrer Gruppe an einem Ort, wo die zum Treffen angereisten jungen Fleischmaschinen ihr zeitweiliges Quartier hatten. Wir fuhren mit. Sich die Neufindlinge *einzuprägen*, war kein Problem. Unsere Brüder erfragten außerdem ihre Namen. Auf dem Meeting für fleischmaschinengebärende Fleischmaschinen war es Fer, die im Rollstuhl saß, und ich stand dahinter. Inmitten der Schar von Fleischmaschinen grüßten wir den Führer und hörten seine Ansprache. Er sagte, gesunde, kräftige Fleischmaschinen zu gebären sei höchste Fleischmaschinenpflicht. Während er sprach, *durchschauten* wir die Menge. Es folgten noch einige kleinere Fleischmaschinentreffen. Bei einigen waren wir anwesend.

Am sechsten und letzten Tag hielt der Führer noch eine kurze Ansprache. Anschließend formierten sich die Fleischmaschinen zu gleich großen Gruppen und zogen aus der Stadt. Die zurückbleibenden Fleischmaschinen schrien ihnen hinterher. Es gab Fleischmaschinen, die ihren mitgeführten Gegenständen verschiedenste Klänge entlockten, indem sie kräftig hineinbliesen oder darauf herumklopften. Unter diesen Klängen zogen die wohl geordneten Fleischmaschinengruppen aus der Stadt.

Der Führer flog mit einer Maschine, die fliegen konnte, davon. Seine Helfershelfer fuhren davon in Maschinen, die von Feuer und Wasser angetrieben waren. In der Stadt blieben nur diejenigen Fleischmaschinen, die hier wohnten.

Die Suche war abgeschlossen. Sie war ein *Meilenstein.*

76 Brüder und Schwestern hatte unsere Gemeinschaft dazugewonnen. Mit ihrer Hilfe konnten wir im Ordnungsland Fuß fassen. Die Brüder Pot, Ija, Men und Ofka bekleideten hohe Posten in der Fleischmaschinenregierung. Die Brüder Sel, Japor, Ili und An hatten im Wachkommando des Führers das Sagen. Bruder Nieg und Schwester Wafu besaßen viel Geld, Steinhöhlen und kostbare Gegenstände. Und die Gemeinschaft durfte sich über eine große Anzahl kräftiger und gesunder Jugendlicher freuen, die im Namen des Ursprünglichen Lichtes zu allem bereit waren.

Doch diese Suche im Süden von Ordnungsland war für Fer und mich *folgenschwer*.

Unsere Körper waren stark abgemagert, die Muskeln erschlafft, die Arme baumelten kraftlos. Wir konnten nichts mehr essen, tranken nur noch Wasser. Vom Himmel gefallenes Wasser. Und *noch* atmeten wir. Unsere Herzen schlugen langsamer. Die Schwestern wärmten uns mit ihren Leibern, trugen uns auf Armen, legten uns in frische warme Kuhmilch. Hinterher wurden wir in festen Stoff gewickelt und in die Sonne gelegt. Dort schliefen wir.

Das ging lange so weiter. Die Erde kreiste um die Sonne. Planeten und Sterne, die wir geschaffen hatten, folgten ihren Umlaufbahnen.

Das Leben verließ unsere Körper noch nicht. Wir begannen wieder Nahrung aufzunehmen, die Glieder zu regen.

Als wir einigermaßen zu Kräften gekommen waren, mussten die Schwestern uns erst wieder das Gehen beibringen. Aufeinander gestützt, spazierten wir durch die Gebirgssteinhöhle. Anschließend saßen wir im Gras und betasteten einander – die Körper, die Herzen. Die in der Lage waren, verwandte Herzen tausendfach aus einer Fleischmaschinenmasse zu *sichten* und zu separieren.

Im Ordnungsland fand ein neues Fleischmaschinentreffen statt. Diesmal kam man nicht zusammen, um den Reden des Führers zu lauschen und die Unterwerfung fremder Länder zu planen, nein: Die Fleischmaschinen hatten einen Wettkampf der stärksten und gewandtesten Körper organisiert. Fleischmaschinen aus verschiedensten Ländern, die über einen besonders starken oder flinken Körper verfügten, kamen in die Hauptstadt von Ordnungsland gefahren, um in den Wettstreit zu treten. Sie führten ihre Kraft und ihre Gewandtheit vor, rannten, sprangen in die Weite und in die Höhe, schleuderten Eisenstücke, hoben schwere Gegenstände, schwammen, trieben Lederkugeln mit den Füßen, rangen, kämpften mit eisernen Stäben, schlugen mit ledernen Handschuhen aufeinander ein, ließen Eisenrohre kleine Metallstücke auf Papierbögen spucken. All dies vor den Augen Zehntausender einfacher Fleischmaschinen, die weniger stark und gewandt waren. Sie verfolgten das Treiben der starken Fleischmaschinen, klatschten freudig in die Hände. Die starken Körper weckten in ihnen Neid und Entzücken.

Die schattenproduzierende Fleischmaschine war auch auf dieser Veranstaltung zugegen. Gemeinsam mit ihrer Assistentengruppe verfolgte sie die Wettkämpfe der stärksten und gewandtesten Fleischmaschinen durch die Eisenkästen, in denen Schatten gestapelt wurden. Später würde das ganze Land diese Schatten sehen können. Die Gemeinschaft war einmal mehr Nutznießerin. Wir mischten uns unter die Fleischmaschinenmassen auf den Publikumsrängen und *durchschauten* sie. In zwölf Tagen fanden wir 87 Brüder und 101 Schwestern.

Und wieder brauchten wir ein ganzes Jahr, um unsere Kräfte in den Bergen zu *regenerieren*.

Wir wurden in warmer Kuhmilch gebadet, auf Matten gewälzt, die aus Bergkräutern geflochten waren, in Körbe gebettet, die zwischen Bäumen hingen. Gewiegt vom Bergwind, schliefen wir ausgiebig und *beobachteten* dabei die Herzen der neuen Findlinge. Das gab Trost und Besänftigung.

Derweil bereiteten die Brüder die nächste Suchaktion vor. Doch da geschah *Unerwartetes*. Der Lenker von Ljodland betrieb die *energische* Liquidierung hochrangiger Fleischmaschinen. Er tat dies für den eigenen Machterhalt. Tausende jener starken Fleischmaschinen, die bisher die Geschicke des Fleischmaschinenvolkes gelenkt hatten, wurden festgenommen und eingesperrt. Die Gemeinschaft *vermochte* dem nicht zu entgehen. Nicht alles, was in der Welt der Fleischmaschinen geschah, konnten wir *begreifen*. Die einzelne Fleischmaschine *verstanden* wir sehr gut – in der Masse der Fleischmaschinen blieb für uns ein undurchschaubarer Rest. Ihr Brausen *drückte* unsere Herzen *weg*, so dass wir nicht alles *sahen*. Darum hatten wir *die Unseren* nicht rechtzeitig warnen können. Und es geschah, dass Ig, Stschap und Schoror am selben Tag festgenommen und in die Keller verbracht wurden. Fleischmaschinen sperrten sie ein. Man begann die Körper unserer Brüder zu foltern. Geständnisse wurden verlangt, zu Taten, die sie nicht begangen hatten. Die Gemeinschaft war machtlos. Die Brüder wurden von den Fleischmaschinen getötet. Wir *sahen* das Licht die Herzen der Brüder verlassen.

In ganz Ljodland wurde nun Jagd auf starke, erfahrene Fleischmaschinen gemacht. Man folterte ihre Körper. Zwang sie zu gestehen, was sie nicht begangen hatten. Manche von ihnen gestanden nicht. Sie gingen an der Folter zugrunde. Andere gestanden. Sie wurden trotzdem getötet oder aber in frostige Gegenden, fernab von den Städten, verbannt. Dort mussten sie Bäume fällen oder Gruben graben; nachts wurden sie in Bretterschuppen gesperrt. Zu essen bekamen sie sehr wenig. Und der Tod war für die Fleischmaschinen in diesen frostigen Gegenden nur eine Frage der Zeit.

An die Stelle der liquidierten Fleischmaschinen setzte der Lenker von Ljodland andere, die jung und unerfahren waren. Dem Lenker genehm. Die Gemeinschaft *sah* jedoch *voraus*, dass diese Fleischmaschinen in wenigen Jahren das gleiche Schicksal ereilen würde: Auch sie würden festgenommen und hingerichtet. Und das würde so weitergehen, bis der Lenker das Zeitliche segnete.

Wir *sahen*, dass es zu riskant war, in Ljodland mit der Macht zu paktieren. Solange *dieser* Lenker am Leben war, schien das Risiko, Geschwister zu verlieren, viel zu groß. Erst nach sei-

nem Tod, wenn ein anderer ihn ablöste, durfte man wieder versuchen, die Führung des Landes zu unterwandern. Also fasste die Gemeinschaft einen wichtigen Beschluss: Brüder und Schwestern, die hohe Posten in der Führung dieses Landes einnahmen, hatten es schleunigst zu verlassen.
Im Laufe eines Monats kehrten 38 Brüder und acht Schwestern Ljodland den Rücken. Zogen um nach Ordnungsland. Drei Brüder kamen beim Grenzübertritt ums Leben. Der überwiegende Teil der eingetroffenen Geschwister blieb in Ordnungsland wohnen, die übrigen wurden in zwei kleinere nördliche Nachbarländer überstellt, wo die Gemeinschaft mehrere große Steinhöhlen unterhielt. Hier konnten die aus Ljodland geflohenen Geschwister bleiben. Sie nutzten die Zeit, um die Suche in diesen nördlichen Ländern vorzubereiten: Immerhin wohnten hier nicht wenige blauäugige, blonde Fleischmaschinen.
Fer und ich waren unterdessen wieder zu Kräften gekommen.
Bereit für die nächste Suchaktion.
Da aber brach der Krieg der Fleischmaschinen aus. *Gewusst* hatten wir davon seit langem. Aber der Ausbruch kam, wie so vieles in der Welt der Fleischmaschinen, plötzlich und unerwartet. Die Gemeinschaft hatte mit einem großen Krieg zwischen Ljodland und Ordnungsland *gerechnet*. Doch es begann mit einem kleinen Krieg an anderem Ort. Der Führer von Ordnungsland hatte seinen Fleischmaschinen befohlen, ein kleines Land im Osten zu überfallen. Schnell hatten die Fleischmaschinen des Ordnungslandes die Hälfte von diesem Land eingenommen. Die andere Hälfte wurde kurz entschlossen von den Fleischmaschinen aus Ljodland okkupiert. Dann schickte der Führer von Ordnungsland seine Fleischmaschinen in andere angrenzende Länder. Die Fleisch-

maschinen des Ordnungslandes *brannten* darauf, im Namen der Ordnung zu töten. Hierfür verwandten sie Eisenmaschinen und Eisenrohre, die Stücke heißen Metalls spuckten. Diese Stücke trafen auf die Körper von Fleischmaschinen und töteten sie. Ein Land galt dann als stark, wenn es viele Fleischmaschinen, Eisenmaschinen und heißes Metall spuckende Eisenrohre besaß. Ordnungsland hatte von alledem genug.

Die Gemeinschaft war auf diesen Krieg vorbereitet.

Wir eröffneten unsere Suche unter den Fleischmaschinen, die sich zum Krieg rüsteten. Sie formierten sich zu geordneten Gruppen, zogen so hin und her, lernten mit den Metall spuckenden Eisenrohren umzugehen. Die Gemeinschaft musste wieder auf Fer und mich zurückgreifen. Zwei Kisten wurden gebaut, ähnlich denen, in die Fleischmaschinen ihre Kleider legen, wenn sie von einem Ort zum anderen reisen. Stand die Suche unmittelbar bevor, zogen wir uns aus, legten uns mit zur Brust gezogenen Knien in die Kisten. Diese wurden verschlossen und dahin getragen, wo Fleischmaschinen in großer Zahl zusammenkamen. Fer und ich waren zu jener Zeit, an Fleischmaschinenmaßstäben gemessen, schon sehr dürr. Wir nahmen nur noch höchst selten feste Nahrung zu uns, tranken alle drei Tage einmal Wasser. Unsere Körper waren sehr leicht geworden, Arme und Beine außerordentlich dünn. Eine dünne, runzlige Haut spannte sich um unsere Körper. Bei unserem Anblick hätten sich die Fleischmaschinen erschrocken und wären auf der Hut gewesen. Selbst im Vergleich zu sehr alten Fleischmaschinen sahen wir skurril aus. Unsere Köpfe ähnelten Totenschädeln. Die Haare waren schlohweiß.

Darum konnten wir die Fleischmaschinen nur mehr aus den Kisten *durchschauen*. Die Gemeinschaft fuhr uns damit quer

durch Ordnungsland und die annektierten Länder. Fer und ich, wir wohnten in diesen Kisten. Schliefen darin, hielten, von Kiste zu Kiste, mit den Herzen Zwiesprache. Wenn es so weit war, *durchschauten* wir Fleischmaschinenmassen. Dies geschah zumeist während irgendwelcher Appelle, wenn sie still standen und einer Fleischmaschine beim Schreien zuhörten; sie schrie etwas von einem Krieg im Namen einer herrlichen Zukunft. *Entdeckten* wir in der Menge einen von *uns*, so *schauten* wir in sein Leben, erfuhren den Fleischmaschinennamen. Diesen flüsterte ich den Brüdern durch einen Kistenspalt zu. Sie trieben die Findlinge dann auf unterschiedliche Weise wieder auf. Und die Eishämmer weckten ihre Herzen.
Die Gemeinschaft wuchs.
Bald aber begann auch der große Krieg. Und wieder nahm er einen für uns unerwarteten Anfang. *Erwartet* hatten wir, dass Ljodland als Erstes das Ordnungsland angreifen würde. Doch dieses kam Ljodland um wenige Wochen zuvor. Der Überfall erwischte die Fleischmaschinen von Ljodland und ihren Lenker kalt: Sie hatten nicht geglaubt, dass das Ordnungsland mit weniger Fleisch- und Eisenmaschinen einen Angriff auf das Ljodland wagen würde. Die Überrumpelung kam den Angreifern zugute. Die Fleischmaschinen des Ordnungslandes, die in ihren Eisenmaschinen saßen und mit mächtigen Metall spuckenden Rohren bewehrt waren, rückten schnell gen Osten ins Ljodland vor. Fleisch- und Eisenmaschinen, die sich ihnen in den Weg stellten, vernichteten sie. Ljodlands Fleischmaschinen wichen zurück, ließen ihre Metall spuckenden Rohre im Stich. Viele Rückzügler wurden von den Angreifern zu Gefangenen gemacht. Die gefangenen Fleischmaschinen wurden auf umzäunten und bewachten Plätzen gehalten. Sie mussten für das Ordnungsland umsonst arbeiten.

Der Gemeinschaft *sagte das Gefühl*, dass sie mit ihrer Suche unter den gefangenen Fleischmaschinen beginnen sollte. Die Brüder taten alles, um Zugang zu den Plätzen zu erlangen, an denen Ljodlands Fleischmaschinen gefangen gehalten wurden. Zu Hunderttausenden. Fer und ich wurden in unsere Kisten gepackt und hingetragen. Wir *durchschauten* die Massen gefangener Fleischmaschinen. Und fanden, die zu *uns* gehörten.

In einer dieser Massen *erkannte* ich die Fleischmaschine, mit deren Hilfe ich zum Ljod gelangt war. Jene starke, zielstrebige Fleischmaschine, die uns durch den undurchdringlichen Wald zur Einschlagstelle geführt hatte. Nun war aus ihr eine schwache und kranke Fleischmaschine geworden. Der Körper ausgemergelt, die Beine geschwollen. Die Herrschenden in Ljodland hatten sie genötigt, eines der Metall spuckenden Rohre in die Hände zu nehmen und damit in den Krieg zu ziehen. So war sie in Gefangenschaft geraten und würde sterben, ohne zu erfahren, *was* damals wirklich vom Himmel gefallen war. Sie wusste ja gar nicht, was das war: Ljod. So wie sie nicht wissen konnte, dass ich ihr Leben aus einem Kasten heraus *erkennen* konnte.

Fer und ich suchten weiter. Nicht allein unter den Fleischmaschinen, nein, auch unter den Findlingen: *Fieberhaft* suchten wir nach jenen, die uns eines Tages würden ablösen können. Weil sie genauso gut mit dem Herzen sahen wie wir.

Doch einstweilen fanden wir nicht, die wir suchten.

Wir lagen in unseren Kisten und *sorgten uns*. Wir, die *Augen* der Gemeinschaft. Wenn diese *Augen* sich eines Tages schlossen, würde das die Suche sehr erschweren. Und den Tag, da die 23 000 gefunden sein würden, um Jahrzehnte hinausschieben. Ach, wie *stöhnten* unsere Herzen vor dem Unaus-

weichlichen, heiß Ersehnten! Wir *liebten* die Gemeinschaft. Wir wollten *unbedingt* wieder zu Licht werden. Wir hassten die Erde.
Der Krieg weitete sich aus.
Die Fleischmaschinen des Ordnungslandes stießen weiter nach Osten vor, auf die zwei Hauptstädte von Ljodland zu. Sie belagerten sie. Außerdem expandierten die Fleischmaschinen des Ordnungslandes nach Süden und nach Westen. Neue Länder wurden in den Krieg hineingezogen. Am Ende waren es 47. Millionen Fleischmaschinen in Eisenmaschinen setzten sich in Feindesland fest, spuckten aus ihren dicken Rohren glühendes Metall, schlugen Fleischmaschinen, die andere Sprachen sprachen, tot, zerstörten deren Städte.
In den Schlachten und Scharmützeln, den zerstörten Städten und Dörfern starben Millionen Fleischmaschinen. Unter ihnen auch Brüder und Schwestern, die rechtzeitig zu finden uns nicht gelungen war. Fer und ich *spürten* ihren Tod. Und trieben die Gemeinschaft zur Eile. Im Kleinen Kreis im Gebirge *sprachen* wir mit geschlossenen Augen in der Sprache des Lichtes. Die jüngeren unter den Geschwistern gingen bei uns Älteren in die *Lehre*. Fer und mich machte es *glücklich*, all das, was wir wussten und wozu wir imstande waren, an sie weiterzugeben. Unsere dürren Hände betasteten ihre Gesichter. Unsere Herzen *stießen* die ihren *an*: Eile tat Not! Wir *zeigten*, wer wo zu suchen und zu finden war. Unsere Münder gingen von allein auf, flüsterten in der Sprache der Erde die Namen der zu Findenden. Dann wurde nach ihnen gesucht. Doch nicht alle *vermochten* wir aufzutreiben und zu erwecken. Nicht alle durften den erlösenden Schlag des Eishammers erleben. Viele gingen im Chaos des Krieges verloren. Viele starben: in den Städten, den Schlachten. Ihre Herzen starben im Schlaf.

Der Krieg zog sich über Jahre hin. Die Fleischmaschinen in Ljodland hatten all ihre Kräfte zusammengenommen, hatten Unmengen Eisenmaschinen und -rohre für heiße Metallstücke gebaut, mit denen sie nun den Fleischmaschinen des Ordnungslandes zu Leibe rückten. Diese wehrten sich und mussten doch weichen. Stück für Stück wichen sie zurück, bis sie wieder an ihren alten Grenzen angelangt waren. Ein großes, mächtiges Land aus Übersee hatte in den Krieg eingegriffen, nämlich auf Seiten von Ljodland. Die Fleischmaschinen, die in ihm lebten, nannten es das Freiheitsland, weil es dort keinen Alleinherrscher wie in Ljodland und Ordnungsland gab. Zu Tausenden kamen die Fleischmaschinen aus Freiheitsland in ihren schwimmenden und fliegenden Maschinen und landeten an den Küsten der vom Ordnungsland unterworfenen Länder. Gleich begannen die Fleischmaschinen aus Freiheitsland mit heißen Metallstücken aus ihren mächtigen Eisenrohren auf die Fleischmaschinen aus dem Ordnungsland zu spucken und Eiseneier auf ihre Städte abzuwerfen. Die Fleischmaschinen des Ordnungslandes setzten sich erbittert zur Wehr, doch mussten sie unter dem Ansturm der Fleischmaschinen aus Übersee bald den Rückzug antreten.

Der Gemeinschaft war klar, dass der Krieg mit dem Sieg von Ljodland und Freiheitsland über Ordnungsland enden würde. Zugleich aber *begriffen* wir, dass der Führer des Ordnungslandes dabei war, seine große Passion, den Schmerz der verlorenen Macht, auszukosten. Und dazu gehörte, so viele Fleischmaschinen wie möglich mit ins Verderben zu reißen. Viele der *Unseren* zu finden und die bereits Gefundenen vor dem Tod zu bewahren, war für uns das Gebot der Stunde. Der Führer des Ordnungslandes und seine Helfershelfer hatten mehrere geheime Orte zur Fleischmaschinenvernichtung eingerichtet. Insbesondere für solche Fleischmaschinen, die in ihr Ordnungsbild nicht passten. Nach Überzeugung des Führers behinderte die Existenz solcher Fleischmaschinen die Herstellung der vollkommenen Ordnung im Land. Und das, obwohl die Fleischmaschinen, die gemeint waren, sich weder äußerlich noch innerlich von den übrigen Fleischmaschinen im Ordnungsland unterschieden. Sie taten dasselbe wie alle: arbeiten, gebären, Krieg führen, wiederaufbauen, alt werden und sterben. Sie waren dem Ordnungsland nicht einmal feindlich gesinnt wie die Fleischmaschinen in Ljodland oder Freiheitsland. Der einzige Unterschied war, dass ihre Vorfahren nicht aus dem Ordnungsland stammten. Diese Fleischmaschinen waren einst vom Osten her ins Ordnungsland gekommen. Darum hielten der Führer und seine Helfershelfer sie für Fremdkörper. Die Gemeinschaft *erkundigte* sich gleich, wo die Örtlichkeiten zur Fleischmaschinenvernichtung gelegen waren. Wir wollten die umzäunten, streng bewachten Örtlichkeiten nutzen, um dort nach den *Unseren* zu suchen. Unsere Brüder, gekleidet wie Krieg führende Fleischmaschinen, hatten es arrangieren können, dass blauäugige, blonde Fleischmaschinen nicht der Liquidierung zugeführt, sondern in einer großen Bretterbude für uns aufbewahrt wurden. Immer wenn genug von ihnen beisammen waren, wurden sie an einen geheimen Ort gebracht, wo Fer und ich sie *durchschauen* konnten. So geschah es dreimal. Wir fanden 48 Brüder und 29 Schwestern. Gegen Ende des Krieges jedoch nahm die Fleischmaschinenvernichtung extreme Ausmaße an. Besonders an einer Örtlichkeit, die sich auf einem vom Ordnungsland annektierten Gebiet befand. Hier waren etliche für uns selektierte blauäugig-blonde Fleischmaschinen versammelt. Die Überführung stand kurz bevor, doch dann erreichte uns die Kunde, dass wegen der massiven Vorstöße Ljodlands ein Transport nicht mehr möglich war. Sie sollten nun mit den anderen liquidiert werden. Wir mussten uns also schleunigst dorthin begeben und die Auswahl vor Ort *durchschauen*. Mit Unterstützung kriegführender Fleischmaschinen organisierten die Brüder die Reise. Wir waren, in unseren Kisten liegend, dabei. Zuerst fuhren wir mit einer Eisenmaschine auf normaler Straße, dann stiegen die Brüder in eine jener länglichen Eisenmaschinen um, die auf Gleisen fahren. Die Örtlichkeit, zu der wir fuhren, war weitläufig. Sie befand sich auf freiem Feld und war umzäunt mit Eisendraht, an dem Dornen saßen. Bewacht wurde sie von Fleischmaschinen mit Eisenrohren, die heißes Metall spucken konnten. Dies geschah, damit die zur Vernichtung vorgesehenen Fleischmaschinen nicht davonliefen. Unsere längliche Eisenmaschine fuhr mitten in die Örtlichkeit hinein. Hinter ihr wurde das Tor sogleich wieder zugesperrt. Kaum aber hatten die Brüder Fer und mich aus der Maschine gehoben und auf dem Boden abgestellt, da spürten wir es: ein *sehendes* Herz. Das, wonach wir die ganze Zeit gesucht hatten! Eines von den zweien, die wir als Ablösung benötigten. Es *bebte* in unmittelbarer Nähe. Wir, in *freudiger Erregung*, zappelten in unseren Kisten. Das Gelände, auf dem wir uns befanden, *schäumte über* von Tausenden Leben auf engstem Raum. Fleischmaschinen aus verschiedenen Ländern saßen in den Bretterbuden. Warteten auf ihre Vernichtung. Fünf große Öfen gab es auf dem Gelände. Vor jedem befand sich eine Steinhöhle. Dahinein wurden die zu vernichtenden Fleischmaschinen gebracht. Man sagte ihnen, es sei ein Duschraum, in dem sie sich waschen sollten. Die Fleischmaschinen entkleideten sich. Doch anstelle von Wasser ging ein Strom von giftiger Luft auf sie nieder, die kluge Fleischmaschinen zur Tötung anderer Fleischmaschinen ertüftelt hatten. Die giftige Luft führte dazu, dass die Fleischmaschinen erstickten. Waren sie alle tot, wurde die Steinhöhle geöffnet und gelüftet. Dann mussten andere Fleischmaschinen die Körper der erstickten Fleischmaschinen in die Öfen schleppen. In den Öfen verbrannten die Körper zu Asche. Von ihr lag eine dicke Schicht auf allem ringsumher. Die meisten Fleischmaschinen, die ihrer Vernichtung entgegensahen, wussten, dass kein Bad, sondern giftige Luft sie in den Steinhöhlen erwartete. Dennoch gingen sie gehorsam in den Tod. Obwohl sie ihren Bewachern zahlenmäßig weit überlegen waren, unternahmen die Fleischmaschinen nicht den Versuch, sich zu einem Angriff gegen die Fleischmaschinen, die sie vernichten wollten, zu vereinen. Sie ergaben sich in ihr Schicksal. Viele hofften vielleicht, sie kämen irgendwie davon. Wir vernahmen das geballte *Brausen* all dieser Leben. Und konnten *ausmachen*, wer zu *uns* gehörte. Die Brüder führten mit der oberkommandierenden Fleischmaschine, zuständig für die Fleischmaschinenvernichtung in dieser Örtlichkeit, ein langes Gespräch. Die Oberfleischmaschine wollte die für uns aussortierten blauäugigen und blonden Fleischmaschinen erst nicht herausrücken. Sie hatte zu viele Fragen an unsere Brüder. Also gaben die Brüder ihr ein paar jener Steinchen, die in der Fleischmaschinenwelt so großen Wert haben. Worauf die Oberfleischmaschine der Örtlichkeit nichts mehr dagegen einzuwenden hatte, dass wir die Aussortierten mitnahmen. Sie befanden sich in zwei großen Buden. Die Bewacher gaben die entsprechenden Kommandos, und sie kamen aus den Buden und liefen zu unserer länglichen Maschine. Viele von ihnen waren vom Hunger entkräftet und schleppten sich langsam dahin. Mit ihnen schleppte sich das *sehende* schlafende Herz. Fer und ich wussten mit *Bestimmtheit*, dass es unter den Aussortierten war. Als sie alle eingestiegen waren, wurden die Türen verriegelt, und unsere längliche Eisenmaschine fuhr vom Fleischmaschinenvernichtungsgelände. Fer und ich *bebten* vor Erregung: Unsere Herzen spürten, dass etliche von *uns* unter diesen Fleischmaschinen waren. Und sie spürten das *sehende* Herz. Wir trieben die Brüder zur Eile an. Einen viertel Tag fuhr die Maschine den eisernen Weg zurück, bis sie am Rand eines Waldes hielt. Die Brüder befahlen den Fleischmaschinen, auszusteigen und in einer nahe gelegenen Schlucht Aufstellung zu nehmen. Die Fleischmaschinen leisteten dem Befehl widerstandslos Folge. Sie zogen in die Schlucht, stellten sich dort auf. Die Brüder befahlen ihnen, sich auf den Boden zu setzen. Die Fleischmaschinen taten auch dies. Nun trugen die Brüder uns aus dem Zug, stellten die Kisten an den Rand der Schlucht, klappten sie auf, hoben uns heraus. Wir wurden am Rand der Schlucht niedergesetzt. Von hier aus *durchschauten* wir die unten sitzenden Fleischmaschinen. Die schweigend heraufsahen. Unser Anblick schreckte sie durchaus nicht, sie sahen ähnlich aus. Sie konnten nur nicht begreifen, was wir da machten. Unterdessen hatten wir die Ersten *gefunden*. Die Brüder führten sie aus der Schlucht, brachten sie zurück in die längliche Eisenmaschine. Auch das *sehende* Herz fanden wir beinahe sofort. Es gehörte einem Bruder. Er wurde in die Maschine gebracht. Wir fanden 17 Brüder und 30 Schwestern. Alle kamen sie zurück in die längliche Maschine, die daraufhin wieder verschlossen wurde. Nach Beendigung der Suche nahmen die Brüder uns auf die Arme und trugen uns zur länglichen Eisenmaschine. Auch jene Brüder, die in den Kleidern Krieg führender Fleischmaschinen steckten und die Fleischmaschinen in der Schlucht bewacht hatten, nahmen in der läng-

lichen Eisenmaschine Platz. Die Maschine fuhr langsam an. Die in der Schlucht zurückgebliebenen Fleischmaschinen blickten uns nach. Sie begriffen nicht, wieso wir wegfuhren. Sie waren sich sicher gewesen, dass wir sie in die Schlucht gebracht hatten, um sie mit unseren heißes Metall spuckenden Rohren zu töten. Wir aber fuhren mit den neuen Findlingen davon. Unterwegs holten die Brüder die vorsorglich mitgeführten Eishämmer hervor und gingen daran, die Findlinge aufzuklopfen. Fer und ich zeigten auf den Bruder mit dem *sehenden* Herzen. Wir brannten darauf, ihn als Ersten erwachen zu sehen. Er war sehr schmal, mit einem jungen, ausgemergelten Gesicht. Er war 23 Jahre alt. Als die Brüder ihn entkleideten und an der Wand festbanden, leistete er keine Gegenwehr. Betete nur. Seine rechte Hand presste einen Fetzen zerknittertes graues Papier. Fer und ich *sahen* sein Leben, erfuhren so auch, was das für ein Papier war. Auf der Fahrt zum Vernichtungsort hatte eine Fleischmaschine ihm dieses Papier in die Hand gedrückt. Es war eine Fleischmaschine, die viele Gebete kannte und zu der in friedlichen Zeiten viele Fleischmaschinen gekommen waren, damit sie ihnen sagte, wie man richtig lebt. Sie drückte ihm dieses zerknitterte Papier in die Hand und sagte, dieses Papier sei er. Und von ihm selbst hänge es ab, wie er sein würde: geknüllt oder glatt. Und jede Nacht am Vernichtungsort glättete er dieses Papier auf seiner Handfläche. Am Morgen knüllte er es. Jetzt, als er gefesselt an der Wand stand, hielt er das Papier in der Faust gepresst. Der Eishammer schlug gegen seine magere Brust, das geknüllte Papier fiel ihm aus der Hand. Das *sehende* Herz aber sprach: »Ub! Ub! Ub!«
Und Fer und ich *wussten* es, dass Ub einer unserer beiden Nachfolger war. Er würde die Welt genauso *sehen* können wie wir – im Verein mit noch einem zweiten *sehenden* Herzen.

Auch dieses Herz würden wir finden. Wenn der Krieg erst zu Ende war, würden die Fleischmaschinen den Wiederaufbau beginnen; sie würden Kinder zeugen und gebären. Die Gemeinschaft würde sich in dieser Welt noch tiefer verankern. Unsere todmüden Körper würden sterben, die Herzen stehen bleiben. Das Licht würde sie verlassen. Doch die Herzen von Ub und seiner Partnerin würden beben und schlagen, und sie würden auf die Suche gehen. Sie würden sie ALLE finden. Und alle Findlinge würden sich im Großen Kreis aufstellen und die 23 Herzenswörter aussprechen. Und es würde Licht werden. Und die Erde verschwinden. Und die Zeit stehen bleiben. Und die Ewigkeit anbrechen.

Einstweilen aber musste das *Leben* in der Gegenwart weitergehen.

Die Brüder koppelten die überflüssigen Teile der länglichen Eisenmaschine ab. Sie war nun kürzer – gerade so lang, dass alle Geschwister samt den Neufindlingen darin Platz hatten – und fuhr schneller. Die Findlinge mussten schnellstmöglich an einen verborgenen Ort gebracht werden, wo man sie versorgen konnte. Viele von ihnen konnten vom vielen Hungern schon nicht mehr stehen. Doch war keiner am Schlag des Eishammers gestorben: Die erwachenden Herzen hatten es zu verhindern gewusst. Fer und ich saßen bei Ub. Er war halb abwesend, atmete nur schwach. Wir hielten seine Hände. Sie waren fast ebenso dünn wie unsere. Wir berührten sein Gesicht. *Hüteten* sein Herz.

Die Sonne war schon untergegangen, als die Eisenmaschine auf ein Gleis einbog, das nach Norden führte. Wir brachten die Findlinge zum vereinbarten Ort, an dem unsere Brüder sie erwarteten. Gegen Morgen erreichten wir ihn. Hier pflegten die Eisenmaschinen, die eiserne Wege fuhren, einen Zwischenhalt einzulegen. Es standen eine Menge solcher

Maschinen da. Unterwegs waren die Findlinge umgekleidet worden, sie trugen jetzt gewöhnliche Kleider. Kurz vor Ankunft unserer Maschine an besagtem Ort waren Fer und ich wieder in die Kisten gelegt worden. Ubs Hände loszulassen, fiel uns *schwer*. Die Maschine hielt. Doch etwas anderes war in Bewegung. Weit oben. Am Himmel.

Fer und ich schrien auf in unseren Kisten: Unsere Herzen hatten vier fliegende Maschinen dort oben *gesehen*. Die fliegenden Maschinen klappten ihre Bäuche auf. Eiserne Eier fielen heraus, voll gestopft mit einem wütenden Stoff. Die eisernen Eier kamen auf uns zugeflogen. Vierzig an der Zahl. Wir *sahen* sie auf uns zukommen. Und *erfuhren*, dass einer von uns würde sterben müssen. Die eisernen Eier kamen herabgefallen. Beim Aufschlagen auf die Erde ließ der wütende Stoff sie platzen. Und riss alles ringsum in Stücke. Die eisernen Eierschalen spritzten nach allen Seiten, und dies mit großer Wucht. Drei der eisernen Eier platzten in der Nähe unserer Maschine. Die Eierschalen durchschlugen die Wände der Maschine, schlugen ein in die Körper von 18 Brüdern und zwölf Schwestern. Ein Stück Eierschale schlug ein in Ubs Schädel. Ein Stück Eierschale schlug ein in Fers Kasten.

Schlug ein in Fers Körper.

Fers Herz.

Und Fers Herz blieb stehen.

DIE ZEIT

Die Erdenzeit hat viele Farben. Jedes Ding, jedes Wesen lebt in seiner Zeit, die ihre eigene Farbe hat. Die Zeit der Steine und Berge ist dunkelrot. Die Zeit des Sands ist purpurfarben. Die Zeit der Schwarzerde ist orange. Die Zeit der Flüsse und Seen ist apricotfarben. Die Zeit der Bäume und Gräser ist grau. Die Zeit der Insekten ist braun. Die Zeit der Fische ist smaragden. Die Zeit der Kaltblütler ist oliv. Die Zeit der Warmblütler ist hellblau. Die Zeit der Fleischmaschinen ist violett.

Und nur wir, die Brüder und Schwestern des Lichtes, haben keine Farbe auf Erden. Wir sind farblos, denn in unseren Herzen ist das Ursprüngliche Licht. Es ist unsere einzige Zeit. Und in dieser Zeit leben wir. Erst wenn unsere Herzen stehen bleiben und das Licht entweicht, nehmen wir Farbe an. Wir werden violett. Dies aber nur für kurze Zeit: Ist der Körper erst erkaltet, färbt sich die Zeit zu dunklem Gelb. Die Zeit allen verwesenden Lebens auf Erden ist dunkelgelb.

SCHWESTER CHRAM

Sieben Jahre sind seit Fers Tod vergangen.

Meine Arme lassen sich nur mehr langsam bewegen. Die Finger sind beinahe steif. Mit irdischen Dingen – solchen, die kurzlebig sind, dem Verfall unterworfen, die faulen und bröseln – kommen sie kaum noch in Berührung. Die Geschwister mögen meine Hände sehr. Weil sie ihnen *vertraut* sind. Sie legen sie sich auf das Gesicht. Dann halten sie still. Während ich meine Brüder und Schwestern *beschirme*.

Meine Augen sehen die Welt der Dinge schon lange nicht mehr. Die irdische Welt steht vor mir als ein finsteres Zelt. Nur mein Herz *sieht*. Und es *weiß* so manches.

Der Krieg der Fleischmaschinen ging zu Ende. Ljodland und Freiheitsland waren die Sieger. Ordnungsland unterlag. Seine Fleischmaschinen wimmelten müde und resigniert. Sie töteten noch, als sie schon starben. Der Führer erfüllte sich den großen Schmerzenswunsch seines Lebens: Er verlor einen großen Krieg, sah sich als großen Verlierer. Tief in die Erde zurückgezogen, tötete er sich selbst mit einem Stück Metall aus eisernem Rohr. Die siegreichen Fleischmaschinen brachten die Helfershelfer des Führers vor Gericht. Legten ihnen Schlingen um den Hals und ließen sie daran hängen, dass ihnen das Atmen verging. Und die Helfershelfer des Führers erstickten. Die siegreichen Fleischmaschinen gingen daran, das Zerstörte wiederaufzubauen. Anstelle der verbrannten Städte errichteten sie neue. Nun bringen Fleischmaschinen wieder Fleischmaschinen zur Welt. Die neugeborenen Fleischmaschinen wachsen und gedeihen. Bevölkern die neuen Städte.

Das *sehe* ich.

Anstelle der zerstörten Eisenmaschinen werden neue, mächtigere gebaut. Tausende Metall spuckender Rohre entstehen tagtäglich neu. Millionen eiserner Eier zum Städtezerstören warten bereits wieder auf ihre Stunde.

Das *sehe* ich.

Gegen Ende des Krieges hatten die Fleischmaschinen noch einen Stoff erschaffen, der wütend war wie keiner zuvor. Explodierte dieser Stoff, konnte er ganze Städte verschwinden lassen. Die klügsten unter den Fleischmaschinen hatten ihn sich ausgedacht. Zwei große eiserne Eier wurden mit diesem Stoff gefüllt und auf zwei Städte geworfen. Die Eier platzten und vernichteten die Städte ganz und gar. 223 418 Fleischmaschinen auf einmal kamen in ihnen zu Tode. Von *uns* war keiner darunter. *Wir* hatten anderswo Opfer zu beklagen.

Auch das *sah* ich.

In den vier Jahren des Krieges hatte die Gemeinschaft 49 Brüder und 70 Schwestern verloren. Sie starben in verschiedenen Ländern: an Stücken von heißem Metall, beim Absturz und beim Untergang von Eisenmaschinen, in Feuerbrünsten, an Krankheiten und Verletzungen.

Den Aderlass verkrafteten wir. Das Fundament der Gemeinschaft war vor dem Krieg gelegt worden. Es war ein *gutes*, ein sicheres Fundament. Es hielt.

Nach dem Krieg gelang es der Gemeinschaft, in sechs Staaten Fuß zu fassen. Wir hatten in der Welt der Fleischmaschinen einen sicheren Stand. Wir besaßen Steinhöhlen, komplizierte Maschinen, kostbarste Gegenstände. Uns gehörten Örtlichkeiten, wo Dinge hergestellt wurden, die für Fleischmaschinen unverzichtbar waren: Kleider, Schuhe, Steinhöhlenzubehör.

Die Gemeinschaft kam zu Geld. Das erleichterte die Suche.

Die größte Schwierigkeit aber blieb bestehen: Mit Fers Tod war die Gemeinschaft ihres Allsehenden Auges verlustig gegangen. Als Einzelner war ich nicht imstande, die *Unseren* in der Masse zu erkennen. Mein Herz kam allein nicht damit zurande. Es *verschluckte sich* am *Brausen* der Masse. Spüren konnte ich die *Unseren*, aber nicht *sehen*. Ich konnte der Suche nur die ungefähre Richtung weisen.

Mein Herz vermisste das ihre. Mit Fer war auch Ub gestorben, unsere Hoffnung. Meine Kiste hatte für die Gemeinschaft keinen Nutzen mehr. Sie wurde verbrannt.

Ich *lebe* noch.

Solange ich lebe, *weiß* ich, wo zu suchen ist.

Ich orientiere die Brüder und Schwestern, so gut ich kann. Doch nichtsdestoweniger müssen sie derzeit blind auf die Suche gehen. Sie entführen blauäugige Blonde und klopfen sie – jeden Einzelnen – mit dem Eishammer auf. Das ist schwierig und aufwendig. Doch es gibt keinen anderen Weg. Und die Suche geht weiter, was die Hauptsache ist.

Seit dem Krieg benötigen wir zum Aufklopfen viel größere Mengen an Ljod.

Das Ljod liegt in Ljodland.

Es muss in die Länder transportiert werden, in denen die Gemeinschaft ihre Niederlassungen hat. Dorthin, wo die Suche vonstatten geht. Die Brüder und Schwestern mussten sich mit der Frage des Nachschubs befassen. Sie setzten es durch, dass Fleischmaschinen den Abbau des Ljod übernommen haben. In der Nähe der Lagerstätte waren Siedlungen von Fleischmaschinen entstanden, die vor den Gesetzen Ljodlands schuldig geworden waren. Dafür ließ man sie normalerweise Bäume fällen oder seltene Metalle aus der Erde graben. Doch die Brüder schafften es, den Regierenden von Ljodland weiszumachen, dass das Ljod für die Stärkung der Macht ihres Landes unverzichtbar sei. Es gab kluge Fleischmaschinen, die diesen Gedanken zu entwickeln halfen. Das Ljod wurde also abgebaut und in die Hauptstadt des Landes geliefert. Von da schleuste die Gemeinschaft es über geheime Kanäle in die jeweiligen Länder. Die Geschwister sägten es in Hunderte handlicher Stücke. Bauten Hunderte Eishämmer daraus.

Die Suche ging weiter.

Im Laufe eines Erdenjahres fanden wir selten mehr als fünfzig der *Unseren*. Während viele Hunderte blauäugiger, blonder Fleischmaschinen umsonst unter den Schlägen der Eishämmer verendeten. Denn die Geschwister mussten jeden aufklopfen, der in Frage kam. Was eine sehr umständliche Methode war im Vergleich zu jener Zeit, als Fer und ich mitunter Dutzende von Brüdern und Schwestern an einem Tag fanden. Als wir uns durch die wogende Masse schoben, sie *tranchierten*, ihr Brausen *durchquerten*. Als wir 47 von den *Unseren* auf einmal *sahen*, damals in jener Schlucht. So dass die Geschwister kaum hinterherkamen mit der Entgegennahme der Findlinge, sie in ihre eigenen Kleider stecken mussten. Als Fer und ich umkippten vor *Herzensmüdigkeit*. Die Galle uns aus den Mündern tropfte. Das Blut aus den Ohren schoss. Und wir aufstöhnten – vor Glück.

Jedes Mal, wenn wir in den Bergen zum Großen Kreis zusammenfanden, *fragten* wir unsere Herzen, *fragten* das Licht: Besteht Hoffnung, zur früheren Form der Suche zurückzukehren? Besteht Hoffnung, in *absehbarer* Zeit alle 23 000 zu finden? Besteht Hoffnung, dass die Gemeinschaft in ein paar Erdjahrzehnten vollständig im Großen Kreis Aufstellung nimmt? Die 23 Herzensworte ausspricht? Wiedergeboren wird im *Ursprünglichen Licht?*

Die Hoffnung bestand.

Die halbe Hoffnung, genauer gesagt.

In einer Winternacht brachten die Brüder sie auf Händen hereingetragen.

Es war gegen Ende des Krieges, ein halbes Jahr nach Fers Tod. Man hatte sie unter den Fleischmaschinen gefunden, die aus Ljodland nach Ordnungsland verschleppt wurden, um sie als Arbeitskraft einzusetzen. Die Geschwister suchten öfter in ihrer Nähe.

Das Herz hatte bereits seinen Namen genannt: Chram!

Und ich hatte es *gehört*. Und das, obwohl ich fern von ihr war, in den Bergen. Ihr Name *hallte* in mir *wider*. Ich spürte das *sehende* Herz. Chram war *die eine Hälfte*. Die andere war Ub gewesen, der gemeinsam mit Fer zu Tode gekommen war. Wäre das Stück Schale eines eisernen Eis nicht in Ubs Kopf eingeschlagen, so hätten er und Chram ein *sehendes* Paar sein können, und damit das Auge der Gemeinschaft. So wie Fer und ich. Und die beschleunigte Suche hätte wieder aufgenommen werden können. Und bald wären ALLE gefunden gewesen.

Doch die Erde hatte Fer und Ub vertilgt.

Nun hatte das Licht uns Chram geschenkt.

Man trug sie auf Händen in unsere Steinhöhle herein. Denn Chram war noch sehr schwach, ihr Herz erst vor kurzem erwacht. Noch konnte Chram nur mit den Augen sehen. Ich aber *sah* sie mit dem Herzen. *Wusste* darum, *wer* da hereingetragen wurde. Und viele, die in der Höhle anwesend waren, *wussten* es auch. Chram wurde inmitten der Höhle auf einen Sockel gestellt. Und wir Geschwister entboten ihrem Herzen, dem *sehenden*, einen zaghaften Gruß. Verneigten uns vor ihr. Damit sie eine Ahnung bekam, *wer* sie war und wie willkommen der Gemeinschaft.

Dann weinte sie mit dem Herzen.

Dieses Herz war zu allem bereit und in der Lage. Die Weisheit und die Kraft des Lichtes jubilierten darin.

Und zum ersten Mal seit dem Tod von Fer und Ub war ich *beruhigt*.

Wenn das Licht uns Chram sandte, so hieß das, es würde uns auch noch ein weiteres *sehendes* Herz senden. Es würde kommen. Wir mussten uns gedulden. Danach suchen. Und Chram derweil für die Letzte Suche schulen.

Sie zog bei uns in den Bergen ein. Ich *behütete* ihr junges Herz. *Sprach* vorsichtig mit ihm. *Rührte* behutsam daran. Im Kleinen Kreis wurde Chram von uns *gehalten*. Ihr Herz wurde kräftiger mit jedem Tag. Und nach 94 Nächten im Kleinen Kreis hatten wir alle 23 Worte mit ihr *gesprochen*. Sie stand mit uns, mit 23 weisen Herzen, im Schnee. Wir *sprachen* die Worte *aus*. Die Worte des Lichtes *glänzten* in unseren Herzen. Und Chrams Herz *glänzte* mit uns. Es war stark. Es konnte schon so vieles.

Wir *hielten* sie.

Chram ging in Fers Fußstapfen. Ich vermochte ihren Weg abzukürzen. Weil ich Fer *gekannt* hatte. So *half* ich Chram.

Es kam eine Zeit, da standen wir im Größeren Kreis. Auf einem Hügel im Mondschein, 230 Brüder und Schwestern, die einander bei den Händen hielten. Chram war dabei. Die Erdenwelt schlief. Unsere Herzen waren wach. Der Größere Kreis *offenbarte* uns vieles. Wir *erfuhren*, was nicht augenfällig war. Was jeder für sich genommen nie *erfahren* hätte.

Wir erfuhren, wohin wir zu gehen hatten. Welche Ziele zu verfolgen für die Gemeinschaft anstand.
Und es kam ein für Chram sehr wichtiger Tag.
Es war nach Fleischmaschinenzeitrechnung der 6. Juli 1950. Wir befanden uns in einem kleinen Land des Nordens, wo die Gemeinschaft eine Niederlassung hatte. Chram war wie die übrigen Geschwister bei Sonnenaufgang erwacht. Ihr Herz sprach mit den unseren. Für mich würde es die letzte Zwiesprache mit ihrem Herzen sein. Die Brüder trugen mich zu ihr. Ich nahm ihre jungen, starken Hände in meine, die greis und schwach waren. Die Gemeinschaft des Lichtes umringte uns.
Und ich *sprach*: »Chram, heute ist der Tag, an dem du unsere Gemeinschaft verlassen wirst. Du hast die Sprache des Herzens erlernt. Hast alle ihre 23 Wörter erfahren. Du bist bereit zu großen Taten im Namen des Lichtes. Du wirst nach dem Osten gehen, in das Land, wo das Ljod liegt. Wirst unsere Brüder und Schwestern dort suchen. Ihre Herzen erwecken. Und sie den Fleischmaschinen entreißen. In Ljodland sind nur drei von uns übrig: Schwester Jus, Bruder Ha und Bruder Adr. Sie warten auf unsere Hilfe. Und auf deine im Besonderen.«
Über die Hauptsache *sprach* ich mit ihr nicht. Sie wusste davon auch ohne mich. Sie *wusste*, was allen im Großen Kreis *kundgeworden* war: dass sie auf die Suche nach ihrer anderen Hälfte gehen musste. Die zu finden einen glücklichen Ausgang unserer Suche versprach. Die zu finden wir alle ersehnten. Im Großen Kreis hatten wir *erfahren*, dass das Ljod auf diese Hälfte anziehend wirken musste. Doch in welchem Winkel vom großen Ljodland das zweite *sehende* Herz steckte, das wussten wir nicht.
Chram war sich dessen *bewusst*.

Meine kraftlosen Finger drückten ihre Hand.

Sie drückte die meinen ganz behutsam.

Unsere Herzen *loderten* zum Abschied. Sagten einander ade, um sich dereinst wiederzubegegnen. Und dann für immer. Im Letzten Großen Kreis. Um Licht zu werden.

Chrams Finger lösten sich. Gaben meine zitternden Hände frei. Chram entfernte sich. Sie stemmte sich gegen den Raum. Sie lief an gegen die Zeit. Sie strebte gen Osten. Dahin, wo das Ljod lag. Wo die Geschwister warteten. Und das andere *sehende* Herz.

Ich gebe Chram das *Geleit*.

Mein Herz verstummt.

Mein Herz erschlafft.

Mein Herz bleibt stehen.

Es hat sein Werk getan.

Und wird vom Licht verlassen.

Die Originalausgabe erschien 2004
unter dem Titel *Put' Bro*
bei Zakharov, Moskau

Umschlaggestaltung: Nina Rothfos und
Patrick Gabler, Hamburg
Typografie: Renate Stefan, Berlin
Gesetzt aus der Joanna MT durch psb, Berlin
Druck und Bindung: Ebner & Spiegel, Ulm
Printed in Germany
ISBN: 3-8270-0610-4

Gary Shteyngart

»Eine schwarze Komödie zwischen USA und altem Europa.« Vogue

Gary Shteyngart
Handbuch für den russischen Debütanten

Geboren ist Vladimir Girshkin in Leningrad, mit zwölf kam er nach New York. Jetzt ist er 25 und fragt sich, ob sein Job im Emma-Lazarus-Verein zur Integration ausländischer Einwanderer tatsächlich das Ziel seiner gesammelten Anpassungsstrategien gewesen sein soll. Jedenfalls will er zu Geld kommen. Was liegt näher, als bei der Russenmafia einzusteigen. Vladimir verlässt New York und stürzt sich in eine aberwitzige Blitzkarriere in Prawa, der Hauptstadt des Wilden Ostens. Und bald sieht es so aus , als fände er hier, was er im reichen Westen gesucht hat …

Viktor Jerofejew

Vatermord im Schatten Stalins

Viktor Jerofejew
Der gute Stalin

Viktor Jerofejew wuchs im Zentrum der politischen Macht auf, sein Vater gehörte zum Stalin'schen Hofstaat. Mit melancholischem Spott porträtiert der Autor die Welt der privilegierten Herren, zugleich wahrt er jedoch den Blick des Kindes, das nicht anders kann, als den Vater zu lieben. Letztlich aber schildert dieser eindrucksvolle Roman die Geburt eines Schriftstellers und Dissidenten, die Geschichte des Triumphs der künstlerischen Freiheit:
Dank des politischen Mordes an seinem Vater wurde der Autor ein freier Mensch.

Berliner Taschenbuch Verlag
Weitere Informationen: www.berlinverlag.de